Marjorie M. Liu
Die Chroniken der Jägerin 3

Marjorie M. Liu

OHNE ERINNERUNG

DIE CHRONIKEN DER JÄGERIN 3

Deutsch von
Wolfgang Thon

blanvalet

Die Originalausgabe erschien unter dem Titel
»Hunter Kiss 03. A Wild Light« bei Ace Books,
The Berkley Publishing Group,
a division of Penguin Putnam, Inc., New York

Verlagsgruppe Random House FSC-DEU-0100
Das FSC®-zertifizierte Papier *Holmen Book Cream* für dieses Buch
liefert Holmen Paper, Hallstavik, Schweden.

1. Auflage
Deutsche Erstveröffentlichung Dezember 2011
bei Blanvalet, einem Unternehmen
der Verlagsgruppe Random House GmbH, München

Dieses Werk wurde vermittelt durch
die Literarische Agentur Thomas Schlück GmbH, 30827 Garbsen.
Redaktion: Joern Rauser
UH · Herstellung: sam
Satz: Uhl + Massopust, Aalen
Druck: GGP Media GmbH, Pößneck
Printed in Germany
ISBN 978-3-442-26648-7

www.blanvalet.de

Für die Familien,
die wir lieben, ob sie schon existieren mögen
oder noch gezeugt werden müssen

Meiner Mutter und meinem Vater
in Liebe

Und Heil ihrer Königin, der schönen Herrscherin der Nacht.

ERASMUS DARWIN

Ich werde verschwinden im Lichte des Morgens.
Ich war nur eine Erfindung der Nacht.

ANGELA CARTER

1

Es war mein Geburtstag, der Jahrestag des Mordes an meiner Mutter. Deshalb ließ ich es mir nicht nehmen, auf dem Weg zur Party anzuhalten und einen Zombie zu erledigen. So hielt ich es jedes Jahr. Es war mein ganz persönliches Geheimnis. Nur Zee und die Jungs wussten davon. Es war unser Geschenk füreinander.

Die Sonne war vor knapp einer Stunde untergegangen, aber wir waren hier schließlich in Seattle! Der Himmel sah so schwarz aus, als wäre es schon Mitternacht, und der Regen prasselte auf die Windschutzscheibe, als würde jeder einzelne Tropfen versuchen, das Glas zu zerschmettern. Im Radio lief Cyndi Lauper, ganz leise, denn ich wollte Dek und Mal mitsingen hören. *True Colors*. Das war eins der Lieblingslieder meiner Mutter gewesen.

Meine kleinen Dämonen hatten sich schwer und warm um meine Schultern gewickelt. Ich spürte ihren heißen Atem an meinen Ohren, während sie den Song mit ihren hohen, süßen Stimmen trällerten. Aaz und Rohw saßen ungewöhnlich still auf dem Rücksitz, ließen ihre kleinen Beinchen über dem Boden baumeln und pressten halb aufgefressene Teddybären an ihre geschuppte, muskulöse Brust.

Zee hockte auf dem Beifahrersitz. Wie messerscharfe Dornen standen seine schwarzen Haare von dem kantigen Schädel ab, während seine Augen rot funkelten. Er ließ seine Krallen spielen, rein und raus, rein und wieder raus, und dann fuhr er sich alle paar Minuten damit in sanfter Erregung über die Arme.

Obwohl er unmittelbar neben mir saß, war er nur schwer zu erkennen, ebenso wie die anderen. Entweder verschmolzen sie mit den Schatten, oder sie verschwanden vollkommen darin. Das einzig Sichtbare waren ihre silbrig leuchtenden Venen und die feurigen Augen.

»Links«, schnarrte Zee. Ich zweifelte nie an seinen Instinkten und bog an der Kreuzung ab. Wir befanden uns am südlichen Ende des Lake Union Sees in der Nähe des Parks. Ich hielt auf dem Parkplatz in der Nähe des Armory an. Noch bevor ich den Motor abgestellt hatte, waren die Jungs bereits ausgestiegen und verschwanden schon wie Geister in den Schatten. Nur Dek und Mal blieben bei mir. Schwer und beruhigend schlangen sie sich um meinen Hals. Meine kleinen Leibwächter.

Der Platzregen nahm einfach kein Ende, aber das bereitete mir weniger Kopfzerbrechen. Schlechte Sicht war jetzt nämlich genau das Richtige.

Ich musste nur zehn Minuten warten, bis Zees Kopf unter dem Armaturenbrett auftauchte. Er brauchte kein Wort zu sagen. Ich stieg aus und zog den Kopf ein, als der Regen eiskalt auf mich niederprasselte. Meine Handschuhe hatte ich schon abgestreift und warf nur einen kurzen Blick auf die Rüstung, die meine rechte Hand umgab: Es war organisches Metall, das aber wie Quecksilber schimmerte und in die Haut meiner Finger und meines Handgelenks eingebettet war. Fäden aus Quecksilber überzogen die Oberfläche meiner blassen Hand.

Das war Zauberei. Oder jedenfalls etwas sehr, sehr Ähnliches. Aber das spielte keine Rolle, schon gar nicht heute Nacht.

Zee sprang auf allen vieren voran. Wir liefen unter Bäumen hindurch, die in den Beton eingepflanzt waren. Die Absätze meiner Stiefel klapperten laut. Der Regen lief mir vom Nacken den Rücken hinunter und drang in meine Kleidung ein. Meine Haare klebten auf meinem Schädel, während mir die Nase lief.

Aaz und Rohw warteten bereits unter einem Baum in der Nähe des Joggingpfades. Zwischen ihnen lag ein Zombie. Eine Frau. Sie trug eine Jogginghose und eine dünne Regenjacke. Blond, jung und von einem dämonischen Parasiten befallen. Ihre Aura war alt und flackerte in einer Dunkelheit, die mir schwärzer zu sein schien als die Nacht.

Sie fletschte ihre Zähne, als sie mich sah, und wollte schon schreien, aber Zee hielt ihr mit seinen kleinen Händen den Mund zu. Also wollte sie aufspringen, aber Rohw hielt ihre Beine umklammert, und Aaz hatte ihre Arme bereits über ihren Kopf gezerrt. Trotzdem waren meine Jungs so vorsichtig, wie sie nur konnten. Die Wirte blieben unschuldig. Jedenfalls war ich immer davon ausgegangen.

Ich bückte mich und starrte den Zombie lange und unnachgiebig an, um mir ihr Gesicht und die wütende Aura einzuprägen. Ich stellte ihr keine Fragen, und ihre Verbrechen interessierten mich auch nicht. So wenig wie möglich dachte ich über die letzten zwei Jahre nach – und darüber, dass es Dämonen gab, die man bessern oder sogar bekehren konnte. Ebenso wenig dachte ich an ihre Unschuld. Heute Nacht würde ich keine Unschuld akzeptieren.

Stattdessen kam mir in den Sinn, wie meine Mutter die Geburtstagstorte durch die Küche getragen hatte, wie das Fenster explodiert war – und unmittelbar danach auch ihr Kopf. Ich dachte an all das Blut, an die schluchzenden Jungs und meine eigenen Schreie, mein Weinen. Ich erinnerte mich an diese besessenen Männer und Frauen, die Zombies, von denen sie abgeschlachtet worden war.

Schon längst hatte ich den Überblick darüber verloren, wie viele Dämonen ich über die Jahre exorziert hatte, aber diejenigen, die ich regelmäßig an meinem Geburtstag erledigte, waren immer etwas ganz Besonderes.

Dabei ging ich behutsam vor und presste meine Handfläche an ihre Stirn. Ich sprach die Worte – und der dämonische Parasit streckte sich, immer länger, während er um sein Leben kämpfte. Er war sehr tief in den Wirt eingedrungen, hatte sogar vollkommen von ihm Besitz ergriffen. Schon jahre-, wenn nicht sogar jahrzehntelang hatte er diese Frau beherrscht, sie als Marionette benutzt, um sich von dem Leiden zu nähren, das er durch sie verursacht hatte. Er fraß sich richtig fett an all dem Schmerz.

Schließlich löste sich der Parasit mit einem Ruck vom Wirt. Aaz schnappte ihn sich zuerst, dann übernahmen ihn Rohw und Zee. Dek und Mal schnurrten. Ich sah weg und versuchte die schrillen Schreie der Kreatur zu ignorieren, während meine Jungs sie fraßen. Ich konzentrierte mich auf die Frau und kontrollierte ihren Puls. Dann fand ich ihren Ausweis. Sie wohnte ganz in der Nähe, eine Joggerin. Dies war also eine schlechte Nacht gewesen – für ihr Training. Diese Parasiten und ihre besondere Art von Vergnügen!

Zee glitt näher und fuhr sich mit der langen, schwarzen Zunge über die Zähne. Ich roch Schwefel und Asche.

»Maxine«, flüsterte er, »herzlichen Glückwunsch zum Geburtstag.«

Ich wischte den Regen aus meinem Gesicht und ging zum Auto zurück.

* * *

Längst war ich dazu übergegangen, eine Kiste mit Prepaid-Einwegtelefonen im Wagen zu bunkern. Öffentliche Telefonzellen waren nämlich selten geworden.

Ich kramte eines heraus und rief den Notruf an, dem ich erzählte, dass eine bewusstlose Frau im Park läge. Dass sie außerdem ihre Erinnerung verloren hatte, verschwieg ich allerdings. Alte Gewohnheit. Aaz fraß das Telefon, nachdem ich das Gespräch beendet hatte.

Auf dem Weg zur Party sprachen wir kein Wort miteinander. Dek und Mal pusteten ihren Atem in meine Haare und versuchten auf diese Weise, sie zu trocknen. Ich drehte das Radio lauter. Aaz und Rohw zerrten dampfende Pizzas aus den Schatten und verschlangen sie, dazu auch noch einen Eimer Farbe, eine Packung Blumendünger und mehrere Dosen Schlagsahne. Zee hockte auf dem Beifahrersitz, die spitzen, knorrigen Knie an die Brust gezogen, und schaukelte stumm vor und zurück.

Grant wartete bereits am Eingang der Kunstgalerie auf mich. Er war groß, breitschultrig und stützte sich auf seinen Spazierstock. Sein braunes Haar war so feucht, als hätte er seinen Kopf in den Regen gestreckt, um nach mir Ausschau zu halten. Die Lichter in der Galerie waren gedämpft, und von oben hörte ich Musik. Tschaikowsky. *Dornröschen*.

Ich versuchte zu lächeln, doch war ich ja nass, und mir war kalt, kalt bis auf die Knochen. Mein Herz tat weh. Grant sah es mir auf den ersten Blick an. Er zog mich hinein und nahm mich in die Arme. Lange Zeit hielt er mich einfach nur fest. Ich lauschte dem Regen, dem Schnurren von Dek und Mal und dem Kratzen von Krallen auf dem Parkettboden. Ich lauschte meinem Herzschlag und dem Grants, die sich beide zusammen im vollkommenen Einklang befanden.

Langsam, ganz langsam fing ich an, mich zu entspannen.

»Ich hasse meine Geburtstage«, flüsterte ich.

Er versuchte gar nicht erst, mich zu trösten, erzählte mir auch nicht, dass es wieder besser werden würde. Er hielt mich einfach nur fest umschlungen, küsste meinen Scheitel, die geschlossenen Augen und dann meinen Mund. Ich fühlte, wie er seine unrasierte Wange an meiner rieb. Er war so warm.

»Komm«, hauchte er mir schließlich ins Ohr, »tanz mit mir bis zur Treppe.«

Ich lächelte und drückte ihm einen Kuss auf den Hals. »Es ist dein Leben.«

»Ich vertraue dir.« Grant stützte sich auf seinen Gehstock und hielt mir den Arm hin. »Du darfst sogar führen.«

»Oh, wow!«, gab ich zurück und wischte mir mit dem Ärmel über die Nase. »Wenn das nicht Liebe ist.«

»He!«, knurrte er, grinste aber und zuckte beiläufig mit den Schultern. Aaz und Rohw kicherten. Zee, der zusammengekauert in der Nähe hockte, zog Jasminblüten aus den Schatten und streute sie uns vor die Füße.

Ich half Grant die Stufen hinauf. Zwar sprach keiner von uns das Thema an, aber mir war schon klar, dass sein Bein schmerzen musste. Er stützte sich schwer auf meine Schulter, und wir bewegten uns zu der melodiösen Dynamik der *Sarabande* des Balletts. Kurz bevor wir den Treppenabsatz erreichten, bemerkte ich einen Schatten, der durch das goldene Licht, das aus der Tür flutete, ins Treppenhaus trat.

»Braucht ihr Hilfe?« Byron war jung, höchstens fünfzehn, blass und dunkelhaarig. Er trug eine Jeans und ein weißes T-Shirt mit der Aufschrift: *SHAKESPEARE HASST DEINE SCHMALZ-SONATEN.*

Ich lächelte ihn an. Grant ebenfalls. »Wir haben's ja schon fast geschafft, aber trotzdem danke.«

Der Junge nickte zwar, blieb aber stehen, bis wir den Treppenabsatz erreicht hatten. Ich strich ihm durchs Haar. Er lächelte, zumindest ein wenig; es hätte jedoch auch ein Grinsen sein können. In seinem Blick lag aber weder Angst noch Misstrauen. Er war ein guter Junge, intelligent und aufrichtig. Er hatte sein früheres Leben auf der Straße weit hinter sich gelassen.

Aus dem Apartment hörte ich das Klappern von Töpfen. Grant drückte meine Hand. »Jack war sehr fleißig.«

»Ist das eine Warnung oder eine Drohung?«

Byron war bereits im Inneren der Wohnung verschwunden und suchte sich vorsichtig einen Weg durch die Bücherstapel, die hinter der Tür auf uns warteten. »Er hat Kuchen gebacken«, warf er über die Schulter zurück. »Grant hat gesagt, dass du Kuchen hasst.«

Ich starrte auf den Rücken des Jungen. Grant stützte sich stärker auf seinen Stock und drückte meine Hand ein wenig fester.

»Ich habe dir nie erzählt, dass ich Kuchen hasse«, meinte ich.

»Du hast mir auch nicht erzählt, wann du Geburtstag hast, dafür aber, wie deine Mutter gestorben ist.« Er küsste mein Ohr und ließ seinen Mund noch eine Weile dort. »Manchmal funktioniert mein Hirn schon, weißt du.«

»Du machst mich noch ganz sentimental.«

»Da ist dir Jack aber zuvorgekommen. Ich bin nicht sicher, ob er in all den Tausenden oder Millionen von Jahren, die er schon auf dieser Welt weilt, jemals den Geburtstag einer seiner Enkelinnen gefeiert hat.«

»Ich bin mir aber schon sicher, dass er in all diesen Tausenden oder Millionen von Jahren andere Kinder und eine Unmenge von Enkelkindern hatte.«

»Mag sein, aber jetzt hat er eben dich.« Grant schlug mir spielerisch auf den Po. »Und jetzt los, Wonder Woman. Extra deinetwegen hat er sich sogar eine Schürze umgebunden.«

Jemand hatte die Wohnung aufgeräumt. Was so viel hieß wie: dass der schmale Gang, der zwischen Jacks Bücherstapeln freigelassen wurde, ein wenig verbreitert worden war. Die Wände waren mit Regalen übersät, die sich unter der Last all der Bücher und Keramiken, der Masken und Steine bereits durchbogen. Und dabei waren das nur die Wände. Bis zur Mitte des Zimmers waren es von den Wänden aus gut drei Meter, und das war der einzige Platz, an dem man überhaupt hätte stehen und gehen können, ohne zu stolpern. Der Rest des Raumes war mit Türmen aus Büchern, halb offenen Kisten, Akten und Stapeln von Fachzeitschriften vollgepackt, die umzukippen drohten, mit Lampen, die gefährlich wacklig auf Kisten platziert waren und deren Kabel irgendwo in dem Labyrinth verschwanden; mit gebrauchten Kaffeebechern, alter Verpackung von Schokoriegeln – und ab und zu gab es auch ein Glasauge, an dem ich vorbeiging und tat, als würde mir entgehen, dass es mich beobachtete.

Ich roch den Duft von Kuchen, hörte leises Murmeln und dann das metallische Knarren einer Ofentür, die geöffnet wurde. »Leg das Messer weg!«, befahl Jack – und eine offenbar ältere Frau antwortete: »Wie klingt das denn, Wolf?«

Ich hatte es endlich durch das Labyrinth geschafft und betrat die Küche. Mein Großvater stand am Tisch – und tatsächlich: Über seiner Khakihose und dem Smokinghemd trug er eine weiße, gerüschte Schürze mit Kirschen. Trotzdem wirkte sie irgendwie nicht deplatziert an ihm. Mary stand auf der anderen Seite des Tisches. Ihr weißes, wirres Haar fiel locker über die Schultern des marineblauen Hausanzuges, der mit Sternschnuppen bestickt war.

In ihren großen, kräftigen Händen hielt sie ein Messer, mit dessen Spitze sie von oben in eine der vielen Torten, die auf dem Tisch standen, stach. Diese Torten waren zwischen all den Brettern, Nudelhölzern, Rührschüsseln und den Bergen von Mehl, das auf dem Tisch verstreut war, kaum zu sehen.

»Ich kann mit dem Messer umgehen!«, sagte Mary zu meinem Großvater und schlug sich dabei mit der Faust auf die Brust. »Leck mich.«

»Ausgesprochen charmant«, gab Jack zurück. »Ich schlage vor, du bleibst besser dabei, Marihuana anzupflanzen, Marritine, und überlässt das Kuchenbacken lieber mir.«

Die alte Frau fauchte ihn an. Byron hatte sich auf einer der Enzyklopädien niedergelassen, sah den beiden zu und nippte in aller Ruhe an einer Tasse heißer Schokolade. Mir entging die Vorsicht in seinem Blick keineswegs, wann immer er Jack ansah – es war eine unfreiwillige Reaktion, und ich bezweifelte sehr, dass er sie jemals würde ablegen können.

Der Junge hielt mir den Becher hin, aber ich lehnte ab. Dek und Mal allerdings lugten mit ihren Köpfen aus meinem Haar und starrten auf sein Getränk. Byron tat, als hätte er es nicht bemerkt. Er verstand es nämlich ganz ausgezeichnet, die Jungs zu ignorieren.

Grant klopfte mit seinem Stock auf den Boden, und Marys finstere Miene verwandelte sich in ein dermaßen süßes Lächeln, dass ich beinahe vergessen hätte, was für eine ausgebildete Killerin sie war. Sie ließ das Messer senkrecht in dem Kuchen stecken und tanzte dann auf ihren Zehenspitzen auf Grant zu. Er küsste sie auf die Wange – und die alte Frau schmolz dahin. Ein wenig jedenfalls.

Ich gesellte mich zu Jack. Er versuchte gerade, das Messer wieder aus dem Kuchen zu ziehen, schaffte es aber nicht. Ich schob ihn sanft beiseite. Mary, das verrückte Weib, hatte die Spitze der Klinge durch die Backform hindurch direkt bis in die Tischplatte getrieben.

»Du hättest alles das überhaupt nicht tun müssen«, sagte ich zu meinem Großvater, während ich das Messer ächzend herauszog.

»Wie hätte ich das denn bitte schön lassen sollen?« Jack stippte seinen Finger in den Kuchen, genau dorthin, wo das Messer ein Loch hinterlassen hatte, und leckte ihn ab. »Apfel. Und die da drüben ist mit Pfirsich. Die mit Pekannüssen erkennst du ja selbst. Und ich versichere dir, dass sie alle ganz frisch sind. Wegen der Zutaten bin ich heute Morgen extra zum Pike Place Market gegangen, wo ich mit Zombies und gierigen jungen Frauen um die beste Ware gekämpft habe, und das alles nur für dich.«

»Mein Held! Ich wusste nicht einmal, dass du backen kannst.«

»Aber Liebes« – dabei legte er seine Hand auf meine Schulter – »bevor ich an der spanischen Grippe gestorben war, hatte ich für kurze Zeit als Sohn eines Bäckers in New York gelebt. Im frühen 20. Jahrhundert ist das gewesen. Das Talent habe ich noch immer.«

»Und wie viele Leben hast du gelebt? Ich bin überrascht, dass du dich überhaupt an irgendetwas erinnern kannst.«

»Tu ich ja auch nicht.« Er krempelte seine Hemdsärmel

hoch, um mir seine Tätowierungen zu zeigen: Wörter, Symbole, sogar Zahlen. »Alte Männer brauchen manchmal ein wenig Nachhilfe.«

Ich lächelte und machte mich daran, den Kuchen aufzuschneiden. »Du machst nichts als Ärger, alter Wolf.«

»Aber natürlich.« Er stützte sich auf den Tisch und beobachtete mich. Es fühlte sich wohlig an. Mein Großvater. Ich hatte also einen Großvater. Ich konnte es immer und immer wieder sagen, ohne dass es mir jemals langweilig wurde, diesen Satz zu hören.

»Wie war dein Name, als du noch der Sohn des Bäckers warst?«

»Michael«, erwiderte er. »Ich fand ihn im Uterus, als er noch ein kleiner Haufen aus lauter Zellen war. Er war wirklich entzückend. Da pflanzte ich mich ihm ein, träumte eine Weile – und das Nächste, an das ich mich erinnerte, war meine Geburt. Meine Mutter hieß Hannah, mein Vater Robert. Sie waren gute Menschen. Streng und eigentlich auch zu ernst für ein Paar, das Süßigkeiten an Kinder verkauft. Aber ich mochte sie trotzdem.«

»Warum hast du dich von der Grippe töten lassen? Hättest du nicht dagegen ankämpfen können?«

»Ich war mit diesem Körper fertig, und auf mich warteten noch so viele andere Abenteuer. Außerdem kann die Erfahrung von Sterblichkeit in ihren verschiedenen Formen auch … na ja, erhellend sein.« Jacks Lächeln erlosch. »Ist was nicht in Ordnung?«

Ich dachte an den Zombie, den ich vor weniger als einer Stunde exorziert hatte. »Es klingt so einfach, wenn du es sagst, aber ich habe immer noch Probleme damit, mich daran zu gewöhnen, dass du von Menschen einfach so Besitz ergreifst. Du bist kein Dämon, und doch benutzt ihr, du und deinesgleichen, noch immer menschliche Körper als Wirte. Die einen mehr, die anderen weniger, nehme ich an ... ich wüsste zu gerne, wie meine Mutter all das gefunden hat.«

»Das weiß ich nicht«, antwortete Jack, während er sich mit einer kleinen Schachtel Kerzen abmühte. »Die wenigen Male, die wir uns getroffen haben, haben wir kaum miteinander gesprochen.«

Es tat mir leid, dass ich das Thema angesprochen hatte, und so strich ich ihm über die Hand. »Danke für die Kuchen und für ... für alles andere auch. Es ist wunderbar.«

»Du wirst eben geliebt«, erwiderte er einfach schlicht und befasste sich dann damit, die Kerzen auf den Kuchen zu stecken. Er ignorierte mich, wie ich da am Tisch lehnte und Kreise in das verschüttete Mehl zeichnete, während ich plötzlich einen merkwürdigen Druck in meiner Brust verspürte. Er fühlte sich zwar irgendwie warm und gut an, aber gleichzeitig hatte ich den Eindruck, als bräche mir das Herz.

Ich sah mich im Zimmer um. Byron hatte eines der Bücher aufgeschlagen, las und ignorierte dabei gezielt Rohw, der sich ein paar Stapel hinter ihm niedergelassen hatte und ihm über die Schulter spähte, während er sich dabei mit seiner Klaue Schleim aus der Nase pulte. Mary saß ebenfalls auf Büchern, aß frische Marihuanablätter direkt aus einem Plastiktütchen, klopfte mit ihren Füßen auf den Boden und summte vor sich hin. Grant beobachtete sie, schüttelte nur den Kopf und sah dann mich an.

Ich zuckte immer zusammen, wenn sich unsere Blicke trafen. Immer. Mein Mann. Mein guter Mann. Ich war ein Wrack, und außerdem war ich gefährlich. Ich war die letzte Lebende der Bannwächter eines erfolglosen Gefängnisses, aus dem eines

Tages eine dämonische Armee auf diese Welt losbrechen würde; und ich war immer davon ausgegangen, allein zu sein, wenn das geschah. Von den Jungs einmal abgesehen. Ich wollte niemals an einen Ort gebunden, sondern immer unterwegs sein, keine Wurzeln haben … und keine einzige Person auf der ganzen Welt brauchte zu wissen oder würde sich dafür interessieren, ob ich tot oder lebendig war.

So hatte meine Zukunft ausgesehen. Und so wurde es in meiner Familie seit jeher gehalten.

Nur hatte ich aber eine andere Wahl getroffen.

Krallen berührten meine Zehen. Es waren die von Zee, der unter dem Tisch saß. Ich bückte mich und zog ihn hoch, um ihn kurz zu umarmen, aber dann ließ er mich nicht mehr los.

»Böse Träume sind unterwegs«, flüsterte er so leise, dass nur ich es hören konnte. »Kann ihr Getuschel in dem singenden Sturm hören.«

Mich überlief eine Gänsehaut, und gleich darauf meldete sich ein bedrückendes Gefühl in der Magengegend. Ich atmete einmal tief durch, um mich wieder in den Griff zu bekommen. »Und?«

»Nichts wird sein, wie es war.« Über seine Schulter warf Zee einen Blick auf Aaz, der nah bei uns saß, und dann auf Rohw, der aus den Schatten unter dem Tisch hervorkroch, um sich seinen Brüdern anzuschließen. Dek und Mal schlängelten sich aus meinem Haar und wickelten sich um meine Arme. »Wird nie wieder so sein wie jetzt.«

Eine starke Hand berührte meine Schulter: Besorgt sah Grant auf mich herab. Ich schaffte es nicht, so zu tun, als wäre alles in Ordnung. Was soll's, ich war eben eine schlechte Lügnerin. Es gab sowieso nichts an einer Person, was Grant nicht hätte durchschauen können, und das, was er sah, konnte er ändern, mit nichts weiter als seiner Stimme. Das machte ihn beinahe so gefährlich wie mich selbst. Vielleicht sogar noch gefährlicher. Ich konnte zwar töten, aber ich konnte keine Seelen wandeln.

»Später«, sagte ich ihm wortlos. Er nickte. Ich schielte zu Jack hinüber, doch der alte Mann war immer noch mit den Kerzen beschäftigt. Oder er tat nur so… das war schwer zu sagen. Mary hatte aufgehört, ihre Marihuanablätter zu essen, nahm Byron bei der Hand und führte ihn zum Tisch, während sie weiter leise vor sich hin sang.

Ich sah sie alle an. Meine Familie, meine zusammengewürfelte Familie. Niemand von uns war vollkommen menschlich – jedenfalls nicht so menschlich wie der Rest dieser Welt. Aber wir gehörten doch zusammen. Ich hatte ein Zuhause gefunden.

Die Kerzen waren angezündet. Siebenundzwanzig brennende Kerzen, siebenundzwanzig brennende Jahre.

Ich pustete sie mit einem Atemzug aus und wünschte mir was.

* * *

Wenige Minuten vor Sonnenaufgang erwachte ich, am Rande eines Albtraums. Zusammengerollt in der Dunkelheit – und in meinem Traum. Aus Finsternis geschaffen, zusammengehalten von einem riesigen Kerker vergessener Dinge, endlosen Welten aus Knochen, Blut und Häuten, über denen sich ein Firmament aus Sternen erstreckte. Ich fühlte die Sterne in meinen Venen glitzern, während mein Herz Licht in die Dunkelheit pumpte und wartete. In meinem Traum aß ich dieses Licht und schluckte jedes brennende Stückchen davon eine Kehle hinunter, die kurvig war und verdreht und die sich schließlich selbst zu einem riesigen endlosen Kreis verknotete. Dieser Kreis war *ich*, wie auch die Windungen und der Knoten. Der Hunger, der mich überkam, schien kein Ende zu nehmen. Kein Ende, niemals.

»*Wir haben versucht, dich zu warnen*«, hallte die Stimme meiner Mutter aus der Dunkelheit. Jedes Wort schien in den Sternen gefangen, die in dem verdammten Fluss meines Blutes flossen. »*Wir gaben dir Zeichen und Rätsel und Narben. Wir fütterten dich mit Träumen, mit diesen Träumen.*

Aber du hast uns nicht verstanden. Also wird es geschehen.

Deshalb bist du so.

Sei stark, Baby, sei bloß stark.«

Ich öffnete die Augen.

Ich war gar nicht im Bett. Ich lag zusammengerollt auf dem Boden und zitterte. Es war kalt. So kalt, dass ich mir einen Moment lang einbildete, ich sei in Schnee und Eis verloren und ruhte auf eisigem Boden. Doch da gab es keine Schneewehe und keinen dunklen Himmel. Nur ein Raum war da: gefüllt mit Büchern und bequemen Stühlen, einem großen Klavier in der Ecke und einem roten Motorrad, das neben dem Sofa stand.

Zuhause.

Mein süßes Zuhause, dachte ein Teil von mir, aber ich fühlte mich seltsam beklommen bei dem Gedanken. Ein Zuhause zu haben, das kam mir irgendwie falsch vor. Ich war doch eine Nomadin. Ich lebte in meinem Auto und in Hotelzimmern. Ich war ohne Wurzeln.

Diesen Ort aber kannte ich. Ich wusste, dass dies hier mein Zuhause war und ich hierhergehörte. Ich lag ganz still, ließ dieses Gefühl einfach auf mich wirken und fühlte, wie kleine Zungen meine Ohren leckten. Schwere Körper, lang wie Schlangen, wanden sich durch mein Haar. Ich spürte ein doppeltes, sanftes Schnurren an meinem Kopf.

»Maxine«, schnarrte eine leise Stimme. »Süße Maxine.«

Ich bewegte mich nicht. Sich nicht zu regen, schien mir das Sicherste zu sein, was ich tun konnte; ich lag so still und leise da wie eine Maus.

»Du klingst ängstlich«, flüsterte ich. »Zee.«

Der kleine Dämon kroch aus der Dunkelheit und zog seine Klauen auf dem harten Boden hinter sich her, sogar jetzt noch ganz graziös, so als bestünden seine Muskeln aus Wasser und Wind und schwebten unter seiner angespannten Haut. Eine silberne Vene pulsierte an seiner Kehle, aber sein Herz schlug nicht ruhig und gleichmäßig. Eher nervös. Hektisch.

Er schaffte es nicht, meinen starren Blick auf sich zu lenken, und das Unbehagen, das ich verspürte, seit ich meine Augen geöffnet hatte, dieses sich verstärkende Gefühl, dass etwas *falsch* war, wuchs und wurde in meinem Bauch schwerer und größer. Außerdem fühlte ich mich von einer unfassbaren Leere gejagt: Ein enormes Loch tat sich mitten in meinem Herzen auf. Es fühlte sich wie Kummer an, nur wusste ich nicht, worum ich trauerte.

Ich hörte ein Schnüffeln und versuchte endlich, mich aufzurichten. Doch ich schaffte es nicht allein. Meine Muskeln waren unbeschreiblich schwach, meine Gelenke wie aus Gummi, als wäre ich die ganze Nacht herumgerannt und hätte einen Baseballschläger geschwungen. Jeder Zentimeter meines Körpers fühlte sich verbraucht an. Mein Kopf schmerzte, und ich hatte den Wunsch, mich wieder hinzulegen.

Schlanke, feingliedrige Hände mit Krallen an den Fingern griffen unter meine Ellenbogen. Das waren Rohw und Aaz. Ihr stacheliges Haar lag fest an den dunklen Schädeln an, ihre roten und funkelnden Augen waren weit aufgerissen. Übergroße Baseballhemden, die auf dem Boden schleiften, bedeckten ihre Körper, und ihre bekrallten Füße verhedderten sich in dem Stoff, während sie mir eng aneinandergeklammert in den Schoß fielen. Ich fühlte, wie sie zitterten, und hörte, wie sie anfingen, an ihren Klauen zu lutschen – wie Säuglinge. Dek und Mal wickelten sich noch fester um meinen Kopf, und ihr Schnurren endete abrupt in einer grässlichen Stille.

Ich versuchte zwar zu sprechen, aber meine Stimme versagte mir den Dienst. Ich versuchte es noch einmal, nun etwas langsamer, aber es fühlte sich an, als hätte ich einen Schlaganfall erlitten, so sehr kämpfte ich damit, auch nur das kürzeste Wort zu formulieren.

»Was ist los?«, brachte ich endlich heraus. »Was ist passiert?«

Niemand sprach. Keiner sah mich an. Rohw und Aaz drückten sich fester an meinen Körper, als versuchten sie, sich in meinen Bauch zu graben. Zee blieb, wo er war, seine Klauen so fest in den Boden verkrallt, dass das Holz splitterte. Ich riss mich zusammen, versuchte, sitzen zu bleiben, und sah an mir hinab.

Blut. Überall war Blut. Allmählich trocknendes Blut, das an einigen Stellen aber noch feucht schimmerte.

Ich brauchte einen Augenblick, um zu verstehen, was ich da sah. Es war lange her, dass ich so viel Blut gesehen hatte. Matt und so rostrot wie Gift bedeckte es den gesamten Fußboden bis hin zur Küche. Ich registrierte wie beiläufig, dass meine Hände förmlich damit überzogen waren. Die linke Hand war vollkommen rot, wie auch die rechte, von der Rüstung abgesehen. Die sich deutlich von dem Blut abhob … *Magie, ein Schlüssel, einer, der in deinem Körper wachsen wird, bis du stirbst;* aber es kam mir ebenso irreal vor wie all das Blut oder der Boden unter mir oder die Luft in meiner Lunge.

Meine rechte Hand ballte sich zur Faust. Jetzt konnte ich das Blut riechen, es war, als würde ich sehen, wie es seinen Geruch freisetzte: Metallisch und warm strömte er durch meine Nase und meine Kehle, bis ich dachte, ich müsse gleich würgen.

Was ich auch tat, als ich über die Schulter blickte und sah, wer hinter mir lag.

»Jack!« Ich schob die Dämonen zur Seite und krabbelte auf Händen und Knien zu dem alten Mann hinüber. Ich rutschte im Blut herum. In seinem Blut. So viel Blut, klebrig und dick, und es umringte ihn wie ein schreckliches, rotes Meer.

Er lag da, das Gesicht von mir abgewendet. Er trug einen hellgrauen Pullover und eine dunkle Hose. Sein weißes Haar, wild und doch sehr gepflegt. Sehr ordentlich. Und so exzentrisch. Mein Großvater war …

Ich berührte ihn und wusste es.

Ich wusste es. Ich starrte ihn an und konnte kaum atmen. Wie aus weiter Ferne sah ich zu, wie meine Finger seine Arme und seine Schultern umschlossen und ihn vorsichtig umdrehten. Er war noch warm, außerdem war er schwer. Ich aber war schwach und hatte irrsinnige Angst.

Dann war es geschafft. Er lag auf dem Rücken, und ich starrte ihn regungslos an. Ein Schlag traf mein Herz so heftig, dass alles aufzuhören schien: mein Puls, mein Blut, mein Leben.

Man hatte ihm die Kehle einmal der Länge nach durchgeschnitten, von einem Ohr zum anderen. Das Fleisch seines Halses klaffte auf wie ein hässliches Lachen.

Jack Meddle. Mein Großvater.

Und das Messer, das neben ihm in seinem Blut lag, gehörte mir.

2

Ich schrie nicht, aber auch nur, weil ich meine zitternde Hand vor den Mund schlug. Vielleicht habe ich doch ein bisschen geschrien, ich weiß es nicht.

Ich wurde vollkommen kraftlos. War blind, hatte nur Augen für Jack. Was ich sah, ergab doch keinen Sinn. Sein Körper wirkte beinahe obszön, eine wächserne Hülle aus Lehm und Zaubersprüchen, die nur von Fingernägeln und Haaren zusammengehalten wurde. Der Anblick flößte mir Furcht ein.

Es spielte keine Rolle, dass Jack nicht wirklich sterben konnte, jedenfalls nicht auf Dauer. Die technischen Einzelheiten interessierten mich nicht. Mein Großvater war ermordet worden. Ich hockte in seinem Blut, dem Blut, das aus dem Körper strömte, der meine Großmutter geliebt und meine Mutter gezeugt hatte, und damit in gewisser Weise auch mich.

Es fühlte sich an, als hätte ich ihn tatsächlich verloren.

Und ich konnte mich absolut nicht daran erinnern, wie es dazu hatte kommen können.

Ich konnte mich nicht bewegen. Meine Knie waren warm und feucht. Ich schmeckte den Geruch des Todes in meinem Mund – nicht nur das Blut, auch Urin und Kot. All diese kleinen Demütigungen. Meine Mutter hatte genauso gerochen, nachdem sie ermordet worden war.

»Zee«, krächzte ich und hielt nach dem kleinen Dämon Ausschau, der ganz in der Nähe hockte. Seine stachligen Haare hingen herunter, dabei hatte er die Augen fast geschlossen, so als litte er Schmerzen.

Mehr konnte ich nicht sagen. Ich beobachtete, wie er mit Aaz und Rohw einen vielsagenden Blick wechselte. Währenddessen begannen die Zwillingsstimmen in meinem Haar die Melodie von *Highway to Hell* zu summen.

Ich musste mich gleich übergeben. Es gelang mir noch zurückzukriechen, und dabei hinterließ ich eine Blutspur. Ich hörte auf zu atmen und hielt mir den Mund zu. Mit meinem Rücken stieß ich gegen das Sofa. Aber auf Distanz zu gehen, veränderte nichts. Nichts wurde leichter. Es gab keine wundersame Wiederauferstehung.

»Zee«, flüsterte ich wieder. »Was ist passiert?«

Aber er sah mich nicht an, sondern betrachtete stattdessen seine Klauen, als sähe er sie zum ersten Mal: lang, gekrümmt und schwarz wie Pech. Scharf genug, um Haare damit zu spalten. Oder einem Mann die Kehle zu durchtrennen.

Genau wie mein Messer, das immer noch in Jacks Blut lag.

Von dort, wo ich saß, konnte ich es sehen. Mein Messer. Das Messer meiner Mutter; es gehörte zu einem eigens angefertigten Set, das mir vermacht worden war. Es hatte kein Heft, sondern bestand nur aus einer Klinge. Gefertigt für Kettenhandschuhe und Hände, deren Haut nichts ritzen oder schneiden konnte. Niemand außer mir benutzte sie.

Meine Hand spürte noch immer das Gewicht der Klinge. Aber wenn ich mich zu erinnern versuchte, fiel mir nur ein, wie ich das Messer an Zees rundem Bauch geschärft hatte. Als ich auf dem Sofa saß, bei dem Bücherregal; *nach der Party, ich war auf einer Party gewesen, mit Kuchen, Gelächter und Dornröschen.*

Wir hatten uns alte Folgen von Yogi Bär angesehen. Wir hatten die Jungs gehört, wie sie Tüten mit Eisennägeln gegessen hatten, ganze Knoblauchzehen, Glasscherben, und wie sie das alles mit Motoröl hinuntergespült hatten.

Ich erinnerte mich wieder. Ich erinnerte mich an jede Empfindung und jedes Geräusch: den grob gewebten Stoff des Sofas unter meiner Handfläche, die Ausdünstungen von Knoblauch und Öl, die in meiner Nase brannten, das Kichern der Jungs, als Yogi Bär versuchte, einen Picknickkorb zu stehlen. Seine Behauptung: *Ich bin schlauer als der Durchschnittsbär* ging mir wieder und wieder durch den Kopf, zusammen mit anderen Erinnerungen, die sich nicht verflüchtigt hatten: das silberne Blitzen der Klinge, die Klinge an Zees Bauch und wie von der Schneide Funken und Lichter sprühten. So weich wie Licht, so scharf wie Licht.

Was danach geschah, daran erinnerte ich mich nicht. Wo eine Erinnerung sein sollte, war nur ein Loch. Ich konnte seine Ränder berühren, und es fühlte sich wie die Ränder einer Tasse ohne Boden an, in der sich anstelle von Wasser nur Dunkelheit befand. Kein Jack. Keine Gewalt. Und ich hatte keinen Schimmer, wer meinen Großvater ermordet und mich bewusstlos auf dem Boden liegend zurückgelassen hatte.

Das hätte niemals passieren dürfen. Die Jungs beschützten mich. Ihr Leben hing genauso davon ab wie das meine. Sie waren seit zehntausend Jahren mit meiner Blutlinie verbunden, verteidigten Mütter und Töchter. Und sie hielten uns am Leben, bis wir an die Reihe kamen zu sterben.

Aber ich war noch nicht dran. Jetzt noch nicht.

»Zee«, wiederholte ich.

»Maxine«, schnarrte er. Sein Ausdruck war erschreckend leer. Leergefegt, zu keinem Gedanken fähig, so als sei ein Teil des kleinen Dämons vor mir weggesperrt; als sei er ebenso benommen, wie ich es war.

Ich begriff, dass er sich in einem Schockzustand befand. Wie alle anderen auch. Rohw und Aaz schmiegten sich aneinander und wiegten sich vor und zurück. Dek und Mal summten immer noch den Refrain von *Highway to hell* in einer für ihre sanften Stimmen ungewöhnlich blechernen Tonlage.

Schließlich verstummten sie ganz.

Zee blickte zur Wohnungstür. Rohw und Aaz genauso. Sie verlangsamten ihre Schaukelbewegung, bis sie schließlich in perfekter Reglosigkeit verharrten.

Meine Haut kribbelte, als ich sie so betrachtete. Das liegt nur an der Morgendämmerung, sagte ich mir. Der Sonnenaufgang stand kurz bevor, ganz gleich, wie dunkel mir die Fenster auch erschienen.

Ich hörte ein Klicken. Schwere Schritte auf der Treppe.

Ich versuchte aufzustehen. Meine Beine gehorchten mir nicht. Ich rammte meine Faust in das Sofakissen und zischte nach Zee. Er ignorierte mich. Ich schnippte mit den Fingern nach Rohw und Aaz, aber sie blieben wie angewurzelt auf dem Boden sitzen, mit hochgezogenen Schultern, so als wollten sie sich vor einem Schlag schützen. Sie warfen sich nur besorgte Blicke zu. Die Tränen, die in meiner Kehle brannten, stiegen mir in die Augen. Das konnte doch alles nicht wahr sein. Ich brauchte Zeit. Ich musste mit Jack allein sein.

Die Tür öffnete sich mit einem Schlag. Ein Mann humpelte herein, der sich schwer auf einem hölzernen Stock abstützte. Sein volles Haar war braun und zerzaust, und er trug ein graues Flanellhemd, das über seinen breiten Schultern spannte. Der Blick seiner dunklen Augen wirkte erregt. Er schien außer Atem zu sein, so als wäre er gerannt. Oder als hätte er es jedenfalls versucht, was ihm aber angesichts des steifen Beins, das er nachzog, nicht leichtgefallen sein dürfte.

Er war weder Dämon noch Zombie; seine Aura hatte keine schwarze Krone. Dennoch wurde mir kalt, als ich ihn sah, und das nicht nur, weil er so überraschend auftauchte. Sondern eher, weil in meinem Herzen etwas zusammenzuprallen schien, wie eine Kollision zweier Berge. Es war ein vollkommen unmögliches Gefühl. Ich konnte mir keinen Reim darauf machen, aber ich zuckte dennoch zusammen.

Ebenso wie es mich irritierte, dass der Mann Zee und die Jungs vollständig ignorierte, so als existierten sie überhaupt nicht. Stattdessen wandte er sich zuerst mir zu. Und starrte mich mit einer Intensität an, die mich frösteln ließ und mir den Atem raubte.

Dann riss er seinen Blick von mir los und sah Jack.

»O Gott«, sagte er und schwankte. Dann machte er einen Schritt vorwärts, stürzte fast zu Boden und wandte sich von dem alten Mann ab und mir zu. Der Ausdruck in seinen Augen war furchtbar. Er stützte sich so schwer auf seinen Stock, dass ich schon fürchtete, er werde brechen. Sein Gesicht war bleich, blutleer.

»Maxine.« Der Klang seiner Stimme, rau und brüchig, traf mich bis ins Mark. »Maxine, bist du verletzt?«

Ich starrte ihn an. Zee hatte sich nicht gerührt, nicht einen Zentimeter, aber Rohw und Aaz krochen wieder auf meinen Schoß und gaben nun verzweifelte Laute von sich. Ich war zu benommen, um sie zu halten, und der Mann schien sich noch immer nicht an ihrer Gegenwart zu stören, obwohl er ihnen doch in ihre kleinen Gesichter blickte.

»Maxine«, wiederholte er, diesmal lauter. Ich hörte ihn erneut meinen Namen sagen, und das Loch in meinem Herzen und meinem Verstand wurde noch größer, endlos und kalt. Ich fühlte mich klein und furchtbar verloren. Seit Jahren hatte ich mich nicht so verloren und allein gefühlt.

Es kostete den Mann einige Mühe, sich zu mir herabzubeugen. Vor Schmerz verzog er das Gesicht, als er sein verletztes Bein dabei abwinkeln musste. Trotzdem ließ er mich keinen Augenblick aus den Augen. Ebenso wenig konnte ich meinen Blick von ihm losreißen. Irgendetwas Schreckliches würde geschehen, falls ich es doch tat: Tod und Blitze oder Erdbeben. Vielleicht würde ich ein für alle Mal unfähig werden zu atmen. Davon war ich felsenfest überzeugt.

Der Mann versuchte meine Hand zu nehmen. Ich riss sie aber weg. Rohw und Aaz zitterten. Dek und Mal summten zwar wieder, aber ich konnte sie kaum hören, weil das Blut in meinen Ohren so laut rauschte. Hinter dem Mann rieb sich Zee die roten Augen und zog die Klauen direkt über seine Pupillen, als versuche er, sie auszugraben und in seinen Kopf hineinzugreifen. Ich konnte nachempfinden, wie er sich fühlte.

Ich betrachtete den Mann, die Art, wie er mich ansah, und erzitterte vor einem anderen Horror, der nichts mit meinem toten Großvater zu tun hatte.

»Tut mir leid«, flüsterte ich, »aber ich weiß nicht, wer Sie sind.«

* * *

Ich kannte sein Gesicht nicht. Kannte diese Wangenknochen nicht, und auch nicht diese zusammengepressten Lippen. Ich kannte diese Augen nicht, die mich da anstarrten, ohne zu blinzeln. Und die von einem seltsamen Licht erfüllt waren, das nicht nur von der Lampe auf dem Tisch neben ihm herzurühren schien.

Nichts an dem Mann schien mir vertraut zu sein. Ich war

ihm noch nie zuvor begegnet. Hatte noch nie dieselbe Luft geatmet wie er.

Niemals war ich so scharf angestarrt worden. Oder lag da etwa Sorge in seinem Blick?

»Maxine«, flüsterte er.

»Niemand kennt diesen Namen«, sagte ich. Aber Gesichter tauchten auf, und mit ihnen Erinnerungen: Jack, Byron, Mary und noch ein paar andere. Es war so, als stünde ich selbst neben mir und lauschte dem Widerhall eines Films im Fernsehen. Und alles wäre nur eine Fiktion.

Ich habe Freunde. Hier ist mein Zuhause.

Zuhause. Was für ein eigentümliches Wort. Aber dann sah ich mich im Raum um, betrachtete die Ziegelwände, die riesigen dunklen Fenster, das Klavier und die Bücher. Zum Teufel, da lag sogar die Lederjacke meiner Mutter schön drapiert über dem Sofa. Und noch einmal überkam mich *Gewissheit*. Hier war mein Zuhause. Ich hatte *Freunde*, so unmöglich mir diese Vorstellung jetzt auch vorkam.

Ich hatte einen Großvater, dessen fleischliche Hülle nun aber tot war, ermordet.

Und vor mir saß ein Mann, der mich mit einem wissenden Blick anschaute, so wie es noch nie zuvor jemand getan hatte. Niemand, an den ich mich erinnern konnte. Der keinen Gedanken an die Dämonen zu verschwenden schien, die ihn umlagerten, ganz so, als seien sie ihm völlig egal.

Ich wandte mich von ihm ab. Der Mann packte mein Handgelenk. Die Berührung schmerzte. So wie der Umstand schmerzte, dass Zee und die anderen keine Regung zeigten. Sie beobachteten uns mit verschleierten Blicken, herabhängenden Stacheln, zuckenden Klauen. Sie waren erschrocken und aufgewühlt.

»Maxine«, sagte der Mann mit ruhiger Bestimmtheit, »du kennst mich doch.«

Ich verdrehte meine Handgelenke und entwand mich seinem Griff, ohne mich um sein schmerzhaftes Zischen zu kümmern. Ich schob die Dämonen von meinem Schoß, kroch zurück und schaffte es irgendwie aufzustehen. Allerdings nur für einen Augenblick. Meine Knie gaben nach, und ich fiel ungelenk und schmerzerfüllt auf das Sofa.

Jacks Leichnam lauerte am Rand meines Blickfeldes. Als ich meine Finger ausstreckte, bröckelte sein getrocknetes Blut und zog an meiner Haut. Ich rieb meine Hände aneinander. Im Inneren war ich wie betäubt, von dem Schmerz in meiner Kehle einmal abgesehen. Und ich war so gefühllos wie eine Tote, bis auf die Furcht in meinem Herzen. Ich war so benommen, dass ich gern geschrien hätte oder losgerannt wäre.

Dek und Mal befreiten sich aus meinem Haar und glitten an meinen Armen auf meinen Schoß hinab. Die Muskeln zuckten in ihren langen, schlangengleichen Körpern – und kleine, verkümmerte Ärmchen umklammerten meine Handgelenke, während sie mir das Blut von den Händen leckten. Ihre Zungen waren heiß. Der Mann blickte zuerst sie an und dann mich. Verhärmt, hager … aber furchtlos.

»Zee«, krächzte er, »du weißt, wer ich bin.«

Mein Herz hörte zu schlagen auf, als er den Namen des Dämons aussprach. Zee schloss die Augen. Der Mann drehte sich suchend nach ihm um. »Zee.«

»Kenne dich«, schnarrte der Dämon nach grauenvollem Zögern. »Grant.«

Ich schob Dek und Mal von meinem Schoß und taumelte vom Sofa. Dann ging ich zwei Schritte auf Jacks Körper zu und blieb dort stehen. Hielt mir den Bauch und den Hals. Das konnte doch nicht wahr sein! Gestern hatten wir noch gemeinsam Kuchen gegessen. Er hatte auf Büchern gesessen und über die Bienenzucht bei den alten Römern schwadroniert. Er hatte mich vorm Schlafengehen noch einmal umarmt und auf die Wange geküsst.

Ich kniete mich in die Blutlache und berührte seinen Fuß. Seinen Schuhen hatte ich zuvor noch nie viel Aufmerksamkeit geschenkt. Sie waren dünn und braun, das Leder war rissig vom Alter. Zum Gehen schienen sie wie geschaffen. Es war der einzige Teil seines Körpers, den ich einfach so anschauen konnte.

»Ich wusste, dass etwas nicht in Ordnung war«, flüsterte der Mann hinter mir, und ich hörte, wie Holz über den Boden schleifte. Ich stellte mir den Stock in seiner Hand vor, und das Bild erschütterte mich wie ein weiter, gut platzierter Schlag. »Ich war in Bellevue. Kannst du dich daran erinnern? Ich bin schon vor Stunden aufgebrochen, um etwas mit einem unserer Lieferanten zu klären. Du bist geblieben, weil Jack mitten in der Nacht angerufen hat. Er wollte mit dir reden. Er sagte, es sei wichtig.«

Wichtig. Bei Jack war immer alles wichtig.

Aber zu allem anderen, was der Mann erzählte, klingelte es nicht bei mir. Außer vielleicht bei dem Wort *Lieferanten.*

Ein Bild von einer großen gemütlichen Küche voller freiwilliger Helfer tauchte auf. Musik von *Oklahoma!* plärrte aus den Lautsprechern an der Decke, und die Ablagen waren von großen Kartons mit Säften, Eiern und gefrorenen Würstchen vollgestellt. Mir war, als röche ich Würstchen, als zöge ihr Duft durch die geöffnete Apartmenttür.

Das kommt aus der Küche des Coop, sagte ich mir. Ich wohnte über einem Obdachlosenasyl.

Doch ich konnte mich nicht erinnern, warum.

Der Gehstock klackte auf dem Boden. »Ich habe dich gespürt, Maxine. Ich habe gespürt, dass etwas Schreckliches passiert sein musste. Ich bin so schnell zurückgekommen, wie es ging.«

Zu spät. Maxine ist fort.

Dek und Mal rollten über den Boden zu mir. Hatten ganze Whiskeyflaschen in den Mäulern, die sie schon halb verschluckt hatten, so tief, dass ich schließlich nur noch die Glasböden sehen konnte, hinter denen eine goldene Flüssigkeit schwappte. Ihre Augen verdrehten sich, als sie die Flaschen schließlich ganz verschluckten. Ich hatte keine Ahnung, wo der Schnaps herkam, aber so waren die Jungs nun mal. Neben mir berührten Rohw und Aaz mit den Spitzen ihrer langen schwarzen Zungen den blutverschmierten Fußboden. Ganz vorsichtig und behutsam, so als könnten sie schmecken, was geschehen war. Die Säume ihrer Baseballtrikots waren rot getränkt.

Unter meiner Haut kribbelte es. Vom Kopf bis zu den Zehen, von den Rändern meiner Fingernägel bis in die Haarwurzeln. Die Fenster waren dunkel, aber dies hier war doch Seattle. Es hatte seit Wochen geregnet. Bald würde die Sonne aufgehen. Mir blieben höchstens noch ein paar Minuten. Das reichte nicht für all die Antworten, die ich brauchte.

Noch immer berührte ich Jacks Schuh. »Zee, was ist passiert?«

Wieder keine Antwort. Ich hörte ein schlurfendes Geräusch. Schaute über meine Schulter und konnte gerade noch sehen, wie sich der Mann bückte und Zees Arm schnappte. Ich zuckte zusammen und erwartete seinen Schrei.

Aber er schrie nicht. Er hätte seine Hand verlieren müssen. Oder seine Finger, oder wenigstens Haut. Niemand berührte die Jungs, von mir einmal abgesehen, und das auch nur, weil sie es zuließen. Jeder Zentimeter von ihnen war so scharf wie ein Rasiermesser, wenn sie es wollten. Aber der Mann ließ nicht ab und starrte Zee an. Mit Zorn in den Augen, wie ich sehen konnte.

»Antworte ihr!«, befahl er. Zee schüttelte den Kopf. Ich erhob mich, schwankte auf meinen Füßen. Ich blickte zu dem Messer hin, das im Blut lag. Ich brachte es nicht über mich, es zu berühren.

»Zee«, fragte ich heiser. »Wer hat Jack ermordet?«

Zee murmelte etwas in sich hinein und wandte den Blick ab. Die anderen Jungs taten es ihm nach. Keiner der kleinen Dämonen konnte mir in die Augen sehen, und das erschütterte mich zutiefst.

»Lasst mich nicht betteln«, flüsterte ich. »Was ist hier geschehen?«

Der Dämon schloss die Augen. »Ein Mysterium.«

»Das ist keine Antwort!« Ich machte einen Schritt auf ihn zu, während mir jeder Knochen im Leib wehtat. »Habe *ich* ihn umgebracht? Habe ich meinen eigenen …?«

Zee schnarrte und entwand sich dem Mann. Von seiner Hand spritzte das Blut. Er zischte, drückte die Faust gegen seinen Bauch und starrte Zee mit Augen an, die so hart wirkten wie Feuerstein.

»Es ist völlig ausgeschlossen, dass du deinem Großvater das angetan haben könntest«, sagte der Mann und schaute dabei den Dämon an, nicht mich. »Völlig ausgeschlossen, Maxine.«

Ich antwortete nicht. Zee starrte in meine Augen, sein kleiner Brustkorb hob und senkte sich, die Dielen unter ihm waren zerbrochen und ruiniert. Aus seinem Rücken stieg Rauch empor und füllte die Luft mit einem schwefeligen Geruch, der mir in der Nase brannte. Er sah wütend aus, aber es war ein nervöser, trauernder Duft.

Mir war immer noch schwindlig, und ich griff mir an die Stirn. »Hab ich ihn getötet? Ja, oder nein?«

»Ich weiß nicht«, schnarrte Zee, und ein Zittern erfasste seinen Körper, schüttelte ihn durch, bis er wie ein knochiger Ball zusammengerollt auf dem Boden lag. »Kann mich nicht erinnern.«

»Was ...?«, entfuhr es mir, aber ich fing mich wieder und schluckte schwer. *Das ist unmöglich*, hatte ich noch sagen wollen, aber Dämonen lügen nie. Sie konnten in Rätseln sprechen, oder in gewundenen Sätzen, aber sie verabscheuten die Lüge ebenso sehr wie das Brechen eines Versprechens.

»Kann mich nicht erinnern«, keuchte Zee und starrte auf seine Klauen, als hätte er sie noch nie zuvor gesehen. »Erinnere mich an gar nichts. Machte die Augen auf, sah Blut, und nichts, nichts, *nichts* sonst.«

»Zee«, flüsterte ich, doch er begann erneut zu zittern, drückte seinen Kopf gegen die Knöchel und Klauen und versuchte wieder, seine Augen auszugraben. Doch der einzige Lohn seiner Mühen waren ein paar Funken in der Luft. Ich ging vor ihm auf die Knie und umfasste seine knorrigen Handgelenke. Er hätte mir mit einer kleinen Geste die Knochen brechen können, aber er verharrte reglos, zitternd, mit dem Brustkorb, der sich senkte und hob. Ich zog ihn in meine Arme.

Er war so ruhig, so emotionslos gewesen, doch als er mich nun endlich anblickte, lag etwas Gebrochenes in seinem Blick. Nie zuvor hatte ich größeres Entsetzen in seinem kantigen, zerklüfteten Gesicht gesehen.

»Schnell wie der Blitz«, flüsterte er. »Unsere Erinnerung. Alles weg.«

Ich fühlte Wärme an meiner Schulter. Der Mann kam näher. Ich drehte meinen Kopf gerade weit genug, um zu erkennen, wie sich Rohw und Aaz an seine Beine klammerten und ihre Gesichter in seinen Kniekehlen vergruben.

Ich war noch zu erschöpft, um überrascht zu sein. Aber nicht so erschöpft, um nicht zu merken, dass irgendetwas Entscheidendes in meinem Gehirn fehlte. Irgendetwas verdammt Persönliches.

Ich versuchte, mich an irgendetwas im Zusammenhang mit dem Mann zu erinnern – an irgendetwas, das weiter als zehn Minuten zurücklag. Aber es brachte mir nichts als ein wundes Herz, das sich so anfühlte, als wäre es in Stücke geschnitten worden, und ein Gefühl von Einsamkeit, so umfassend und furchtbar, dass es mir den Atem nahm.

Blut strömte zwischen den Fingern des Mannes hervor, befleckte sein grünes Flanellhemd und tropfte auf den Boden. Ich hatte Angst, ihm in die Augen zu schauen, und diese Furcht bewirkte, dass ich mich ganz klein fühlte. Ich war doch noch nie feige gewesen.

Feiglinge sterben. Feiglinge lassen andere sterben.

Zee betrachtete das Blut und dann den Mann. Ihn und mich.

»Gutes Herz«, schnarrte der Dämon so eindringlich, dass mir die Tränen in die Augen schossen und sie schließlich zum Überlaufen brachten, als er seine klauenbewehrte Hand auf meine Brust legte. »Verlier es nicht, das gute Herz.«

Ich rieb mir die Augen. Ich spürte den Morgen unter der Haut, das Kitzeln der Sonne, die irgendwo hinter den Mauern und den Wolken aufging. »Geh schlafen. Antworten gibt es heute Nacht.«

»Maxine«, flüsterte Zee besorgt, »fürchte, Antworten könnten töten.«

Dek und Mal hörten auf zu summen. Rohw und Aaz betrachteten Jack. Ich versuchte, dasselbe zu tun, aber ich konnte nur bis zu seinen Schuhen schauen, bis zu den Beinen, dem Rand seiner schmalen Hand, den in Blut getauchten Fingerspitzen.

»Umso dringender sollten wir herausfinden, was hier geschehen ist«, entgegnete ich und rüstete mich für den Sonnenaufgang.

Es geschah schnell. Schneller als ein Augenblick, schneller als ein Herzschlag – in weniger als einem Moment, einem halben Moment vielleicht oder nochmals der Hälfte davon. Die Jungs verschwanden. Verblassten zu Rauch, der auf meiner Haut wieder sichtbar wurde.

Ich starrte auf meine Arme und Hände. Seit der Ermordung meiner Mutter hatte meine Haut kein Sonnenlicht mehr gesehen. Und sie würde es auch niemals mehr sehen. Das fahle Fleisch war verschwunden, vollständig von Tätowierungen bedeckt, von verschlungenen Körpern, die aus Kohle und Quecksilber gestochen zu sein schienen und in deren Venen silberne Feuer glänzten. Schuppen und Klauen, Zähne und Zungen drückten jetzt auf meine Haut und bedeckten jeden Zentimeter von den Zehen bis zum Scheitel. Selbst den Skalp zwischen meinen Schenkeln. Nur mein Gesicht war unbedeckt, aus Eitelkeit, aber dem wurde bei Gefahr schnell abgeholfen. Was bereits häufiger vorgekommen war: durch Kugeln oder Busse, unter die man mich geworfen hatte.

Sterblich bei Nacht, unsterblich am Tag. Von jetzt bis zum Sonnenuntergang konnte mir gar nichts etwas anhaben. Keine Atombombe, keine Fluten und auch kein Feuer, nicht einmal das schlimmste Monster dieser Welt oder irgendeiner anderen.

Meine Blutlinie war geschaffen worden, um Monster zu bekämpfen. Um die Welt vor den allerschlimmsten Kreaturen zu beschützen, vor Wesen, deren Existenz man sich nicht einmal im Traum vorstellen konnte. Früher gab es mehr von uns. Nur ich war übrig geblieben. Ich stand allein gegen eine Horde von Dämonen, die in einem Gefängnis schmorten, das die ganze Welt umgab. Ich kämpfte gegen Jacks eigenes Volk, gegen Avatare, fremde Wesen, die meine Blutlinie vor zehntausend Jahren geschaffen hatten, und die fast eine ebenso große Bedrohung darstellten wie die Dämonen, die hinter dem Schleier eingekerkert waren.

Ich rieb mir die Hände; das Blut war fort, die Jungs hatten es absorbiert. Ihre schwarzen Nägel, scharf genug, um damit Stahl zu schneiden, schimmerten im Licht der Lampe wie Ölflecken. Sogar meine Fingerrüstung hatte ihr Aussehen verändert, wie ein Chamäleon. Eingeätzte Knoten und Schlingen, die an Rosen erinnerten, verzierten sie jetzt. Ich fühlte mich schwerer. Die Jungs waren massiv. Rote Augen starrten mir aus meinen eigenen Handflächen entgegen: Dek und Mal. Auf jeder Hand schlief einer von ihnen. Die Jungs rasteten nie zweimal am selben Ort. Genau wie ich.

Doch halt, das stimmte nicht. Ich hatte ein Zuhause. Ich hatte doch Wurzeln geschlagen und lebte hier schon seit …

Seit fast zwei Jahren, sagte ich mir. *Zwei Jahre Leben im Warmen.*

Ich konnte diese Wärme spüren. Nicht als Hitze, sondern tiefer … in meinem Bauch. Es war, als würde ich das Leben einer anderen Maxine Kiss betrachten. Dann gäbe es eine andere Frau mit meinem Gesicht und meinem Blut, die ein Leben führte, das ich mir für mich selbst niemals erträumt hätte. Ich erinnerte mich, wie ich in jenem seltsamen Leben mit seltsamen Freunden und den Jungs am Tisch gesessen hatte … wir alle zusammen, ohne Geheimnisse voreinander, mit viel Gelächter – und so glücklich, dass es unter die Haut ging. Unter einem Dach, das … mir gehörte?

»Maxine«, sagte der Mann ruhig.

Ich blieb noch einen Augenblick sitzen, bis ich zu einem Entschluss gekommen war. Schließlich stand ich langsam auf, ignorierte seine ausgestreckte Hand, die aus einer Schnittverletzung blutete. Das Blut war mir gleich, aber ich fürchtete mich davor, ihn zu berühren, so wie ich mich davor fürchtete, ihm in die Augen zu sehen. Gebt mir einen Dämon, um ihn zu töten, aber nicht diesen. Gebt mir einen Krieg, aber nicht diesen.

Grant hatte Zee ihn genannt. Sein Name war also Grant.

Ich zwang mich dazu, seinem Blick standzuhalten. Das war ein Fehler. Ich fühlte mich nackt, als er mich angesehen hatte … entkleidet bis auf Muskeln und Knochen, schien nur noch aus meinem kranken, dröhnenden Herz zu bestehen, das hinter den Rippen zitterte. Er sah mich lediglich an, aber das genügte schon, damit ein Teil von mir zerbrach, der auf keinen Fall zerbrechen durfte. Nicht jetzt.

»Du kannst dich wirklich nicht an mich erinnern?«, fragte er. In seiner leisen, tiefen Stimme schienen alle Arten von Schmerzen mitzuklingen.

Ich schüttelte den Kopf. »Kein bisschen.«

Er rang nach Luft, als hätte ich ihn geschlagen. »Du liebst mich.«

Sie sind wohl verrückt!, hätte ich beinahe geschrien.

Aber ich sagte nichts. Mein Mund blieb verschlossen.

Denn nur sein Blick, mit dem er mich musterte, und die Art, wie sich die Jungs in seiner Nähe benahmen, machten mir klar, dass er die Wahrheit sagte.

Ich hatte diesen Mann geliebt.

Und jetzt tat ich es nicht mehr.

3

Ich wich vor ihm zurück und fühlte mich in die Enge getrieben, obwohl das Zimmer riesig war. Dabei trat ich mit dem Absatz meiner Schuhe in das Blut.

»Lauf nicht weg vor mir«, sagte er. »Ich bin der Letzte, vor dem du dich fürchten musst.«

»Ich fürchte mich nicht.«

Er lächelte, aber sein Lächeln wirkte angespannt und traurig, auch ein wenig verbittert. »Lügnerin.«

Ich drehte mich von ihm weg und warf einen Blick zu Jacks Leiche hinüber. Ich tat so, als betrachte ich den Leichnam, aber eigentlich versuchte ich nur, ein wenig Zeit zu schinden, um meine Nerven wieder zu beruhigen.

Lügen haben kurze Beine.

Ich konnte mich nicht an diesen Mann erinnern, ganz gleich, wie fest die Jungs seine Beine auch umklammerten. Ich kannte ihn nicht, auch wenn er mich anstarrte, als gehörte ich ihm. Als wäre ich sein Eigentum, auf jene geheimnisvolle Art sein Eigentum, die mit Händchenhalten zu tun hatte, mit nackter Haut und damit, seinen Atem zu teilen.

Herrgott, es reicht jetzt. Du bist schließlich eine Kämpferin. Also kämpfe!

Ich atmete tief durch und konzentrierte mich auf Jack. Das

Gefühl war schlimmer als das, in einer Achterbahn zu fahren. In meinem Kopf drehte sich alles. Mein Magen verkrampfte sich und drückte seinen Inhalt meine Speiseröhre hinauf, wie bei einem Betrunkenen, der die Kontrolle über sich verloren hat. Ich würgte alles wieder hinunter und versuchte mir nichts anmerken zu lassen. Genauso unterdrückte ich den Schmerz und den Widerwillen, Jacks wachsbleiches Gesicht anzuschauen.

Seine durchgeschnittene Kehle hatte ich ja schon gesehen. Nun musterte ich seinen Körper auf der Suche nach irgendetwas anderem, aber ich war kein besonders guter Detektiv. Was Feinheiten betraf, so konnte ich mich normalerweise auf die Jungs verlassen. Aber das würde noch bis zum Abend warten müssen.

Du Idiot. Du hättest sie Witterung aufnehmen lassen sollen.

Vielleicht hatten sie das schon von sich aus getan. Vielleicht gab es aber einfach keine. Vielleicht war ja auch etwas schiefgelaufen. Oder stimmte nicht. Und zwar mit *mir*.

»Du schießt weit über das Ziel hinaus, wenn du dir jetzt selbst die Schuld an allem gibst oder auch nur darüber nachdenkst«, sagte der Mann, der hinter mir stand.

Ich erstarrte und drehte dann langsam meinen Kopf zu ihm herum. »Was haben Sie gesagt?«

»Du hast mich genau verstanden.« Der Mann humpelte mit einem Gesichtsausdruck auf mich zu, der so hart und kalt war, dass ich mich fragte, was zur Hölle ich ihm wohl angetan haben mochte. »Immer gibst du erst mal dir selbst die Schuld an allem Möglichen und denkst nur das Schlimmste von dir.«

»Ich bin eine Mörderin«, hörte ich mich sagen, obwohl ich eigentlich gar nicht vorhatte zu sprechen. »Wenn Sie mich kennen …«

»Ich kenne dich«, sagte er mit rauer Stimme, »ich kenne dich, Maxine.«

Als er sich vor mir aufbaute, wich ich nicht von der Stelle und spürte, wie ein Strom von Wärme von seinem Körper auf meinen überschwappte. Ich roch Zimt und andere heimelige Dinge. Ich dachte unwillkürlich an Sonnenlicht und Feuer.

Er trat noch näher an mich heran und sah mich intensiv an. Ich verstand nicht, warum mich das so verunsicherte. Andere Blicke anderer Männer stiegen in meiner Erinnerung hoch, wahnsinnige, blutrünstige, hinterhältige und kalte Blicke, aber keiner von ihnen brannte sich so in mich ein wie der dieses Mannes.

Er hatte allerdings recht: Ich war eine Lügnerin. Er machte mir Angst. Ich war zwar eine starke Frau, jedoch nicht, wenn es um mein Herz ging.

»Wollen Sie etwas sagen, oder wollen Sie mich nur ansehen?«, fragte ich, unfähig, mehr als nur ein Flüstern hervorzubringen. »Mein Großvater ist tot. Sie stehen in seinem Blut.«

»Jack ist nicht tot, und du warst es nicht, die seinen Wirtskörper umgebracht hat. Darauf würde ich mein Leben verwetten.« Er suchte nach Antworten in meinem Gesicht. »An was kannst du dich überhaupt noch erinnern? Du weißt doch, dass Jack nicht wirklich …«

»Ein Mensch ist? Ja.«

»Und du weißt auch, wo du hier bist?«

»Im Coop«, antwortete ich sehr langsam, weil ich spürte, worauf er hinauswollte – und mich davor fürchtete.

Der Mann lehnte sich zurück und runzelte die Stirn. »Warum lebst du hier? Und mit wem?«

Ich schluckte und zeigte auf Jacks Leiche. »Wechseln Sie nicht das Thema.«

»Dein Gedächtnis ist Thema.«

»Ich könnte Sie niemals lieben«, sagte ich.

Er stützte sich auf seinen Stock und schwieg. Ich biss mir auf die Zunge und hasste mich selbst für diesen Satz. Ich drehte mich wieder zu Jack herum. Aber ich sah nicht mehr, als ich bereits wahrgenommen hatte: die durchgeschnittene Kehle und seine ordentliche Kleidung. Männer, die um ihr Leben gekämpft hatten, zerrissen dabei meistens etwas oder sahen auf eine andere Art und Weise ramponiert aus. Jack jedoch nicht. Ich kniete in seinem Blut und nahm seine Hand. Die Haut wurde schon kalt. Sein Körper wirkte fast bereits wie eine Hülle, eine Wachsfigur. Absolut unwirklich.

Unter seinen Fingernägeln war zwar Blut, aber es schien sein eigenes zu sein. Ich war mir allerdings nicht ganz sicher. Schließlich hob ich das Messer auf. Die Jungs leckten das Blut von der Klinge, bis das Metall im Lampenlicht glitzerte.

»Lag er genau so da, als du ihn gefunden hast?«, erkundigte sich der Mann mit leiser, rauer Stimme – dabei vielleicht ein wenig zu gelassen.

Ich zögerte. »Er lag auf der Seite.«

»Es ist kein einziges Möbelstück umgestoßen worden, und er sieht auch nicht aus, als hätte er sich gewehrt.«

»Oder er hatte keine Zeit, sich zu wehren.«

»Vielleicht hast du ihn nur tot aufgefunden. Vielleicht sind dir deine Erinnerungen danach … gestohlen … worden. Es wäre nicht das erste Mal.«

Ich stand auf, um mich dem penetranten Blick des Mannes zu entziehen, und fragte mich, wie viel ich ihm sagen sollte. Eigentlich kam es mir jedoch so vor, als wüsste er ohnehin schon alles. Ich dachte wieder an die Jungs, und daran, wie Rohw und Aaz sich an die Beine des Mannes geklammert und ihre Gesichter in seinen Knien vergraben hatten. Ich zwang mich, ihn anzusehen. Ihn wirklich anzusehen.

Er hatte diese Wildheit in seinem Blick schon gehabt, als

ich ihn zum ersten Mal gesehen hatte, und er besaß sie auch jetzt noch, aber etwas gezügelter und von einer Art dumpfem Schmerz gezeichnet, der tiefe Schatten auf seinem Gesicht hinterlassen hatte. Er war kein schöner Mann, aber ein ansehnlicher. Er sah aus, als könnte er etwas auf die Beine stellen. Nichts an ihm war hinterhältig, alles wirkte einfach nur … geradeheraus. Und zwar auf eine sehr kompromisslose Art und Weise, nach der Entschlossenheit in seinem Blick zu schließen.

»Sie haben recht«, sagte ich, »meine Mutter hat mir, als ich acht Jahre alt war, schon einmal meine Erinnerungen geraubt. Später kamen sie wieder zurück. Ich weiß, dass auch Zee Erinnerungen auszulöschen vermag. Er hat das bei meiner Großmutter getan.«

»Ja«, antwortete der Mann vorsichtig. »Du hast mir davon erzählt. Du hattest eine Zeitreise angetreten, um ihr zu helfen. Damit.« Er zeigte auf meine Fingerrüstung. »Danach hat ihr Zee die Erinnerung an dich geraubt.«

Ich atmete langsam aus. »Wenn ich nicht gesehen hätte, wie sich die Jungs in Ihrer Gegenwart verhalten …«

»Du machst mir keine Angst«, unterbrach er mich, »wenn sich die Jungs nicht an mich erinnert hätten …«

»Dann würde Ihnen jetzt eine Hand fehlen, wenn nicht sogar mehr.« Ich ging in Richtung Schlafzimmer. Meine Sohlen klebten auf dem Boden und hinterließen blutige Abdrücke. Ich trat durch die geöffnete Tür, schaltete das Licht an … und schwankte ein wenig, als ich das zerwühlte Bett und auf dem Boden die verstreute Kleidung liegen sah, meine und die eines Mannes. Ich ging weiter zum Badezimmer. Unter dem Waschbecken befand sich ein Verbandskasten. Ich wunderte mich nicht, warum ich wusste, dass er dort war. Aber er war eben da, und ich erinnerte mich daran.

Ich legte das Messer zur Seite und wusch mir die Hände, obwohl es eigentlich gar nicht nötig war. Ich sah einen Rasierer, eine Dose Rasierschaum und einen schwarzen BH, der an der Türklinke hing. Da befanden sich zwei Garnituren Handtücher und ein Paar schmutzige Herrensocken, die neben dem Wäschekorb lagen; zwei Zahnbürsten in einem potthässlichen Becher, der die Form des Kopfes der Freiheitsstatue hatte – *du warst in einem Flugzeug auf dem Weg nach New York City, zum ersten Mal, um einer alten Frau zu helfen und einem alten Mann, und du hast dieses Ding am Flughafen gekauft, weil, warum … warum … weil jemand dir sagte, dass du das tun solltest, einfach so aus Spaß, und du lachtest, aber nicht allein, du warst nicht allein, und jedes Mal, wenn du das Ding ansiehst, fällt dir ein, dass du gelacht hast, und du lächelst wieder* … ich musste auch jetzt lächeln, wie ich bemerkte, und fuhr mir mit dem Handrücken hastig über den Mund.

Ich kam mir vor wie in einer anderen Welt. Twilight Zone. Ich verlor meinen Verstand und die Orientierung. Es gab auch noch andere Dimensionen. Vielleicht war ich in eine von denen hineingerutscht. Ich könnte die ganze Schuld genauso gut auf interdimensionale Reisen schieben, angefangen bei meiner ersten Urahnin und den Kreaturen, die vor Millennien auf die Erde gekommen waren und sie geschaffen hatten.

Meine Überlegungen halfen mir aber nicht weiter. Ich sah verheerend aus: verfilzte schwarze Haare, blasse Haut und tiefe Ringe unter den Augen. Ich schob die Haare nach hinten und betrachtete die Narbe unter meinem Ohr. Ich versuchte es jedenfalls. Sie war unter einem der Jungs versteckt und bestand aus einem tätowierten Schwanz, der unter meinem Haaransatz hervorragte, um ein paar verschlungene Linien, die in meine Haut geätzt waren, zu verdecken. Ich hatte sie einem Dämon zu verdanken, der mich damit gezeichnet hatte.

Ein unverwechselbares Mal, eines, das Jack und auch anderen Angst gemacht hatte. Eine Vorfahrin von mir hatte dieselbe Narbe getragen, als Geschenk desselben Dämons, dem auch ich sie zu verdanken habe.

Oturu. Ein Wesen, das aus Nacht, aus Messern und Albträumen geschaffen war. Ich träumte manchmal von ihm, aber in diesen Träumen war ich immer jemand anders, eine andere Frau, und da gab es immer Blut und Tod und Verfolgungsjagden, die so lang waren, als führten sie von einem Stern zum anderen.

Oturu hatte mich gezeichnet, weil ich ihn, wie er sagte, an eine meiner Ahnfrauen erinnerte: an die Frau aus meinen Träumen. Was nicht gerade ein Kompliment war, denn meinem Großvater zufolge war das Netteste, was man über sie sagen konnte, dies: dass sie die Welt nur *fast* zerstört hatte.

Ich presste den Verbandskasten an meine Brust und verließ das Badezimmer. Der Mann lehnte an der Tür des Schlafzimmers und wartete auf mich, in lockerer Haltung und entspannt, abgesehen von seinen Augen. Sie waren wie die eines Wolfes, das fand ich jedenfalls. Wie die einer anderen Art von Jäger eben.

»Ihre Hand«, sagte ich.

»Jack«, gab er zurück.

»Der kann warten. Wie Sie bereits sagten, er ist ja nicht tot.« Fast hätte ich diese Worte nicht herausgebracht. Ich musste mich zwingen, sie auszusprechen, und es klang, als hätte ich einen Sprachfehler. »Vielleicht sucht er nur nach einem anderen Körper.«

»Hoffentlich nicht in einer Gebärmutter. Es wäre mir lieber, wir müssten nicht warten, bis er erwachsen genug ist, um uns ein paar Antworten zu geben.«

Ich knurrte und bedeutete ihm mit einer Handbewegung, den Raum zu verlassen. Aber er sah mich nur an und humpelte zum Bett. Er setzte sich auf die Kante und wartete.

Am liebsten hätte ich gegen sein krankes Bein getreten. Das Bett und die Art, wie er darauf saß, erinnerte mich an eine Bärenfalle. Einmal war ich in Alaska während der Tageslichtstunden in eine dieser Fallen geraten. Ihre Metallzähne waren zwar an meinen Beinen zerbrochen, aber es war mir trotzdem unglaublich schwergefallen, mich aus ihrem Griff zu befreien.

Allerdings hatte es damals nicht nach Sex gerochen.

Ich setzte mich nicht neben ihn. Ich öffnete den Verbandskasten, legte ihn aufs Bett und fand Verbandsmaterial und Salbe. Der Mann hörte nicht auf, mich anzustarren. Ich hasste es. Ich wusste nicht einmal, warum ich das tat, ich fühlte nur, dass ich es hassen sollte.

»Geben Sie mir Ihre Hand«, murmelte ich.

»Nimm sie dir doch«, antwortete er, während er noch immer seine Faust gegen seinen Magen presste. Die Vorderseite seines Hemdes war blutig.

»Spielen Sie keine Spielchen mit mir!«

Er schüttelte den Kopf, ohne dabei seinen Blick von mir abzuwenden. »Das ist kein Spiel.«

»Davon, dass ich Sie anfasse, wird mein Gedächtnis bestimmt nicht zurückkommen.«

Sein Mundwinkel verzog sich zu diesem bitteren Lächeln. »Nimm meine Hand, Maxine. Oder verzieh dich!«

Oder ich schlag dich, dachte ich.

Ich nahm sein Handgelenk. Meine tätowierten Finger wirkten schlank und schmal: verglichen mit den knochigen Muskeln seines Unterarms, geradezu weiblich. Das war ein Wort, mit dem ich mich normalerweise niemals selbst beschrieben hätte. Außerdem überraschte es mich, dass ich die Wärme spürte, die von seinem Arm ausging. Normalerweise sorgten die Jungs dafür, dass ich am Tage desensibilisiert war, und darum, außer im Gesicht oder über den Atem, gar nicht imstande war, Hitze oder Kälte zu empfinden.

Ich konnte mich an diesen Mann nicht erinnern. Ich konnte mich nicht einmal daran erinnern, überhaupt jemals einen Mann berührt zu haben, außer vielleicht bei einem Exorzismus. Ich hatte nicht die geringste Ahnung, wie man behutsam war.

Doch er zuckte zusammen – und ich merkte, wie ich es wenigstens versuchte. Ich lockerte meinen Griff und zog seine Hand vorsichtig von seinem Bauch. Seine Finger waren noch immer über seine blutende Handfläche gekrümmt, und ich schob meine Hand darunter, meine kleine Hand, die im Vergleich zu seiner einfach winzig war, und bog die Finger vorsichtig auf, einen nach dem anderen.

Das hätte er auch allein tun können. Er hatte mir schon vorher seine Hilfe angeboten, als ich hatte aufstehen wollen. Dies hier war wohl ein Test. Er beobachtete mein Gesicht und stöhnte nur noch ein einziges Mal, als ich sagte: »Sie sind ein Manipulator.«

»Vielleicht«, stimmte er mir nach einer Weile zu.

Mehr sagte er nicht, als ich seine zerschnittene Hand verband. Durch das viele Blut sah die Verletzung schlimmer aus, als sie eigentlich war. Eigentlich waren es nur oberflächliche Schnittwunden, die später allerdings höllisch wehtun würden. Ich hatte zwar keine große Erfahrung damit, Leute zusammenzuflicken, aber ich fand doch, dass ich das ganz passabel hinbekommen hatte.

»Ich spüre meine Finger nicht mehr«, bemerkte er. »Ich hoffe, sie sind noch dran.«

»Jammerlappen«, murmelte ich und sah ihm zu, wie er versuchte, die Finger zu strecken. Viel Erfolg hatte er damit nicht. Ich hatte den Verband fester als einen Schildkrötenpanzer um seine Hand gewickelt.

Dann warf ich die leeren Verbandsverpackungen auf den Boden. Die Jungs würden sie später fressen; der Gedanke schoss mir so selbstverständlich durch den Kopf, dass ich fast nicht mitbekommen hätte, wie merkwürdig es eigentlich war, so etwas überhaupt zu denken. Ziemlich beunruhigend. Ich machte mir noch einmal klar, dass dies mein Zuhause war. Sogar die Jungs behandelten es so. Ich sah ihr Spielzeug auf dem Boden liegen: angefressene Teddybären, Rasierklingen, Playboyhefte. Und in der Ecke stand ein lebensgroßer Pappaufsteller von Bon Jovi, sogar mit richtigen Haaren. Ich zeigte darauf: »Das da ist neu.«

»Zee hat es mit deiner Kreditkarte bezahlt«, antwortete der Mann. »Erinnerst du dich?«

»Ja«, sagte ich langsam und dachte nach. »Jetzt erinnere ich mich. Es kam gestern Morgen, dabei hatte ich gar nichts erwartet.« Ich sah ihn an. Diesmal hielt ich seinem Blick stand. »Dachtest du etwa, ich hätte gelogen, was mein Erinnerungsvermögen betrifft?«

»Nein. Ich wundere mich nur, dass du dich *daran* erinnerst, aber nicht an mich.«

»Er hat schönere Haare«, sagte ich und verließ das Schlafzimmer. »Vielleicht liegt es aber auch am Leder.«

Er schnaubte verächtlich. »Wie heiße ich, Maxine?«, rief er mir nach.

Bevor ich weiterging, blieb ich einen Moment stehen. »Zee nannte dich Grant.«

»Gut«, antwortete er sarkastisch, »vergiss das nicht.«

4

Als Kind hatte ich, von den Jungs abgesehen, nur einen einzigen Freund.

Das war meine Mutter, die einzige Person, auf die ich mich wirklich hatte verlassen können.

Sie war größer als das Leben selbst erschienen, kämpfte mit allen Tricks und Schlichen, war rücksichtslos und gerissen … und dabei die beste Bäckerin aller Zeiten. Ihre Haferflockenkekse konnten Tote zum Leben erwecken. Oder einem kleinen Mädchen das Gefühl geben, geliebt zu werden, zum Beispiel nach einem harten Tag voller Dämonen, auf dem endlosen Weg, der vor ihr lag, und der Gewissheit, dass all dies niemals aufhören werde, dass sich die Tage immer nur noch länger ausdehnen und immer schärfere Zähne bekommen würden.

Dann jedoch starb sie. Fünf Jahre lang gab es nur noch die Jungs und mich. Wir lebten in Hotels und in meinem Auto. Und wir jagten Dämonen.

Allein zu sein war leichter. Kein Risiko, nur die Einsamkeit. Daran ist noch keiner gestorben.

Aber irgendetwas in mir hat sich verändert, dachte ich, während ich mich der Küche des Obdachlosenheims näherte. Etwas hatte sich verändert, aber ich konnte mich nicht mehr daran erinnern, was es war. Ich konnte mich nicht erinnern, warum ich mir hier eine Bleibe gesucht hatte, obwohl doch alles, wozu ich erzogen worden war, mir zuschrie, dass ich das auf keinen Fall tun sollte.

Schließlich kam ich zu dem Schluss, dass es etwas, vermutlich sogar alles, mit dem Mann zu tun haben musste, der da schweigend und mit grimmigem Gesicht hinter mir weiterhumpelte.

Grant. Ich hatte ihm gesagt, dass er nicht kommen solle. Ich wollte keine Gesellschaft. Schon gar nicht seine. Viel zu früh. Er trug saubere Kleidung. Genau wie ich. Handschuhe, Rollkragenpullover. Ich war vom Hals abwärts bedeckt und zeigte nur selten meine Tätowierungen. Es beschwor zu viele Fragen herauf, wenn sie nachts plötzlich verschwunden waren.

Ich sah ihn an und wandte meinen Blick dann schnell ab. Jedoch zu spät. Er hatte es schon bemerkt. Er humpelte ein bisschen schneller und beugte sich vor. »Sieh mich nicht so an. Ich habe versucht, dich zu warnen.«

»Ich will nicht darüber sprechen.«

»Wir teilen uns eine Schublade für die Unterwäsche«, flüsterte er knapp. »Saubere Unterwäsche, sicher. Davon geht die Welt nicht unter.«

»Hab ich irgendwas gesagt?«

»Ich glaube, deine Augen bluten.«

Ich warf ihm einen giftigen Blick zu. »Später. Lass uns nicht hier in der Öffentlichkeit darüber reden.«

»Wirst du mich jemals wieder an dich heranlassen?«, fragte Grant in einem harten, unnachgiebigen Ton. »Wirst du es je wieder zulassen, mit mir allein zu sein?«

Eine Hitzewelle stieg mir ins Gesicht. Ich war schon eine harte Frau, mit Dämonen bedeckt. Ich war es gewohnt, mich mit Monstern abzugeben. Sex mit einem Unbekannten … und ich ging davon aus, dass wir tatsächlich miteinander geschlafen hatten, das bedeutete noch gar nichts. Also wirklich. Auch wenn ich mich nicht einmal daran erinnern konnte, *jemals* mit *irgendeinem* Mann geschlafen zu haben.

Absolut nicht. Ich hatte nicht mal einen geküsst.

»Mist!«, stieß ich hervor. Köpfe drehten sich nach mir um, aber als die freiwilligen Helfer erkannten, dass *ich* es war, wich der besorgte Ausdruck aus ihren Gesichtern. Stattdessen sahen sie sich beinahe resigniert an, was man fast herablassend hätte finden können. Ich zeigte ihnen meinen Mittelfinger.

Grant zuckte nicht mal mit der Wimper, aber seine Lippen wurden irgendwie weicher. »Ah. So kenne ich doch mein Mädchen.«

Hastig drehte ich mich um. Es lag an seinem Tonfall. Dieser Humor, der unter der Härte und dem Zorn vergraben war. So kenne ich doch mein Mädchen. Mein Mädchen. Die Worte sickerten in die kleinen Risse meines Herzens. Sie sickerten wie eine Tonne Ziegelsteine da hinein. Ich hätte mich am liebsten übergeben.

Die Küche sah aus, wie ich sie in Erinnerung hatte, was mich etwas beruhigte. Journey blaffte die Leute an, und ruppige Stimmen schrien durcheinander, während volle Orangenkisten über den Boden geworfen und an ramponierten Pappkartons vorbeigeschoben wurden, die mit Bergen von Teigwaren gefüllt waren.

Würstchen zischten, wenn sie neben den Pfannkuchen und Rühreiern auf den metallenen Serviertabletts landeten. Aber fast alle diese Gerüche wurden von dem überwältigend süßen Duft der frischen Zimtbrötchen überlagert, die gerade aus dem riesigen, hohen Backofen geholt wurden. Mein Magen knurrte. Ich brauchte dringend etwas zu essen, und zwar nicht nur für mich, sondern für die Jungs.

Dabei war mir eigentlich gar nicht nach Essen zumute.

Grants Gehstock klackte nicht mehr. Ich nahm mir vor, nicht hinzuschauen, aber ich drehte mich trotzdem um und sah, wie er mit den Männern sprach, die die Orangen abgeladen hatten. Es waren massige Kerle mit rauen, schiefen Gesichtern. Ihre Muskeln spannten sich unter ihren regennassen Jacken an. Sie hielten Handschuhe in ihren Händen, mit denen sie ungeduldig auf ihre Schenkel schlugen, weil sie weitermachen wollten. Trotzdem sahen sie Grant respektvoll an. Hörten ihm konzentriert zu.

Hier gehörte er hin, das wurde mir jetzt klar. Es war sein Obdachlosenasyl, seine Wohnung.

Grant blickte zu mir herüber. Wieder durchfuhr es mich bis auf die Knochen, als sich unsere Blicke trafen. Wütend und verlegen unterbrach ich unseren Blickkontakt.

Konzentrier dich, befahl ich mir grimmig. *Konzentrier dich, oder du bist zu nichts mehr zu gebrauchen.*

In der Küche sah ich mich nach der Person um, deretwegen ich hergekommen war. Da Jacks Wirt tot war, konnten noch eine Menge Probleme auf uns zukommen. Vielleicht. Möglicherweise. Ich war mir nicht sicher. Jedenfalls wollte ich mich nicht darauf verlassen. Der alte Mann lag oben unter einem Laken. Ich wünschte es keinem, so zu enden. In der Ecke der Küche sah ich ein Mädchen, das Weizenbrote aufeinanderstapelte, die einen Tag alt waren. Ein verblasstes lilafarbenes Kopftuch bedeckte ihre Zöpfe, dazu trug sie eine Patchworkschürze, die sie bestimmt von zu Hause mitgebracht hatte. Ich wusste nicht mal, wie sie hieß, und ich sagte mir, dass es wohl daran lag, dass ich ein Arschloch war, und nicht daran, dass mir meine Erinnerung abhandengekommen war.

»Hey«, sagte ich, und das Mädchen zuckte keuchend zusammen. Dann huschte ein zurückhaltendes Lächeln um ihren Mund, als sie mich erkannte. Aber es war eindeutig mit einem Anflug von Nervosität gemischt. Mein großartiger Ruf. Ich konnte mich vage daran erinnern, sie gestern gesehen zu haben, am Rande einer Menschenmenge, die mich beobachtet hatte, wie ich einen Mann erledigte, der zuvor eine Frau belästigt hatte. Er lag auf dem Boden, und ich brach ihm die Nase. Ein Dutzend Leute beobachteten mich dabei verängstigt. Das war dumm und schlau zugleich gewesen. Dumm, weil es die Aufmerksamkeit auf mich lenkte, und schlau, weil ein bisschen Brutalität doch immerhin eine ausgezeichnete Abschreckung war.

Ich spielte hier so eine Art Mädchen für alles, meistens jedoch war ich zuständig für alles, was irgendetwas mit Muskeln zu tun hatte. Gab es ein Problem mit der Sicherheit, kamen die Leute zu mir. Hatte das Problem mit irgendetwas anderem zu tun …

Ich konnte mich nicht erinnern. Ich konnte mich noch nicht einmal daran erinnern, woher mich diese Leute kannten, nur wusste ich, dass sie es taten. Ich lebte schon seit zwei Jahren hier in diesem Haus. Zwei mysteriöse Jahre, aus ebenso mysteriösen Gründen.

Ich hörte das Klacken des Gehstocks auf dem Boden und roch den Zimt. Ich sagte mir, dass es vom Ofen kam und nicht von dem Mann, der mir jetzt die Schultern wärmte, ohne mich zu berühren. Er fühlte sich wie ein Radiator an.

Das Mädchen schaute an mir vorbei, ihr Lächeln wurde süßer und breiter. Ich räusperte mich. »Eigentlich sollte Byron hier sein.« Sie wandte ihren Blick von Grant ab und runzelte die Stirn. »Oh, ich habe ihn nicht gesehen.« Sie drehte sich um und spähte in der Küche umher. »Stimmt, das ist eigenartig, nicht wahr? Er verspätet sich doch sonst nie.«

Ich drehte mich ohne ein weiteres Wort um und steuerte auf die Tür zu. Kaum hatte ich den Flur erreicht, begann ich zu laufen. Grant rief meinen Namen, aber als ich seine Stimme hörte, lief ich nur noch schneller.

Das Obdachlosenasyl bestand aus einer Reihe von miteinander verbundenen Lagerhäusern. Sie gehörten zu einer ehemaligen Möbelfabrik südlich von Seattles Stadtkern. Es gab Betten für Männer, für Frauen und für Familien. Zu diesem Heim gehörten außerdem eine kleine Kindertagesstätte und ein Job-Trainingszentrum. Außerdem verfügte das Coop auch noch über einen zweiten Flügel mit Kurzzeit-Apartments, die für Sonderfälle reserviert waren.

Byron war so ein Sonderfall.

Sein Zimmer befand sich am Ende des Flurs. Ich rüttelte an der Tür, vernahm drinnen aber kein Geräusch. Ich zog einen Schlüsselbund aus der Tasche und hörte das gedämpfte Klacken eines Gehstocks im Treppenhaus. Es war einfach lächerlich, vor einem Mann mit einem kaputten Bein davonzulaufen; es war ganz albern, überhaupt zu versuchen, vor ihm zu fliehen.

Du lebst mit ihm, sagte ich mir, während ich die Tür vor mir aufschloss. *Er kennt deine Geheimnisse. Du wirst die Entscheidung nicht leichtfertig getroffen haben. Und die Jungs würden ihn kaum tolerieren, wenn sie ihn nicht mögen würden.*

»Mist«, sagte ich noch einmal und öffnete die Tür.

Drinnen war es dunkel. Etwas frische Luft wäre schön gewesen. Der Raum war wie ein Standard-Hotelzimmer eingerichtet: Es gab ein Bett, einen Kleiderschrank, ein Fenster und eine Toilette neben der Eingangstür. Die Wände waren mit Kinoplakaten beklebt: *Hellboy*, *Blade Runner* und noch ein paar andere, die Byron und ich in den letzten paar Monaten aufgelesen hatten. Auf seinem Tisch lagen Bücher gestapelt, die wiederum von Papierstapeln umgeben waren. Kein Computer. Byron bevorzugte handschriftliche Notizen – und mir war es egal, ob er mit dem Internet zurechtkam oder ob er überhaupt tippen konnte. Ich wollte nur, dass er etwas lernte. Ich war zu Hause unterrichtet worden, und irgendwie hatte es sich so ergeben, dass ich dasselbe jetzt für ihn tat. In Geschichte und Mathematik war er richtig gut, und ich bezweifelte ernsthaft, dass irgendein sogenannter Student mit seinem Verstand und seiner Reife mithalten konnte.

Der Knabe lag noch immer im Bett. Ich brauchte gar nicht erst das Licht anzuknipsen, um ihn zu sehen. Er schlief, aber sein Schlaf musste unruhig gewesen sein, denn seine Bettdecke war halb zur Seite gerutscht, und an seinem Zeh hing eine Socke. Er trug noch immer sein weißes T-Shirt mit dem Shakespeare-Logo.

Im Eingang tauchte Grant auf. »Ist er okay?«

Warnend hob ich meine Hand und kniete mich neben das Bett. Die Wangen des Jungen, die sonst die Farbe ausgebleichter Knochen hatten, waren gerötet. Ich streifte meinen Handschuh ab und berührte seine Stirn. Ich fühlte die Hitze durch meine Tattoos hindurch. Eine viel zu starke Hitze.

Ich rieb seine Schultern und sah, wie seine Lider zuckten. »Er hat Fieber.«

Im Badezimmer wurde ein Hahn aufgedreht. Wasser rauschte. Als Grant zurückkam, hielt er einen nassen Lappen in seinen bandagierten Fingern. Ich legte dem Jungen den Lappen auf die Stirn und strich ihm sein dunkles Haar zurück. Ich spürte eine gewisse aufgeregte Besorgnis, bei der ich – und zwar nicht zum ersten Mal – daran dachte, wie es wohl wäre, Mutter zu sein.

»Woher wusstest du das?« Grant klang sanft.

»Ich wusste es nicht. Aber er und Jack …« Ich hielt inne, denn irgendwie kam ich noch immer nicht mit der Tatsache klar, dass dieser Mann ein Fremder war, egal wie man es drehte und wendete. Ich war zwar kein Kind mehr, aber *Sprich nicht mit Fremden* – das klang in meinen Ohren immer noch wie ein guter Rat. Das war viel sicherer, machte einem weniger Kopfschmerzen, und man brauchte sich dafür auch nicht anzustrengen.

Grant ließ seinen Blick lange auf mir ruhen. »Jack hat an dem Jungen herumexperimentiert. Hat ihm Unsterblichkeit verliehen und chronischen Gedächtnisverlust. Wir haben nie herausgefunden, warum er das getan hat oder wann … aber nach allem, was uns Zee erzählt hat, geschah es lange bevor Pompeji in Feuer und Asche unterging.« Er deutete auf die Wand. »Reicht dir das fürs Erste? Dann kannst du ja jetzt damit anfangen, mit dem Kopf gegen die Wand zu hämmern.«

»Klugscheißer.«

»Wenn wir in der umgekehrten Lage wären …«

»Hör auf …«

»… und ich dich nicht kennen würde …«

»Es wäre mir egal.«

Grant beugte sich herunter und hielt meinen Blick gebannt. »Ich wäre auch vorsichtig, Maxine. Aber ich würde nicht … absichtlich die Augen verschließen.«

Aus irgendeinem Grund trafen mich diese Worte. Warum auch immer. »Halt mir keine Vorträge.«

»Stoß mich nicht zurück. Noch nicht, jedenfalls.«

Ich blickte auf meine Hände und dann auf den Jungen. Ich wollte ihm sagen, dass es *noch nicht* genau dieser Moment jetzt war und er sich gefälligst zum Teufel scheren solle. Aber die Worte verknoteten sich in meiner Kehle, und alles, was ich herausbrachte, war: »Ich hätte Jack mehr Fragen stellen sollen über das, was er mit Byron angestellt hat.«

»Auf unangenehme Fragen hat Jack noch nie geantwortet.« Grant setzte sich vorsichtig auf die Bettkante und legte seinen Stock auf den Boden. Dann fixierte er Byron mit der gleichen beunruhigenden Intensität wie zuvor schon mich, bis ich mich fragte, ob ich mir Sorgen machen sollte.

»Du bist zu Recht besorgt«, sagte er ganz plötzlich. »Das Fieber wurde nicht von einem Virus ausgelöst. Es hat tiefere Ursachen, aber ich kann es noch nicht genau sagen …«

Byron öffnete die Augen. Nur so wenig, dass hinter schmalen Schlitzen dunkle, fiebrige Augen sichtbar wurden. Ich hielt den Atem an, als er mich anblickte. Erinnerungen prasselten auf mich ein. Bilder erschienen aus dem Dunkel. Wie ich ihn zum ersten Mal gesehen hatte … in einem durchweichten Pappkarton. Und später, als ihm ein Zombie eine Waffe an den Kopf hielt: seine entsetzten dunklen Augen.

Aber die Erinnerungen daran, dass wir beide einfach nur zusammengesessen hatten, wie wir zusammen gegessen oder gelesen hatten, die waren weit stärker. Weil Byron so war wie ich … menschenscheu. Auch er war nicht daran gewöhnt, einen Freund zu haben.

Dennoch vertraute er mir. Gott mochte ihm beistehen, aber er vertraute mir.

»Junge«, sagte ich sanft.

Byron schaute mich eine ganze Weile an, dann wanderte sein Blick hoch und zur Seite, zu Grant.

»Warum … seid ihr beide hier?«

»Es sieht so aus, als ob du dir gestern Abend irgendwas eingefangen hast.« Ich wendete den Waschlappen. »Sag mal, wie es dir geht.«

»Heiß«, murmelte er und schloss die Augen wieder. »Ich hatte einen Albtraum.«

»Erzähl ihn uns.«

»Eine Frau. Oder ein Mann? Weiß nicht. Er … sie trug eine … Halskette. Und ihre Stimme …« Byron fasste sich an die Kehle. »Ich wollte sie … oder *ihn* … nicht reden hören.«

Ich runzelte die Stirn. Grant mischte sich ein. »Wie sah sie aus?«

»Verdammt scharf«, flüsterte er und schluckte mühsam. »Ich habe Durst.«

»Ich hol dir Wasser«, sagte ich und ging ins Badezimmer. Ich dachte an Frauen, die vielleicht Männer waren, an Halsketten und Stimmen. Vielleicht bedeutete es nichts, aber der Junge war krank, Jack war tot, und ich glaubte nicht an Zufälle.

Als ich zurückkehrte, telefonierte Grant gerade auf seinem Handy. Eine Hand lag auf Byrons Schulter, aber der Junge wirkte ganz entspannt, und in seinem Gesicht zeichneten sich weder Misstrauen noch Erschöpfung ab. Mir war, als würde ich schon wieder Zee beobachten oder Rohw und Aaz, wie sie die Knie des Mannes umarmten. Ich musste mich zusammenreißen.

Grant beendete das Telefonat. »Rex wird Mary suchen, damit sie hier bei Byron Wache halten kann.«

Ich fragte mich, woher er wusste, dass ich nicht hier bei dem Jungen bleiben würde. Oder warum er sich nicht selbst anbot. Nicht, dass ich ihn ihm anvertraut hätte. Ich war mir keineswegs sicher, ob ich ihm überhaupt vertraute, aber jeder andere schien ja vor ihm auf die Knie zu gehen. Das konnte zumindest ein Indiz für mich sein. Um meine Augen nicht bewusst vor der Möglichkeit zu verschließen, dass es vielleicht, unter Umständen, einen guten Grund gab, warum ihm meine Jungs – und dieser Junge – vertrauten.

Derselbe Grund, aus dem meine Unterwäsche in derselben Schublade wie seine lag.

Mein Gott, beim Gedanken daran wurde mir übel.

Der Junge seufzte. »Mary ist verrückt.«

»Nur ein bisschen«, räumte ich ein, was untertrieben war und auf einer Lüge beruhte; immer wieder Lügen und noch mehr von diesen verdammten Lügen.

In einem anderen Leben war Mary Soldat und Leibwächter gewesen ... in einer anderen Welt und in einer anderen Dimension. Jetzt war sie eine alte Frau, süchtig nach Marihuana, Strickzeug und ...

Nichts. Ich konnte mich an nichts erinnern.

Ich konnte mich auch nicht an ihn erinnern.

»Sie mag dich«, erklärte ich dem Jungen. Meine heisere Stimme war mir peinlich. »Aber wenn sie dir was zum Rauchen anbietet ...«

»Schon klar«, gab er zurück und ließ sich aufs Kissen fallen. »Ich bin ja nicht ... blöd.«

Ich unterdrückte ein Lächeln und zerzauste sein Haar. »Und fang keinen Marathonlauf an, bevor ich zurück bin. Soll ich dir irgendwas mitbringen?«

Er schüttelte den Kopf. Seine Augen waren dunkel, richtig dunkel. »Mir geht's nicht gut, Maxine.« Er kratzte sich den Hals und dann die Brust.

Ich habe Angst, schien er mir sagen zu wollen. *Ich habe Angst.*

Ich dachte an Jack, der tot auf meinem Fußboden lag. In seinem Blut aufzuwachen und zu sehen, dass seine Kehle durchgeschnitten worden war ... mein Großvater. Mein Großvater – ermordet. Und ich hatte es nicht verhindern können. Schlimmer noch, ich konnte mich nicht einmal daran erinnern, wie es geschehen war.

Ich kniete nieder und presste meine Lippen fest auf Byrons Stirn. Ich schmeckte sein Fieber. Der Junge hielt den Atem an, als ich ihn berührte, dann umschlangen seine Arme meine Schultern, und auch ich hielt den Atem an.

»Alles wird gut«, flüsterte ich.

Seine Finger gruben sich tief in meine Schultern. »Das sagst du immer.«

»Weil du zu mir gehörst.« Ich konnte meine eigene Stimme kaum hören, wusste nicht, warum ich so was gesagt hatte, außer vielleicht weil ich Angst hatte, auch noch den Jungen zu verlieren. Zuerst meinen Großvater und dann Grant, den Mann, den ich angeblich liebte. Fort. Mein Leben zerbröselte langsam in tausend Stücke.

»Du gehörst zu mir«, wiederholte ich bockig. »Dir wird nichts geschehen.«

»Okay«, flüsterte Byron und klopfte mir auf die Schulter. »Ich bekomme keine Luft.«

Ich ließ ihn los und stand auf. Ich wollte erst nicht zurückschauen, aber dann tat ich es doch, und ich fühlte mich schrecklich und vom Kummer überwältigt, als ich den Jungen sah. Byron hatte die Augen schon wieder geschlossen, und einen Moment lang stellte ich mir vor, er wäre kalt und tot. Grant trat zwischen uns und presste seinen Mund auf mein Ohr.

»Du machst dem Jungen Angst, wenn du ihn so ansiehst.«

Ich zog den Kopf ein und verließ das Zimmer. Ich blieb nicht eher stehen, bis ich draußen im Hausflur angekommen war. Und dann ging ich immer weiter. Oben im Treppenhaus holte Grant mich ein. Er schwieg. Und ich ebenfalls.

Wir verließen das Gebäude. Niemand hielt uns auf. Ich ging zu meinem Wagen, atmete die kühle feuchte Luft tief ein und genoss den Regen auf meinem Gesicht. Regen fühlte sich immer so wunderbar wirklich an.

Ich fuhr einen kleinen roten Mustang im klassischen Design, der wie ein polierter, kirschroter Edelstein im morgendlichen Glanz Seattles aussah. Ich stieg ein. Grant ebenfalls. Ich griff nach dem Steuer und sagte: »Du hast gar nicht gefragt, wo ich hinfahre.«

Er wischte sich den Regen aus dem Haar. »Ich will dich im Auge behalten.«

»Und wenn ich dir keine Wahl lasse?«

Ein Lächeln huschte über seine Lippen … aber es wirkte nicht freundlich. »Fahr einfach los, Maxine.«

Das tat ich dann auch. Ich setze ruppig zurück, trat das Gaspedal ins Bodenblech und kurbelte mächtig am Steuer, als wir vom Parkplatz auf die Straße brausten, wobei wir nur knapp an einem geparkten Lieferwagen und einem Mann, der gerade ausstieg, vorbeischossen. Er brüllte auf, ich rutschte tiefer in den Sitz hinein und drehte das Autoradio lauter. *Eye of the Tiger* dröhnte aus den Lautsprechern. Grant warf mir einen Seitenblick zu, seine Mundwinkel zuckten.

»Was ist?«, knurrte ich.

»Nichts ist«, erwiderte er und drehte das Radio weiter auf, bis ich den Bass in meinem Brustkorb spürte. Die Jungs auf meiner Haut begannen im Rhythmus der Musik zu pulsieren.

Fünfzehn Minuten später erreichten wir das *Thunderdome*.

5

Das *Thunderdome* war eine Bar, wo Yuppies und reiche College Kids hingehen konnten, wenn sie sich mutig fühlen wollten, ohne gleich Gefahr laufen zu müssen, auf dem Weg zur Toilette abgestochen zu werden. Die Karaoke-Nächte an den Samstagen waren besonders beliebt und verführten förmlich zu volltrunkenen Showeinlagen, wie auf den Tresen zu springen oder mit vollen oder leeren Gläsern nach anderen Gästen zu werfen.

Was im Übrigen nicht nur an den Wochenenden, sondern fast jede Nacht geschah, wenn die Kneipenwirtin persönlich die Gelegenheit beim Schopfe packte, jede Menge Haut zu zeigen, während sie die Drinks zwischen ihren Brüsten servierte.

Der Laden hatte erst vor wenigen Monaten eröffnet, aber jedes Mal, wenn ich herkam, war er brechend voll.

Heute jedoch war Donnerstagmorgen, und der Bürgersteig davor roch nach Erbrochenem. So wie auch der junge Mann, der in Jeans und Kaschmirjackett – von einem Hemd war nichts zu sehen – ausgestreckt im Eingang lag und schnarchte. Ich stieß ihn vorsichtig mit der Spitze meines Cowboystiefels an, aber er stöhnte nur leise und wischte sich ein paar getrocknete Getränkereste und Überbleibsel seines Abendessens – Broccoli mochte dabei gewesen sein, vielleicht auch ein paar Hamburger – vom Kinn.

»Von heute an werde ich nie wieder etwas essen«, erklärte ich, »nie wieder.«

»Und ich glaube, ich werde Alkoholiker«, gab Grant zurück, während er die Klingel neben der Tür drückte. »Ich werde einen Hang zu Wodka entwickeln, zum Hafen runtergehen und mir von den Matrosen russische Lieder beibringen lassen.«

»Das hat meine Mutter mal gemacht.« Ich hielt inne und betrachtete die mit Vorhängen versehenen Fenster im zweiten Stock. »Sie nahm mich mit, als ich dreizehn war, und ich lernte Poker – von einem einäugigen Riesen, der keine Zähne mehr hatte und dessen Atem wie ein Karton voll stinkender Achseln roch.«

Grant sah mich an. »Diese Geschichte kenne ich noch gar nicht.«

»Ausgezeichnet«, gab ich zurück, während wir auf der anderen Seite der zerschrammten Kneipentür Schritte hörten. »Ich bin froh, dass ich wenigstens noch ein paar letzte Geheimnisse habe.«

Man hörte, wie sich der Schlüssel drehte, dann wurde die Tür geöffnet. Eine Frau steckte ihren Kopf heraus. Sie war kleiner als ich, schien aber fast nur aus Beinen zu bestehen, was man wegen ihrer abgeschnittenen Jeans deutlich erkennen konnte. Die Hose war so kurz, dass ich die Spitzen ihres rosa Slips sah. Dazu trug sie kirschrote Stiefel und ein verblichenes rosa Sweatshirt, das etwas zu groß war und ihr deshalb von der Schulter rutschte. Sie hatte kurze, schwarze Haare und Sommersprossen auf der Nase. Sie war ohne jeden Zweifel überwiegend Chinesin, aber irgendetwas anderes hatte sich bestimmt noch in ihr Blut gemischt.

»Wer ist gestorben?« Bei ihrer Frage sah sie mich an.

»Das ist nicht witzig«, antwortete ich.

»Allerdings nicht«, erwiderte sie. »Also, wer zur Hölle ist nun tot?«

»Killy«, grummelte Grant und stieg umständlich über den betrunkenen Mann, »es ist Jack.«

Sie machte kein sonderlich bekümmertes Gesicht und gab die Tür frei. »O Mann. Jemand hat ihm die Kehle durchgeschnitten.«

Das war zwar keine Frage, aber es überraschte mich auch nicht, dass sie schon davon wusste. Es war ja auch genau der Grund, warum ich hier war. Ich mochte zwar über und über mit Dämonen bedeckt sein, aber Killy hatte ihre eigene Gabe... Eine Nebenwirkung des uralten Versuchs, an menschlicher DNA rumzupfuschen.

Götter und Monster, hatte Jack mal gesagt. Helden und Märchen und merkwürdige Legendenwesen: Sie existierten tatsächlich, von Wesen erschaffen, die zu viel Macht besaßen. Von Kreaturen, die nach dem Krieg mit den Dämonen fast alle die Erde verlassen hatten.

Jack war einst einer dieser Götter gewesen. Ich nahm an, er war es immer noch. Alter Jack. Alter Wolf.

Dass sich Killy und Grant kannten, hatte ich nicht vergessen.

Sie kannte ich seit etwa sechs Monaten. Wir hatten uns zum ersten Mal in Shanghai getroffen, während einer besonders schaurigen Begegnung mit einer Kreatur von Jacks Art... einem Avatar, der aus seinem Gefängnis auf der Erde entlassen worden war und nun anfing, genetische Experimente an Menschen durchzuführen. Vollkommen skrupellos erschuf er dabei neue Monster.

Im selben Augenblick, als mir die Geschichte mit Shanghai wieder einfiel, erinnerte ich mich aber auch, dass ich nicht wegen Killy in der Stadt gewesen war. Auch nicht wegen des Avatars. Ich konnte mich einfach nicht erinnern, warum … und das Loch in meinem Herzen wurde dabei noch größer und kälter. Ich sah Grant an und bemerkte, dass auch er mich musterte. Killy starrte uns beide an.

»Wow«, sagte sie, »das ist hart.«

»Hör gefälligst auf, meine Gedanken zu lesen«, entgegnete Grant und riss seinen Blick von mir los. Doch ich hatte den Anflug von Trauer in seinen Augen erkennen können. Sie waren traurig, irgendwie klein und trauernd. Durch das scharfe Lächeln, das er Killy zuwarf, verbarg er es gut, aber es ging mir nicht aus dem Kopf. Und schmerzte.

Drinnen war es dunkel und kalt. Dabei roch es nach vollen Aschenbechern und Vanille. An den Wänden befanden sich holzverkleidete Nischen mit Eisengittern davor. Die restlichen Tische, die sich in dem kleinen Raum drängten, waren rund, eckig, lang und kurz – und standen so kreuz und quer durcheinander, dass man kaum dazwischen hindurchgehen konnte. Die Bar war etwa einen Meter tief und verlief beinahe über die gesamte Länge des Raums. Der Tresen war zerschrammt und so zerschunden, als hätte man ihn in einem Krieg als Schutzschild benutzt.

Wir drei waren allein. Über unseren Köpfen hörte ich Wasser tropfen. Dann einen Schlag, dem Kettenrasseln folgte.

Grant fragte: »Ist das wirklich notwendig?«

Killy nahm eine Flasche Wasser vom Tresen. »Er hatte eine schlechte Nacht.«

»Was meinst du mit *schlecht*?«

»Er trägt noch immer sein Fell, und ich glaube, dass er eine Katze gefressen hat.« Sie ging auf die Schwingtüren zu, die zur Küche führten. »Komm mit. Er wird froh sein, dich zu sehen.«

»Wir sind nicht zu Besuch hier«, sagte ich, »wir haben Probleme.«

»Du hast doch immer Probleme«, schoss Killy zurück. »Du bist ein Wrack – und hast auch mein Leben ruiniert.«

»Ich habe dir schließlich diese Bar gekauft.«

»Und ich habe meine alte Bar geliebt. In *China*.« Sie fuhr sich mit den Knöcheln durch das Gesicht. »Ich habe Monate gebraucht, um meinen Verstand wieder zusammenzukriegen, nach allem, was man mir angetan hat. Monate, um nachts wieder schlafen zu können, ohne dabei jeden verdammten Gedanken der ganzen Nachbarschaft zu hören. Und dann marschierst du hier rein und willst Hilfe, und das, obwohl du doch ganz genau weißt, dass *du* das einzige Lebewesen bist, dessen Gedanken ich *nicht* lesen kann.«

Ich knirschte mit den Zähnen. »Du bist nun mal die einzige Gedankenleserin, die ich kenne.«

»Ja und?« Killy griff hinter den Tresen und brachte einen kleinen Flachmann zum Vorschein. »Ich habe meine eigenen Sorgen, und die drehen sich *nicht* um den Werwolf da oben, der einen Gewissenskonflikt hat, nur weil er es nicht über sich bringt, sein Priesteramt niederzulegen.« Sie trank einen Rieseschluck aus dem Flachmann, hustete und wischte sich dann den Mund mit ihrem Handrücken ab. »Ich mochte diese Katze wirklich gern.«

Grant sah etwas zu theatralisch nach unten. »Mein Beileid.«

Killy zeigte ihm den Mittelfinger. »Du bist auch nicht besser als Maxine. Nur eine andere Art von Albtraum. Eigentlich sollte ich gar nicht mehr mit dir reden.« Sie drehte sich um und hielt mir genau denselben Finger vors Gesicht. »Du bist doch nur hier, weil Jack tot ist und du dich nicht erinnern kannst, was tatsächlich passiert ist. Und du bist hier, weil du nicht mehr weißt, wer Grant ist. Das ist schon komisch, zumal ihr zwei doch so zuckersüß miteinander umgeht, dass mir davon fast schlecht wird.« Sie nahm einen weiteren Riesenschluck, bekam einen heftigen Hustenanfall und fuhr fort: »Ich kann das, was dir passiert ist, nicht rückgängig machen. Der einzige Grund, weshalb ich überhaupt weiß, dass etwas geschehen ist, ist der, dass ich *seine* Gedanken lesen kann.« Sie zeigte auf Grant und sah ihn dabei böse an. »Und was dich angeht …«

Dann schloss sie ihren Mund jedoch, bevor sie den Satz beenden konnte, machte auf dem Absatz kehrt und ging zügig auf eine Schwingtür zu, die von Hunderten von Nägeln eingerahmt war, die man in die Wand gehämmert hatte. Jeder Nagel saß punktgenau mitten auf der Stirn eines Kopfes, der aus einem Foto ausgeschnitten worden war. Auf den meisten Fotos waren Privatpersonen abgebildet, aber es waren auch ein paar Prominente dabei. Eine Art Voodoo-Wand. Killy bewahrte den Hammer und die Nägel hinter dem Tresen auf. Jeder Nagel kostete einen Dollar und wurde nur dann verkauft, wenn der Käufer garantiert absolut nüchtern war.

Wir durchquerten die Küche und gingen über eine schmale Treppe in den zweiten Stock hinauf, der abgeschlossen war. Der Vanilleduft hinter der Tür wurde stärker, und ich hörte ein dunkles Raunen, das in ein böses Knurren überging. Ketten rasselten. Ich dachte an Jack, an seine aufgeschnittene Kehle und blieb stehen.

»Das ist doch Zeitverschwendung«, sagte ich. »Es tut mir wirklich leid um Vater Lawrence, aber wenn du mir nicht helfen kannst, mich wieder zu erinnern, dann muss ich eben einen anderen Weg finden, um an die Informationen zu kommen, die ich brauche.«

Killy warf mir einen stechenden Blick zu. »Und zu wem willst du gehen, Maxine? Sag mir mal, wen hast du denn noch?«

Ich erwiderte nichts. Gerade fühlte ich etwas Heißes in meinem Rücken. Es war Grants Hand, die mich berührte. Ich war nicht sicher, ob er mich beschützen oder beruhigen wollte, aber es ärgerte mich.

Killy flüsterte: »Wenn du jetzt gehst, wirst du gar nichts herausfinden. Wenn du bleibst, kannst du wenigstens dafür sorgen, dass es einem leidenden Mann besser geht. Jack ist tot, na und? Das wird sich auch wieder ändern. Wahrscheinlich schwebt er in diesem Augenblick schon wieder über unseren Köpfen. Also scheiß auf ihn.«

Nein, dachte ich. Scheiß auf dich.

Grant räusperte sich. »Vielleicht kann ich etwas für Frank tun.«

»Niemand braucht deine Art von Hilfe.« Killy zeigte auf eine Tür am Ende des Flurs. »Aber vermutlich zählt der Versuch mehr als das Ergebnis, hm?«

Er presste die Zähne zusammen. Ob aus Wut oder nur aus Verblüffung, das konnte ich nicht sagen. Ich fragte mich, was genau sie wohl damit gemeint hatte. Was konnte Grant denn tun, dass Killy sich und Frank so sehr vor ihm schützen wollte? Was auch immer es sein mochte, mich hatte es auf der zwischenmenschlichen Ebene offenbar nicht gestört. Nicht, wenn ich tatsächlich jemals … zuckersüß … mit ihm gewesen war.

Zuckersüß. Na klar.

Ich versuchte mich zu erinnern. Ich dachte an Mary, an Rex, an das Schlafzimmer mit dem zerwühlten Bett. Ich kämpfte mit mir, um mich wieder zu erinnern, warum ich eigentlich im Coop gelebt hatte. Warum ich aufgehört hatte wegzulaufen und mich endlich niedergelassen hatte, und zwar ausgerechnet hier, im verregneten Seattle.

Doch jedes Mal, wenn ich gerade dachte, es würde mir gleich einfallen, stürzte ich in dieses Loch in meinem Kopf und meinem Herzen zurück, in dieses gähnende schwarze Loch. Es war eine Leere, eine Wundheit, als hätte eine raue Hand einen Faden gepackt, diesen Mann, und ihn willkürlich herausgerissen, ohne Rücksicht auf das, was übrig bleiben würde. Es war schon schlimm genug, dass ich mich nicht an die Umstände des Mordes an meinem Großvater erinnern konnte. Aber das würde sicher ein Einzelfall bleiben, und die Erinnerung daran würde mit der Zeit zurückkehren.

Dachte ich jedenfalls.

Mit Grant aber schien es, als ob jemand versucht hätte, seine komplette Existenz aus meinem Geist zu löschen. Alles. Ohne dabei darüber nachzudenken, wie viele Ungereimtheiten daraus entstehen würden.

Grant humpelte voran. Ich beobachtete ihn und sog jedes Detail in mich auf: die breiten Schultern unter seinem Jackett, der schlanke Körper, sein schöner Hintern. Fremd, sicher, aber schon auch knackig.

»Ihn anzustarren wird dir auch nicht helfen«, murmelte Killy. »Keine von uns beiden wird Sex mit ihm haben.«

Ich blinzelte. »Wie bitte?«

Sie sah mich streng an, aber mittlerweile standen wir sehr nah beieinander – und so konnte ich sehen, dass ihre Augen blutunterlaufen waren und ihre Mundwinkel vor Erschöpfung herunterhingen. Sie hatte wohl auch eine schwere Nacht hinter sich.

»Du suchst nach einem Auslöser. Falls nicht, wird das noch kommen. Etwas, das deine Erinnerung wachrütteln sollte. Aber ihn anzustarren wird nicht reichen, und Sex ebenso wenig. Das Erste ist zu distanziert, das Zweite zu intim.«

»Also, was hilft dann?« Ich verschränkte die Arme und spürte Zee, der zwischen meinen Brüsten schlief und sich in seinen Träumen bewegte. Die Fingerrüstung meiner rechten Hand fing zu prickeln an. »Was soll ich machen?«

»Lass dir Zeit«, sagte sie, als Grant das Ende des Flurs erreicht hatte und leise mit seinem Handrücken an die Tür klopfte. »Denk gar nicht drüber nach. Folge nur deinem Gefühl. Erinnerungen gehen niemals verloren. Dazu ist das Gehirn viel zu komplex. Du kannst etwas vergraben, es verstecken oder auch verdrängen, aber es ist trotzdem immer noch da.«

»Ich kann mich nicht an ihn erinnern«, sagte ich nur, als Grant sich nach uns umdrehte. Sein Gesichtsausdruck war undurchschaubar, aber vielleicht lag es auch nur daran, dass ich noch nicht genug Zeit mit ihm verbracht hatte, um seine Stimmungen und das, was sie bedeuteten, zu erkennen – in Momenten, wenn er mich so ansah. Einfach so, mit glänzenden Augen, fest entschlossen und mit leicht hochgezogener Augenbraue.

Ich sah nicht weg, bis er es tat. Es dauerte eine Weile. Es war kein Kräftemessen, eher ein gegenseitiges Abschätzen. Ich fühlte mich von ihm beobachtet, als könnte er mich allein durch seinen Blick in all meine Einzelteile zerlegen. Ich hasste dieses Gefühl, aber ich konnte ihm ja schlecht seine Augen entfernen oder ihn bewusstlos schlagen. Ich konnte höchstens verschwinden, um zu verhindern, dass er mich so ansah.

Und vielleicht war das ja auch genau mein Problem. Ich war niemals zuvor gesehen worden. Nie wirklich und tief.

Endlich brach er den Blickkontakt ab. Starrte nachdenklich ins Nichts und in die Ferne. Dann öffnete er die Tür und humpelte in den Raum. Umgeben von einer merkwürdig ruhigen

Kraft, die eher von seiner inneren Präsenz ausging als von irgendetwas Körperlichem.

»Du kannst dich nicht an ihn erinnern, aber du spürst schon etwas.« Killy lehnte an der Wand und rieb sich den Nacken. »Ich kann es in deinen Augen sehen. Vertraue darauf, und du wirst sehen, dass du dadurch mehr erreichst, als wenn du so verdammt früh am Morgen bei mir an die Tür klopfst.«

»Na klar. Als ob du geschlafen hättest!«

»Ich habe zumindest mit dem Gedanken gespielt«, erwiderte sie, runzelte die Stirn und blickte den Flur hinunter. »Verdammt, die beiden kuscheln ja richtig.«

Ich war schon monatelang nicht mehr hier oben gewesen, aber ich erinnerte mich an einen Raum, der spärlich eingerichtet war, fast ohne Möbel und mit nur wenig Licht. Er hatte sich kaum verändert. Nur das Bett war weg. Dafür war ein Tisch hinzugekommen, ein wackeliges, altes Ding, von dem die grüne Farbe schon abblätterte und dessen gesamte Fläche mit brennenden Kerzen in allen Größen bedeckt war. Einige standen in Gläsern, von anderen tropfte das Wachs in kleine, angeschlagene Schüsseln. Mindestens ein Dutzend weitere brannten in einem Kandelaber, der aussah, als hätte man ihn aus den Ruinen eines gotischen Liebesnests ausgebuddelt. Das Licht war sanft und golden – und der intensive Vanillegeruch ergab endlich auch einen Sinn.

Auf der anderen Seite des Raumes lag eine Matratze auf dem Boden. Weiche Kissen, eine Patchworkdecke, die Bibel und ein ganzer Haufen Ketten. Ketten, die einen Werwolf fesselten.

Braunes Fell bedeckte einen kräftigen, robusten Körper mit einem eher dicken Bauch, der über den Rand einer engen schwarzen Trainingshose hing. Ich sah schwarze Klauen, lange Zähne, ein goldglänzendes blutrotes Auge und eines, das eine menschliche, braune Farbe hatte. Der Mann hatte keinen Wolfskopf, auch keine spitzen Ohren, aber er hatte eine Wildheit in sich, eine Wildheit dieses Werwolfs, der da in ihm steckte, die nicht mehr menschlich schien und es auch niemals wieder sein würde.

Vater Frank Lawrence. Vielleicht war er der einzige Mensch auf der ganzen Welt mit diesem besonderen… Leiden, auch wenn ich da meine Zweifel hatte, angesichts der Neigungen jener Kreatur, die ihn geschaffen hatte.

In den vergangenen sechs Monaten hatte ich Zeitungsartikel über merkwürdige Beobachtungen in den Randbezirken von Paris und Madrid gelesen: Männer und Frauen, mit Fell bedeckt, die wahllos Leute angriffen, nur um dann vor ihren Opfern wegzulaufen, während sie meistens um Hilfe schrien. Verschiedene Medien behaupteten, es seien Verrückte, die sich kostümiert hätten. Ich glaubte allerdings eher an fortgeschrittene Genmanipulation, die als Waffe und als Spielzeug eingesetzt wurde – von einer Kreatur, die sich selbst für Gott hielt.

Vater Lawrence saß mit übergeschlagenen Beinen da, die Hände auf den Knien ruhend. Er trug an Armen und Fußgelenken eiserne Handschellen, die er aber gar nicht wahrzunehmen schien. Er war ganz und gar auf Grant fixiert, der ebenfalls auf dem Bett saß und seinen Gehstock über die ausgestreckten Beine gelegt hatte. Er sprach leise, aber eindringlich und verstummte, als wir den Raum betraten.

»Hey«, sagte ich, verunsichert durch die Art, wie mich die beiden Männer ansahen: so als hätte ich eine Umkleidekabine betreten, in der die Sportler gerade nackt aus der Dusche kamen. Einen Moment lang flackerte ein Hauch von Verlegenheit über ihre Gesichter, die sich aber kurz darauf in etwas wesentlich Geheimnisvolleres verwandelte. Es war äußerst merkwürdig zu spüren, wie sich diese Mauern vor mir aufbauten. Normalerweise war es doch immer umgekehrt.

»Maxine«, begrüßte mich Vater Lawrence mit heiserer Stimme. An meinen Beinen spürte ich, wie mich Rohw und Aaz in seine Richtung ziehen wollten: Sie träumten mein Leben, vielleicht sogar das Leben aller Frauen, die schon einmal hier gewesen waren. Zehntausend Jahre – träumen.

Ich gewöhnte mich allmählich an den Raum und badete mein Gesicht in der Hitze von mehr als einem Dutzend brennender Kerzen. »Ihr werdet noch einen Brand auslösen.«

»Meditation«, ächzte Lawrence und schenkte mir ein Lächeln, das seine spitzen weißen Zähne zum Vorschein brachte. »Reflexion lässt mich meine Symptome leichter ertragen.«

»Und die Ketten?«

Sein Lächeln verschwand. »Ich muss mich eben noch ein bisschen mehr entspannen.«

Grant räusperte sich. »Ich habe ihm erzählt... was passiert ist.«

Ich sah die Kerzen an, dachte an Jack und fühlte mich klein und kalt. »Und?«

»Ich würde gerne mit dir reden«, sagte Vater Lawrence mit einer rauen Stimme, die sich fast in ein Knurren verwandelte. »Allein.«

Nachdenklich, aber nicht überrascht, sah Grant in eine andere Richtung. »Frank.«

»Geh raus«, gab er zurück, ohne dabei wirklich unfreundlich zu sein. »Bitte Killy, für dich an der Tür zu lauschen.«

Killy atmete hörbar aus, blickte zu Boden und scharrte mit einem ihrer Stiefel über das zerkratzte Parkett. Grant rammte seinen Stock in den Boden und hievte sich auf seine Füße. Sein Mund verzog sich vor Schmerzen, als er sein Bein durchstreckte. Mein erster Impuls war, ihm zu helfen, aber dann blieb ich, wo ich war, und ignorierte es, dass sich mein Herz zusammenzog. Und ich ignorierte auch dieses nagende Gefühl, dass ich tatsächlich kalt und klein war – allerdings auf eine ganz andere Art, als ich es vorhin gespürt hatte. Ich sah Frank an und stellte fest, dass er mich missbilligend musterte. So kam es mir jedenfalls vor, denn es war schwer zu sagen … unter all dem Fell.

Ich betrachtete Grant nicht, als er an mir vorbeihumpelte, und er mich auch nicht. Aber meine behandschuhte Hand hing an meiner Seite, und da ich in dem schmalen Türrahmen stand, spürte ich, wie der kleine Finger seiner Hand sie berührte. Es war eigentlich keine richtige Berührung – mit dem Leder und den Dämonen zwischen uns –, aber Dek rührte sich in meiner Hand, und ich empfand Wärme. Ich empfand Wärme.

Grant drehte seinen Kopf ein klein wenig zu mir. Das Einzige, was ich sehen konnte, war sein Mundwinkel, aber selbst der drückte die Intensität aus, die ich allmählich mit ihm in Verbindung brachte, so als wäre alles, was er tat, energiegeladen.

Vielleicht geht es aber auch nur dir so, und das, was du siehst, ist das, was du fühlst.

Als ich die Tür hinter ihm schließen wollte, fiel mein Blick auf Killy, die mich vom Flur aus beobachtete. Außer Sorge war in ihren Augen nichts zu erkennen. Die Sorge galt allerdings nicht mir.

Ich schloss die Tür, ließ aber die Klinke nicht los. »Und?«

»Setz dich«, sagte er leise.

Fast hätte ich mich, wenn auch freundlich, geweigert, aber Vater Lawrence war selbst mit Fell und in Ketten noch zu ehrwürdig und ernst – und ich hatte nichts zu verlieren.

Ich zog meine Cowboystiefel aus, ehe ich auf den Quilt trat, und glitt dann vorsichtig an der Wand neben ihm hinunter. Unsere Ellbogen berührten sich, und sein Fell schürfte über meinen Hemdsärmel. Das Einzige, was ich riechen konnte, war der Duft von Vanille und dann noch etwas, das an einen nassen Hund erinnerte.

»Erzähl mir, was geschehen ist«, sagte er.

»Ich mag aber nicht«, platzte es aus mir heraus, »deshalb bin ich nicht hier.«

Vater Lawrence hielt seine haarigen Hände hoch, so dass die Ketten rasselten. »Dein Pech. Niemand von uns bekommt das, was er will.«

Ich zog meine Handschuhe aus und rieb mir die Augen, die sich von den Tränen, die ich vorhin geweint hatte, noch immer feucht anfühlten. Es waren mehr Tränen, als ich in all den letzten Jahren geweint hatte. »Du brauchst doch die Dinger eigentlich gar nicht, oder?«

»Nicht immer«, gab er zu. »Nicht, wenn ich in meinem menschlichen Körper stecke. Aber wenn ich schwanke ... wenn ich schwanke, dann reicht ein einziger gefährlicher Moment aus. Ein Moment, um jemanden zu töten oder ein Leben zu ruinieren.

Diese Vorsichtsmaßnahmen ... sind schon gewisse Unannehmlichkeiten wert. Davon mal abgesehen«, fügte er höhnisch hinzu, »ich glaube, ich habe letzte Nacht eine Katze gefressen.«

Ich tätschelte seinen Arm. »Die Jungs haben mal einen Grizzlybär gefressen. Bring das erst mal fertig, dann reden wir weiter.«

Vater Lawrence grunzte. »Das mit Jack tut mir leid.«

»Er ist ja nicht tot.«

»Ein Teil von ihm schon. Nämlich genau der körperliche Teil, den ihr kanntet, deine Großmutter, deine Mutter und du. Du kanntest ihn nur als Jack Meddle, den alten Mann mit dem verrückten weißen Haar und den Falten. Dieser Körper war kostbar. Das kannst du ruhig zugeben, Maxine.«

Ich starrte auf meine tätowierten Hände, auf denen rote Augen glänzten. Die Rüstung schimmerte im Kerzenlicht und hielt es fest, denn als ich meine rechte Hand drehte, gab es eine Verzögerung der Reflexion, als wenn ein Teil des Lichts in der Waffe gefangen oder zumindest für kurze Zeit festgehalten worden wäre.

»Irgendwie undankbar«, sagte ich leise. »Zu sentimental. Der wahre Jack ist nichts weiter als Energie. Energie mit Bewusstsein. Das hat er mir mal erzählt. Er nannte es *Seele*. Und seine Seele ...«

»Die kann Dinge tun. Körper erobern und verändern.« Vater Lawrence starrte ebenfalls auf seine Hände. »Du hast ihn noch nie zuvor verloren, und ein Teil von dir ist sich nicht sicher, ob er zurückkommen wird.«

»Ich bin durchaus in der Lage, seinesgleichen zu töten.« Ich schloss die Augen, weil mir von dem Kerzenlicht schwindlig wurde. »Etwas in mir, Frank, oder irgendetwas an mir, macht Jack Angst. *Dies hier* macht ihm Angst.« Ich tippte auf die Narbe am Ansatz meines Unterkiefers unter dem Ohr. »Und tu nicht so, als würde es dir keine Angst machen. Du hast das Gleiche auf deinem Arm tätowiert.« Ich lächelte grimmig. »Nehmen irgendwelche Mitglieder dieses Kultes noch Kontakt zu dir auf?«

»Ja«, sagte er, was mich nicht besonders überraschte. »Nicht alle wurden von Vater Cribari und dem Erl-Koenig verdorben. Es gibt immer noch einige, die der Mission, die Jack vor vielen Jahrhunderten für unseren Orden geschaffen hat, die Treue halten.«

»Dabei beobachten sie meine Blutlinie und warten darauf, dass eine von uns Frauen die Welt zerstören wird.«

Vater Lawrence stieß mich sanft an. »Sei nicht so melodramatisch. Als wärst du was Besonderes.«

Ich musste lächeln, und er fügte hinzu: »Warum sprichst du nicht mit Grant über all das?« Und dann, ehe ich etwas sagen konnte: »Zieh mal bitte die Ecke der Decke da hoch. Ich brauche was.«

Ich tat, was er sagte, verkniff mir sämtliche bösen Antworten und zog einen Klarsichtbeutel randvoll mit Weizenvollkornkeksen heraus. Einige waren schon zerdrückt, ihre cremige Füllung klebte an der Innenseite der Tüte.

Ich schüttelte sie. »Was soll das sein? Schmuggelware?«

Vater Lawrence klopfte sich auf seinen Bauch. »Ich bin auf Spezialdiät. Öffne die Packung und erzähl mir von Grant.«

Ich schob den Beutel in seine pelzigen Hände. »Öffne sie doch selbst und vergiss es. Mit dir werde ich nicht über diesen Mann sprechen.«

»Diesen Mann.« Vater Lawrence versuchte den Beutel zu öffnen, aber seine Klauen schnitten in das Plastik, und die Tüte zerriss. Die Kekse fielen in seinen Schoß. Er seufzte und sah mich vorwurfsvoll an. »Dieser Mann liebt dich. Ach, was rede ich? Er betet dich an.«

»Ich kenne ihn aber gar nicht.«

»Du kennst ihn, du kannst dich nur nicht daran erinnern.«

»Das hilft mir auch nicht weiter. Killy hat schon das Gleiche gesagt, ich kann es nicht mehr hören. Ich erinnere mich nicht an ihn, ich kenne ihn nicht. Für mich ist er ein Fremder, und was mich betrifft, so kann er das auch gerne bleiben.«

»Feigling«, flüsterte Vater Lawrence. »Du bist ein schrecklicher Feigling.«

Ich schob mir einen Keks in den Mund. »Vielleicht.«

»Gut.« Der Priester nahm ganz sanft einen der Kekse zwischen seine Klauen und biss vorsichtig davon ab. Seine Fangzähne zerbrachen ihn in kleinere Stücke, die dann auf die anderen Krümel in seinem Schoß fielen. »Dann werde ich auch nichts mehr erzählen.«

»Hör doch auf damit, so vornehm zu tun«, murmelte ich, »du musst das ganze Ding auf einmal in den Mund stecken.«

»Aber du hast ihn doch geliebt«, fuhr er fort, während er ein paar Krümel auf seine Handflächen schob und sie sich dann in den Mund fallen ließ. »Mein Gott, du hast ihn geliebt. Und ihr beide braucht einander. Mehr, als dir bewusst ist.«

Ich schloss ganz kurz meine Augen, zählte bis zehn und griff dann in die Tüte nach einem weiteren Keks. Ich hielt ihn vor die lederartigen Lippen des Priesters. »Öffne den Mund.«

Er sah mich von der Seite an, tat dann aber, worum ich ihn gebeten hatte. Ich schob ihm den ganzen Keks in den Mund, bis seine Wange eine Beule bekam. »Was ich herausfinden muss, Frank, ist, wer meinen Großvater ermordet hat.«

»Hmm«, sagte er, »Jack wusste offenbar, dass er getötet werden würde.«

»Wie bitte?«

»Jack hat mich gewarnt.« Vater Lawrence hielt seinen Arm hoch, und ich sah den Umriss der verdrehten Tätowierung unter seinem Fell. »Der alte Wolf ist gleich nach Gott noch immer mein Herr. Und ich bin hier, um auf dich aufzupassen, Jägerin Kiss, und um zu helfen, wenn ich kann. Ungeachtet meiner… vorläufigen Unpässlichkeit.« Er senkte seinen Arm, während die Ketten rasselten.

»Jack«, sagte ich und versuchte, alles andere, was er gesagt hatte, zu ignorieren. Die Vorstellung, dass eine kleine Gruppe von Männern und Frauen im Laufe der letzten Jahrtausende jedem Schritt meiner Vorfahren gefolgt war, passte mir noch immer nicht so recht.

Vater Lawrence faltete seine pelzigen, krallenbesetzten Hände über seinem Bauch zusammen. »Jack sagte, und ich zitiere: ›*Der jetzige Zustand muss sich verändern.*‹ Die Geschehnisse hätten einen Punkt erreicht, an dem er bestimmte Maßnahmen ergreifen müsse, die vielleicht... negative Ergebnisse nach sich zögen.«

»Yo«, sagte ich. »Seine Kehle war durchgeschnitten.«

»Das kann man sicher... negativ nennen«, gab er vorsichtig zurück. »Doch ich denke, dass er sich wegen etwas noch viel Größerem Sorgen gemacht hat.«

»Ich habe ihn doch gestern Abend noch gesehen, es ging ihm gut, er war entspannt und absolut guter Dinge. Er verhielt sich kein bisschen wie jemand, dem etwas Furchtbares bevorstand.« Ich zögerte und starrte in das Kerzenlicht. »Aber Grant... Grant sagte, dass Jack mitten in der Nacht nach mir gerufen habe. Dass er mir etwas sehr Wichtiges erzählen wollte.«

»Er hat dir also was erzählt, oder auch nicht. Da du dich nicht mehr erinnern kannst, behaupte ich mal, dass er dir etwas Wichtiges erzählt *hat*.«

»Etwas, von dem jemand anders nicht will, dass ich mich daran erinnere.« Ich lehnte mich zurück und schüttelte den Kopf. »Die Jungs können sich auch nicht daran erinnern. Und das... das ist eigentlich unmöglich. Sie sind ja nicht manipulierbar.«

»Außer von denen, die deine Blutlinie angelegt haben, oder«, antwortete er und hob dabei seine dunkle, pelzige Hand, um mögliche Kommentare von meiner Seite von vornherein zu unterbinden, »oder es handelt sich dabei um eine andere Gewalt, die dir bislang noch unbekannt ist. Mit wie vielen Überraschungen bist du im letzten Jahr konfrontiert worden, Maxine? Es gibt so vieles, was niemand von uns versteht. Wir sind nichts als Kinder, verglichen mit der unendlichen Weite, die da draußen schlummert.«

Ich war sicher, dass er sich nichts dabei gedacht hatte, aber meine Hand berührte meinen Bauch und meine Rippen. »Ich weiß.«

Vater Lawrence kämpfte mit einem weiteren Keks. Diesmal half ich ihm nicht dabei, und er schaffte es tatsächlich, das Ding komplett in seinen Mund zu stecken. Er war ein chaotischer Esser, aber das lag einfach daran, dass sein Mund so merkwürdig geformt war. So nuschelte er: »Grant ist eine ganz und gar andere Angelegenheit.«

»O Gott«, sagte ich.

»Es gibt vieles, was er erklären muss«, gab er mit großer Ernsthaftigkeit zurück, »und wenn er das tut, ist es wichtig, dass du dich wieder fragst, warum du dich nicht an ihn erinnerst. *Warum ausgerechnet an ihn – nicht?* Was soll dir das nützen?«

»Warum konnte ich nicht einfach alles vergessen? Scheint, als wäre das wirklich das Einfachste gewesen.«

»Einfach ja. Wenn man daran glaubt, dass dir überhaupt jemand deine Erinnerung geraubt hat.«

»Natürlich hat das jemand getan.« Ich runzelte die Stirn und versuchte seinen Blick zu deuten, der plötzlich nachdenklich und distanziert wirkte. »Was denkst du?«

Er zögerte, und das Schweigen, das nun folgte, war dicht und die Luft plötzlich schwer zu atmen.

»Wir beide würden doch alles tun, um die, die wir lieben, zu beschützen«, sagte Vater Lawrence. »Ich trage Ketten, wenn ich mich nicht mehr im Griff habe. Ich verstecke mich mit Kerzen und Gebeten in diesem Zimmer. Was aber würdest du, Maxine, tun, um Grant zu beschützen?«

»Ich weiß es nicht. Ich gehöre nicht zu dieser Art von Frauen.«

Er lächelte mich traurig und kalt an. Ich konnte die aufgewühlten Jungs unter meiner Haut spüren und merkte, wie sie mich in Richtung Tür zerren wollten. Sie mussten mich nicht zweimal bitten. Ich stand auf, zog meine Stiefel an und fühlte mich unfähig, Vater Lawrence anzusehen.

»Ich frage mich, ob ich ihn getötet habe«, platzte es aus mir heraus. »Ich frage mich das noch immer. Immerhin lag mein Messer da. Andererseits hätte ich keine Waffe gebraucht, um sein Leben zu beenden.«

»Ich glaube auch nicht daran«, sagte Vater Lawrence sanft. »Niemals würdest du deinem eigenen Großvater wehtun. Du bist keine kaltblütige Killerin.«

»Und doch töte ich.« Tränen brannten in meinen Augen. Ich unterdrückte sie. »Bis später, Frank. Bleib sauber. Und hör auf, Killy da mit reinzureißen«, schickte ich noch als Nachsatz hinterher. »Deine Anwesenheit hier ist schließlich nicht gerade leicht für sie. Du weißt ja, was sie für dich empfindet.«

»Lass es«, sagte er.

»Lass es selbst«, wiederholte ich seine Worte spöttisch und verließ den Raum.

6

Noch bevor ich die Treppe erreichte, spürte ich, dass etwas nicht in Ordnung war. Die Jungs waren einfach zu unruhig. Sogar die Rüstung pochte, was sich seltsam anfühlte, ganz abgesehen von dem, was mir Zee und die anderen erzählten. Und das allein war schon beunruhigend genug.

Ich erreichte die Bar. Und fand dort einen Haufen Zombies.

Fast zwei Dutzend von ihnen. Hingestreut wie Fliegen auf einer verrottenden Frucht: tafelfertig, bereit zum Ausschwärmen. Männer, Frauen, sogar ein paar Teenager, und alle strahlten schwarze Auren aus, die wie Gewitterwolken über ihren Köpfen flackerten. Sie betrachteten mich mit ausdruckslosen, leeren Augen. Saßen oder standen vor den Türen und Fenstern. In Businessanzügen oder in Straßenkleidung, und eine Mutter im Trainingsanzug hatte sich ein Baby vor die Brust geschnallt und hielt eine Pistole in der linken Hand.

Menschen, die besessen waren. Beherrscht von Parasiten, die sich von Schmerzen ernähren. Zwischen ihnen saßen Killy und Grant. Killy war blass und schmallippig und hatte ihre Arme vor der Brust verschränkt. Mit der Spitze ihres roten Stiefels klopfte sie so schnell wie ein Maschinengewehr auf den Boden.

Grant wirkte weitaus ruhiger, aber das war nur äußerlich. Er presste die Handflächen flach auf die raue Tischplatte. Er hatte die Zähne zusammengebissen, und zwischen seinen Brauen hatte sich eine tiefe Furche gebildet. Doch als ich ihn flüchtig anblickte, sah es aus, als schimmerte die Luft um seinen Körper herum wie in goldenen, leuchtenden Wellen – nicht wie eine Aura, sondern als ob etwas tief in seinem Inneren brannte.

Er erwiderte meinen Blick. Ich sah keine Furcht. Nur eine unerschütterliche Zuversicht, so tief verwurzelt und so vollkommen unerschütterlich, dass man es auch Glauben nennen könnte. Aber an was er glaubte, das wusste ich nicht und wollte mir auch nicht anmaßen, es zu erraten. Ich fragte mich, warum ich davon ausging, dass ihm klar war, was sich um ihn herum abspielte. Die meisten Menschen konnten einen Zombie nicht von einer Erdnuss unterscheiden. Daran hätte sich auch nichts geändert, wenn sie mit mir zusammen gewesen wären. Man musste es sehen. Und spüren. Man musste es wissen.

Er weiß es, dachte ich, *verdammt noch mal, er weiß es ganz genau.*

Auf der anderen Seite des Tisches saß ihm und Killy eine Frau gegenüber, mit einer donnernden Aura voller roter Blitze, die sich von ihrem Scheitel bis zu den Fußsohlen verteilte. Sie hatte rote Haare und trug unter ihrem knochenbleichen Trenchcoat ein rotes Kleid. An den Füßen hatte sie rote Pumps mit hohen Absätzen, und ihre Beine waren lang und glatt, blass wie Schnee und dabei so eingecremt, dass sie glänzten. Sie nippte an einem Becher kochend heißen Kaffees und lächelte über den Becherrand hinweg, als sie mich sah. »Jägerin«, flüsterte Mama-Blut. »Liebe kleine Jägerin.«

* * *

Was Dämonen anbetraf, so galt es, gewisse Regeln zu beachten. Regeln und Hierarchien, die ich erst allmählich begriff.

Meine Mutter hatte nie Wert darauf gelegt, zwischen den verschieden Arten von Dämonen Unterschiede zu machen – jedenfalls nicht vor mir. Was nicht menschlich oder tierisch war, das war so gut wie tot. War es menschlich oder tierisch und versuchte es, uns anzugreifen, dann war es auch tot. In diesem Punkt verstand meine Mutter keinen Spaß.

Man erzählte sich, die Schlächterkönige seien die gefährlichsten unter den Dämonen.

Weltenfresser hatten sie einige meiner Vorfahren genannt. Sie lebten nur für ihren Magen, für die Jagd und das Morden.

Mehr wusste ich nicht über die Schlächterkönige, außer, dass sie tot waren und das Dämonenheer angeführt hatten. Sie waren in den letzten zehntausend Jahren im Ersten Bann, im innersten Zentrum des Schleiers eingekerkert gewesen. Ich hatte versucht, Jack zu ihnen zu befragen, aber unter den Myriaden von Dingen, die mein Großvater *nicht* diskutieren wollte, schienen *sie* ganz oben zu stehen.

Doch meine Mutter hatte mich schon gewarnt. Wenn auch ohne viele Worte.

Du kannst vor ihnen nicht weglaufen, Baby,

Wenn du sie stoppst, stoppst du alles.

Klar, ganz einfach. Danke für den Tipp.

Die Niedersten unter den Niederen der eingekerkerten Armee waren die Parasiten. Ratten, Kakerlaken, Fliegen. Sie drangen durch die Risse im Äußeren Ring des Gefängnisschleiers, um Schmerz zu ernten. Einige von ihnen waren noch jung, andere älter. Die Älteren konnten die vollständige Kontrolle über ihren Wirt übernehmen. Die Jüngeren ließen sich einfach nur mitnehmen und suchten sich Menschen aus, die die Anlagen dafür mitbrachten, missbraucht zu werden. Sie nisteten nur auf ihnen und legten ihre Eier ab. Ich konnte zwar nicht jede beliebige Gewalttat, die einen Menschen in eine Zombiepuppe verwandelt hatte, auf einen Parasiten zurückführen, aber wenn irgendwo Schmerz, Angst und Tod zusammen auftraten, dann war höchstwahrscheinlich auch ein Dämonenparasit in der Nähe, der sich an der dunklen Energie labte.

Und der Zombie, der vor mir saß, das war ihre Königin. Die Königin der Dämonenparasiten, die Königin der Kanalratten.

Ich ging zum Tisch, drehte einen Stuhl herum und setzte mich rittlings darauf. Ich hatte noch immer keine Handschuhe an, meine Ärmel waren aufgekrempelt. Die Tattoos wanden sich unter meiner Haut, Schuppen schimmerten und spreizten sich – und jene roten Augen auf meinen Handflächen glitzerten wie Feuer. Grant und Kelly beobachteten mich, aber ich sah nicht zu ihnen hin, sondern nur auf Mama-Blut, nur auf dieses kalte Grinsen.

»Komm, trink was«, sagte sie, als ein zottelhaariger Zombie in Jeans und Birkenstocksandalen hinter der Bar hervorkam und ein Tablett mit drei Bechern dampfenden Kaffees brachte. Killy bedachte den Zombie mit einem verächtlichen Blick.

Ich goss aus jedem Becher etwas über meinen tätowierten Finger, um die Jungs probieren zu lassen. Mama-Blut sagte: »Gift, meine Liebe, ist was für Typen, die in Höhlen hausen und keine Bildung haben. Da steh ich doch drüber.«

»Kugeln sind auch nicht besser«, entgegnete ich und trank von dem letzten der getesteten Becher langsam einen Schluck, der mir die Lippen und meine Zunge verbrannte. Ich warf den anderen einen Blick zu. »Der ist in Ordnung.«

Grants Mund verzog sich zu der Andeutung eines Lächelns, was mich ganz unvorbereitet erwischte. Genau wie der Umstand, dass ich beinahe zurücklächelte. Ein ganz klein wenig. So als wäre dies ein Spiel. Was es natürlich auch war. Aber keines, das Anlass zum Kichern und Herumalbern gegeben hätte.

Ich kenne dich nicht. Und das ist besser für uns beide, sagte ich ihm wortlos, als er nach seinem Becher griff. Killy schlug ihren Fuß ein wenig fester auf und deutete mit ihrem Kinn auf den Zombie, der den Kaffee gebracht hatte. »Tu es nicht. Der war gerade auf dem Lokus und hat sich die Hände nicht gewaschen. Um genau zu sein, hinterher hat er sogar an ihnen geschnuppert.«

Grant zögerte. Ich setzte meine Tasse ab. Der Zombie flüchtete vom Tisch und von Mama-Blut, die ebenfalls in ihren Kaffee starrte.

»Peinlich«, sagte ich.

Mama-Bluts Hand schoss nach vorn und schnappte den Zombie an den Handgelenken. Seine Aura flackerte wie Feuer, während ihm der Schweiß auf der fahlen Stirn ausbrach. Trotzdem versuchte er nicht, sich zu befreien, sondern erstarrte einfach nur wie ein Kaninchen. Nun bemerkte ich eine Veränderung bei den anderen Zombies, ihre Augen bekamen etwas Gieriges, so wie bei einem Lynchmob, der bei einer Hinrichtung zuschaut. Furcht und Aufregung, das machte sie an: Das versprach ja mal, ein leckeres Mahl zu werden.

»Böses Kind«, flüsterte Mama-Blut. »Ich mag diesen Wirt. Wenn ich vorhätte, ihn mit Jauche zu verpesten, dann würde ich schon eine Kloake finden, in die ich ihn hineinwerfen könnte.«

Der Griff ihrer bleichen Hand wurde fester. Ich hörte es knacken – der Knochen, dachte ich, aber es war das scharfe Atemholen des Zombies mit seinen menschlichen Lungen, als sein Kopf zurückruckte, er den Mund aufriss und die Augen verdrehte. Seine Aura flackerte einmal auf, in einem tiefen

Schwarz wie eine Gewitterwolke über der Prärie, und wurde dann nach innen gezogen, bis sie nur noch die Größe einer Faust hatte. Ein Schrei brach aus ihm heraus, der dann aber zu einem würgenden Seufzer erstarb. Grant stieß seinen Stuhl zurück.

»Aufhören«, sagte er mit gefährlicher Gelassenheit. »Überlass ihn mir, wenn du ihn nicht mehr haben willst, aber hör damit auf.«

Ich glotzte nur noch. Mama-Bluts Lippen legten ihre Zähne zu einem grotesken Grinsen frei. »Noch ein Haustier, Lichtbringer? Nein, der hier gehört *mir*.«

Sie riss den Zombie fest am Arm, und er ging heulend und stammelnd auf die Knie. Seine Aura waberte und wurde von wilden Lichtblitzen durchzogen. Mama-Blut beugte sich und presste ihren Mund gegen seinen. Das war kein Kuss. Das war geradezu eine Mahlzeit. Ihre Aura umgab den anderen Zombie in einem Sturm roter Blitze – und ich dachte, nein, ich wunderte mich darüber, wie ein Mensch so blind sein konnte, das nicht zu sehen, zu spüren oder zu fürchten.

Grant griff nach seinem Stock, als wollte er sich erheben. Ich hielt ihn an seinem Arm zurück. Er warf mir einen harten, gehetzten Blick zu, aber nun war es schon zu spät für das – was zum Henker auch immer – er hatte tun wollen. Ich hörte einen Schlag. Der menschliche Wirt brach vor Mama-Bluts Füßen auf dem Boden zusammen. Ihre Aura umschloss ihn nach wie vor. Sie trat mit ihrem roten Absatz nach dem Körper und betupfte dabei zart ihre Lippen.

Ich kniete mich neben ihn und betastete seinen Hals. Und spürte einen starken Puls. Er war nur bewusstlos. Er würde mit Gedächtnisverlust aufwachen – und mit einer erheblichen Sündenlast auf den Schultern. Sünden, an die er keinerlei Erinnerungen mehr haben würde. Ich fühlte mich ihm plötzlich sehr verbunden.

»Mmmm«, murmelte sie. »So was sollte ich öfter machen.«

»Du hast dein eigenes Kind gefressen«, sagte Grant.

»Ich mach mir halt ein neues.« Mama-Blut schnippte mit den Fingern, und ein zweiter Zombie eilte nach vorn, um den Kaffee wegzubringen. »Gut. Worüber sprachen wir gerade?«

»Über gar nichts«, sagte ich, kehrte auf meinen Platz zurück und warf Grant einen warnenden Blick zu. »Aber es ist bestimmt kein Zufall, dass du hier bist.«

»Warum ... ist denn was passiert?« Mama-Blut lächelte, sie wischte sich noch immer die Lippen ab. »Ach ja, Jack.«

»Jack«, wiederholte ich. »Gerüchte verbreiten sich schnell.«

»Das hängt immer von dem Gerücht ab.« Sie sah sich in der Bar um und benahm sich ganz zwanglos. Dann fuhr sie mit den Fingern entspannt an ihren Schenkeln entlang, als könnte sie gar nicht aufhören, ihre gestohlene Menschenhaut zu berühren. »Du hast von Zufall gesprochen, aber es ist einfach nur ein Pfad, der sich langsam abzeichnet. Und ich bin hier, Jägerin, weil ich den Eindruck hatte, etwas Beunruhigendes hätte *meine* Pfade gekreuzt. Bis nach drüben, hinter dem Schleier.«

Ich lehnte mich im Stuhl zurück und erwiderte ihren Blick. »Und dann hast du also gleich eine ganze Armee mitgebracht. Ist das nicht etwas übertrieben? Wir wissen doch beide, dass wir einander nicht umbringen dürfen.«

Sie neigte den Kopf und verzog den Mund, vielleicht überrascht, vielleicht aber auch amüsiert. Und ich fragte mich, was ich wohl Falsches gesagt haben könnte. Ich betrachtete die Zombies, die an der Bar herumstanden. Keiner von ihnen konnte meinem Blick standhalten. Ihre Auren schrumpften, wenn ich sie ansah.

Oder wenn *sie* Grant betrachteten.

Ich reckte mich. »Als ich das letzte Mal so viele Dämonen in einer Bar gesehen habe, war ich acht Jahre alt. Du hast bestimmt von dieser Begegnung gehört.«

Sie presste die Lippen zusammen. »Deine Mutter hätte dich umbringen sollen, als sie sah, wozu du imstande bist. Sie war noch jung genug für ein anderes Kind. Ein ungefährlicheres.«

»Aber jetzt hast du mich.«

Mama-Blut machte eine wegwerfende Handbewegung, so als ob ihr dass gleichgültig sei. Aber das Funkeln in ihren Augen bewies, dass es das ganz und gar nicht war. »Lass uns doch keine Zeit mit diesen alten Geschichten verschwenden. Eure Blutlinie war schon immer abscheulich. Wenn auch nützlich. Sogar der Krieg mit diesen Avataren hat mir und den Meinen Vorteile gebracht. Wie sonst hätten wir uns denn in all den Jahrtausenden durchschlagen können, während der Rest der alten Lords im Gefängnis weggeschlossen war?«

Sie beugte sich nach vorn, während ihre Aura so heftig in ihrer kontrollierten Gewalttätigkeit tanzte, dass ich spürte, wie der Tisch vibrierte. »Wir wissen beide, dass der Schleier Risse hat. Es ist nur eine Frage der Zeit, bis der innere Ring ganz bricht und die Armee freikommt. Und auch die Avatare, diese Häute, werden zurückkehren. Sie sind hinter denen her, die ihre Leute umgebracht haben, hier, auf dieser Welt. Durch euer beider Hände.« Mama-Blut schaute zu Grant hinüber. »Ich frage mich nur, was schlimmer ist? Wir, die wir euch nur fressen wollen, oder die anderen, die mit euch *spielen* möchten?«

Ich konnte nichts erwidern. Ich war mir nicht einmal sicher, ob ich Grant ansehen konnte, aber ich tat es trotzdem. Wer zum Teufel war er nur? Und was war er denn? Vielleicht war ich auch einfach zu unvorsichtig, vielleicht war mein Gesicht zu verräterisch. Als ich dann jedenfalls wieder zu Mama-Blut hinsah, stellte ich fest, dass sie mich mit derselben erstaunten Aufmerksamkeit musterte. Danach ließ sie langsam ihren Blick zu Grant hinüberwandern.

»Aber dazu habt ihr bestimmt schon eine Meinung«, bemerkte sie gelassen. »In Anbetracht der Tatsache, dass ihr doch zu den Ersten gehört, die die Avatare versklaven werden.«

»Ich denke mal, du solltest dir lieber Sorgen um dein eigenes Wohlergehen machen«, knurrte Grant, »angesichts der Tatsache, dass ich keinerlei Versprechen geleistet habe, dich nicht umzubringen.«

»Was ist das nur für eine Ausdrucksweise? Mir scheint, du bist noch nicht so ganz bereit für mich. Ich könnte so viel mit deinem Körper anstellen.«

»Und ich so viel mit deinem.« Jedes seiner Worte vibrierte in mir, tief und wohlklingend, und bewirkte, dass sich die Jungs an meine Haut schmiegten und sich streckten – wie Katzen, die sich vor einem Kamin zusammengekuschelt hatten. Eine kribbelige Wärme fuhr in meine Knochen und in mein Herz. Ein Ziehen. Etwas saß da und wollte hinaus, zu ihm. Ich wusste nicht, was es bedeuten sollte, aber es fühlte sich so wirklich an wie eine Hand an meinem Handgelenk. Wie der Wind oder das Sonnenlicht.

Mama-Bluts Augen wurden schmaler. »Für so was bin ich doch nicht hergekommen. Ich werde mich von euch nicht kontrollieren lassen.«

»Dir bleibt da wohl keine Wahl«, bemerkte Grant kühl. »Und außerdem hätten wir alle etwas davon.«

Zischend fletschte sie die Zähne. Grant bellte nur ein einziges Wort – eines, das wie ein eigenartiger Ton klang, woraufhin der Atem des Zombies in ihrer Kehle knackte und sie schockiert die Augen aufriss – *weit* aufriss. Ihre Aura zitterte.

»Verdammt«, stammelte ich noch, als Killy schon aufsprang. Einer der Zombies packte und schwang einen Barhocker und rannte damit auf Grant zu.

Ich sprang von meinem Stuhl und krachte in den besessenen Mann hinein. Wir knallten hart auf dem Tresen auf, aber ich spürte nicht mehr als einen leichten Widerstand, während meine Fingernägel Wolle und Fleisch durchtrennten. Meine Finger sanken so mühelos in die Fettschicht des Körpers ein wie ein heißes Messer in Butter. Meine Haut absorbierte das spritzende Blut sofort.

Der Zombie humpelte fort und hielt sich den Magen. Ich hatte ihn zwar nicht tödlich verletzt, aber es würden doch ein paar Stiche nötig sein, im Krankenhaus. Das war schon mehr Schaden, als ich menschlichen Wirten normalerweise zufügte. Ihnen konnte man schließlich keinen Vorwurf machen. Mir wurde schlecht.

Mir wurden die Beine weggetreten. Dann schlug ich so hart auf den Boden auf, dass ich davon abprallte. Unter meinem Hinterkopf splitterte Holz. Die Jungs heulten im Schlaf, als mich Zombies niederdrückten. Meine Arme, meine Beine – einer saß mit den Händen an meiner Kehle auf meinem Bauch. Ich roch den Rauch. Meine Klamotten brannten. Die Jungs brannten ebenfalls. Als säße man in Wasser, das langsam vor sich hin kochte. Die Zombies wussten nicht, wie ihnen geschah, bis sie schließlich von mir abließen, hustend und schreiend: mit brennenden Händen.

Ich setzte mich auf, so angesengt und qualmend, wie ich nun mal war. Zwischen mir und Mama-Blut standen Zombies. Grant konnte ich nicht hören. Sehen konnte ich ihn auch nicht. Ich konnte ihn nicht einmal …

…spüren, meldete sich ein ungebetener Gedanke in meinem Kopf. Die Furcht, die mich ergriff, war beunruhigend und brutal, traf mich mitten ins Innerste, hinter meine Rippen, unter mein Herz. Verworrene Dunkelheit. Ahnungen aus tiefem Schlaf. Sie raubten mir den Atem, machten mich unruhig und krank vor Sorge. Es war schon eine Weile her, seit ich diese… Kreatur in mir gespürt hatte. Eine spirituelle Kraft, die so stark war, als sei sie körperlich, nicht ich – und doch ein Teil von mir, mit ihrem ganz eigenen Willen.

Das war es also, wovor Jack Angst hatte. Das war es, was auch meine Mutter so gefürchtet hatte. Es war dieses Etwas in mir, das niemand verstehen konnte oder wollte. Eine Macht, die noch schlief, aber deren Schlaf immer leichter wurde, je mehr Zeit verstrich. Und die mit jedem schrecklichen Erwachen stärker zu werden schien. Diese Kraft hatte irgendetwas mit dem schwächer werdenden Gefängnisschleier zu tun. Das wusste ich, genauso wie ich wusste, dass sie alles, was ich liebte, zerstören würde, falls ich jemals zu schwach werden mochte, um sie in mir zu behalten. Vielleicht würde sie sogar diese Welt zerstören.

So wie meine Ahnin es auch fast getan hätte.

Ich schloss die Augen, kümmerte mich nicht mehr um das, was um mich herum geschah, sondern konzentrierte mich ganz auf mein Herz, darauf, die Reifung zu drosseln, das Pochen der Trommeln, die in meinen Eingeweiden schlugen, wo sich ein Wesen entfaltete – wie ein großer Wurm aus endloser Nacht, der sich wie ein Schmetterling in seiner – meiner – Larvenhaut streckte und dehnte.

Meine Muskeln und Knochen wurden wärmer, quecksilberleicht, und in meine Venen ergoss sich ein Feuer, das meinem Herzen einen wilden Schrei zu entlocken schien. Ich wollte ja auch schreien, aber alles, was ich tun konnte, war: zu würgen und noch mehr zu würgen … die Gier runterzuschlucken.

Nein!, sagte ich zu dem Wesen und kämpfte darum, die Oberhand zu behalten. Ich war ängstlich und erschrocken und wurde daran erinnert, wie es sich für einen Menschen anfühlen musste, wenn etwas von ihm Besitz ergriff.

Nicht jetzt. Nicht hier.

Der Zombie mit dem Baby machte einen Schritt nach vorn. Das Kind wimmerte und schluchzte weinend. Es hatte keine dunkle Aura über seinem Kopf. Seine Mutter war eine Teufelin, die mit einer Waffe auf meinen Kopf zielte. Mama-Blut bellte aus der Deckung einen Befehl. Das rechte Auge des Zombies zuckte, er verzog enttäuscht den Mund, senkte aber die Waffe und machte sich davon, vorbei an den besessenen Männern und Frauen, die sich die verbrannten Hände auf die Brust drückten.

Wahrscheinlich wären die meisten Dämonen inzwischen aus ihren Wirten ausgefahren, aber diese hier waren hartnäckig. Wegen ihrer Königin. Aber sobald sie verschwand, würden diese menschlichen Wirte wie ein Paar alter Socken abgelegt werden. Und wir würden mit Kopfschmerzen zurückbleiben und mit Handflächen, die wie verbrannte Hamburger aussahen.

Mama-Blut stöckelte auf ihren roten Absätzen an ihren Zombiekindern vorbei. Sie grinste verschlagen. Aber als sie mir in die Augen blickte, erstarrte sie, und ihr Lächeln fiel ihr förmlich aus dem Gesicht. »Du bist nicht du selbst«, sagte sie, und die Menschenhaut, die sie umhüllte, schien unter der Macht ihrer Inbesitznahme zu verwelken. Fleisch sickerte in Körperrundungen, während die Schatten an ihren Knochen tiefer und härter wurden.

»Vielleicht will ich es ja gar nicht sein«, antwortete ich. Ich konnte kaum sprechen und zitterte unkontrolliert, als sich das Ding in mir weiter entfaltete und meine Gier stärker wurde. Es war ein entsetzlicher Hunger, aber keiner auf Nahrung, sondern auf alles, das ich kannte, außer auf den Funken, der das Leben ausmachte, der am Grunde eines Herzschlags brannte. Oder in der Tiefe eines Gedankens.

»Hurenlady«, hörte ich mich sagen, zwei Worte, die nicht von mir stammten. Ich hatte sie nicht gedacht, ich kannte sie nicht einmal, und die Stimme, die sie aussprach, schien nicht mir zu gehören.

Mama-Blut jedoch fuhr zusammen, ihre Finger zuckten, und ein schrecklicher Ausdruck mischte sich in ihren Blick. Vielleicht war es Angst, vielleicht auch Entsetzen. Sie hätte fast den Kopf gesenkt, ich bemerkte, dass nicht viel fehlte. Doch dann versteifte sich ihre Wirbelsäule, ihre Aura flammte auf, und sie straffte sich erneut.

»Sogar du, Träumer, weißt, was ein Versprechen bedeutet.« Sie presste jedes Wort einzeln zwischen ihren zusammengebissenen Zähnen hervor. Sie sprach mich zwar an, redete aber nicht wirklich mit *mir*. »Du wirst mich nicht mehr benutzen. Jetzt nicht, und *niemals mehr*.«

Niemals, echote eine sanfte Stimme in meinem Kopf, voller Abscheu und Verachtung und jener unstillbaren Gier.

Ich schloss die Augen, umfasste mit der Linken meine rechte Hand und presste die Finger gegen die Rüstung. Ich dachte an gute Dinge, an Sachen, die ich liebte, an meine Mutter, an Jack, an Zee und die Jungs. Ich dachte auch an Sonnenuntergänge, an weite Landstraßen und den Sternenhimmel. Und ich spürte, wie ein goldener Faden an meinem Herzen zog, weiter und immer weiter. Ich dachte an Grant… obwohl ich es gar nicht wollte.

Langsam, ganz allmählich, wich die Düsternis.

Ich atmete aus und öffnete wieder die Augen.

Die Luft in der Bar war zu klar. Sie schimmerte bläulich, als wenn Luft eine Farbe haben könnte, und sogar die Schatten der Tische schienen an ihren Rändern zu leuchten … sie pulsierten wie Herzschläge.

Mama-Blut starrte mich mit versteinerter Miene an. Ich leckte mir über die rissigen Lippen und schmeckte Blut. »Grant. Killy.«

»Hier«, knurrte eine tiefe Stimme. Ein paar Zombies traten zur Seite, um den Blick auf Vater Lawrence freizugeben. Ich hatte keinen Schimmer, seit wann er da mitmischte oder wie er sich von seinen Ketten befreit haben konnte, aber seine Klauen waren ausgefahren und troffen nur so vor Blut. Und der braune Pelz, der seinen Körper bedeckte, stand ab und vergrößerte die Konturen seiner Arme und seines Brustkorbes.

Hinter ihm saß Killy auf dem Boden und beugte sich über Grant. Mir schwanden fast die Sinne, als ich ihn sah, aber ich konnte noch die Blutflecken an seinem Kragen erkennen. Regungslos lag er da.

»Verschwinde«, flüsterte ich Mama-Blut zu und kämpfte die Erregung nieder, die durch mich hindurchraste. So war es jedes Mal … danach. Es war der Schockzustand. Mich durchströmte reines Adrenalin. Ich musste mich setzen.

Mama-Bluts Aura zitterte, alles andere an ihr aber nicht. Ihre Menschenaugen zuckten unstet hin und her, dann biss sie die Zähne zusammen. »Deine Mutter war eine unglaubliche Närrin, dass sie dich am Leben gelassen hat.«

»Vielleicht.« Ich ging auf sie zu. »Lady Hure. Was das wohl zu bedeuten hat?«

Sie machte den Mund ganz klein. »Ich würde wirklich gern wissen, was dir Jack erzählt hat.«

Unmittelbar vor ihr blieb ich stehen. »Was ist das für ein Etwas, das ich da in mir trage? Woher weißt du davon?«

»Jack«, flüsterte sie. So etwas wie Verzweiflung klang darin mit. Ihre Aura kämpfte gegen die Fesseln des Fleisches an. »Was hat dir Jack erzählt?«

Meine Augen wurden schmal. »Deshalb bist du also hier. Nur *deshalb*. Wegen Jack.«

»Er hat dir etwas verraten.«

»Jack redet eine Menge. Erzähl du mir doch, was er mir erzählt haben könnte, wenn es dir so wichtig ist.«

Mama-Blut streckte das Kinn kaum merklich nach vorn. Aber statt zu antworten ging sie nur auf mich zu und glitt geziert mit schwingenden Hüften und klackernden Absätzen davon. Sie hielt nicht an, als sie an mir vorbeiging und sich unsere Schultern berührten. Ihr Gesicht blieb regungslos, während sie mich passierte und unsere Körper kurz Kontakt hatten. Aber ihre Aura wich vor mir zurück.

»Ich war mir so sicher«, murmelte sie. »Ich spürte den Ruf. Wir alle spürten ihn.«

Ich ergriff ihren Arm. »Wer hat Jack getötet?«

»Jacks Körper, meinst du wohl.« Sie sah mir mit einem toten, leeren Blick ins Auge. »Du musst doch dabei gewesen sein. Weißt *du* es denn nicht?«

Ich kam näher und schmeckte die Wärme ihres Atems, der nach Kaffee und Rosen roch. »Sag's mir!«

Ich konnte an einer Hand abzählen, wie oft ich bisher mit Mama-Blut gesprochen hatte, und nicht ein einziges Mal hatte sie etwas anderes gezeigt als kalte, grausame Gelassenheit. Diesmal aber wich ihre Aura ein weiteres Mal vor mir zurück, und Unsicherheit flackerte in ihrem Blick auf. Doch das ermutigte mich nicht. Es machte mir eher Sorgen.

»Jägerin«, flüsterte sie. »Der Alte Wolf ist ein gerissenes Biest. Er war es schon immer. Wenn er seinen Wirtskörper sterben ließ, dann doch nur, weil es an der Zeit war.«

Sie entfernte sich. Ich ließ sie ziehen und beobachtete sie auf ihrem Weg zur Tür. Mit der Hand auf dem Türgriff hielt sie noch einmal inne und wandte sich nach mir um. »Sei auf der Hut, Jägerin. Es lösen sich gerade zahlreiche Knoten, und du … bist höchstwahrscheinlich einer davon.«

»Aber wer bin ich denn?« Ich klopfte an meine Brust, die Fingerrüstung klirrte an den Jungs. »Was *ist* denn dieses … dieses Ding? Warum sagt mir das denn niemand?«

Der Anflug eines Lächelns huschte über ihre Lippen, aber es war spröde, bitter und sogar ein wenig traurig, was mich alles in allem ziemlich beunruhigte.

»Man hat es dir gesagt. Auf so viele verschiedene Arten«, entgegnete Mama-Blut und öffnete die Tür. *»Niemand ist furchtbarer als der Führer der Hatz. Und keiner ist gefürchteter. Ihr Verlangen ist es auszubrechen. Sie will jetzt das Kommando übernehmen.«* Sie trat vor die Tür und schloss die Augen, als ihr eine Brise ins Gesicht fuhr und das Haar zerzauste. »Jacks Worte, wenn ich mich nicht irre. Und ich denke, du kennst sie.«

»Das ist doch nur ein Rätsel.«

»Rätsel sind eben sicherer. Während die Dummen noch an ihnen herumdeuten, kann sich der, der sie gelöst hat, aus dem Staub machen …« Mama-Bluts Lächeln wurde eine winzige Spur breiter. »Lass dir ruhig Zeit, Jägerin.«

Sie zog die Tür hinter sich zu, die aber nicht lange geschlossen blieb. Zombies wankten hinaus, einige in aller Ruhe, andere drängelten, ein paar Verletzte schleppten sich voran, andere schließlich trugen die Bewusstlosen.

Ich trat der Zombiemutter in den Weg. Ihr Baby schrie zwar

noch immer, doch sie unternahm keine Anstalten, etwas dagegen zu tun. Sie hatte die Waffe in ihrer Handtasche verschwinden lassen. Jetzt wollte sie danach greifen, fasste aber knapp vorbei. Ich rammte meine tätowierte Hand gegen ihre Stirn und murmelte die Worte, die mich meine Mutter in einer Sprache gelehrt hatte, die vielleicht schon vor Jahrtausenden gestorben war.

Der Parasit in ihr heulte auf. Sie schrie. Ihre Aura schien sich von den Fesseln des Fleisches losreißen zu wollen, doch ich hörte gar nicht auf, durch die zusammengebissenen Zähne meine Beschwörungsformel zu singen. Wie einen Fisch an der Schnur zogen die Jungs, meine ausgehungerten Jungs, das Mistvieh heraus.

So lange, bis der Parasit vernichtet war. Verspeist. Und die Frau war befreit.

Ich fing sie auf, bevor sie zu Boden ging. Vater Lawrence ging mir zur Hand, und wir setzten sie auf einen Stuhl. Sie war nicht bei Bewusstsein, dafür aber ihr Baby, das schrie und schrie. Vater Lawrence machte ein beschwichtigendes Geräusch und strich mit der pelzigen Hand über die Stirn des Babys. Das Kind hörte zu weinen auf und starrte mit großen Augen zu ihm hoch.

Ich drehte mich um. Alle Zombies waren fort. Ich roch Schweiß, Angst und verbranntes Fleisch. Ein bisschen roch es auch nach nassem Hund. Killy fixierte die exorzierte Frau und stammelte vor sich hin.

Grant hatte sich noch immer nicht aufgerichtet. Aber immerhin hatte er die Augen aufgeschlagen und beobachtete mich.

Ich ging hinüber und kniete mich neben ihn. Glas knirschte unter meinen Knien. Während des Kampfes waren die Kaffeetassen irgendwann auf dem Boden zerschellt. Kaffee durchnässte meine Jeans, aber die Jungs saugten alles auf, und im Handumdrehen war meine Hose wieder trocken.

»Eines Tages«, sagte er, als wäre das ein alter Witz, den nur wir zwei verstünden. Und einen Augenblick lang wünschte ich mir, es wäre so. Mir war so sehr nach etwas Gutem, Warmem zumute.

»Du solltest dir lieber nicht wünschen, dass ich mich wieder an dich erinnere«, sagte ich, und es klang beinahe, als flehte ich, wie ich es noch nie im Leben getan hatte. »Nicht, wenn das so etwas wie dies hier eben bedeutet. Diese Gewalt.«

Er lächelte nicht, aber irgendwie spürte ich doch etwas in ihm aufsteigen. Ich spürte das Feuer in seinen Augen und den leichten, kurzen Druck seiner Finger gegen meinen Handrücken. Dann verstand ich, wie es hatte geschehen können, dass ich etwas für diesen Mann empfand. Vielleicht. Ein wenig.

Grant setzte sich mühsam auf. Diesmal half ich ihm dabei. Ich merkte es erst, als es schon zu spät war und er seinen Arm um meine Schulter geschlungen hatte. Seine raue Wange rieb an meiner. Ich schloss die Augen.

»So was sagst du jedes Mal«, flüsterte er. »Aber ich bin immer noch hier, Maxine. Du musst dich nicht an die Vergangenheit erinnern. Erinnere dich ab jetzt einfach an mich.«

»Das werde ich tun«, versprach ich.

7

Killy wollte nicht, dass wir ihr halfen, die Bar aufzuräumen. Ich konnte sie gut verstehen. Es sah so aus, als wäre es schon eine schlechte Angewohnheit von mir geworden, Gewalt in ihr Etablissement einzuschleppen.

Grant und ich fuhren ins Coop zurück. Der Regen prasselte heftig und laut auf unsere Windschutzscheibe, bis aus dem Radio nur noch Bässe und die bloße Ahnung einer Melodie zu hören waren. Grant starrte aus dem Fenster und summte vor sich hin. Ich wusste zwar nicht, um welches Lied es sich handelte, aber ich konnte ihn deutlicher hören als den Regen und das Radio. Seine Stimme ging mir durch Mark und Bein und überrollte mich förmlich. Die Jungs reckten sich und zitterten.

»Hör auf«, sagte ich.

Grant sah mich an, verkniff sich aber, so zu tun, als wüsste er nicht, was gemeint war. »Da gibt es einiges, was ich dir sagen muss.«

Vater Lawrence hatte mir das ja bereits prophezeit, und ich hatte ihm nicht geglaubt.

Warum hast du diesen Mann vergessen?, fragte ich mich. *Warum ausgerechnet ihn?*

»Deine Stimme«, meinte ich und runzelte unbehaglich die Stirn. »Was du mit Mama-Blut gemacht hast; diese Dinge, die sie dir gesagt hat. Sie hatte dich mit so einem Namen bezeichnet.«

»Lichtbringer.« Grant spielte mit seinem Gehstock. »Ich fühle mich mit diesem Namen nicht sonderlich wohl, aber so nennen sie mich nun mal. So wie die Dämonen dich Jägerin nennen.«

Lichtbringer. Ich hatte diesen Namen zuvor schon einmal gehört, von Jack. Der Zusammenhang war mir zwar unklar, aber ich fühlte trotzdem, wie es in meinem Herzen nachhallte.

Ich fuhr an eine Tankstelle heran und hielt an. Ich lauschte dem Regen auf dem Dach, den Scheibenwischern und dem Radio, aus dem lautstark *Bohemian Rhapsody* dröhnte. Ich lauschte dem Text und stellte mir vor, wie die Jungs in meinem Kopf mitsangen.

Vor der Realität kannst du nicht fliehen. Öffne deine Augen.

Öffne deine Augen.

Ich ließ den Motor laufen und stieg aus. Dieses Mal folgte mir Grant nicht. Im Verkaufsraum waren die Gänge sauber, durch das Neonlicht herrschte eine helle Atmosphäre. Ein Mädchen in einem braunen Sweatshirt beobachtete mich vom Tresen aus. Ich ignorierte sie und ging geradewegs zur Theke mit den heißen Speisen. Ich sah mir nicht mal genau an, was es dort gab, sondern schnappte mir einfach nur ein paar Hamburger, die in Folie gewickelt waren, und jonglierte sie auf einem Arm, während ich noch schnell zu den Kühltruhen ging, um uns ein Eis zu holen. Außerdem nahm ich ein paar Flaschen Wasser mit. Einige der Hamburger fielen mir auf dem Weg zur Kasse zwar aus der Hand, aber ich versuchte nicht einmal, sie aufzuheben. Ich kickte sie mit dem Fuß quer durch den Raum, als wären es Hockey-Pucks. Das Mädchen sah aus, als wollte es jeden Augenblick den Alarmknopf drücken. Ich fragte mich, ob ich wohl noch etwas Blut von dem Kampf in meinem Gesicht hatte. Vielleicht roch ich aber auch nach verbrannter Haut. Meine Kleidung war schließlich etwas angesengt.

Ich zahlte die Lebensmittel, während sie alles in eine Plastiktüte packte. Als ich wieder ins Auto stieg, lief noch immer *Bohemian Rhapsody*. Grant beobachtete mich schweigend.

Ich griff mir einen Hamburger und schob die Tüte zu ihm rüber. Er warf einen Blick hinein und nahm sich dann ein Eis. Seine verbundene Hand erschwerte es ihm zwar, das Papier aufzureißen, aber er schaffte es trotzdem.

»Weißt du noch«, sagte er, »in der Nacht, als wir uns das erste Mal trafen, sind wir auf ein Eis und einen Hamburger zu McDonald's gegangen.«

Ich würgte ein wenig.

Grant sah mir dabei zu, wie ich den Hamburger mit drei großen Bissen verschlang und nach einem zweiten griff. »Ich dachte, du wolltest nie wieder etwas essen.«

»Und ich dachte, du wolltest Alkoholiker werden.«

»Hmm«, sagte er. »Also gut, dann schieß los!«, meinte er dann.

»Ich weiß nicht wie.« Ich war gerade mit dem zweiten Burger fertig. Billig, aber gut. Es war lange her, dass ich so etwas gegessen hatte. Ich hatte mich daran gewöhnt, mich gesund zu ernähren und nicht mehr diesen Straßenfraß in mich reinzustopfen. Ich wickelte den dritten Hamburger aus.

»Was du da vorhin getan hast, beziehungsweise was du offenbar gerade zu tun im Begriff warst, das sollte eigentlich gar nicht möglich sein.«

»Was denkst du denn, was ich getan habe?«

Ich hörte auf zu essen und legte den Burger weg. »Du wolltest Besitz von ihr ergreifen. Sie töten.«

»Besitz ergreifen«, wiederholte er nachdenklich. »Wir haben es zwar nie so genannt, aber ja, mehr oder weniger stimmt das. Ich hätte sie … gewandelt.«

»Sie hatte deinetwegen all diese Leibwächter dabei. Nicht meinetwegen. Genau für den Fall, dass du es versuchen würdest.«

Grant berührte mit seiner bandagierten Hand die Beule, die sich gerade an seinem Haaransatz bildete. »Wenn ich dabei nicht … gestört worden wäre, hätte ich es möglicherweise geschafft, etwas Dauerhaftes hinzubekommen. Vielleicht. Bei ihr habe ich es allerdings noch nie versucht.«

Es klang so einfach, wie er das sagte. Von einem Dämon Besitz zu ergreifen war, das war keine große Sache, aber ihre Königin unter Kontrolle zu bekommen, das wäre schon ein interessantes Experiment. *Etwas Dauerhaftes hinzubekommen* – als wenn er sie dazu bringen könnte, in Zukunft ihre High Heels gegen Hasenhausschuhe einzutauschen oder Chilischoten statt Seelen zu essen. Das konnte ich mir wirklich nicht vorstellen.

»Ich habe keine Hörner«, sagte er, und ich blinzelte, während ich wieder zu mir kam und ihn anstarrte. Er lächelte zwar nicht, aber er sah auch nicht böse aus. Seine Augen wirkten einfach nur … warm.

»Noch nicht«, fügte er hinzu.

»Ich habe doch gar nichts gesagt«, gab ich zurück.

»Wir haben diese Unterhaltung schon einmal geführt. Nicht genau in dieser Form, aber wir sind sehr nah dran. Du bist nur nicht mehr ganz so harsch wie damals.«

»Harsch?«

»Du hattest ja gute Gründe dafür.«

Ich wandte mich ab, blickte aus dem Fenster. Sah, wie ein Mann Benzin in seinen Wagen füllte. Banal, alltäglich. Er war kein Zombie. Eine Frau ging an ihm vorbei in den Verkaufsraum. Sie hatte ihren Kopf gesenkt, um sich vor dem Regen zu schützen, und zog verärgert an ihrem engen rosa Pullover. Der Mann sah sie nicht an. Jeder von ihnen befand sich in seiner eigenen, kleinen Welt – allein.

»Wann haben wir uns kennengelernt?«, fragte ich.

»Kannst du dich daran erinnern, wann du nach Seattle kamst? Wo hast du gewohnt? Wo bist du hingegangen?«

Seine Fragen irritierten mich. »Es ist fast zwei Jahre her. Ich habe im Hyatt gewohnt. Eigentlich wollte ich in dieser Nacht verschwinden, aber dann ging ich zum Pike Place Market, um einen Spaziergang zu… auch wenn mir klar war, dass es Ärger geben würde. Der Gefängnisschleier ist dort außerordentlich schwach.« Ich sah ihn mit gerunzelter Stirn an. »Die nächste Erinnerung, die ich habe, ist… ach, später. Ich bin ins Coop gezogen.«

»Aber du weißt nicht warum?«

»Hör auf!«, sagte ich erschöpft. Er tat es und aß sein Eis. Ich sah das Mädchen mit dem rosa Pullover aus der Tankstelle kommen und beobachtete, wie sie noch immer daran herumzupfte, und dass sie vier Liter Milch gekauft hatte. Sie sah fürchterlich aus und außerdem einsam. So als hätte heute Morgen jemand ihre Träume zertrampelt und ihr dann gesagt, sie solle sich in einen Graben legen und sterben.

Ich schielte zu Grant hinüber, der das Mädchen ebenfalls beobachtete. Er sah traurig aus.

»Sie denkt darüber nach, sich das Leben zu nehmen«, sagte er, drehte sich in seinem Sitz um und sah ihr dabei zu, wie sie in eine verbeulte, rostige Limousine einstieg. »Sie wird es nicht tun, aber sie trägt den Keim schon in sich.«

Ich glaubte ihm. Ich konnte gar nicht anders. Am liebsten

wäre ich dem Mädchen nachgerannt, um sie wachzurütteln. Doch ich wusste nicht einmal, warum. Es war ja nicht mein Problem. Ich hatte wahrhaftig genug eigene. »Bist du wie Killy?«

»Nein«, sagte er, »ich bin etwas anderes.«

Das Mädchen fuhr davon. Ich fühlte mich kalt und ein wenig leer, so als hätte ich etwas falsch gemacht.

Ich schüttete die restlichen Hamburger aus der Tüte und ließ nur das Eis darin. Dann wickelte ich das Ganze zu einer Art Block zusammen und drückte es ganz sanft gegen Grants geschwollene Hand. Er hielt still. Seinen Blick nahm ich nicht wahr. »Mal angenommen, du sagst die Wahrheit…«

»Großzügig von dir.«

»Genau«, meinte ich. »Mama-Blut hätte dich doch längst getötet oder wenigstens versucht, deinen Körper zu beherrschen.«

»Sie hat es versucht. Vor etwas über einem Jahr.« Grant legte seine verbundene Hand über meine. »So haben wir uns kennengelernt. Du hast mir das Leben gerettet. Auf dem Pike Place Market.«

Ich zog meine Hand weg, damit er sich den Eisbeutel an den Kopf halten konnte. »Und dann bin ich nie wieder von dir weggegangen.«

»Ich glaube, dass du dich dafür entschieden hattest, mich zu mögen. Ein wenig jedenfalls.«

Mehr als nur ein wenig, wenn wir sogar das Bett geteilt hatten. Ich interessierte mich mehr dafür, wie all das zustande gekommen war, als es gut für mich war. »Was *bist* du?«

»Ein Mensch«, antwortete er. Sein Ton war ernst. Dieses eine Wort hing so schwer in der Luft, als bedeute es mehr, als ich wusste. Oder vielleicht wusste ich es doch, nur völlig anders als in meiner Erinnerung. Ich war menschlich, und ich war es auch wieder nicht. Mensch und Dämon, und andere Anteile zusammengewürfelt – auf eine Art, die ich nicht begreifen konnte.

Menschlich. Ich war also menschlich. Und doch nicht voll und ganz. »Als ich noch ein Kind war, stellte man fest, dass ich an Synästhesie erkrankt war«, sagte Grant. »Du weißt doch, was das ist, nicht wahr? Ein neurologisches Leiden, das die verschiedenen Sinne, das Hören und das Sehen, durcheinanderbringt. Bei manchen Menschen sind es Buchstaben oder Zahlen, die die Erinnerung an bestimmte Gerüche oder sogar Personen hervorrufen. Bei mir sind es Geräusche … ich sehe dann Farben.«

Ich kannte diesen Zustand. Ich mochte Musik. Vor vielen Jahren las ich einmal etwas über Duke Ellington und Jean Sibelius und habe dabei Farben in den Noten und Melodien gesehen. »Wenn ich also diese Folie zerknülle …«

»Sehe ich Blitze in hellem Orange. Das Geräusch von Regen sieht aus wie dunkle, silberne Perlen. Ein laufender Motor lässt mich ein düsteres Kieselgrau sehen, das an Zähne erinnert, und wenn ich *Bohemian Rhapsody* höre, bin ich von einem Regenbogen aus Lila- und Rottönen umgeben, die immer intensiver werden und dann wie heißes Wachs miteinander verschmelzen.«

»Und wenn ich spreche?«

»Dann sehe ich Licht«, sagte er. Und es überraschte mich, dass seine Augen dabei fast ein wenig zu hell strahlten. Sie waren gerötet, von ihnen ging Hitze aus … »Ich sehe Licht, Maxine.«

Ich zwang mich zu atmen. »Und?«

»Ich sehe nicht nur Geräusche. Ich sehe auch Energie. Die Auren der Menschen um mich herum.« Grant wandte sich ab und starrte auf den angebissenen Eiscremeriegel in seiner anderen Hand. »Ich kann diese Aura verändern. Ich kann sie manipulieren.«

Ich spürte die Hamburger, die mir schwer im Magen lagen. »Was bedeutet das?«

Grant nahm den Eisbeutel von seinem Kopf und steckte den Rest seines Eises hinein. »Ich kann Menschen lenken. Sie ganz und gar verändern, einschließlich ihrer Seelen. Und nicht nur Menschen.«

»Auch Dämonen.«

»Jedes Lebewesen.«

»Mich auch?«

»Du allerdings bist immun. Ich weiß nicht genau, aber wahrscheinlich bist du die Einzige. Und selbst wenn du es nicht wärst…« Grant verstummte, die Stille war lang und tief, und ich war den Jungs auf meiner Haut herzlich dankbar dafür, dass ihre Herzen im gleichen Takt mit meinem schlugen.

»Ich würde dir nicht wehtun«, flüsterte er, »aber es gibt Grenzen, Maxine, die ich übertreten könnte, und manchmal denke ich, dass ich das auch schon getan habe.«

Ich hob den Müll um mich herum auf, Grant reichte mir die Plastiktüte. Ich stieg aus und warf alles zusammen weg. Ich atmete lange und tief durch, obwohl die Luft nach Erschöpfung schmeckte. In der Ferne hörte ich Sirenen. Zee zupfte an mir, nur einmal, da krümmte sich die Rüstung auf meiner Haut. Es war ein sehr heftiges Rucken, so als versuche sie, sich von mir loszureißen. Ich presste mir die Hand auf den Magen und atmete durch die zusammengebissenen Zähne.

Es war wieder so weit. Ich riss mir den Handschuh herunter. Die Oberfläche der Rüstung bewegte sich und glänzte, und die eingeätzten Knoten und Rosen sickerten in das organische

Metall wie Blütenblätter und Fasern, die man auf eine Wasseroberfläche streute. Mir blieb die Luft weg, und ich war erst wieder in der Lage zu atmen, als sich die Rüstung ganz plötzlich beruhigte.

Ich glitt wieder in den Wagen. Grants finsterer Blick vertiefte sich. »Was ist los?«

»Jetzt bist du also auch noch Gedankenleser?«

»Ich kenne dich.«

»Scheint so, ja«, sagte ich leise und ergriff mit zitternden Händen das Lenkrad. »Schnall dich an. Wir stecken in Schwierigkeiten.«

* * *

Wir fuhren zum Coop zurück und hörten die Sirenen schon lange, bevor wir sie sehen konnten. Ich redete mir ein, dass es mit dem Leichnam in meinem Apartment nichts zu tun hatte, aber ich dachte bereits über neue Decknamen für Grant und Byron nach. Und auch für Mary. Wir würden einfach nach Texas gehen, dachte ich. Zurück zu der alten Farm, dorthin, wo meine Mutter begraben lag. Vielleicht fuhren wir aber auch nach Chicago oder New York. Da hatte ich ein paar Wohnungen, die ich geerbt hatte, und in denen Geld, Waffen und Ausweise versteckt waren. Eben alles, was eine Frau so brauchte, um neu anzufangen.

Ich wunderte mich nicht, warum ich Grant in diese Gedanken einbezog, und rechtfertigte es vor mir damit, dass ich eben das Geheimnis, das ihn umgab, noch nicht ergründet hatte, unser Geheimnis, das *Wer* und *Was* und *Warum*. Ja, so musste es wohl sein.

Es regnete heftig, und der Himmel war dunkel, darum sahen wir den Rauch auch erst so spät.

Aber das war gar nicht nötig. Ein Krankenwagen raste, gefolgt von zwei Feuerwehrwagen, quer über die Kreuzung, die vor uns lag. Grant, der angespannt durch die Windschutzscheibe starrte, lehnte sich so weit nach vorn, dass er mit der Nase an das Armaturenbrett stieß. Zee krallte sich noch heftiger an meine Haut, während sich die Rüstung erst heiß und dann eiskalt anfühlte. Danach pulsierte sie wie Herzschläge, was dazu führte, dass meine rechte Hand völlig unkontrollierbar zuckte. Es fühlte sich an, als klemme elektrischer Strom meine Muskeln ein. Ich nahm meine Finger vom Lenkrad und setzte mich auf die Hand, um sie so ruhig wie möglich zu halten. Grant sah mir dabei zu, sagte aber nichts.

Ich fuhr um die Ecke und sah unser Heim. Das Obdachlosenheim und der gesamte Block der Lagerhallen waren von Feuerwehrautos und Krankenwagen umstellt. Ein riesiges Areal.

Und es brannte. Aber nur der zweite Gebäudeflügel. Die Etage mit den Wohnungen. Wo Byron wohnte.

Ich stieg in die Eisen. Grant flog nach vorn in seinen Sicherheitsgurt und stützte sich am Armaturenbrett ab. Mir war nicht mal bewusst, ob ich den Park-Gang einlegte; es war mir auch völlig gleichgültig. Ich war ja längst schon draußen und rannte los.

Auf dem Bürgersteig und im Garten hatte sich eine Menge von Freiwilligen und Obdachlosen angesammelt, die sich gegenseitig zu beruhigen versuchten. Feuerwehrleute waren dabei, das Gelände abzusperren. Ich drängelte mich zwischen allen hindurch und ignorierte die Rufe und Schreie. Kurz bevor ich das Gebäude betrat, blickte ich noch hoch und sah den Rauch, der tiefschwarz aus den Fenstern zog, von denen eines bereits nach außen explodiert war. Es sah aus, als hätte jemand eine Bombe gezündet.

Dann war ich drin. In dem Treppenhaus, das nach unten führte, hing zwar Rauch, aber die Sicht war noch immer einigermaßen klar. Ich lief an Feuerwehrmännern mit Masken vorbei, von denen mehrere versuchten, mich aufzuhalten. Doch ich schaffte es, mich loszureißen, und schlug einem von ihnen, der einfach zu hartnäckig war, so hart mit der Faust gegen den Kopf, dass seine Maske zerbrach und er mit Schwung gegen die Wand flog. Ich war nicht zu stoppen, sondern rannte die Stufen hinauf, wo es von all dem Rauch und der Asche so heiß und nebelig war, dass es mir vorkam, als würde ich in eine andere Welt eintreten. Meine Augen und Lungen brannten.

Allerdings nur kurz, denn die Jungs legten sich über mein Gesicht, den Mund und dann auch über meine Nasenlöcher. Es war ein merkwürdiges Gefühl, so als würde ich ertrinken. Auf der Treppe stolperte ich dann, geriet in Panik und berührte meinen Mund. Ich fühlte nur weiche Haut, fasste mir an die Nasenlöcher und merkte, dass sie weg waren. Als ich blinzelte, fühlten sich meine Augen geschwollen und schwer an. Die Welt verdunkelte sich und trug einen Schleier aus Silber und Perlmutt.

Als ich atmete, füllte sich meine Lunge mit Luft. Es schmeckte so warm wie Schwefel, und die Jungs atmeten für mich. Sie hatten mich schon einmal auf die gleiche Art vor dem Ertrinken gerettet. Wahrscheinlich hatten sie meine Großmutter genauso vor dem Untergang bewahrt. Sie befand sich damals in Hiroshima, als die Bombe fiel. Im Inferno verloren, sah sie zu, wie Körper zu Asche wurden.

Ich fühlte die Hitze gar nicht, sondern erreichte die zweite Etage und sah, wie die Flammen die Wände und Decke erklommen und wie sie in leuchtenden Wellen über den Teppich fegten. Dann rannte ich durch das Feuer, meine Kleidung fing an zu brennen. Meine Haare auch. Ich fühlte, wie sie mir verbrannten, als ich durch die dichten Flammenwände stieg.

Ich achtete auf die Löcher im Boden, während ich zu Byrons Zimmer raste. Der Rauch war dicht und nahm mir die Sicht, aber die Jungs waren nicht zu bändigen und zogen mich mit ihren eigenen, treffsicheren Instinkten vorwärts. Hinter meinem Herzen wütete die Finsternis, eine Kreatur, die ausbrechen wollte. Aber ich schlug sie rücksichtslos nieder und lauschte nach Schreien oder Hilferufen aus den angrenzenden Zimmern, hörte aber nichts.

Vor Byrons Raum fand ich eine Leiche.

Dieser Mann war eines der wenigen … Dinge, die hier nicht vollständig in Flammen standen. Genauer gesagt sah es so aus, als wäre er an einer Rauchvergiftung gestorben. Ich konnte sein Gesicht nicht erkennen. Er war blass, gut gebaut, und das, was von seiner Kleidung übrig geblieben war, sah wie die Art von Leinen aus, die diese Hippie-Waldschrate aus Seattle immer trugen, wenn sie sich als Yogis ausgaben. Seine Kleidung brannte teilweise, aber nur leicht, so als wenn irgendetwas in dem Stoff die Flammen eindämmte.

Er sah so friedlich aus, dass es mir Angst machte.

Byrons Tür stand einen Spaltweit offen. Ich stieg über den Körper hinweg und stieß sie ganz auf. Außer Feuer und Rauch konnte ich nichts sehen, aber … wenn er hier war, wenn er es nicht geschafft hatte rauszukommen …

Sein Bett war leer. Es stand zwar in Flammen, aber es war eindeutig leer. Ich drehte mich kurz im Kreis, um sicherzugehen, dass er wirklich nicht hier war.

Dann fand ich jemand ganz anderen.

Eine Frau. Sie kam aus dem Badezimmer, ging wie ein farbloses Gespenst durch den Rauch und blieb dabei von dem

Feuer völlig unbeeindruckt. Erst dachte ich, sie sei nackt, aber ihre Kleidung, die wie Seide in weichen Wellen an ihr haftete, hatte nur beinahe die gleiche Farbe wie ihre Haut. Die Flammen berührten sie, aber nichts an ihr fing Feuer. Um ihren sehr langen Hals trug sie ein Stahlhalsband, ihre Haare waren kurz und rot.

Sie verhieß Ärger. Das wusste ich. Und zwar verdammt großen Ärger.

Ich wich nicht von der Stelle und wartete. Sie tat das Gleiche. Das Gebäude um uns herum brannte herunter, und wir hatten trotzdem alle Zeit der Welt.

Bis sie sich bewegte. Und plötzlich war sie gar keine Frau mehr, sondern ein Mann. Die Verwandlung war umfassend, furchterregend, und als ich genauer hinsah, war sie – er – noch immer dieselbe Person. Je nachdem, aus welchem Blickwinkel man sie ansah.

»Sie sind eine Wächterin«, sagte sie, neigte den Kopf zur Seite und wurde – und zwar einfach so – wieder zu einer Frau, deren markante Wangenknochen vom Feuerschein gerötet waren. »Ein Bannwächter. In Gestalt einer Frau.«

Ich konnte nicht sprechen. Ich hatte keinen Mund. Also trat ich näher. Der starre Blick der Frau senkte sich und betrachtete meine brennende Kleidung, die allmählich abzufallen begann und meine nackte tätowierte Haut zum Vorschein brachte. Sie sah auf meine Brüste, meinen Bauch, tiefer und tiefer, bis ihr Blick an der Fingerrüstung meiner rechten Hand hängen blieb. Ihre geschlossenen Augen zuckten. Sie neigte den Kopf genussvoll nach hinten – oder doch eher schmerzerfüllt?

»Ich kann ihn spüren«, flüsterte sie und schwankte.

Und verschwand. Einfach weg und in Luft aufgelöst. Fort, als hätte es sie nie gegeben. Wie ein Zauber.

Nur dass es keine Zauberei war. Ich hatte so etwas schon einmal gesehen. Bei Jack und auch bei anderen. Selbst ich konnte durch Räume gleiten, wenn ich meine Fingerrüstung nutzte. Doch für mich hatte eine solche Reise ihren Preis. Sie hatte immer einen Preis.

Aus der Ferne hörte ich Rufe, die blechern klangen. Ich riss meinen Blick von dem Ort los, an dem die Frau gestanden hatte, dachte an Byron und Jack – *ich fühle ihn, ich fühle ihn* – und rannte zum Eingang zurück. Als ich den Flur hinuntersah, konnte ich eine massige Person hinter einer Flammenwand erkennen.

Es war einer von den Feuerwehrleuten, der gekommen war, um nach dieser dummen Frau zu suchen, die in das Gebäude gerannt war und einen seiner Männer geschlagen hatte. Um ihn herum wütete das Feuer. Dicht und heiß schlängelte es sich an den Wänden hinauf und leckte die Zimmerdecke über ihm. Ich starrte ihn an, war hin- und hergerissen. Ich war nicht sicher, ob er mich gesehen hatte.

Das durfte er nämlich nicht.

Aber meine Füße vibrierten schon, dann die Beine, und ein lautes Ächzen fuhr durch meine Ohren in meine Muskeln und Beine. Diese Etage war verloren.

Ich rannte zu dem Feuerwehrmann. Er war bereits bis zur Treppe zurückgewichen, aber er war zu langsam und auch zu spät. Erst im letzten Moment nahm er Notiz von mir. Ich weiß nicht, was er sah, aber seine Augen öffneten sich unter der Maske sehr weit, und sein Schrei war lauter als die zerberstenden Balken über unseren Köpfen. Ich riss ihn im selben Augenblick zu Boden, als die Decke einstürzte.

Früher war ich einmal von einem Bus angefahren worden, und genauso fühlte sich das jetzt an. Ich konnte den Schmerz zwar nicht spüren, aber das Gewicht drückte mich auf den Körper des Mannes, und einen Moment lang konnte ich mein Gesicht als Spiegelbild auf dem Glas seiner Maske erkennen.

Nur, dass ich gar kein Gesicht hatte. Keinen Mund. Keine Nase. Selbst meine Augen waren in den schwarzen Schuppen und den Knoten aus Quecksilber verloren gegangen, und jeder Zentimeter meiner Haut war mit dämonischen Körpern übersät. Es war das Furchteinflößendste, was ich je gesehen hatte. Außerdem hatte ich keine Haare mehr.

Ich sah durch mein Spiegelbild hindurch in die Augen des Feuerwehrmanns. Er starrte mich noch immer an und schrie, aber seine Angst hatte weder mit dem Feuer noch mit der Decke, die über uns einbrach, zu tun. Ich ballte meine rechte Hand zur Faust und spürte, wie die Rüstung kribbelte.

Kurz darauf wurde alles um uns herum dunkel.

Es dauerte nur so lange wie ein Herzschlag, aber wie ein tausend Jahre andauernder Herzschlag. Und in der Zeit dazwischen fühlte ich mich mit dem alten Horror konfrontiert: für immer in der Finsternis verloren zu sein, keinen Körper, kein Herz, keinen Boden unter den Füßen zu haben. Und das Einzige, was ich fühlen konnte, waren die Jungs auf meiner Haut, die Jungs, die meine Leere umhüllten und meinen Verstand.

Und die jetzt kreischten.

Ausgespuckt wurden wir in einem anderen Teil des Coop, in einer Halle in der Nähe des Eingangs, wo Kinder die Wände mit Regenbogen und Schlössern bemalt hatten. Wir schlitterten über den Boden, dann rollte ich von dem Mann herunter. Abgesehen von den Überresten meiner Cowboystiefel, deren Leder noch immer brannte, war ich völlig nackt. Der gelbe Anzug des Mannes qualmte. Er krabbelte rückwärts und starrte mich dabei völlig erschrocken an.

Ich konnte ihm nicht mal sagen, dass bald alles wieder gut sein würde.

Ich rammte meine gerüstete Faust in den Boden und dachte an Byron, Jack und Grant.

Dann war ich verschwunden.

8

Zauberei gibt es nicht.

Wunder vielleicht, aber keine Zauberei.

Arthur C. Clarke hat es am besten formuliert. Er meinte, dass sich jede fortgeschrittene Technologie nicht von Zauberei unterscheiden ließe. Für einen Höhlenmenschen wären solche Dinge wie Streichhölzer, Spiegel und selbst ein Magnet – die er zwar hätte benutzen können, jedoch ohne zu verstehen, was das für Gegenstände waren und warum sie funktionierten – nichts als Voodoo. Vielleicht waren es auch Geschenke der Götter oder Erfindungen von Geistern und Blitzen oder von den Gespenstern blutiger Vorfahren.

Genauso gut könnte ich auch ein Höhlenmensch sein, ein Neandertaler oder sogar oder eine Schnecke, die aus dem Meer kriecht. Meine Rüstung war mir weit voraus, ein Gegenstand aus einer anderen Welt, wo die Realität von den Fähigkeiten bestimmt wurde, den Träumen und der Macht des freien Willens. Sie war ein Schlüssel, dem nicht einmal die Zeit etwas anhaben konnte.

Und sie gehörte mir. War mein Besitz, bis ich eines Tages stürbe.

Gott möge uns allen gnädig sein.

* * *

Als ich wieder in diese Welt eintrat, fand ich mich in der Wohnung. Überall waren Bücher und blanke Ziegelwände. Auf dem Boden lag mein Großvater unter einem blutbefleckten Laken.

Ich war nicht allein.

Als Erstes sah ich Mary. Sie stand neben dem Sofa und trug einen mit Sonnenblumen und Schmetterlingen bestickten Hausanzug. Um die Taille hatte sie sich einen alten Ledergürtel gezurrt. Ihre Arme und Füße waren nackt und von dunklen Adern bedeckt, die sich spinnennetzartig ausbreiteten. Alte Narben bedeckten ihre sehnigen Arme. Ihr dichtes, struppiges, graues Haar stand wild von ihrem Kopf ab. Mit jeder Hand umklammerte sie ein Schlachtermesser. Regungslos stand sie da und beobachtete die Frau aus dem Feuer.

Auch ich beobachtete sie. Die Frau kniete neben Jacks verdecktem Leichnam und beugte den Kopf so tief herab, dass ihre Stirn den blutverschmierten Boden beinahe berührte.

Ihre Handflächen lagen glatt und ruhig auf dem Boden, während ihr Rücken einen perfekten Bogen formte. Falls sie am Leben war, schien sie jedenfalls eine sehr lange Erfahrung zu haben, auf irgendwelchen Fußböden zu knien.

Ich sah mich um, konnte Byron aber nirgendwo entdecken.

Marys Blick zuckte zur Seite, als ich mich zu ihr gesellte. Stumm musterte sie mein Gesicht. Dabei zeigte sie keine Spur von Überraschung oder gar Erschrecken – nur die Falten um ihre Augen wirkten ein kleines bisschen schärfer.

Ich berührte meinen Mund und spürte nur Haut. Keine Lippen, keine Nasenlöcher; nur meine Zunge konnte ich spüren, die in meinem verschlossenen Mund eingesperrt war und nach Schwefel und Blut schmeckte.

Mary hielt mir eines ihrer Messer hin, aber ich schüttelte den Kopf.

Vielleicht hatte sie unsere Bewegungen wahrgenommen, vielleicht auch nicht, jedenfalls rührte sich die Frau endlich und setzte sich langsam auf. Sie schaute nicht zu uns herüber, stattdessen wanderte ihr Blick himmelwärts durch die Decke, ihre Lider flatterten, und ihr Mund bewegte sich zu einem stummen Gebet.

Nicht menschlich, dachte ich, als ich sie besser sehen konnte. Sie war nicht menschlich; das zeigte sich an vielen Kleinigkeiten: an der Länge ihres Halses, daran, wie klein ihre Augen waren, und auch an dem scharfen Winkel ihrer Wangenknochen. Zwar schien sie eine Frau zu sein, aber es war schwer, ihr Geschlecht mit Sicherheit zu bestimmen. Als sich das Licht leicht veränderte, hätte ich sie auch für einen Mann halten können.

Jedenfalls stammte sie nicht von dieser Welt. Ich wusste das mit der gleichen Sicherheit, mit der ich auch Wasser und Feuer voneinander unterscheiden konnte.

Ihre zuckenden Augenlider beruhigten sich allmählich, schlossen sich und öffneten sich ganz langsam wieder. Wie bei einer Eule.

Dann sah sie mich an. Unwillkürlich straffte ich mich und war froh, dass die Jungs so schwer auf meiner Haut lagen. Ich hatte es schon mein ganzes Leben lang mit Durchgeknallten zu tun gehabt, mit Verrückten und mit Gefährlichen, aber diese Frau hatte etwas in ihrem Blick, das mich im Inneren ganz klein fühlen ließ. Klein und kalt. Diese Frau sollte besser niemandem zu nahe kommen, der mir etwas bedeutete, nicht einmal den Toten.

»Bannwächterin«, sagte sie. »Hier liegt die besudelte Haut unseres Schöpfers, du aber lebst. Erklär mir das.«

Das hätte ich ja gern getan, nur verstand ich nicht, warum sie nicht Mary fragte, schließlich war sie es doch, die mit Messern in der Hand herumstand.

Ich ging auf die Frau zu, lautlos, bis auf die hallenden Schritte meiner glimmenden Stiefelabsätze auf dem Boden. Die Jungs bewegten sich auf meinem Gesicht, gerade so, dass mein Mund und meine Nase wieder frei wurden. Kühle Luft flutete in meine Lungen hinein. Ich befeuchtete mir die Lippen; sie schmeckten nach Eisen. Die Frau wandte ihren Blick nicht von mir ab. Ihre Augen verengten sich zu schmalen Schlitzen, während sie ihre dünnen Lippen zu einem scharfen Strich zusammenpresste.

»Antworte!«, herrschte sie mich an. Vor Überraschung blieb ich wie angewurzelt stehen. Ihre Stimme klang ganz anders. So als hätte sie ihre Stimmbänder an einen Verstärker und eine elektrische Gitarre angeschlossen und gerade den Power-Knopf gedrückt. Dieses eine Wort traf mich mit der Wucht einer ganzen Schockwelle, die vor Kraft pulsierte.

Es erinnerte mich an Grant.

Mary stammelte: »Sklavin. Als Sklavin geboren, geerntet und herangezüchtet.«

Mir wäre es lieber gewesen, Mary hätte geschwiegen, aber die Frau achtete gar nicht auf sie. Sondern nur auf mich. Und ihr starrender Blick wurde immer dunkler und stechender.

»Du *wirst* reden«, fuhr sie fort, mit derselben hallenden Stimme, die mehr Klang war als Wort, mehr Melodie als Klang, die anschwoll und wie ein Wiegenlied für einen Wirbelsturm verebbte. Die Jungs sogen das Geräusch auf, mäanderten über meine Haut. Es prickelte.

Ich lächelte. »Wer bist du? Warum bist du hier?«

Die Frau blinzelte, während sie mich weiter fixierte. Dann erhob sie sich ganz langsam auf ihre Füße. Als sie schließlich vollständig aufgerichtet war, glichen ihr Gesicht und Körper mehr dem eines Mannes als einer Frau. Zum Beispiel hatte sie keine sichtbaren Brüste. Aber ihre Wangenknochen und die Kontur ihres Unterkiefers wechselten mühelos von einer weiblichen zu einer männlichen Form – und wieder zurück.

Ich war mir nicht sicher, ob sie antworten würde. Aber sie flüsterte: »Ihr Wille geschehe.« Sie legte die Hand auf ihr eisernes Halsband. »Ich bin der Bote. Geschickt wurde ich zu unserem Schöpfer, dem Aetar-Meister, gelobt sei sein Licht in der Organischen Schöpfung.«

Gelobt sei sein Licht. Unser Schöpfer. Unser Aetar-Meister. Alle diese Worte fielen nur, um meinen Großvater zu beschreiben. Jack Meddle, diesen alten Mann, den Unsterblichen, den Avatar.

Sie sagte es so, als sei es ihr damit ernst. Ich griff mir selbst an die Kehle und spiegelte so bewusst ihre Körperhaltung. »Warum wurdest du hergeschickt?«

»Du musst es doch wissen.« Die Frau entfernte sich von dem Leichnam von Jacks Wirt und ließ mich dabei nicht aus den Augen. Ich spürte, wie sie das ganze Apartment ausfüllte – den Raum, die Bücher, die Fenster; sie war sich ihrer Position und ihres Verhältnisses zu ihrer Umgebung in jeder ihrer Bewegungen vollkommen bewusst. »Unsere Schöpfer spürten, dass zwei der Ihren in dieser Welt ermordet wurden. Das waren Morde, die nicht hätten geschehen dürfen. Niemals ereignete sich dergleichen zuvor, nicht seit dem Krieg mit den Schlächterkönigen. Aber der Schleier«, sie schloss die Augen und neigte den Kopf, »der Schleier hält noch stand. Also muss etwas anderes unsere Götter und Schöpfer getötet haben.«

Die Frau deutete auf Jacks sterbliche Überreste. »Einer ist noch übrig. Ich soll ihnen den anderen bringen, damit sie ihn befragen können.«

»Das wird aber schwierig werden. Er hat seinen Körper verlassen.«

»Er wird einen anderen finden. Ich glaube sogar, er hat es schon getan.« Sie senkte den Kopf. Noch immer musterte sie mich. »Wie konntest du es nur zulassen, dass sein Körper so besudelt wurde?«

»Ermordet, meinst du wohl.« Ich näherte mich ihr und hielt ihrem Blick stand. »Ich habe gar nichts zugelassen. Ich habe ihn so gefunden. Und auch ich suche seinen Mörder.«

»Dann such, soviel du willst. Du hast schon versagt, weil du die Schändung deines Schöpfers nicht verhindert hast. Wenn du Ehre besitzt«, sie fuhr sich mit dem Finger über ihre Kehle, »tötest du dich, sobald sein Schänder gefunden wurde. Ich werde dir dabei helfen.« Sie sagte das ganz nüchtern und ohne jede Bosheit. Vielleicht war dies ihre Art, Wohlwollen zu zeigen. Ich zwang mich dazu weiter zu lächeln. »Sehr freundlich. Und was ist, wenn unser … Schöpfer … gar nicht vorhat, dich zu begleiten?«

»Ich bin der Bote. Ich bin die Stimme unserer Aetar-Meister. Ihr Wille ist Gesetz, und ich bin ihr Werkzeug auf der anderen Seite des Labyrinths. Er muss mir folgen.« Die Frau sagte es, als wäre schon die Vorstellung von Widerstand völlig undenkbar, und als müsste mir das vollkommen klar sein. Vielleicht erwartete sie, dass ich jetzt kalte Füße bekam. Oder aufsprang und salutierte.

Ich war zwar nicht besonders schlau. Aber ich konnte mir doch ziemlich gut vorstellen, worauf das hier hinauslief.

Bis sie Mary ansah.

Ich war davon ausgegangen, dass sie die Alte schon bemerkt hatte, aber die Botin verstummte und verharrte auf eine ganz merkwürdige Weise, während sie sie nun ins Auge fasste. Ihre

Augen weiteten sich kaum merklich, und sie verzog den Mund. Es war eine kleine, aber sehr bedeutsame Reaktion. Und sie gefiel mir gar nicht.

»Du bist anders«, sagte die Frau zu Mary. »Du fühlst dich … alt an.«

Ich glaubte nicht, dass sie damit Marys Falten und ihr graues Haar meinte. Sie sprach das Wort *alt* vielmehr so aus, wie man von alten Mythen spricht, oder von Bergen oder von den Pyramiden. Ein vielsagendes *alt*, ein *alt*, aus dem Geschichten gewoben sind.

Mary ließ ihre Zunge sehr provozierend über die stumpfe Seite eines Schlachtermessers gleiten. Dann wiederholte sie es mit dem zweiten Messer. Dabei ließ sie die Botin nicht aus den Augen. An jedem anderen hätte die Geste lächerlich gewirkt, nicht aber bei Mary.

»So alt wie die Sünde«, antwortete Mary und verzog die Lippen zu einem grässlichen Grinsen. »Wie die Sünden deiner Schöpfer. Häuter, Schlampen.«

»Hör auf«, befahl ich.

Die Botin wich ein Stück vor ihr zurück und ignorierte mich dabei vollkommen. »So redest du nicht mit mir!«

Marys Grinsen wurde nun noch düsterer und entschlossener. »*Mein* Herz liegt nicht in Ketten.«

Dann griff sie an.

Ich hatte es nicht anders erwartet, schließlich kannte ich Mary, obwohl mich die Schnelligkeit ihrer Bewegungen überraschte. Ich hätte sie nicht aufhalten können, selbst wenn ich es gewollt hätte. Die Alte bestand nur noch aus Muskeln und Adrenalin. Ihre Messer blitzten, als sie an mir vorbeischoss. In mörderischem Schweigen.

Die andere Frau sprang zurück. Mary blieb dran. Keine gab

einen Laut von sich, sie bewegten sich schneller und schneller, Messer und Fäuste verwickelten sich in einen schrecklichen Tanz aus Angriff und Abwehr. Was sich zwischen ihnen abspielte, war nicht mehr menschlich, und niemand auf dieser Welt hätte es mit ihnen aufnehmen können. Aber die Botin war im Vorteil.

Sie war jung.

Und hatte Klauen.

Ich sah sie nur kurz aufblitzen. Anfangs hatte sie noch keine Klauen besessen, aber irgendwann während des Kampfes waren ihre Fingernägel ausgefahren und saßen jetzt scharf wie Nadeln auf ihren verlängerten Fingerspitzen. Am deutlichsten konnte ich sie sehen, als es der Botin schließlich gelungen war, einen Treffer bei Mary zu landen.

Mary konnte noch im letzten Moment zurückweichen. Die Botin zog ihre Krallen quer über die Brust der Alten, statt ihr die Kehle herauszureißen. Dabei zerfetzte sie ihr das Oberteil. Lange faltige Brüste hingen wie Birnen herunter, und zwischen ihnen, ins Brustbein eingelassen, glänzte eine goldene Scheibe aus ineinander verschlungenen und verknoteten Linien. Ein Labyrinth.

Ich hatte diese Scheibe und das Muster schon früher gesehen. Als ich es wiedererkannte, wurde mir schwindelig, ich fühlte mich verloren, mein Herz begann zu schmerzen. Im Zentrum all dieser Emotionen aber befand sich ein tiefes schwarzes Loch der Amnesie, das immer mehr die Gestalt eines ganz bestimmten Mannes annahm.

Grant. Einen ganz kurzen Augenblick lang war mir, als kenne ich ihn schon länger als erst seit heute Morgen. Kurz flackerten Erinnerungsfetzen auf: wie ich zu ihm lief, als ihm ein Zombie die Waffe ins Gesicht hielt. Oder wie mein Haar sein Gesicht bedeckte, als wir am Rand des Ozeans standen. Der Klang seiner Stimme, als er sang.

Dann aber wieder … nichts.

Die Erinnerungen schwanden wie Truggebilde.

Die Botin hielt inne und starrte auf Mary und die goldene Scheibe auf ihrer Brust. Von ihren Fingerspitzen tropfte Blut.

»Nein«, flüsterte sie.

Mary bleckte die Zähne und streckte ihre blutige Brust hervor. Fast erwartete ich, sie werde sich mit den blutigen Fäusten, die noch immer die Schlachtermesser umklammerten, auf die Brust trommeln.

»Wir leben noch«, sagte sie und stürzte wieder nach vorn. Die Botin wich nicht zurück. Stattdessen umfasste sie beide Messer mit ihren Händen, wobei die Klingen tief in ihr Fleisch schnitten. Aber das entrang ihr nur einen kurzen Schmerzenslaut.

»Das ist ja unmöglich«, presste sie zwischen zusammengebissenen Zähnen hervor. »Diese Blutlinie wurde doch ausgerottet.«

Mit dem letzten Wort setzte sie eine furchtbare, niederschmetternde Macht frei. Mir konnte sie zwar nichts anhaben, aber Mary stieß ein zischendes Rasseln aus und warf den Kopf in den Nacken, als litte sie Schmerzen.

»Wie konntest du dem entkommen?«, fragte die Botin. »Gibt es noch mehr von euch?«

Noch mehr? Ich brauchte meine Erinnerung gar nicht erst zu bemühen, um zu wissen, dass es wenigstens noch einen anderen gab.

Grant.

Mary schrie auf. Ich packte die Botin am Hals, riss ihn zurück und bog ihn mit all meiner Kraft nach hinten. Einen Hals zu brechen war nicht so leicht, wie es im Fernsehen aussah, aber schließlich hörte ich es doch knacken – die Frau brach zusammen.

Genauso wie Mary. Ihre Messer schlitterten über den Boden. Die Haut war aschfahl und wächsern, so als sei ihr alles Leben entzogen worden. Ich fühlte ihren Puls. Er war zwar schnell, aber schwach.

Dann sah ich mich nach der Botin um und erwartete, eine Leiche zu sehen.

Aber sie war gar nicht tot. Nur gelähmt. Ihre Augen flatterten, und ihr Mund schnappte nach Luft. Das war aber auch alles, was sich bewegte.

»Es reicht jetzt«, sagte ich. »Aus dieser Welt wirst du niemanden mitnehmen.«

Sie starrte mich an. Mir war, als würde ich diesen anklagenden Blick in ihren Augen niemals vergessen können, den Vorwurf des Verrats, so als hätte ich irgendeinen heiligen Schwur zwischen uns gebrochen.

Eine *Schöpfung* gegen die andere *Schöpfung*. Frau gegen Frau. So als wären wir Waffenschwestern. Sie hatte erwartet, dass ich auf ihrer Seite wäre. Aber das war nur eine Vermutung gewesen.

»Du bringst Schande!«, keuchte sie, während aus ihren Augenwinkeln Tränen über ihre Wangen flossen.

»Nein«, widersprach ich ihr. Gleichzeitig hasste ich mich dafür. »Es gibt hier auf dieser Welt Dinge, die du nicht verstehst.«

Sie schloss die Augen. »Ich bin die Botin. Ich bin die Stimme unserer Aetar-Meister. Ihr Wille ist Gesetz, und ich bin ihr Werkzeug, das sie aus dem Labyrinth geschickt haben. Das ist *alles*, was ich wissen muss.«

»Da irrst du dich«, entgegnete ich, verzichtete aber darauf, noch mehr zu sagen. Ich hörte es vor dem Apartment klacken. Ein Gehstock.

Im Zusammenhang mit Grant erinnerte ich mich an nichts, was vor diesem Morgen geschehen war, aber ich erinnerte mich an andere seltsame Dinge aus seiner *Umgebung*. Diese Erinnerungen stellten sich bruchstückhaft und in Schüben ein. Und sie reichten schon aus, um mir ein etwas größeres Bild zu verschaffen. Es war ein verrücktes und zutiefst verstörendes Bild.

Aber unter keinen Umständen, *unter gar keinen Umständen* durfte es dieser Frau gestattet werden, ihn zu sehen. Nicht, bevor ich genau verstanden hatte, was hier eigentlich vor sich ging. Und danach auch nicht.

Ich rannte zur Tür. Aber ich kam zu spät.

Grant humpelte herein und blieb wie angewurzelt stehen, starrte mich an. Ich erlebte ein Déjà-vu, als hätte sich das Leben bis zu jenem Moment vor der Morgendämmerung zurückgespult, als ich ihn zum ersten Mal gesehen hatte. Sein Gesichtsausdruck war derselbe wie damals, besorgt, erschöpft und ziemlich aufgewühlt. Ruß bedeckte seine Wangen und seine Kleidung. Nass vom Regen klebte sein Haar am Schädel. Er sah mich an und dann an mir vorbei zu der Frau am Boden hinüber. »Was …?«, begann er, doch sie gab ein hässliches, würgendes Geräusch von sich, während sie ihn anstarrte, als sähe ein normaler Mensch ein Monster, ein kleines grünes Männchen aus dem Weltall oder einen Osterhasen, der eine Kettensäge schwang: entsetzt, geschockt und vollkommen ungläubig. Plötzlich schien sie sogar jünger auszusehen. Meine Hände fühlten sich schmutzig an, weil ich sie verletzt hatte.

»Lichtbringer«, keuchte sie, »Missgeburt.«

Ich stieß Grant zur Tür zurück. »Verschwinde.«

Er taumelte und blickte über meinen Kopf hinweg die Frau an. «Maxine. Sie ist ...«

»Geh!«

»... wie ich«, beendete er den Satz.

Die Botin schrie ihn an. Nicht aus Furcht oder Schmerz – sondern zornig. Ihre Stimme klang wie das Aufheulen einer elektrischen Gitarre, unmenschlich, wild und nicht von dieser Welt. Als sie den Schrei hörten, bewegten sich die Jungs in Wellen über meinen Körper.

Marys Körper zuckte noch einmal und schien dann vollends außer Kontrolle zu geraten. Grant schob mich so brutal beiseite, dass er dabei fast seinen Gehstock verloren hätte. Wieder taumelte er, aber dann fing er sich und erhob seine Stimme.

Er rief nur ein einziges Wort, aber als es aus seiner Kehle emporstieg, wurde sein Klang so mächtig wie ein Donnern. Wie zur Antwort spürte ich ein Ziehen in meinem Herzen, so als sei mein Körper mit der Macht in seiner Stimme verbunden. Ich erinnerte mich an das, wovon er gesprochen hatte: *Ich sehe Energie, die Auren der Menschen, ich kann Menschen manipulieren.* Ich fuhr herum, starrte die Frau an, die ihn noch immer anschrie. Sie schrie, als brauchte sie nicht zu atmen.

Ich hatte ihr das Genick gebrochen, ich hatte es knacken hören, hatte gesehen, dass sie gelähmt war. Und doch bewegte sie sich jetzt wieder. Ihre Hände zuckten, und ihre Beine zitterten. Mary war noch immer bewusstlos. Der Atem rasselte in ihrer Kehle. Ihr Anfall war vorbei, aber sie verwelkte sichtlich, als hätte ihr jemand ein Rohr ins Herz gerammt, um ihr das Blut und alle Lebensenergie herauszusaugen.

Ihr wurde das Leben gestohlen, um jemand anderen damit zu heilen.

Grant knurrte. Ich durchmaß den Raum mit zwei Schritten, warf mich auf die Botin und rammte ihr mein Knie in die Brust. Dann hörte ich Knochen brechen. Ich schlang meine Hände um ihre Kehle. Ihre Stimme erstarb. Ein kleiner Teil von mir schrie auf und schrie weiter, als ich sie würgte. Und ich selbst schrie, als wäre ich ein kleines Mädchen, das gerade einen Horrorfilm ansieht. Aber ich biss die Zähne zusammen und hörte nicht auf.

Sie schaute zu mir hoch. In ihren Augen war keine Furcht zu lesen. Nur ein Versprechen. Und ich hatte irgendwie das Gefühl, dass sie ziemlich gut darin war, ihre Versprechen auch zu halten.

Es überraschte mich nicht, dass sie plötzlich verschwunden war und mich mit leeren Händen zurückgelassen hatte. In meinen Ohren klingelte jetzt die Stille. Allerdings überraschte es mich, wie enttäuscht ich darüber war, dass ich sie nicht schon früher umgebracht hatte.

Ein Fehler, den ich allerdings wiedergutmachen konnte. Meine linke Hand schloss sich über meiner rechten, und ich packte die Rüstung ganz fest. Ich schloss meine Augen und konzentrierte mich mit aller Kraft auf die Frau. Ich musste ihr folgen. Ich musste diese Sache für uns alle zu einem Ende bringen. Eis stach aus dem Metall in meine Knochen; Eis, das zu Feuer wurde und mir in das Mark meiner Finger und Handgelenke fuhr. Ich bereitete mich vor.

Aber nichts geschah. Ich glitt nicht in die Dunkelheit hinein.

Ich öffnete meine Augen wieder und betrachtete meine Rüstung. Mir war nie ganz bewusst gewesen, was ich eigentlich tat, wenn ich sie benutzte. Es war reiner Instinkt. Ein Antrieb, Hunger. Sie hatte mir immer gegeben, was ich am nötigsten brauchte. Aber was ich brauchte und was ich wollte, das waren nicht immer dieselben Dinge gewesen.

Ich musste diese Frau töten. Ich musste sie umbringen, bevor sie irgendjemand anderen verletzen konnte. Das duldete keinen Aufschub.

»Tu mir das nicht an«, sagte ich zu der Rüstung. »Nicht jetzt.«

Die Rüstung pulsierte zweimal. Es war, als sage sie: *»Leck mich!«*

Ich versuchte es noch einmal, konzentrierte mich auf meinen Wunsch, schüttelte sogar meine rechte Faust, so als wäre das die Zauberformel. Aber ich erreichte nichts. Man hatte mir bereits gesagt, dass die Rüstung ihren eigenen Willen hatte. Na wunderbar, dann konnte sie mir gern den Buckel runterrutschen. Ich spielte mit dem Gedanken, mir aus Protest gleich den Arm abzuschneiden.

Ich sah mich um. Grant saß auf dem Boden und zog Mary auf seinen Schoß. Er hatte die Kiefer zusammengebissen, sein Blick war hart, aber inzwischen wusste ich, was dieser Blick zu bedeuten hatte: Ärger, Sorge und Entschlossenheit.

»Sie lebt«, sagte er, ohne aufzuschauen. »So gerade eben noch.«

Ich stand da, dann schwankte ich, setzte mich wieder hin, und zwar ziemlich abrupt. Mein Kopf schmerzte. Es fiel mir schwer zu atmen. Mir war nichts geschehen, ich war unverletzt geblieben, trotzdem fühlte ich mich, als wären einzelne Teile meines Körpers komplett umgekrempelt worden. Mein Verstand inklusive.

Mir schossen Bilder durch den Kopf, als ich Mary und das Apartment betrachtete. Erinnerungen überlagerten die Realität, Lichtblitze, Musikfetzen; ein Klavier, eine Flöte, ein Gefühl, als hielten mich warme Arme umschlungen, während meine Finger einen Song trommeln, der Duft von Popcorn, das Knirschen von Nägeln, auf denen jemand herumkaute, und die Jungs, wie sie kicherten, während sie einen alten Disney-Film mit Dean Jones ansahen.

Und dieser Duft von Zimt überall um mich herum, in meiner Kleidung, in meinem Haar und auf meiner Haut.

Ich konnte mich an diese Dinge erinnern. Ich hatte sie nicht vergessen. Aber sie so nah auf der Oberfläche meines Geistes zu spüren, das gab mir ein Gefühl von Distanz, als wäre ich fortgenommen worden, irgendwie körperlos. So als lebte ich das Leben einer anderen Frau.

Dann sah ich wieder die Rüstung an und ballte meine Hand zur Faust. Die Frau konnte überall sein, und ohne Hilfe war ich nicht in der Lage zu jagen. Noch war heller Tag. Ich hing fest. Eine richtig lahme Ente war ich. Und die Frau war da draußen – wahrscheinlich ließ sie ihre Stimme gerade bei einer anderen unglücklichen Seele erklingen. Wie viele Leben es wohl kostete, einen gebrochenen Hals zu heilen?

Ich rutschte näher. »Wird Mary durchkommen?«

»Ja«, sagte Grant bestimmt, aber seine Stimme klang so, als meinte er in Wahrheit: *Nein, aber ich werde dafür sorgen. Und wenn ich ein Loch in die Hölle reißen muss.*

»Wer war diese Frau?«, fuhr Grant fort, schüttelte dann jedoch den Kopf. »Nein, warte. Hol mir zuerst die Flöte.«

»Wo ist sie?«

»Da drüben, beim Fenster.«

Ich schaffte es, aufzustehen und in die Richtung zu wanken, in die er zeigte. Ich sah den Tisch und ein paar Flöten, die meisten von ihnen waren aus Holz, aber eine hatte einen goldenen Schimmer. Es war ein besonders schönes Instrument. Ich hatte das Gefühl, diese müsse es sein, die er haben wollte. Ich nahm sie, drehte mich um und blieb wie angewurzelt stehen.

Die Truhe meiner Mutter stand auf dem Boden neben dem Tisch. Altmodisch – aus massivem Holz. Nichts Besonderes, von ihrem Inhalt einmal abgesehen. Tagebücher, Fotografien, Waffen, all die Kleinigkeiten, die vom Leben meiner Mutter und aus meiner Kindheit übrig geblieben waren. Es war schwer, da nicht hinzuschauen. Ich konnte mich erinnern, wie ich sie durch das Treppenhaus in mein Apartment hinaufgeschleppt hatte. Ich wusste noch, wie ich sie an verschiedenen Stellen platziert hatte, um den richtigen Ort zu finden. Vor meinem inneren Auge konnte ich sehen, wie ich die Bilder herausgenommen und vor mir auf dem Tisch ausgebreitet hatte, wie ich auf das Gesicht meiner Mutter gezeigt und dann gesagt hatte: Du hattest recht. *Wir sehen uns absolut ähnlich. Aber das tun wir alle immer*.

Ich ging zu Grant zurück. Er summte. Es klang wie eine Melodie aus *Schwanensee*. Ich reichte ihm die Flöte, aber er ergriff meine Hand, bevor ich sie wegziehen konnte.

»Bist du verletzt?«, fragte er. Da wurde mir schlagartig klar, dass ich nackt war. Niemand… jedenfalls niemand, an den ich mich hätte erinnern können, hatte mich jemals so gesehen. Und ich hätte auch nie gedacht, dass das jemals geschehen könnte. Es war einfach zu viel. Geisteskrank. Dämonen bedeckten meine Haut. Vielleicht sahen sie wie Tattoos aus, aber ich kannte die Realität.

Doch Grant blickte nicht auf meinen Körper. Nur in meine Augen.

»Maxine«, sagte er und drückte meine Hand. »Maxine, antworte mir.«

Ich versuchte mich loszureißen. »Ich kann mich nicht verletzen. Wenn du irgendetwas über mich wüsstest…«

Er beruhigte mich mit einem Kuss auf meine Hand. Es war

zwar nur ein Kuss, aber er war zärtlich und verlangend, und ich verstummte. Ich hätte diesen Kuss gar nicht spüren dürfen, aber ich tat es, weil die Jungs es zuließen. Seine Wärme rieselte durch meine Muskeln und Knochen.

Mein erster Kuss.

Grant presste seine Wange gegen meine Hand und ließ mich los. »Zieh dich lieber an«, sagte er dann heiser. »Irgendjemand wird schon bald nach uns suchen. Vielleicht kommt jemand herauf.«

Ich nickte, weil es mir die Sprache verschlagen hatte. Ich sperrte die Wohnungstür ab, dann ging ich an ihm und Mary vorbei ins Badezimmer. Dabei riskierte ich einen Blick auf Jacks Leichnam, den noch immer ein Laken bedeckte. Mein Großvater. Gelobt sei sein Licht.

Langsam fing er an zu stinken.

Grant spielte auf der Flöte. Eine klagende Melodie erfüllte die Luft, ein süßer Schmerz durchzog meine Brust wie eine Klinge aus reinstem Licht. Das war frühes Licht, Morgenlicht, der sanfte Glanz des Morgens, der die Fenster erfüllte und Laken und Haut erwärmte.

Ich spürte das Licht in mir, als ich seine Musik hörte. Ich spürte, wie fünf Herzen gegen meine Haut schlugen, regelmäßig zum Auf- und Abschwellen vollendeter Töne. Fünf Herzen und mein eigenes, wir alle zusammen, wie eines.

Und ein sechstes bemerkte ich. Ein sechster Herzschlag, der sanft unter meinem Herzen pochte.

Kaum da und schon wieder verschwunden. Ich berührte den Punkt, atemlos. Wartete, um es noch einmal zu spüren.

Ich wartete sogar noch, als ich längst damit begonnen hatte, mir etwas zum Anziehen zu suchen.

9

Ich wollte mich vom Badezimmerspiegel fernhalten. Ein einziger Blick hatte schon genügt. Ich war kahl, und mein gesamter Kopf war mit Tätowierungen übersät. Ich sah wie der Clown in einem Höllenzirkus aus, in dem die Clowns die Herrscher waren. Das war mein schlimmster Albtraum. Ich konnte Clowns nicht ausstehen.

»Hey«, sagte ich, während ich wieder und wieder meine Wangen rieb, bis Dek und Mal endlich begriffen und sich von meinem Gesicht lösten. Blasse Haut kam unter den schwarzen Schuppen und silbernen Klauen zum Vorschein, und meine grauen Lippen färbten sich rosa. Ich glaube, dass sich die Jungs nur bis zu meinem früheren Haaransatz zurückgezogen hätten, aber ich hatte keine Perücke, keinen Hut und auch keinen Schal. Bis ich etwas fand, um meinen Kopf zu bedecken, mussten die Jungs den Tag unter meiner Kieferpartie aussitzen.

Ich rieb die Narbe unter meinem Ohr. Ich sah einfach zum Kotzen aus.

Ich schälte mir meine ruinierten Cowboystiefel von den Füßen, schlüpfte in eine frisch gewaschene Jeans, einen Rollkragenpullover und eine dünne Weste. Ich fand Sportschuhe und Socken und sah, abgesehen von den Schatten unter meinen Augen und der Tatsache, dass ich keine Haare mehr hatte, fast wieder normal aus.

Wenigstens hatte ich noch ein paar Reste meiner Augenbrauen. Nicht richtig viele, aber unter diesen Umständen war ich schon über jede Kleinigkeit froh.

Als Letztes zog ich mir Handschuhe an, hielt meine rechte Hand hoch, drehte sie und untersuchte die Rüstung. Wie ich bereits vermutet hatte, war sie gewachsen, als ich mich aus diesem Zimmer nach unten befördert hatte. Nicht sehr, nur wenige Zentimeter mein Handgelenk hinauf – aber es waren immerhin Zentimeter meiner Haut, die ich niemals wieder zurückbekommen würde.

»Du kannst mich auch mal …«, sagte ich zu ihr. »Ich hoffe, dass es dafür einen guten Grund gab.«

Grant hatte aufgehört, Flöte zu spielen. Ich zögerte, als ich das Schlafzimmer verließ. Aber als ich die Tür öffnete, saß er immer noch auf dem Boden. Marys Augen waren geöffnet. Sie lächelte ihn so süß an, dass es fast wehtat, das zu sehen. Sie lächelte mich ebenso an, aber dann entglitt ihr das Lächeln ein wenig.

Dennoch bedeutete selbst dies sehr viel. Die alte Frau lächelte nicht einfach so für irgendjemanden.

»Lebendig«, sagte sie und streichelte Grants Hand. »Ein gutes Lied.«

Sie sah gesund aus. Rosige Haut, helle Augen. Ich hatte den Eindruck, dass ihre Haare etwas weniger grau und einige ihrer Falten geglättet waren.

»Was hast du gemacht?«, fragte ich Grant.

»Ich habe ihr das zurückgegeben, was man ihr genommen hatte. Und noch ein bisschen mehr.« Er rieb sich das Gesicht. »Das war knapp.«

Knapp. Er sah müde aus. Ich lehnte mich zurück und dachte intensiv über das nach, was ich gesehen hatte, was man mir erzählt hatte und an was ich mich erinnerte, um alle Teile zusammenzusetzen.

Ich hatte Fragen. Darunter war aber nur eine, die nicht warten konnte.

»Mary«, sagte ich, »wo ist Byron?«

* * *

Überall war Polizei. Ich hatte schon geahnt, dass sie nach Grant suchen würden, so wie ich ja auch geahnt hatte, dass er der Besitzer dieses Grundstücks war. Aber er blieb an meiner Seite, während wir uns in den Keller aufmachten. Nachdem Mary ein paar von meinen Sachen angezogen hatte, kam sie mit uns. An ihr sahen Hosen und lange Ärmel irgendwie komisch aus. Ich sorgte dafür, dass sie die Schlachtermesser in der Küche ließ.

Niemand sah uns. Ein kurzer Blick aus dem Fenster zeigte, dass die Polizei noch immer jeden von dem Gebäude fernhielt, aber ich hörte jetzt solche Worte wie *Brandstiftung* und *Gefährdung der Bausubstanz* durch die verrauchten Flure hallen.

Der Keller roch nicht nach Rauch, die Luft war kalt und klamm. Vor vielen Jahren, lange vor seinem Umbau zum Obdachlosenheim, war das Lagerhaus Teil einer Möbelfabrik gewesen, und einige der alten Maschinen lagerten immer noch in den dunklen Untergeschossen: gewaltige eiserne Kolosse, deren Verwendungszweck ich nicht verstand, obwohl die Jungs ab und zu mal hier hierherkamen, um darauf herumzuklettern. Eine nette Abwechslung, wenn man auf der Jagd nach Ratten war. Während einer ihrer letzten Ausflüge hierher hatten sie Safarihüte getragen und Macheten mitgenommen. Die sie dann später zusammen mit den Ratten aufgefressen hatten.

Es gab nur wenige Lampen im Keller, und keine von ihnen war eingeschaltet. Ich ließ es so. Ich konnte das Licht aus Marys Zimmer sehen, das unter der geschlossenen Tür hervorschien. Es bildete einen Streifen quer über den Betonboden, auf dem unsere Schritte, gepaart mit Grants Gehstock, laut hallten. Außer uns hörte ich niemanden. Mary fing an zu summen: *Oh, What A Beautiful Morning*. Dann drehte sie sich wie eine Ballerina auf ihren Zehenspitzen.

Ich war schon wochenlang nicht mehr in Marys Zimmer gewesen, aber es hatte sich kaum etwas verändert. Endlose Reihen von Regalbrettern, auf denen flache, mit Erde gefüllte Holzschalen standen, in denen jede Menge junge Marihuanapflanzen wuchsen, die von hellem Infrarotlicht bestrahlt wurden. Als ich das letzte Mal hier unten war, ließ ich die Jungs all ihre Pflanzen und die komplette Ausstattung fressen. Dies konnten also unmöglich dieselben sein. Aber nun standen wir hier, und die Pflanzen waren auch da. Ich konnte nur hoffen, dass die Polizei nicht herunterkäme, um jemanden zu suchen.

Byron ruhte auf einer Liege in der Ecke und war mit einer dünnen Decke und etwa fünfzig bunten Wollknäueln zugedeckt. Neben ihm saß ein Zombie mit einer Waffe in der Hand.

Rex. Eine Sekunde lang wusste ich nicht, wer er war, aber dann kam meine Erinnerung zurück. Während die anderen den Raum betraten, blieb ich an der Tür stehen, um die lodernde Aura dieses alten Parasiten zu untersuchen. Es war ganz schön lange her, dass ich ein so altes Exemplar gesehen hatte, den Typen in Killys Bar heute Morgen eingeschlossen.

Die dunkle Wolke seiner Aura schwebte über einem gereizten braunen Gesicht, das von Falten und anderen Zeichen von

Alter und Stress gezeichnet war. Rex' Wirtskörper hatte wohl ein hartes Leben geführt, bevor er von ihm in Besitz genommen wurde.

Und doch erklärte das noch nicht, warum ich die Anwesenheit eines Dämonenparasiten tolerierte. Oder warum es mir so normal vorkam, so als würde ich gut und richtig handeln.

Bekehrung. Dieses Wort füllte meinen Kopf aus. *Bekehrung.*

Ich sah Grant scharf an. *Dämonen. Grant kann sie verwandeln. Verändern, was sie sind.*

Ich schloss meine Augen und war froh, dass ich den Türrahmen hatte, um mich daran anzulehnen. Ich suchte nach Erinnerungen an Rex und all die anderen Zombies, die das Coop bevölkerten. Männer und Frauen, die besessen waren, die kamen und gingen, oft jedoch auch blieben. Sie fühlten sich in meiner Gegenwart zwar unbehaglich, waren aber bereit, dieses Risiko einzugehen. Denn sie waren ... sie waren ...

Eben Bekehrte. Die sich selbst zerstört hatten, um etwas Neues zu werden. Sie ernährten sich, aber nicht vom Schmerz anderer, sondern ...

Ich öffnete meine Augen. Rex starrte mich an. Grant auch, aber in seinen Augen war nur Mitgefühl zu lesen.

Ich konnte mich nicht daran erinnern, wann mich das letzte Mal jemand so verständnisvoll angesehen hatte, so als wäre es okay, als wäre *ich* okay: wer ich war, was ich tat, es war *okay.*

Es hätte mich eigentlich schon aus purem Widerspruchsgeist ärgern müssen. Es hätte mir doch Angst machen müssen, weil er ein seltsamer Mann und ich eine seltsame Frau war und uns diese wirklich seltsame Geschichte verband, an die ich mich nicht erinnerte und die ich auch nicht verstand.

Aber darüber war ich nun hinweg. Jetzt hatte ich ganz andere Sorgen.

Außerdem mochte ich es, wie er mich ansah.

Ich legte meinen Kopf schräg und sah auf die Waffe in Rex' Hand. »Erwartest du noch Ärger?«

»Nur von deiner Seite«, sagte er, und seine Aura flackerte. »Ich mag den Ausdruck in deinen Augen nicht. Er gibt mir das Gefühl, ich sollte lieber schleunigst die Flucht ergreifen.«

»Vielleicht solltest du das auch. Geh von dem Jungen da weg.« Ich stieß mich vom Türrahmen ab und trat an das Bett heran. Rex stand auf und ging mir aus dem Weg. Ich ignorierte ihn. Byrons Augen waren geschlossen, er atmete gleichmäßig. Ich berührte seine Stirn. Sie war warm, aber er hatte schon wieder etwas Farbe im Gesicht.

Ich wollte ihn wecken und zwang mich, einen Schritt zurück zu machen. »Was hat das alles zu bedeuten?«

»Regenbogen«, sagte Mary, die an einem violetten Wollfaden zupfte.

Rex verdrehte die Augen und schob die Waffe in die Seitentasche seiner Jeans. »Sie sagte, es wäre Ärger im Anmarsch, und befahl mir, den Jungen herunterzubringen. Ich sollte auf ihn aufpassen, weil sie losgehen wollte, um einen der Mistkerle abzustechen.«

Grant beobachtete den Jungen und runzelte die Stirn. »Es gab ein Feuer. Der gesamte zweite Seitenflügel ist abgebrannt«, sagte er abwesend.

Rex erstarrte. Mary riss ein Marihuanablatt vom Stängel ab und stopfte es sich in den Mund. »Ein erzwungenes Tor«, murmelte sie und kaute dabei. »Das Labyrinth brennt, wenn es zerrissen wird.«

Das Labyrinth.

Jedes Mal lief alles auf diesen Ort hinaus. Auf diese *Straße*.

Dämonen kamen nicht von der Erde. Dämonen waren

noch nicht einmal wirklich Dämonen, jedenfalls nicht im biblischen Sinn. Es war nur eine Umschreibung für Kreaturen, die Menschen jagten und sich von ihnen ernährten. So wie die Zombies, die ich jagte, keine Filmzombies waren, sondern ganz einfach menschliche Marionetten. Nur dass sie eben von diesen Kreaturen besessen waren. Solche Begriffe waren nur Vereinfachungen.

Dämonen waren, wie Avatare und Menschen, über ein Netzwerk aus interdimensionalen Autobahnen zur Erde gekommen. Eine Kreuzung zwischen dem Hier und Dort, ein Ort jenseits von Raum oder Zeit oder allem, was ich möglicherweise verstehen konnte. Nur, dass dieser Knotenpunkt das Labyrinth war, dessen Umfang sich vergrößerte, ein Irrgarten aus verknoteten Straßen zwischen unzähligen Welten.

Von denen die Erde nur eine war.

Ich musste an den toten Mann vor Byrons Zimmertür denken. »Willst du damit sagen, dass sie das Labyrinth innerhalb des Coop selbst verlassen hat?«

»Sie kommt mit einem Bedürfnis. Bedürfnisse öffnen Tore.« Mary klopfte sich an die Brust und zeigte auf den Jungen. »Sie jagt den Alten Wolf. Und seine Häute.«

»Byron ist aber keine Haut«, betonte ich nachdrücklich.

»Wir sind alle Hüllen«, hielt Rex dagegen. »Was ist hier los?«

»Halt.« Grant hob seine Hand und wandte den Blick von Byron ab. »Wer war diese Frau? Und warum wollte sie Jack haben?«

Namen und Gesichter schossen mir durch den Kopf. Ahsen. Mr. Koenig. Avatare, die beide verrückt waren. Und zu gefährlich, um sie am Leben zu lassen.

Ich konnte ihre Schreie hören. Ich erinnerte mich daran,

dass ich sie getötet hatte. Den ersten mit meinen bloßen Händen, den zweiten … mit irgendwas anderem.

Was war das nur für ein Loch in meinen Erinnerungen?

Ich sah Grant an. »Sie kam wegen der zwei getöteten Avatare. Jemand von Jacks Art hat die Morde gespürt und sie ausgesandt, um ihn zurückzuholen.«

»Zurück.«

»Wenn zwei deiner eigenen Leute ermordet werden, dann gehst du nicht selbst, sondern schickst jemand anderen, um herauszufinden, wer der Mörder war.«

»Jemanden, der in der Lage ist, Avatare zu beherrschen.« Grant schielte zu Mary hinüber. »Diese Frau und ich, wir haben dieselbe Gabe. Wie ist das möglich? Ich dachte, es gäbe keine anderen mehr.«

»Keine, die *frei* sind.« Mary beugte sich vor und bürstete ihm sanft die Haare aus seinem Gesicht. »Sie wurden als Babys entführt und in Fesseln gesteckt, sie wurden in Fesseln großgezogen, verwandelt, geformt und schließlich in Fesseln versklavt. Eine Armee in Ketten.«

Ich gab den Versuch auf, mich von Byron fernzuhalten. Dann setzte ich mich auf das Bett, und all die Wollknäuel fielen auf den Boden zu meinen Füßen. Der Junge rührte sich nicht ein bisschen. Er atmete, schlief ganz tief. Ich nahm sein Handgelenk und fühlte den Puls. Stark und gleichmäßig.

»Ich erinnere mich«, sagte ich. »Ich erinnere mich daran, wie Jack einmal davon erzählte, aber die Details sind so undeutlich.«

»Wahrscheinlich, weil es mit mir zu tun hat«, seufzte Grant und strich sich über das Gesicht. »Ich bin nicht von dieser Welt, Maxine. Meine Mutter brachte mich her, als ich noch ein Baby war. Wir sind durch das Labyrinth gekommen.«

»Ihr seid den Avataren entkommen?«

»Ja.« Er sah mich aufmerksam an. »An was erinnerst du dich noch?«

Ich wusste nur das, was Jack mir erzählt hatte, aber das reichte mir auch. Ich hatte seine unbarmherzige Stimme immer noch im Ohr.

Die Lichtbringer und die Wesen, über die sie wachten, waren die ersten Menschen. Sie wurden auf einer Welt gefunden. Auf einer fernen, längst untergegangenen Welt. Alle Menschen, Liebes, jeder einzelne Mensch stammt von ihnen ab.

Wir haben ihre Körper gestohlen. Wir haben sie gezüchtet, ihre Körper geformt. Und als schließlich eine besondere Rasse von Menschen herangebildet worden war, suchten wir mit Hilfe des Labyrinths eine Welt und siedelten diesen Stamm von Lebewesen dort an. Wir erlaubten ihnen, sich zu entwickeln und zu entfalten. Im Labyrinth verläuft die Zeit anders. Was Millionen und Milliarden von Jahren dauert, konnten wir sofort haben, indem wir einfach nur im Labyrinth eine Tür öffneten und wieder schlossen.

Welten, deren Leben von Avataren ausgesät wurden. Welten, die wie Spielplätze und Luftschlösser benutzt wurden. Welten, phantastische Welten, verbunden durch das Labyrinth, dem Irrgarten der Unendlichen Möglichkeiten.

Menschen wurden als Proteine und Moleküle auf diesen Planeten gebracht. *Produkt der Laborforschung, der Farm,* wie mein Großvater es genannt hatte. *Das große Experiment. Ein Reservoir für Körper.*

Körper, die von den Lichtbringern abstammten. Den ersten Menschen.

Endlich erinnerte ich mich an diesen Namen und was er in seinem vollen Ausmaß bedeutete. Jack sprach von den Lichtbringern in verzweifeltem Ton, bezeichnete sie als Hüter, Richter, Wahrheits-Sager und Krieger, die gejagt und ermordet wurden, weil sie in der Lage waren, Energie zu lenken. Und damit – auf lange Sicht – also auch die Avatare.

Mama-Blut hatte recht. Ich wusste nicht, ob die Dämonen schlimmer sein konnten.

Und wenn Grant ein Lichtbringer war, dann würde das ja bedeuten … es würde heißen …

Ich schloss die Augen und versuchte mich zu konzentrieren. »Das einzig Wichtige im Moment ist, dass diese Frau dich … gesehen hat. Sie hat erkannt, was du bist. Wir können doch nicht zulassen, dass sie losgeht und herumerzählt, dass sie hier einen Lichtbringer angetroffen hat.«

»Gut möglich, dass sie diese Welt bereits verlassen hat«, sagte Grant.

Mary zupfte an dem Garn und schüttelte den Kopf. »Nicht ohne den Wolf. Sklaven gehorchen.«

»Sie sucht Jack, was bedeutet, dass wir zuerst einmal *ihn* finden müssen. Wir müssen ihn beschützen und *sie* aufhalten.«

Grant gab einen frustrierten Ton von sich. »Ich hasse das alles.«

Ich stand auf. »Was können wir tun, damit dem Jungen nichts passiert? Er hat sie doch schon einmal angezogen. Wahrscheinlich aufgrund seiner Verbindung zu Jack.«

Mary schob die Decke zur Seite. Ein goldenes Amulett lag schwer auf Byrons Brust. Eine massive Scheibe, eigentlich nichts weiter als eine zusammengeknäulte Spule ohne Anfang und Ende. Es waren einfach nur verschiedene Lagen aus verknotetem Draht, der in einem bestimmten Muster zusammengefügt war, was eine perfekte Täuschung ergab. Als ich das Amulett betrachtete, schien es mir, als ob seine Mitte unerreichbar tief und weit entfernt war, und dass es meine Hand verschlucken würde, sobald ich es berührte. Mir wurde schwindelig bei dem Anblick.

Aber das Muster kam mir irgendwie bekannt vor. Gerade hatte ich etwas Ähnliches an Marys Brust gesehen.

»Das gehörte meiner Mutter«, sagte Grant.

»Es verdeckt sein eigenes Zeichen«, antwortete Mary mit einem verschmitzten Lächeln. Mehr sagte sie nicht. Ich hörte ein Scheppern vor der Tür und dann das Geräusch von Stimmen.

»Polizei«, murmelte Rex. »Mist.«

Grant verstärkte den Griff um seinen Gehstock. »Ich werde mich darum kümmern. Passt auf den Jungen auf.«

Er humpelte aus Marys Zimmer. Ich folgte ihm einen Augenblick später.

Männer mit Taschenlampen kamen die Treppe herunter. Ich überholte Grant lautlos auf meinen weich besohlten Schuhen und betätigte den Lichtschalter. Die Lichter gingen an. Ich hörte überraschtes Gemurmel und sah drei Männer in Uniform – einen Polizisten und zwei Feuerwehrmänner. Der Polizist kam mir bekannt vor, aber ich konnte mich an seinen Namen nicht erinnern. Ich hatte ein schlechtes Namensgedächtnis.

»Entschuldigung«, sagte ich. »Wir kennen diesen Ort so genau, wir brauchen die Lichter eigentlich gar nicht.«

Ich war nicht sicher, ob die Männer mir glaubten oder mich überhaupt hörten. Sie waren anscheinend viel zu sehr damit beschäftigt, sich meinen kahlen Kopf anzusehen. Den hatte ich schon längst wieder vergessen. Keine Ahnung, warum. Meine Kopfhaut fühlte sich so leer und kalt an. In meiner Verlegenheit hätte ich sie fast berührt.

Grant humpelte näher heran und zog die Blicke der Männer auf sich. »Ralph. Suchen Sie mich?«

Der Polizist, ein schlanker Mann Anfang vierzig, lächelte ihn entschuldigend an. »Verzeihung, Vater Cooperon. Eine der Ladys da oben sagte mir, Sie gingen manchmal hier herunter, um sich um einen der Bewohner zu kümmern.«

»Ja«, erwiderte Grant mit erstaunlicher Gelassenheit und Autorität. »Ich musste sie kurz beruhigen und hatte dann eigentlich vor, Sie zu suchen. Ist sonst noch was passiert?«

Ralphs reuiger Gesichtsausdruck vertiefte sich. »Ich weiß, es war ein fürchterlicher Morgen für Sie, Vater, aber ich brauche Ihre Hilfe, um eine Leiche, die wir aus dem Feuer gezogen haben, zu identifizieren. Es ist nur eine«, setzte er hastig hinzu. »Ein weißer Mann, männlich, etwa Mitte zwanzig. Keinerlei Papiere. Wir hoffen, dass Sie sein Gesicht wiedererkennen.«

Ich verstand ihn kaum. Mein Hirn hatte gerade erst begriffen, was er am Anfang des Gesprächs gesagt hatte. *Vater Cooperon. Vater Cooperon.*

So als wäre Grant ein Priester.

Ralph sah auf mich herab. »Gnädige Frau, Sie haben sich die Haare abrasiert?«

»Sie sind mir bei dem Feuer verbrannt«, sagte ich schwach und erntete damit ein Lachen. Ich sah die anderen Männer an. »Wie geht es Ihren Kollegen, die sich in dem Gebäude befunden haben?«

Sie zögerten kurz und sahen einander an. »Gut.«

»So ein Unsinn«, murmelte Ralph, der die Treppen wieder hinaufstieg. »McKenzie hat wohl einen Nervenzusammenbruch erlitten. Sagt, er hätte ein Monster gesehen. Dieses Weichei.«

Einer der Jungs grinste mich schräg an. »Kein Gesicht, hat er gesagt. Voller Schuppen. Schlangendame.«

Ich tat so, als würde ich mich schütteln. Und dann zitterte

ich wirklich, als mich der andere Mann nämlich ausführlich musterte und sagte: »Von den fehlenden Haaren mal abgesehen sehen Sie genauso aus wie die Frau, der McKenzie ins Gebäude gefolgt ist. Bis jetzt gibt es noch keine Spur von ihr.«

Ralph, der schon oben an der Treppe stand, drehte sich um: »Lass sie in Ruhe. Hustet sie vielleicht, oder riecht sie nach Rauch? Herrgott! Jeder, der dumm genug gewesen wäre, freiwillig in diese Hölle zu gehen, läge jetzt im Leichenschauhaus.«

Grant hustete. Ich sah ihn böse an. Ein leises Lächeln zupfte an seinem Mundwinkel, und er zwickte mir in die Hüfte, als er an mir vorbeihumpelte. Ich wich zurück. Er beugte sich zu mir hinunter, legte seinen Mund an mein Ohr und flüsterte: »Du bist wunderschön, Schlangendame.«

Er war verrückt, sagte ich mir wieder und wieder, als wir die Treppen hinaufstiegen.

Es hatte aufgehört zu regnen. Die meisten Menschen, die sich noch immer vor dem Obdachlosenheim aufhielten, waren freiwillige Helfer. Einige der obdachlosen Stammgäste hatten sich verdrückt. Ich nahm an, dass die Anwesenheit der vielen Polizisten der Grund dafür war. Ich fühlte mich in ihrer Gegenwart auch nicht gerade wohl. In den letzten Jahren hatte ich viel zu oft das Gesetz gebrochen.

Grant hatte kein Problem mit ihnen. Ich blieb ein wenig zurück und hielt nach Brüchen oder Spannungen Ausschau, doch alle uniformierten Personen begegneten ihm mit Hochachtung und Respekt. Er war ein Mann, der sich auf seinen Stock stützte und eine ausgeblichene Jeans und ein dickes Flanellhemd trug. Nur so ein ganz einfacher, aufrichtiger und ruhiger Mann.

Ein großer, attraktiver Mann, konnte ich mir nicht verkneifen zu denken. Ein Mann, der, verglichen mit den anderen um ihn herum, wie ein Wolf aussah, der *anders* war, der Ecken und Kanten hatte.

Nicht auf der Erde geboren. Fähig, Menschen mit seiner Stimme zu beeinflussen. Fähig, einen Dämon zu wandeln, bis in den tiefsten Kern seines Daseins hinein.

Er war in der Lage, einen Avatar zu töten.

Ich konnte mich zwar nicht daran erinnern, aber ich wusste, dass es stimmte. Wer weiß, wozu er noch imstande war.

Einen Vorgeschmack hast du ja bereits bekommen. Bei der Begegnung mit Mama-Blut.

Mama-Blut. Die Dämonenkönigin. Obwohl ich mich in Bezug auf Grant an nichts erinnern konnte, was vor diesem Morgen geschehen war, konnte ich mich dieser beiden Avatare, Ahsen und Mr. Koenig, doch entsinnen, die vor irgendetwas oder irgendjemandem in meiner Umgebung Angst gehabt hatten. Die hungrig waren und Angst hatten.

Vor ihm.

Und vor etwas in mir. Der Finsternis, die einen so leichten Schlaf hatte.

»Lichtbringer«, hauchte ich und ließ mir das Wort auf der Zunge zergehen. Es wühlte keine Erinnerungen auf, aber aus irgendeinem Grund fühlte ich mich dazu veranlasst, meinen Brustkorb zu berühren. Ich lauschte nach dem sechsten Herzschlag.

Doch schon nach einem kurzen Augenblick hörte ich damit auf. Ich wollte nicht daran denken. Es machte mir Angst. Selbst Grant machte mir Angst. Er war gefährlich. Meine Mutter hätte ihn vermutlich schon aufgrund der bloßen *Möglichkeit*, dass er eine Bedrohung darstellen könnte, getötet.

Kein Lebewesen sollte diese Art von Macht besitzen.

Mich eingeschlossen.

Ich begleitete Grant, als man ihn zu einem Leichensack brachte. Einer der Polizisten, eine Frau, musterte mich kurz und lächelte dann knapp. »Haben Sie Ihre Haare einer wohltätigen Einrichtung gespendet?«

»Ja«, log ich und sah hinter ihr den Feuerwehrmann, den ich gerettet hatte. Er saß weiter hinten in einem Krankenwagen, mit einer Wolldecke über den Schultern und einer Sauerstoffmaske auf dem Gesicht, und starrte ins Nichts. Ich drehte mich etwas herum, damit er nur meinen Rücken sehen konnte.

Ralph trug Latexhandschuhe und öffnete den Leichensack. Ich war nicht überrascht davon, dass es der Mann war, den ich vor Byrons Tür gefunden hatte. Er war verbrannt, aber nicht so sehr, wie ich erwartet hatte. Selbst das Stückchen Kleidung, das ich sah, schien nur geringfügig verkohlt zu sein.

Was mich jedoch vor allem irritierte, war die Tatsache, dass seine Gesichtszüge selbst für einen Toten beunruhigend ausdruckslos wirkten. Als wenn jemand einen Radiergummi genommen und ihm alles außer Mund, Nase und Augen einfach aus dem Gesicht radiert hätte. Er sah so … unwirklich aus. Wie eine Puppe.

»Nein. Den habe ich noch nie zuvor gesehen«, sagte Grant entschlossen. »Ich versteh auch gar nicht, was er hier oben gewollt haben könnte. War er denn der Einzige?«

»Glücklicherweise.« Ralph zögerte. »Kennen Sie jemanden, der Ihr Gebäude in Brand setzen würde?«

»Nein.« Grant sah ihm tief in die Augen. »Ich hoffe wirklich sehr, dass es nur ein unglücklicher Unfall gewesen ist.«

Ralph schien Schwierigkeiten zu haben, seinen Blick von dem Toten loszureißen. »Die Brandsachverständigen werden das herausfinden.«

Er stellte uns noch einige weitere Fragen, versprach, mit uns in Verbindung zu bleiben, und entließ uns dann zu den freiwilligen Helfern, die dicht gedrängt am Absperrband der Polizei standen und Grant mit neugierigen Augen betrachteten. Ich zog nur wenige Blicke auf mich, und es war eindeutig, von wem die Menge Antworten hören wollte.

Nach kurzer Zeit hatte er alle beruhigt. Grant schickte die Freiwilligen nach Hause und kündigte an, dass das Obdachlosenheim für ein paar Tage geschlossen bliebe. Er sprach mit mehreren Frauen und bat sie, ein paar Telefonate zu führen, um zwischenzeitlich Unterkünfte für die Stammgäste zu finden. Einer Frau sagte er, dass sie, wenn nötig, Hotelzimmer buchen sollte, und gab ihr seine Kreditkarte. Niemand diskutierte, niemand jammerte. Ich beobachtete die Menge und lauschte seiner Stimme.

»Du hast deine … Gabe nicht angewandt«, sagte ich, als wir in das Gebäude zurückgingen.

»Das brauchte ich gar nicht.« Grant blickte zu mir herunter. »Menschen können sehr vernünftig sein, weißt du. Und auch anständig.«

»Unverbesserlicher Optimist.«

»Pessimistin.«

»Kannst du Anständigkeit denn *sehen*?« Ich bewegte meine Finger, als würde ich den Umriss einer Person durchpausen. »Wenn du jemanden anschaust?«

»Ich sehe viele Dinge. Manchmal mehr, als mir lieb sind. Gelegentlich mehr, als ich … ertragen kann.« Grimmig verzog er das Gesicht und zuckte mit den Schultern. »Menschen, die hierherkommen, haben Probleme. Sucht, psychische Störungen, Wut. Ich … ermahne sie ein wenig.«

»Du veränderst sie.«

»Ich helfe ihnen.«

»Sind sie noch immer die Gleichen, wenn du mit ihnen fertig bist?«

»Ja.« Er sah mich an. »Meistens.«

»Du lässt dir ja ganz schön Spielraum.«

»Jemand, der seine Frau verprügelt, ist allerdings nicht mehr der Gleiche, wenn ich mit ihm fertig bin«, gab er zu. »Aber ein Roboter wird er auch nicht sein. Ich ergreife keinen Besitz von Menschen, Maxine.«

»Aber du spielst Gott. Ein bisschen wenigstens.«

Grant zögerte. »Das tust du auch.«

Ich sagte nichts. Ich war ein bisschen angepiekst. Und ich war auch hungrig nach mehr. Eine Unterhaltung wie diese hatte ich in… na ja, schon länger, als ich überhaupt denken konnte… nicht mehr geführt. Was anscheinend nicht viel bedeutete.

Aber ich war gierig nach Worten. Gieriger, als ich sein sollte.

Ich war nie zur Schule gegangen. Kinder meines Alters hatte ich immer nur aus der Ferne gesehen, und selbst wenn ich ganz nah bei ihnen gewesen war, waren sie dennoch Millionen Kilometer weit entfernt geblieben. Als Jugendliche sagte ich *Hallo* zu einigen Jungen, aber immer nur im Vorbeigehen: im Gang einer Bibliothek oder in einem Supermarkt, wenn meine Mutter und ich mal in eine Stadt fuhren, um unsere Lebensmittelvorräte aufzufüllen. Wir blieben nie lange genug an einem Ort, um mehr als bloß *Hallo* zu sagen. Selbst wenn es so gewesen wäre, hätte meine Mutter das nie zugelassen. Wir hatten zu viele Geheimnisse. Und sie musste zu viele Dämonen töten. Aber ich las viel. Die Welt lernte ich aus Büchern, dem Fernsehen und aus eigener Anschauung kennen. Ich war mir sicher, dass es Kinder gab, denen es schlechter ging als mir, sogar viel schlechter. Ich wusste immer, dass ich geliebt wurde. Ich wurde immer beschützt.

Aber das Zusammensein mit Grant, hier und jetzt, machte mir auf einmal klar, wie viel ich doch versäumt hatte, und wie sehr ich wohl noch immer wenigstens so etwas Ähnliches wie ein normales Leben führen wollte. Ein gutes, einfaches Leben.

Klar doch. Jetzt war *ich* wohl diejenige, die verrückt geworden war.

Grant humpelte an der Kellertür vorbei. Ich starrte auf seinen Rücken. »Wo gehst du hin?«

Er blickte über die Schulter zurück, antwortete aber nicht. Ich versuchte den Jungs auf meiner Haut zuzuhören und spannte meine Hände an. Aber sie waren still. Keine Gefahr in Sicht. Jedenfalls nicht in diesem Augenblick.

Grant führte mich zu einem Büro, in dem kaum Möbel standen. Nur ein Tisch und ein paar Stühle. Es gab dort kein Telefon. Aber ein gerahmtes Bild, das etwa die Größe meiner Hand hatte. Auf dem Foto war ich zu sehen. Und Grant. Wir saßen zusammen auf einem Stück Treibholz am Strand. Und lächelten beide. Kein erzwungenes Lächeln, sondern eines, das mit einem Lachen begonnen hatte und mit einem Lachen endete.

»Ich sehe da glücklich aus«, flüsterte ich.

»Vergiss das nicht.« Grant nahm das Bild aus dem Rahmen und drückte es mir in die Hand. »Du bist nicht allein, Maxine. Du bist nicht… ungeliebt.«

Ich atmete tief aus. »Das bedeutet also, dass es noch mehr gibt, das ich verlieren kann.«

»Und mehr, um das es sich zu kämpfen lohnt.«

»Mehr Ärger am Arsch, als ich sowieso schon habe.«

Grant lächelte. »Aber ich habe einen ziemlich knackigen Arsch.«

Ich lachte. Es sprudelte einfach so aus mir raus, noch bevor ich es verhindern konnte. Es war kein anzügliches Kreischen, kein verlegenes Kichern, nur ein richtiges Lachen, das sich warm anfühlte und mehr nach mir selbst, als ich mich heute Morgen gefühlt hatte, nachdem ich in einer Blutlache aufgewacht war.

Grant saß auf der Tischkante und betrachtete mich. »Was glaubst du, was hier vorgeht, Maxine? Ist diese Frau auch ein Grund dafür, dass du deine Erinnerung verloren hast?«

Ich schüttelte den Kopf und sah noch immer das Foto an. »Ich glaube, dass Jack wusste, dass sie kommen würde. Ich glaube, dass er deshalb mit mir reden wollte. Was in der letzten Nacht passiert ist…« Ich unterbrach mich und lehnte mich an die Wand. »Du hättest den Ausdruck in ihrem Gesicht sehen sollen, die Art, wie sie sich vor Jacks Leiche niederwarf. Sie vergöttert seine Art. Sie glaubt, sie seien Götter. Sie warf mir vor, ihn nicht beschützt zu haben, als wäre es ein Zeichen meiner Schuld, dass sein menschlicher Körper tot und ich noch am Leben war. Ich denke… ich vermute, sie glaubt, ich hätte ihn umgebracht. Sie nannte mich seinen Schänder.«

»Klingt nach jemandem, der… fanatisch ist.«

»…und der seine Stimme benutzt, um einer alten Frau das Leben auszusaugen?«

»Der Mann da oben in dem Leichensack, er war auch ausgesaugt worden.«

»Woher weißt du das?«

»Er war irgendwie… leerer… als ein normaler Toter. Eine frische Leiche enthält immer noch ein wenig Restenergie. Dieser Mann aber hatte *nichts* davon. Mary wäre auf die gleiche Art gestorben, wenn du diese Frau nicht aufgehalten hättest.«

»Dann hättest du es wahrscheinlich getan.«

»Ich war viel zu sehr damit beschäftigt, Mary wieder Energie einzuflößen.« Grant lächelte grimmig. »Ich hätte anders handeln müssen. Ich hätte sie angreifen sollen.«

»Du bist nur deinen Instinkten gefolgt. Du hast Mary gerettet. Daran ist nichts falsch.«

»Außer, dass die Frau verschwunden ist. Dass sie irgendwo da draußen herumläuft und jetzt wahrscheinlich anderen etwas zuleide tut.« Grant sah auf seine Hände hinunter. »Sie weiß, was sie tut. Sie wurde dafür ausgebildet. Nicht wie ich, Maxine. Ich habe noch immer nicht alles verstanden, wozu ich in der Lage bin. Ich habe diese Sache mein Leben lang immer nur improvisiert.«

»Und deine Mutter?«

»Hat es mir nie erzählt. Sie starb, als ich noch ein Teenager war.« Er zeigte auf das Foto in meiner Hand. »In den letzten zwei Jahren habe ich mehr über mich selbst gelernt, als ich es mir je hätte vorstellen können. Mehr, als ich es mir hätte vorstellen *wollen*. Ohne dich … wäre das schwierig gewesen.«

»Ich kann mir einfach nicht vorstellen, dass ich es dir wirklich leichter gemacht habe. Ich bin keine gute Gesellschaft.«

Grant schüttelte den Kopf, sein Mund verzog sich zu einem ironischen Lächeln. »Du bist mein einziger Freund, Maxine. Vor dir hatte ich niemanden. Niemanden, mit dem ich darüber reden konnte, wer ich bin. Niemanden, zu dem ich ehrlich sein konnte. Ich glaube, du verstehst sehr gut, was das bedeutet. Besser als jeder andere.«

Ich starrte ihn an. Niemand konnte mich so ansehen und mich dabei belügen. Kein Lügner könnte so viel Zeit mit mir verbringen, ohne dass die Jungs ihn töten würden. Und niemand außer diesem Mann würde mir ohne mit der Wimper zu zucken dabei zusehen, wie ich – glatzköpfig und tätowiert – eine Frau mit meinen bloßen Händen erwürgte, wie ich Dämonen austrieb und über das Ende der Welt sprach.

Was hatte ich alles verloren?

»Jetzt habe ich dir Angst gemacht«, sagte Grant leise.

»Ja, du machst mir oft Angst.«

»Fürchtest du dich davor, glücklich zu sein?«

Ich hielt das Foto hoch. »Das da ist überwältigend. Immerhin war geplant, dass ich mein ganzes Leben allein sein würde.«

»Aber du hast dir ein Zuhause geschaffen.«

»Ich habe mir ein Zuhause geschaffen, ja«, stimmte ich ihm zu. »Ich wünschte, ich würde mich an dich erinnern.«

Grant stieß sich vom Tisch ab und stützte sich dann mühevoll auf seinen Gehstock. »Komm mit. Mary und Rex sind wahrscheinlich schon dabei, sich Joints zu drehen.«

Ich schob das Foto in die Tasche meiner Weste. »Dieser Bulle hat dich mit *Vater Cooperon* angesprochen. Gibt es noch etwas, das du mir erzählen willst?«

Grant lächelte und hielt mir die Bürotür auf. »Was denkst du denn, was das bedeuten könnte?«

»Du willst bestimmt nicht wissen, was ich darüber denke.«

Er beugte sich ganz dicht an mein Ohr herunter. Ich bewegte mich nicht, atmete nicht, ich blinzelte nicht einmal. Aber statt etwas zu sagen, drehte er den Kopf ein kleines bisschen und küsste meine Wange. Weich, sanft und mit seinem Mund auf meiner Haut verweilend. Hitze überflutete mich. Mein Herz pochte, und ich hätte so gerne meinen Kopf gedreht, um herauszufinden, wonach seine Lippen schmeckten. Nach Zimt vielleicht. Oder nach Sonnenlicht.

Aber ich tat es nicht, und er war fort, bevor ich mich traute.

Mein zweiter Kuss, dachte ich.

Wir sprachen nicht, als wir zum Keller zurückgingen. Obwohl ich wollte. Ich hatte noch mehr Fragen. Ich wollte keine Zeit für Stille verschwenden. Aber ich fühlte mich aus dem

Gleichgewicht gebracht und war nicht sicher, ob meine Stimme erklingen würde.

Am Ende der Treppen fing Zee zu zucken an. Es war keine wirkliche Warnung, aber auch nichts, was ich als gegeben hinnehmen wollte. Ich ließ Grant hinter mir und rannte zu Marys Zimmer.

Ich öffnete die Tür – und das Erste, was ich sah, war Byron, der aufrecht dasaß. Rex und Mary standen auf der anderen Seite des vollgestopften Raumes und starrten ihn an. Keiner von beiden sah besonders erfreut aus.

»Hey«, sagte ich zu dem Jungen und ging eilig zum Bett hinüber. »Bist du …?«

Byron sah mich an, und ich brach meinen Satz ab. Er stammte nicht aus meiner Blutlinie, war nicht mein Kind. Aber ich kannte ihn. Ich kannte dieses Kind so gut wie kein anderer.

Den Jungen jedoch, der hier vor mir saß, den kannte ich nicht.

»Maxine«, sagte Byron, »oh, mein süßes Mädchen.«

Ich griff nach dem Regal neben mir, weil ich etwas zum Festhalten brauchte. Die Metallschiene verbog sich unter meinem Griff. Der Junge wich zurück – dann, einen Moment lang, nur ganz kurz, glaubte ich, Angst in seinen Augen zu erkennen.

»Vergib mir«, sagte der Junge, aber seine Stimme war tiefer, seine Betonung verfeinert, und seine Augen – die Art, wie er mich ansah …

Byron war verschwunden. Jack hatte seine neue Haut gefunden.

10

Jack Meddle. *Einmischer*, nannte ihn Zee. Er steckte voller Überraschungen. Aber ich glaube, wenn dein Großvater älter ist als ein Stern, machst du ihm gewisse Zugeständnisse, was Exzentrik und Geheimnisse angeht.

Natürlich von solchen abgesehen, die Leben kosten.

* * *

»Wie konntest du das nur tun?« Ich war schon froh, dass ich überhaupt einen Ton herausbekam. Wir waren letzte Nacht so glücklich gewesen.

Sogar Byron, der nach Jacks Kuchenbackattacke das ganze Geschirr weggespült hatte, weil es mein Geburtstag war und er wusste, dass sonst ich hinter dem alten Mann klar sauber gemacht hätte.

Ich erinnerte mich an den Jungen in der Schürze. Ich erinnerte mich an sein kleines, zufriedenes Lächeln. Ein ausgewachsenes Zittern schüttelte Jacks Körper, und der Blick, den er mir zuwarf, war nichts, was ich jemals auf Byrons Gesicht, ja nicht einmal im Gesicht des alten Mannes gesehen hatte: Furcht, Unsicherheit und Selbsthass. Er hob zitternd eine Hand, so als wollte er mich abwehren. »Sag es nicht. Ich kann es nicht ertragen, das schon wieder zu hören. Ich weiß ja, dass meine Entschuldigungen nichts bedeuten, aber bitte glaub mir, wir hatten *niemals* vor, dich oder eine andere Frau deiner Blutlinie zu verletzen. Wir waren *verzweifelt*, und dies war der *einzige* Weg.«

Bis zu diesem Zeitpunkt hatte ich gedacht, ich hätte ihn verstanden. »Was?«

Er verstummte. Grant sagte: »Das hat nichts mit letzter Nacht zu tun, alter Mann.«

Jacks Gesicht wurde wächsern und bleich. Ich versuchte, mich zu bewegen, aber es gelang mir nicht. Ich fühlte mich so schwer, meine Beine waren so schwach. Ich holte Luft, doch es kam nichts davon in meiner Lunge an.

»Alter Wolf«, brachte ich schließlich hervor. »Gib diesen Jungen frei!«

»Der Junge.« Er sprach ganz langsam, wie in einer fremden Sprache, als hätte er vergessen, wer er war und wen er in Beschlag genommen hatte. »Dem Jungen ist nichts geschehen.«

Ich packte sein Handgelenk, dieses gestohlene, knochige Handgelenk. Dann beugte ich mich zu ihm herab, bis sich mein Gesicht direkt vor dem seinen befand. Es brachte mich schier um, in diese Augen zu schauen, die nicht Byrons Augen waren. Das war nicht Byrons Seele. Und auch nicht der Lebensfunke, der Byron ausmachte, und nur ihn allein.

»Wie kannst du es wagen!«, fauchte ich. »Wie kannst du es wagen, ihm das anzutun?«

Mein Großvater riss sein Handgelenk los und schwang sein Bein über die Bettkante. Er bewegte sich unsicher und stöhnte, als hätte er Schmerzen.

»Es ist ja nur *vorübergehend*«, antwortete er, aber alles, was ich hören konnte, war Byrons Stimme, die ihm gestohlen worden war, und alles, woran ich denken konnte, war der Junge, irgendwo da drinnen, der vielleicht gerade zusah, vielleicht aufpasste und aus seinem eigenen Körper ausgesperrt war. Der gegen seinen Willen von jemand anderem besessen wurde.

Ich hinderte Jack daran aufzustehen. »Es ist eine Sache, einen Embryo in der Gebärmutter zu übernehmen, oder meinetwegen auch einen Komapatienten, aber das hier, das ist etwas anderes. Byron gehört dir nicht.«

Jack hielt sich an meinem Arm fest und drückte ihn. In seinen Augen las ich Verzweiflung, Furcht und Leid.

»Ich hätte es nicht getan, wenn es einen anderen Weg gegeben hätte. Verstehst du? *Es blieb mir einfach keine Zeit, Maxine!* Was denkst du denn, warum ich letzte Nacht zu dir gekommen bin?«

»Ich kann mich an letzte Nacht nicht erinnern, Jack. Ich bin in deinem Blut aufgewacht. Neben deiner Leiche.« Ein kalter, harter Knoten saß in meinen Eingeweiden – derselbe Knoten, der schon den ganzen Tag in mir gesessen hatte, jetzt nur größer, gewachsen wie ein Tumor. »Was ist denn geschehen? Wer hat dir die Kehle durchgeschnitten?«

Rex machte ein überraschtes Geräusch. Grant warf ihm einen warnenden Blick zu, und Mary lehnte sich gegen ihre Regale, streichelte die Blätter ihrer Pflanze und sah Jack lange und nachdenklich an.

Mein Großvater beantwortete meine Frage nicht. Er wich nur zurück und starrte mich an, als hätte er mich nie zuvor gesehen.

»Wie konntest du das nur vergessen?«

»Sag du es mir.« Ich blickte ihm so fest in die Augen, dass ich schon dachte, mein Kopf würde platzen. »Jemand ist deinetwegen gekommen. Jetzt hast du Byron zur Zielscheibe gemacht. Was ist, wenn sie seinen Körper verletzt, und was wird, wenn sie ihn deinetwegen Gott weiß wohin verschleppt?«

Jack schnellte nach vorn. »Wer ist gekommen?«

»Ein anderer Jagdhund«, meldete sich Mary und klopfte sich mit einem langen, knochigen Finger auf die Brust, »hat deine Witterung aufgenommen.«

»Verdammter Mist!«, stieß Rex hervor, und seine Aura schlängelte sich an seinen Schultern entlang. »Diese Welt wird allmählich ein bisschen zu voll.«

»Sie nennt sich *die Botin*«, sagte ich und ignorierte Rex. »Sie sei von ihren Aetar-Meistern geschickt worden. *Gelobt sei ihr Licht.*«

Purer Abscheu rieselte mir über den Rücken, als ich diese Worte aussprach. Mein Mund fühlte sich besudelt an. »Ich habe den Ausdruck in ihren Augen gesehen. Sie wird so oft wiederkommen, bis sie entweder tot ist oder dich ins Labyrinth zurückgeschleppt hat. Und wenn sie nicht zurückkehrt, wird dein Volk einfach die Nächste schicken. Oder irre ich mich da etwa?«

Jacks Ausdruck war finster. Er senkte den Blick, sah das Amulett an seinem Hals hängen und schüttelte sich. Dann stopfte er es hastig unter sein T-Shirt. »Lass mich aufstehen.«

Grant schob mich zur Seite, er war zärtlich, als er mich berührte. Aber in seiner Miene war keine Spur von Milde zu erkennen. »Nenn mir einen guten Grund, dich in dem Jungen drinzulassen.«

»Das kann ich nicht«, antwortete Jack und sah dabei aus, als wünschte sich er nichts sehnlicher, als wieder in die Kissen zu sinken und sich die Decke über den Kopf zu ziehen. »Aber für etwas anderes ist einfach keine Zeit. Für keine Gebärmutter und auch nicht für einen Komapatienten, dessen Hirn ich erst mal reparieren müsste. Ich hätte das hier nie getan, wenn es irgendeinen anderen Weg gegeben hätte.«

»Das ist doch krank!«, stieß ich hervor. »Das alles ist ja vollkommen krank.«

»Es ist das Leben«, erwiderte Jack heiser. »Das Überleben.«

»Ich werde nicht zulassen, dass Byrons Kehle durchgeschnitten wird.«

»Jetzt hör mal für einen Moment lang auf, dir um den Jungen Sorgen zu machen. Worüber wir uns unterhalten müssen, hat mit meinem … Tod doch gar nichts zu tun.«

»Womit dann?«

Er rutschte unruhig auf der Liege hin und her und rieb sich die Hände, als wasche er sie, so lange, bis sich die Haut rötete. Raus mit dir, verdammter Fleck. »Du erinnerst dich nicht? Das solltest du aber.«

Ich packte sein Handgelenk, hielt ihn fest. »Du wirst Byrons Haut noch ganz wund scheuern, wenn du so damit weitermachst.«

»Das spielt keine Rolle.« Jack schloss die Augen. »Weißt du, wie oft dieser Junge in den letzten dreitausend Jahren schon gestorben ist? Weil er ermordet wurde, durch Schläge, oder weil er ganz einfach verhungert ist?«

Mich fröstelte, und die Kälte zog mir bis in die Magengrube. Zee wand sich wieder auf meiner Haut. Ich berührte mein Brustbein, um ihn und mich selbst zu beruhigen.

Jack flüsterte: »Du liebst Byron sehr.«

»Ja, ich liebe ihn.« Ich konnte kaum sprechen. »Er ist zwar nicht mein Kind, aber ich liebe ihn wie eines.« Sein Gesicht schien sich in Falten zu legen, und nacktes Elend und Kummer füllten für kurze Zeit seine Augen. Doch dann rieb er sie und seufzte. Erstaunlich, wie viel von dem alten Mann ich in Byron wiedererkennen konnte. Wie er seinen Kiefer bewegte, wie er den Kopf neigte, wie er zuerst Grant musterte und dann mich.

Es war wie eine grobe Karikatur, die den Jungen überlagerte. Ich musste wegschauen.

Jack sagte: »Es hatte alles anders laufen sollen. Letzte Nacht, nach der Party, habe ich gespürt, dass jemand hinter mir her war. Ich bemerkte eine Erschütterung des Labyrinths, und es gab ein paar Dinge, die du wissen solltest, falls diese Begegnung schlecht ausgeht. Jetzt muss ich dir alles noch einmal erzählen.«

Etwas in seiner Stimme machte mir Angst. Ich konnte nicht einmal schlucken. Grant fragte: »Was ist los, Jack?«

»Die Wahrheit über Maxine. Wer sie wirklich ist.« Mein Großvater sah von ihm zu mir herüber. »Weil ich dich liebe, Kleines. Ich hätte deine Großmutter nicht lieben sollen, aber ich habe es getan. Ich hätte die Tochter, die ich mit ihr hatte, nicht lieben sollen, aber ich tat es. Von ganzem Herzen sogar. Genauso wie ich dich liebe. Bitte vergiss das nicht.«

Zee veranstaltete jetzt einen mächtigen Aufruhr. Alle Jungs waren förmlich außer sich. Selbst die Fingerrüstung kribbelte. Ich ballte meine Hand zur Faust und presste sie hart gegen meinen Bauch. Die Jungs erwiderten den Druck.

Jack sagte: »Die anderen sollten dich vielleicht festbinden. Seile sind nicht stark genug. Ketten zwar auch nicht, aber einen Versuch wäre es wert.«

Grant knurrte leise. Ich sah Jack nur vollkommen starr an.

Mein Großvater warf uns einen schweren, unergründlichen Blick zu. »Ich erweise ihr damit nur einen Dienst.«

»Du glaubst, ich könnte Byron verletzen. Um dich zu erwischen«, sagte ich. Dann fiel es mir wie Schuppen von den Augen: »O mein Gott.«

Grants Griff wurde fester, aber ich drückte ihn weg und wich zurück, bis ich gegen die Regale stieß. »*Ich* habe dich umgebracht. Ich habe dir die Kehle durchgeschnitten.«

»Nein«, antwortete Jack sanft. »Aber du hast Zee nicht aufgehalten, als *er* es getan hat.«

Grant trat zwischen uns. »Das reicht.«

»Nein«, sagte Jack wieder. Hinter Grant konnte ich ihn nicht erkennen. Seine Stimme klang, als wäre sie weit, weit entfernt. Ich wäre gerne in den Erdboden versunken oder durch meine Haut hindurch explodiert. Ich wollte laufen wie der Teufel und nie mehr zurückkommen.

»Nein«, sagte Jack zum dritten Mal. Jetzt sogar noch sanfter, es klang wie eine Litanei oder ein Gebet.

Ich trat hinter Grant hervor und sah meinen Großvater wieder an. »Zee hat dich wegen etwas umgebracht, das du uns erzählt hast.«

»Es war eine sehr emotionale Reaktion. Alles geschah so schnell, ich bin mir nicht sicher, ob du ihn davon hättest abhalten können, selbst wenn du es gewollt hättest.«

»Maxine hätte niemals zugelassen, dass du verletzt worden wärst«, bemerkte Grant knapp.«

»Lichtbringer«, erwiderte Jack. »Vielleicht siehst du nicht so viel, wie du glaubst.«

Ich sah mich in dem Raum um, konnte aber weder Seile noch Ketten, sondern einfach gar nichts erkennen, womit man mich hätte fesseln können. Ich verspürte unter den gegebenen Umständen auch kein gesteigertes Bedürfnis danach, festgebunden zu werden. Ich wollte nur Antworten hören. Etwas, das in der Lage war, den Druck aus meinem Schädel zu nehmen.

»Nun red schon!«, befahl ich. »Die Jungs schlafen, ich bin unbewaffnet, ich werde Byron nicht verletzen, und ich werde auch *dich* nicht verletzen, ganz gleich, was du zu sagen hast.«

Jack schwieg so lange, dass ich mir nicht sicher war, ob er wohl eingeschnappt war oder ob er sich fürchtete. Er schien kaum zu atmen. Auch Grant schwieg, doch seine Ruhe knisterte vor Anspannung und Energie. Ich wünschte, ich könnte mit seinen Augen sehen. Ich wollte wissen, wie eine Welt aussah, die nur aus Licht und Energie bestand. Ich wollte wissen, was er in mir sah. Was er in mir sah – und dass es ihm keine Angst einflößte.

Jack rückte näher und streckte seine Hand aus. Byrons Hand. Ich nahm sie, und auf meiner Haut erbebte Dek. Grant griff sich meine andere Hand und hielt sie ganz fest. Durch meine Hand stieg Wärme auf, meinen Arm hinauf und in mein Herz hinein.

»Ich muss dir eine Geschichte erzählen«, begann Jack,

»Dann tu es doch einfach. Sag mir die Wahrheit.«

»Du bist nicht die, die du zu sein glaubst«, sagte er, mit all der Qual eines Mannes, der einen Mord gesteht. »Deine Blutlinie ist nicht das, was du denkst, dass sie sei. Mein Volk hat die Wächter nicht geschaffen, um den Gefängnisschleier zu bewachen, und obwohl deine Vorfahren mit ihnen zusammengelebt haben und glaubten, sie gehörten zu ihnen, waren diese besonderen Mütter und ihre Töchter keine Wächter, jedenfalls zunächst mal nicht.«

Er machte eine Pause, bleich und verschwitzt. Rex stieß ein dumpfes, bestürztes Ächzen aus, als wäre ihm gerade etwas klar geworden. Ich blickte nicht in seine Richtung, aber ich spürte ihn am Rand meines Blickfelds, wie er an den Regalen zusammensackte. Er starrte uns beide mit unverhohlener Furcht an.

»Jack«, flüsterte ich.

»Ich brauche was zu trinken«, antwortete er.

»Jack«, sagte ich noch einmal, als die Jungs unter meiner Haut vor Wut zitterten. Es fühlte sich wie ein leichtes Erdbeben oder das Schaben von Sandpapier an.

Dann hörte ich ein Schlurfen, das von draußen kam. Jacks Kopf fuhr herum. Mary glitt zur Tür, mit angespannten Muskeln, zum Kampf bereit. Rex griff unwillkürlich nach seiner Knarre.

Die Tür öffnete sich.

Auf der anderen Seite stand die Botin.

Die Zeit verlangsamte sich. Ich beobachtete sie. Sie beobachtete mich. Ihre kleinen Augen schimmerten im Kellerlicht golden. Viele Details verrieten, dass sie eine Außerirdische war. Ihr Hals war zu lang, ihre Augen zu klein, ihre Wangen ein bisschen zu scharf geschnitten und auch zu fein. Man hätte sie für einen Menschen halten können, aber nicht so ohne weiteres. Mütter hätten ihre Kinder vielleicht vor ihr versteckt. Ich hätte das jedenfalls getan. Und nicht wegen der Struktur ihrer Knochen. Sie strahlte ein *Anderssein* aus, das nicht einfach nur unheimlich war, sondern so kalt, distanziert und bedrohlich wirkte, wie ein Raubtier bedrohlich wirken kann: in seiner Ruhe, seiner Geduld und in den Versprechungen, die es macht.

So viele Versprechungen.

Sie war nicht allein. Hinter ihr im Schatten erkannte ich zwei Männer und eine Frau: keine Zombies, nur Menschen. In Jeans, einem Businessanzug und einem Jogging-Outfit. In ihren Augen war keinerlei Leben, und ihre Münder wirkten schlaff.

»Du kannst dich nirgendwo vor mir verstecken«, sagte sie leise, während ihre Stimme vor Macht vibrierte. »Denn ich bin die Hand, das Licht, und ich bin die Gerechtigkeit, unermüdlich, im Namen unserer Aetar-Meister. Gelobt sei ihr Licht.«

Grant stellte sich vor mich. Ich wollte ihm den Weg absperren, aber Jack war noch schneller und schoss blitzschnell an uns vorbei. Schlank, mit jugendlichem Körper und doch so alt wie ein Stern.

Die Botin hatte sich auf Grant und mich konzentriert, aber als sie Jack sah, erschauderte sie. Hier hatte sie ihn nicht erwartet, so viel stand fest. Das Amulett hatte funktioniert.

Ihr Schaudern verebbte zu einem Zittern, ihr Augenlid zuckte, dann brach sie zusammen. Ihre Knie schlugen so heftig auf den Boden auf, dass ich Knochen brechen hörte. Dann blieb sie vollkommen regungslos liegen.

»Schöpfer«, sagte sie. »Gelobt sei dein Licht.«

»Nein«, entgegnete Jack. »Lass das. *Hör damit auf!*«

Zuerst dachte ich, er forderte sie auf, ihn nicht anzubeten. Und vielleicht war es einen Augenblick lang auch so. Aber die Botin hob den Kopf wieder, betrachtete Grant und sah dann an ihm vorbei zu mir herüber.

»Du wirst ihn nicht noch einmal schänden«, sagte sie und griff Jack am Arm. Ich war schon in Bewegung, aber zwei Sekunden können eine Ewigkeit bedeuten. Zwei Sekunden konnten es nicht mit der Geschwindigkeit eines Gedankens aufnehmen.

Jacks Augen weiteten sich. Ich griff zu …

Und sie verschwanden. Zusammen mit den drei Menschen. Ich taumelte auf die Stelle zu, an der Jack gerade eben noch gestanden hatte, und die Luft des Raums füllte knallend das Vakuum, das vor kurzem noch fünf Menschen eingenommen hatten.

Ich fiel auf die Knie. Rammte meine Fäuste in den Boden. Der Zement zerbrach, und Stücke flogen durch die Luft. Grant fasste mich an der Schulter. Ich versuchte gar nicht erst, ihn abzuschütteln. Stattdessen starrte ich auf die Rüstung.

Bitte, dachte ich, *jetzt muss es geschehen.*

Die Rüstung pulsierte einmal. Ich stellte mir vor, dass eine Stimme antwortete: *»Ja, es wird geschehen.«*

Aber dann … nichts. Mein Blickfeld sackte seitlich weg, und mir wurde schwarz vor Augen. Auf meiner Haut pulsierten Herzschläge. Ich fühlte die kalte Leere in mir, und gerade als ich dachte, ich sei schon zu lange und zu weit fort für diese Seele, da kam ich wieder zu mir.

Es war helllichter Tag, der Himmel war silbergrau, der Nebel kroch über den Boden, und es nieselte. Ich konnte meinen Atem sehen, konnte Pflanzen riechen. Über der mächtigen Baumkrone, halb hinter Wolken verborgen, erhoben sich die zerklüfteten Felsen eines schneebedeckten Berges.

Schwerer Atem. Ein dumpfer Schmerzenslaut. Grant hockte neben mir auf seinen Knien. Er umklammerte seinen Stock so fest, dass seine Knöchel weiß hervortraten. Die Unterlippe blutete. Vielleicht hatte er sie zerbissen. Er war sehr blass, geradezu totenbleich, aber falls er Angst hatte, konnte ich es seinen Augen nicht ansehen.

»Hinter mir«, sagte er. »Hör doch!«

Aber ich brauchte gar nicht hinzuhören. Die Stimme der Frau war ja überall, sie tönte durch die Bäume hindurch, und zwar in einem Mollton, der so klang, als sei er mit dem Geräusch von Fingernägeln auf einer Wandtafel verwandt. Die Jungs unter meiner Haut ringelten sich.

Auch Grant sprach jetzt mit der Macht in seiner Stimme, jeder Ton rollte über mich hinweg wie eine mächtige Welle im Ozean – und ich war das Riff, der Berg. Meine Wurzeln reichten bis in den Fels hinein.

»Bleib hier«, forderte ich Grant auf, doch er griff nach meinen Händen und benutzte mich, um selbst auf die Füße zu kommen. Seine Kraft überraschte mich. Und als er schließlich stand, verschwendete ich keine Zeit damit, ihn wieder zum Hinsetzen zu bewegen. Er brauchte mich nur anzuschauen. Intensiv, nachdenklich und voller Entschlossenheit. Und dann zuckte sein Mundwinkel, und sein Blick füllte sich mit Wärme und Vertrauen. Als ob das, was wir tun wollten, gar nichts wäre – was auch immer uns bevorstand.

Ich ergab mich ihm. Ein Mann, der es vermochte, Mama-Blut Angst einzujagen und einen Avatar nur mit seiner Stimme zu töten, konnte kein Dummkopf sein, und er war ganz sicher niemand, den man beschützen musste.

Obwohl ich es getan hätte. Sogar bis zu meinem letzten Atemzug.

Ich drehte mich um und lief los. Grant rammte seinen Stock in den Boden und folgte mir in kurzem Abstand. Für einen Mann mit einem kaputten Bein bewegte er sich erstaunlich schnell.

Ich sah Jack als Erstes. Er stand da, mit geschlossenen Augen, hielt sein Gesicht in den Himmel. Er zitterte und schüttelte sich. Vielleicht vor Kälte, vielleicht unter einem schrecklichen Druck. Mir schien eher Letzteres zutreffend. Die Botin stand neben ihm. Auch sie hielt ihr Gesicht empor und hatte den Mund so weit geöffnet, dass sie eine große Männerfaust hätte verschlucken können. Ihr Unterkiefer war ausgekugelt. Die Vene in ihrem langen Hals vibrierte wie die Flügel eines Kolibris. Grotesk. Genauso wie ihre Stimme.

Zuerst hörte ich Melodiebogen, aber es war, als ob etwas festhing, eingeschlossen wäre, und als wenn sie jetzt Energie bräuchte. In einem wilden Durcheinander lagen die drei Menschen vor ihr. Sie sahen tot aus. Als ob sie eine Woche in der Wüste gelegen hätten und von der Sonne ausgedörrt worden wären.

Ich rannte weiter, wurde schneller und krachte schließlich mit all meiner Kraft gegen die Botin. Wir flogen bis zum nächsten Baum. Ich hörte ein lautes Knacken. Knochen. Holz. Ich fühlte gar nichts, aber die Botin hustete Blut, und ihr Unterkiefer hing herunter – wie alte Unterwäsche.

Aber noch immer kam die Stimme aus ihrer Brust, wurde lauter und lauter. Sogar ihr Husten war noch melodisch. Jeder Ton strahlte vor Macht, jede Note war reinste Energie.

Sie starrte mich an. Ich biss die Zähne zusammen und rammte ihren Kopf in den Baum. Ich würde sie nicht davonkommen lassen. Nicht noch einmal. Sie wandte den Blick nicht von mir ab, sondern starrte mich unbeirrt an. Unheimlich, gülden. Ich zuckte nicht mit der Wimper. Das Wenigste, das ich tun konnte, war, nicht mit der Wimper zu zucken, wenn ich sie tötete.

»Nein«, sagte Jack hinter mir. Grant fiel neben mir auf die Knie und drückte seine Hand auf die Stirn der Frau. Sie schnappte nach Luft und versuchte, sich von ihm zu befreien. Aber ich kletterte auf sie drauf und hielt sie fest.

»Öffne deine Augen«, sagte Grant. Jedes Wort schien in der Luft zu schimmern und wurde vom Klang seiner Stimme getragen, einer Stimme, die bis in mein Herz reichte. Mein Herz war in diesem Augenblick stärker als mein Verstand, denn ich sah jetzt Dinge, wärmende Funken der Erinnerung: wie ich mit ihm am Strand entlanglief und uns der Wind entgegenschlug, als wir die Arme ausbreiteten, als könnten wir fliegen, oder die Nächte im Kerzenschein, in kleinen Restaurants mit dunklen, unbeobachteten Ecken, wo sich unter dem Tisch unsere Zehen ineinander verhakelten, oder wie seine Hände meine nackten Schultern hinabglitten, an meinem Rücken entlang, und mich dicht an sich drückten, immer enger …

Ich rang nach Luft, hielt meinen Kopf. Es überflutete mich. Ich war überwältigt. Ich versuchte, mich an mehr zu erinnern, aber es war einfach zu viel, zu viel auf einmal. Ich musste mich an einem Baum abstützen.

»Nein«, sagte Jack noch einmal und war noch immer nicht zu sehen. »Das kannst du nicht tun.«

»Öffne die Augen«, sagte Grant schon wieder zu der Frau. Meinen Großvater ignorierte er. Ich wusste, was er vorhatte. Ich wusste es, weil ich *ihn* kannte. Ich erinnerte mich.

Sie stieß einen Schrei aus. Jack schrie ebenfalls auf. Grant seufzte, aber er drang noch tiefer ein – sein Gesicht war fast nicht wiederzuerkennen. Er summte, aber so leise, dass es kaum zu hören war. Ich fühlte es aber. Der Boden vibrierte von seiner Stimme. Herabgefallene Tannennadeln erzitterten. Und dann erfasste es auch Steine, die sich aus hart gewordener Erde lösten.

Die Jungs wüteten unter meiner Haut, sie strömten über mein Gesicht und meinen Kopf hinweg.

Ihr Geschrei nahm kein Ende, schwoll nur immer weiter an. Ihr Unterkiefer rutschte zur Seite, als sie versuchte, sich Grant zu entwinden. Seine Augen leuchteten. Ihre nicht minder. Ich sagte ihm nicht, dass er aufhören solle. Ich hatte Angst davor. Ich hörte noch mehr krachende Geräusche, aber die waren jetzt unter unseren Füßen, kamen aus der Erde und aus den Bäumen. Wellen liefen über die glänzende Rüstung. Auch die silbernen Venen auf meiner Hand glänzten, und rote Augen brannten heiß unter meiner Haut. Alles brannte. Jeder Atemzug war voller Hitze. Ich roch den Schwefel.

Neben mir brach Jack zusammen. Blut sickerte aus seinen Nasenlöchern. Seine Augen zeigten die höchste Erregung. Er versuchte, nach mir zu greifen, aber die Luft, die meinen Körper umgab, ließ seine Hand zurückprallen, und er presste sie gegen seine Brust. Mein Großvater. Byron.

In seinem Blick lag so viel Furcht.

»Er zerreißt«, keuchte er. »Maxine.«

Grant und meine Erinnerungen lenkten mich immer noch ab. Ich begriff zuerst nicht, was Jack mir sagen wollte. Bis ich mich übergeben musste.

Mein Magen war zwar leer, und trotzdem schien mir das alles so brutal und schockierend. Ich wurde nie krank. Niemals. Nur ein einziges Mal. Und nur aus einem einzigen Grund.

In meinem Kopf breitete sich ein stechender Schmerz aus. Zee riss so heftig an meiner Haut, dass ich schon überzeugt war, er würde sich befreien. Jedenfalls versuchte er es. Sie versuchten es alle, mit all ihrer Kraft. Ich sah mich um, während mir das Herz bis in die Kehle hinein hämmerte. Dann blutete Licht aus der Welt. Ein unbändiges, schmerzhaftes Licht, in weißer Hitze, mit leuchtend roten und purpurnen Untertönen umsäumt und von türkisfarbenen Punkten durchsetzt, die wie knisternde Funken zerstoben. Ich war vom Licht geblendet.

Bis ich aufschaute und die Dunkelheit bemerkte.

Ich blinzelte, das Licht verschwand, und schlagartig tauchte der Wald in meinem Blickfeld auf. Doch ich fühlte mich noch immer blind; aber nur, weil die Welt so farblos und düster erschien: grau, ausgeblutet und verdorrt.

Doch die Dunkelheit blieb. Im Himmel, über unseren Köpfen. Ein Riss durchzog den Himmel, der an den Rändern wie ein Blitz geformt war. Er schimmerte rot und blutete durch die Wolken. Ich konnte Blut riechen. Ich hörte die Schreie von der anderen Seite.

»Maxine«, flüsterte Jack.

Ich sehe es, wollte ich erwidern, aber meine Stimme versagte.

Der Gefängnisschleier war aufgerissen. Und was nun versuchte, sich da herauszuzwängen, war erheblich größer als ein Parasit.

11

Ich fühlte mich wie ein Kind in einem dieser Albträume, in dem die Flure endlos und alle Türen verschlossen waren. Und obwohl man sich nicht umdrehen konnte, um zu sehen, was sich hinter einem befand, hörte man das schwere Atmen, fühlte die Hitze im Nacken und wusste, dass einem etwas wesentlich Schlimmeres als der Tod widerfahren würde, wenn man auch nur für einen Moment anhielt.

Und da setzten sich diese Flure ewig fort, und die Türen waren verschlossen. Aber anders als im Traum musste ich nicht rennen, denn ich sah das Monster direkt auf mich zukommen.

Die Schreie verstärkten sich, und eine mächtige Windböe rauschte durch den Wald, zerrte an meiner Kleidung, schüttelte die Bäume und ließ sie ächzen. Ich roch das Blut, süßlich und geronnen, und stellte mir vor, dass jene erschütternden Schreie mit dem Tosen brechender Sturmwellen unterlegt waren.

Grant war verstummt und beobachtete den Himmel in grimmigem Entsetzen. Selbst die Botin starrte mit ihren kleinen, weit aufgerissenen Augen an seiner Schulter vorbei. Ich sah zu Jack hinüber, der jedoch nur die Frau fixierte.

»Du Närrin«, sagte er zu ihr. »Dachtest du wirklich, du würdest das Labyrinth öffnen? *Es gibt mehr als nur eine Art von Tür.*«

Die Botin wich vor ihm zurück. Ich griff nach Jacks Arm. »Kann sie wieder verschlossen werden?«

»Nicht von mir.« Er sah die anderen an. »Jedenfalls nicht allein.«

»Was muss ich tun?«, fragte Grant.

»Hör zu, mein Junge«, antwortete Jack langsam. »Ich habe es dir schon einmal erzählt. Fast jeder von meinen Leuten musste helfen, um dieses Gefängnis zu bauen, und trotzdem sind ein paar von uns dabei umgekommen. Du kannst das nicht schaffen.«

Grant blieb ruhig. »Uns bleibt aber keine andere Wahl, als es zu versuchen.«

Mit wackligen Beinen stand ich auf und blickte in den Himmel. Ich spürte den Druck von etwas, das auf uns zukam, aber etwas davon befand sich auch in mir: ein Teil von mir, der mit einem Hunger, der wehtat, nach diesem Loch greifen wollte. Ein Verlangen, das an Heimweh grenzte. So als müsste ich finden, was auch immer sich dort oben befand. Als müsste ich es berühren und einatmen und anschauen.

Das gehört alles dir, sagte eine weiche Stimme in meinem Kopf. *Du kannst es führen, du kannst es halten.*

Ich riss meinen Blick von dem Loch, um zu Jack hinunterzuschauen, aber das war gar nicht so leicht. Zuerst sah ich ihn nämlich überhaupt nicht, obwohl ich direkt in sein Gesicht starrte. Mein Kopf war noch immer im Himmel und mein Mund ganz trocken. »Geh. Wenn du hier verschwinden kannst, dann tu's. Nimm Grant, nimm *sie* und seht zu, dass ihr hier wegkommt.«

»Nein«, sagte Grant und versuchte aufzustehen. Jack schüttelte den Kopf und sah dabei nur mich an. Sein Blick machte mir Angst. Ich fürchtete mich vor dem, was er in meinen Augen sehen konnte.

Dann packte ich die Botin an der Gurgel. Ihr verwirrter, starrer Blick wurde klar, während sie mich fokussierte.

»Hier geschehen Dinge, die du nicht verstehst«, sagte ich so verzweifelt, dass mir fast die Stimme brach. »Vielleicht kannst du sie auch nicht verstehen. Vielleicht bist du nicht dafür geeignet. *Aber du bewachst sie*. Du beschützt sie. Das zumindest verstehst du doch sehr gut, glaube ich.«

Sie schüttelte den Kopf und verzog ihr Gesicht, als hätte sie Schmerzen. »Ich verstehe, dass du eine von ihnen bist. Und dass er … der Lichtbringer … etwas mit mir getan hat.« Sie fuhr mit zitternden Fingern über ihre Stirn, da bekam ihr ohnehin gequälter Blick auch noch etwas Gehetztes. »Dir bin ich keinen Respekt schuldig.«

Die Botin versuchte, Jacks Handgelenk zu greifen. Mein Großvater entzog sich ihr mit einem Sprung nach hinten und sah sie entsetzt an. »Nein, wir werden nicht weglaufen. Wir werden es gewiss *nicht* tun. Sie ist mein eigenes Blut. Sie ist das Blut meiner Haut und meiner Seele …«

Ich unterbrach ihn unhöflich. »Du weißt, was sie mit Ahsen gemacht haben, weil sie ein Avatar war.« Ich sah die Botin an. »Es ist mir gleich, was mit mir geschieht. Aber du wirst sie beschützen.«

Die Botin sah mit scharfem Blick von Jack zu mir. Doch diesmal auf eine ganz andere Art. Beinahe fürsorglich.

»Wenn du dir sicher bist«, sagte sie.

»Nein!«, blaffte Jack.

Ich zwang mich zu einem Lächeln. »Ich liebe dich, alter Wolf. Bitte kümmere dich um Byron.« Dann sah ich Grant an. »Geh!«

»Keine Chance.« Seine Hand schoss nach vorn, um die Botin an der Schulter zu packen. »Weißt du noch, was ich dir gesagt habe?«

»Ich habe meine Augen offen gehalten«, erwiderte sie, auch wenn ihre Stimme beim letzten Wort versagte.

Grant blieb still. Jack wollte nach mir greifen, aber ich wich zurück. Die Rüstung schlängelte sich über meine Hand und pulsierte in kalten Wellen. Diese furchtbare Last auf meinen Schultern wurde ein wenig schwerer, während sich in mir etwas regte – unter meinem Herzen. Es war die Finsternis, die sich aus ihrem leichten Schlaf erhob.

Wir haben niemals geschlafen, flüsterte die Stimme wieder. *Nur gewartet.*

Ich atmete durch meine Zähne und traf auf Jacks gespenstischen Blick. »Vergiss nicht, was *ich* gesagt habe.«

Sein Gesicht löste sich auf. »Nein ...«

Aber es war zu spät. Die Botin machte einen Satz nach vorn und schlang ihre Arme um ihn – und im nächsten Moment waren sie verschwunden. Ich wäre ihnen liebend gern gefolgt.

Grants Arm schlang sich um meine Taille. Erinnerungen prallten aufeinander. Seine Berührung, sie war so vertraut und fremd zugleich.

»Du hättest mitgehen sollen«, sagte ich zu ihm und zitterte dabei. »Ich wünschte, du hättest es getan.«

Grant küsste die Knöchel seiner anderen Hand und bekreuzigte sich. Dann küsste er meinen Scheitel und zog mich näher an sich heran. »Das Leben ist zu kurz, um es mit Weglaufen zu vergeuden. Ich lasse dich nicht allein.«

Ich schluckte schwer und taumelte. »Ich bin aber nicht diejenige, die sterben kann.«

»Dann erklär mir doch mal, warum du mir immer erzählst, dass ich dich überleben werde?« Grant strich mit seinem Daumen über meinen Mund. »Du und ich, Maxine.«

Ich griff ihn vorn an seinem Hemd, stellte mich auf die Zehenspitzen und küsste ihn fest auf den Mund. Er schmeckte heiß und süß, vertraut und doch neu, und die Finsternis regte sich noch ein wenig mehr, wuchs und entfaltete sich unter meiner Haut. Ich konnte es vor mir sehen, rings um den zweiten goldenen Puls, der mein Herz umgab, einen Puls, der Grant gehörte.

Unsere Verbindung, erinnerte ich mich, das war eine Verbindung, die uns bis tief in unsere Seelen zusammenhielt. Ich fühlte unser Band und ihn, der mich wie ein Feuer durchlief, als lebte die Sonne in meinem Herzen. Ich fragte mich, wie es möglich war, überhaupt irgendetwas an diesem Mann zu vergessen.

Die Botin hatte Verbindungen zu Menschen geschaffen, um ihnen ihre Energie zu stehlen. Grant brauchte ebenfalls eine Energiequelle, wenn er seine Gabe nutzen wollte. Aber er musste sie nicht stehlen. Von mir nicht.

Zwei Herzen leben, dachte ich, hielt ihn noch ein bisschen fester und grub meine Finger in seine Schultern.

Grant bekam eine Gänsehaut und murmelte ganz dicht an meinem Mund. »Das werden wir schon schaffen.«

Ich nahm eine Bewegung über unseren Köpfen wahr, dann ließen wir uns los. Zee wühlte sich gegen meine Haut. Die Jungs schrien im Schlaf. Die Finsternis rührte sich wieder, aber ich drückte sie nicht weg.

In meinem Kopf öffnete sich ein einzelnes Auge – *ihr Auge* –, und ich dachte: *Ja, dieses Mal brauche ich dich.*

Sie brauchen dich, sagte diese verführerische Stimme, ein Zischen in meinem Kopf, wie ein Gedanke, der zwischen Traum und Erwachen gefangen war. *Du hast dich in all diesen blutigen Knochen und kriegerischen Herzen verheddert. Deine Knoten führen bis in den Tod hinab, bis in die endlose Nacht.*

»Nein«, sagte ich laut. Grant warf mir einen kurzen Blick zu. Körper fielen aus dem Spalt im Himmel. Mein Herz schlug mir bis in die Kehle, als stülpte ich mich von innen nach außen und drehte und drehte mich dabei.

Ich zählte Dutzende, hundert vielleicht, die durch den Himmel flogen, eine Wolke aus silbrigen Leibern, die wie blasse Gespenster durch den Nebel fielen. Es war, als wäre ich nicht ganz bei mir selbst, während ich versuchte, die fremdartigen Einzelheiten dieser Wesen einzuordnen – langgezogene, nackte Gliedmaßen, wehende Haare, menschenähnliche, maskuline Körper. Schließlich kamen sie näher, und ich erkannte die Löcher ihrer Augen; und noch näher, ich sah die scharfen Konturen ihrer Gesichter, bis sie direkt vor uns so hart auf dem Boden landeten, dass die Erde bebte. Einige fegten durch die Koniferen und zerbrachen die Äste, doch keiner der Dämonen fiel. Sie landeten einfach, so leicht wie Luft, auf dem Boden und gesellten sich zu ihren Brüdern.

Grant schob sich an mir vorbei, stellte sich hinter mich und behielt diejenigen im Auge, die in unserem Rücken landeten. Meine Wirbelsäule und meine Brust fingen an zu vibrieren, als hätte jemand eine Stimmgabel zwischen meine Schulterblätter gesteckt. Grants Stimme brummte so tief, dass ich sie nur fühlen konnte. Ich streckte meine Hand aus, die Rüstung schimmerte, weiß glühend und blendend – bis ich ein Schwert in meiner Hand hielt.

Ich kannte die Waffe. Sie war eine Verlängerung der Rüstung selbst. Eine Kette führte von ihrem Knauf zu meinem Handgelenk und war genauso zierlich wie die lange, schlanke Klinge, in die Runen eingraviert waren. Das Metall strahlte aus seinem Inneren heraus, Mondlicht, Sternenlicht, Eislicht, und als ich mit meinem Daumen über die Schneide strich, flogen

Funken. Es fühlte sich gut an, dieses Schwert zu halten. Besser und sicherer.

Ich zwang mich zu atmen, langsam und tief, und dachte an meine Mutter. Meine furchtlose Mutter.

Sie hätte diese Bastarde zum Frühstück verspeist. Du kannst sie zum Mittagessen haben.

Es waren aber so viele. Blass und grau wie der Tod, mit silbernem Haar, das teils in stachligen Dornen in die Höhe stand, teils in langen, geknoteten Zöpfen herabfiel. Sie waren drahtig, ausgemergelt und mit kaum mehr bekleidet als ihren Ledergürteln. Ihre Finger ähnelten den Zinken von Speisegabeln, und ihre Gesichter waren fast genauso scharf. Sie hatten silberne Augen und silberne Lippen und trugen Ketten mit klingelnden Silberhaken, die von ihren Ohren bis zu ihren schmalen Nasenlöchern reichten. Den meisten von ihnen fehlte mindestens ein Arm oder ein Stück Fleisch aus ihren Oberschenkeln. In ihren Fäusten hielten sie Mama-Bluts rußige Parasiten, die schrien und schrien.

Sie fraßen die Parasiten. Rissen ihre Köpfe mit den Zähnen ab und spuckten die rußigen Überreste aus. Ich fühlte weder Ekel noch Mitleid, während ich zusah, wie sie diese niederen Dämonen verspeisten. Zee und die Jungs taten es ja auch, wenn sie die Gelegenheit dazu hatten.

Nur hätte ich auch gern mal probiert. Der Wunsch danach traf mich schwer in der Brust, dort, wo die Finsternis rumorte.

Die Dämonen beobachteten uns – gespenstisch leise mit leuchtenden Augen und hungrigen, leeren Gesichtern. Speichel troff von ihren Lippen. Ich fand, dass sie beunruhigend menschlich wirkten, oder jedenfalls so nah dran, dass ich mich über ihre Herkunft wunderte. Ich fragte mich auch, was Grant sah, wenn er sie betrachtete.

Ich hätte gern gewusst, warum sie noch nicht versucht hatten, uns zu töten.

»Sie warten«, sagte Grant, als hätte er meine Gedanken gelesen. »Da kommt noch was.«

Etwas von oben.

Dann fiel eine einzelne Gestalt durch den Riss im Himmel. Selbst aus dieser Entfernung konnte ich erkennen, dass sie größer war als die anderen Dämonen, die tief beeindruckt nach oben sahen und sich gegenseitig wegschubsten, um Platz zu schaffen. Zwischen den zusammengepferchten Körpern füllte ein Knacken die Luft. Ich hörte ihr Schmatzen und dachte an die Menschen, denen die Botin das Leben ausgesaugt hatte. Ich versuchte Mitleid für sie zu empfinden – oder sogar Ekel. Aber die Essgeräusche wurden stärker, und die Dämonen fingen sich zu prügeln an, um die Stelle zu erreichen, wo ich die Leichen zuletzt hatte liegen sehen. Ich beobachtete sie und fühlte nur eine seltsame Art von Stolz oder Genugtuung: wie eine Löwin, die ihren Jungen beim Fressen zusieht.

Ich biss mir von innen in die Wange und dann auf die Zunge. Schonungslos und verzweifelt. Ich schmeckte Blut, aber der stechende Schmerz reichte aus, um mich wieder wachzurütteln und zu mir zu kommen.

Trotzdem spürte ich in meinem Herzen den Stolz und die Genugtuung wie einen eisernen Umhang, der nur darauf wartete, sich um meine Schultern zu legen. Ich spürte es so stark, aber auf meiner anderen Seite.

Ich nicht, dachte ich verzweifelt. *Nichts davon bin ich.*

Aber es sitzt unter deiner Haut, sagte die Stimme. *So dicht. Ganz nah. Wir sind so nah.*

Trotz seiner Größe landete der Neuankömmling sanft auf dem Boden. Ein Riese, dem die Stränge seines geflochtenen

Haars wie ein seltsamer Harnisch um seinen Körper gewickelt waren. Silber glitzerte an seiner Taille. Ihm fehlten keine Gliedmaßen, und auch seine Haut schien intakt. Von allen anwesenden Dämonen war er der einzige, der etwas Fleisch auf den Rippen hatte.

Er musterte mich. Nur mich. Seine Augen waren grün. Ein verblüffender Kontrast zu dem matten Grau seiner Haut.

Seine langen, höchst gefährlichen Finger klopften sanft gegen seine kraftvollen Schenkel. Er dachte nach. »Bringt sie zu mir«, sagte er zu den anderen.

Kaum hatte er die Worte ausgesprochen, da schwärmten die Dämonen schon aus, attackierten wie Vipern, fauchend und heulend. Das Schwert glühte in meiner Hand, ich schwang es wie eine Baseballkeule, die sichelförmige Blitze hinter sich herzog, während ich es gegen die Dämonen richtete. Blut spritzte, und Knochen krachten. Ich schaute nicht nach Grant, aber ich hörte ihn. Seine Stimme ging durch mich hindurch, sie schwoll an wie ein mächtiger Donnerhall, urtümlich und nicht menschlich. Ich konzentrierte mich auf seine Stimme. Solange ich ihn singen hörte, solange war er auch noch am Leben.

Und ich ebenfalls. Die Jungs wüteten brennend heiß unter meiner Haut, und in mir wuchs die Finsternis, füllte meine Haut mit ihrem Gespensterfleisch, als sie kurz aus ihrem Schlaf hochschreckte und ein müdes Auge in meinem Inneren öffnete.

Ich wurde zu Boden geschlagen. Drehte mich, während ich fiel, und sah Grant, der mit geschlossenen Augen ebenfalls auf dem Boden kniete und die Hände zu Fäusten geballt hatte. Scharfe Finger schwebten gefährlich dicht über seinem Gesicht, aber die Dämonen rührten sich nicht vom Fleck, sie starrten ihn mit offenen Mündern an, während sie ihre Augen verdrehten.

Hinter ihnen versuchten andere über ihre Körper zu klettern, um zu Grant zu gelangen. Ein paar von ihnen drehten sich gerade noch rechtzeitig um und griffen ihre eigenen Brüder an, um Grant zu beschützen. Die, die das taten, wurden ohne Gnade zu Boden gerissen.

Andere nahmen ihren Platz ein. Ich hatte keine Ahnung, wie viel Kraft es Grant kosten musste, so viele Gedanken zu kontrollieren.

Finger stachen mich und brachen. Haare schlugen harmlos wie Peitschen in mein Gesicht. Ich trat kräftig aus, schwang mein Schwert – und das Blut, das ich vergoss, war purpurn und wunderschön; genauso wie die Schreie, die Angst, die ich wahrnahm – und das Unbehagen, das in Gesichtern aufstieg, die von zehntausend Jahren des Hungerns ausgezehrt waren. Zee wütete zwischen meinen Brüsten. All die Jungs waren mit solcher Hitze und Gewalt aufgeladen, dass sich die Oberfläche meiner Haut anfühlte, als bestünde sie aus Lava.

Grant sang noch immer. Als ich an ihn dachte, flackerte das goldene Licht unserer Bindung heiß in meiner Brust und umschloss die Finsternis. Das Wesen flüchtete nicht oder wich zurück – es schnurrte – und fütterte die Bindung mit einem Teil seines eigenen Geisterfleisches.

Grants Stimme schwankte.

Überall um ihn herum klappten die Kiefer zu, und ein allgemeines Zucken durchlief die Dämonen, die sein grollender Gesang in seinem Bann hielt. Ich drehte mich schwertschwingend herum und hieb, von wilden Instinkten befeuert, die scharfen Hände und Finger ab, die sich nach seinem verwundbaren Gesicht ausstreckten.

Ohne mit dem Kämpfen aufzuhören, ergriff ich seinen Arm und zog ihn auf die Beine, dicht an mich heran. Er atmete keuchend, und seine Haut brannte wie Feuer. Er drückte seine Lippen gegen meinen Hinterkopf, während sein Mund dort verharrte.

Dann brach ich in Gelächter aus.

Aber es war nicht mein eigenes Gelächter. Trotzdem sprudelte es triumphierend und selbstbewusst aus mir heraus. Der Klang nahm in meinem Mund eine physische Form an, wie eine lange Zunge, die die Luft kostete und das Blut und den Tod in ihr köstlich fand.

Hunger breitete sich in mir aus. Schmerzender, unbändiger Hunger. Alt, tief und unendlich.

Grant stand reglos hinter mir. Die Dämonen, die uns angriffen, zögerten. Ich tat es nicht. Ich stürzte vorwärts und schnappte mir einen einarmigen, narbenübersäten Dämonen, dessen schwarze Augen etwas allzu Menschliches zeigten: Verwirrung, und einen Augenblick lang auch Verzweiflung. Die Jungs heulten in meiner Hand, als ich ihn berührte, und mein Lachen bekam einen tieferen Klang.

Der Dämon blickte mich erschrocken an und schrie auf.

Er schrie noch, als er zu Asche zerfiel. Zuerst löste sich sein Arm auf, der wie silberner Schnee fortgeblasen wurde, dann zerbröselten seine Schultern und seine Füße, die Beine und der Torso fielen und zerfielen beim Aufschlag wie weiches Glas – zuletzt sein Gesicht, seine Kiefer, der Schädel, seine Augen, die mich anstarrten, während sie sich klumpig auflösten und dann verstreuten.

Wie Wein ließ ich mir das Echo seiner Schreie auf der Zunge zergehen, schmeckte jedem Ton nach, den Abstufungen seiner Angst – und fand sie rein, gut und süß. Meine Faust war voll von seiner Asche, ich hob sie an meinen Mund und ließ seine Überreste in ihn hineinrieseln.

Auch in mir schrie es, aber die Finsternis bebte vor Lust, und als ich die Asche mit meinem Speichel vermischte und hinunterschluckte, gehörte mein Körper schon nicht mehr mir allein. Ich war nur einer seiner Passagiere. In meinem Mund war der Geschmack von Gift.

Wie angewurzelt standen die Dämonen und beobachteten mich. Ich fühlte, dass Grant noch immer hinter mir war, aber seine Berührung spürte ich nicht mehr.

Ich sah mich nach dem Riesen um und entdeckte ihn, weil er die anderen Dämonen um Haupteslänge überragte. Seine grünen Augen glitzerten, und er wandte den Blick nicht von meinem Gesicht ab, während er auf uns zukam. Die Dämonen machten ihm Platz, und die, die nicht rechtzeitig wegkamen, wurden zur Seite gestoßen. Am Rand meines Blickfelds sah ich, wie sie die Toten heimlich in die Horde zurückzogen. Ich hörte, wie noch mehr Knochen zerbrachen und wie Fleisch sehr leise zerrissen wurde.

Der Riese blieb vor uns stehen. Er sprach nicht, sondern senkte ein Knie auf den Boden, presste seine lange, scharfe Hand gegen die eigene Brust und neigte den Kopf. Ohne zu zögern ließen, sich die anderen Dämonen auch auf den Boden sinken und folgten seinem Beispiel. Sie knieten vor mir nieder und senkten mit geschlossenen Augen die Köpfe.

Ich starrte sie verblüfft an, aber die Finsternis erhob sich mit einem Lächeln aus meiner Kehle, das nach Tod schmeckte.

»Vergib mir«, dröhnte der Dämon. »Vergib uns allen. Wir haben dich nicht erkannt.«

Das Schwert glühte. Runen bedeckten seine Oberfläche, sie reichten bis zu der Rüstung um meine Hand. Mir war, als spräche sie zu mir, aber alles, was ich spürte, waren ein Herzschlag im Metall und fünf weitere auf meiner Haut. Herzen, die in meiner Brust brannten. Die so brannten, wie meine Verbindung zu Grant, die so fern zu sein schien – es war, als fände sich meine Seele unter meiner Haut allein auf weiter Flur und blickte in Grants fernes, gar zu fernes Licht.

Die Finsternis kroch in meinen Mund und raunte Worte auf meine Zunge.

»Ha'an«, flüsterte sie durch mich hindurch. »Wie steht es bei den anderen Lords?«

»Ich weiß es nicht«, antwortete er und riskierte einen Blick in mein Gesicht. »Wir waren im zweiten Ring, der Riss reichte nur bis zu uns. Ich weiß nichts über die Draean, die K'ra'an oder die anderen, aber die Hurenlady gibt es noch, und ihre Kinder füllen uns den Bauch, bis wir wieder auf die Jagd gehen können.« Er zögerte. »Du hast uns befreit … wir dachten schon, du wärest vielleicht für immer gegangen.«

»Wir sind die Ewigkeit«, sagte die Finsternis. »Aber dies ist die Traumzeit.«

Die Reaktion des Dämons machte einen überraschend menschlichen Eindruck. Wie jeder Mensch, wenn er verwirrt war, verzog er das Gesicht.

»Der Schleier steht offen, meine Könige. Dies hier ist nur ein Bruchteil der Mahati, die bereit sind, euch zu dienen, falls ihr danach verlangt. Das Einzige, worum wir bitten, ist Nahrung. Eine gute Jagd.«

Er sah über meine Schulter hinweg zu Grant hinüber. »Die Menschen haben durchgehalten, wie es scheint. Sie würden genügen.«

»Nein«, entgegnete ich, und diesmal war ich es selbst und niemand sonst. Die Finsternis saß mir noch immer in der Kehle, und sie schien es zu verabscheuen, mich jenes Wort aussprechen zu lassen.

»Nein?«, wiederholte der Dämon, und in seinen grünen Augen flackerte der Zorn. »Wir haben so gelitten, und jetzt verweigerst du es?«

»Das hier ist nicht eure Welt.«

»Und ist es denn *deine*?« Seine Worte klangen herausfordernd und bitter, während sich die anderen Dämonen unruhig bewegten.

Ich richtete mich auf. In mir war eine Wut entfacht, die die meine sein mochte oder auch die der Finsternis, jedenfalls war sie gerecht und stark. Ich blickte dem Dämon eiskalt in die Augen und wusste – wusste es mit absoluter Sicherheit –, dass ich ihn töten konnte. Mit einer einzigen Berührung. Mit einem Kuss.

Aus dieser Gewissheit erwuchs eine Kraft, die allzu wohltuend wirkte.

Sein Mund klappte zu, er wandte sich ab. »Vergib mir.«

Ich ging auf ihn zu und blieb erst stehen, als ich ihn fast schon berührte. Dann umkreiste ich ihn und ließ meinen Blick zwischen ihm und den anderen Dämonen hin- und herwandern. Ich sah kurz auf Grant, aber ihn zu sehen ließ etwas in mir auflodern, das die Finsternis zu einem Zusammenzucken brachte – genau wie mich. Doch es reichte schon aus, ihm nur in die dunklen, unergründlichen Augen zu schauen, aus denen er mich betrachtete, als wäre ich eine Fremde.

»Dies ist meine Welt«, sagte ich. Dann ergriff wieder die Finsternis von meiner Zunge Besitz und fügte hinzu: «Und auch ihr gehört mir. Ihr alle.«

»Vergib mir«, sagte der Dämon noch einmal mit steifen Schultern. »Selbstverständlich gehören wir dir. Die Mahati waren schon immer loyal. Aber wenn erst die anderen freikommen, werden wir sie wieder zurückholen, was auch ich schon sehnlichst begehre. Wir müssen jagen oder sterben.«

»Dann werdet ihr sterben«, entgegnete ich.

Der Dämon Ha'an sah mich an. Sein Blick war anfangs unsicher, wandelte sich dann aber zu entschiedenem Trotz und zeigte eine Entschlossenheit, die so kalt und so körperlich war, dass ich sie bis in meine Wirbelsäule spüren konnte und bis hinunter in meine Magengrube, wo sich meine ganze Angst zu einem kleinen, weinenden Klumpen zusammengezogen hatte.

»Das ist nicht recht«, sagte er leise. »So ist es früher nicht gewesen. Ihr habt euch verändert, meine Könige. Und nicht nur durch die Wahl eures Menschenwirts.«

Er erhob sich und baute sich vor mir auf. »Töte mich, wenn es dir beliebt, aber ich bin der Lord der Mahati, und wir sind die letzten Überlebenden. Ich werde unser Leben nicht opfern, dieses Leben, für das wir schon so viel Würde und Fleisch opfern mussten, nicht, wenn ich mir nicht sicher bin, dass ich dir immer noch vertrauen kann.«

Ich erwartete, dass die Finsternis etwas erwidern würde, aber sie schwieg. Und auch ich sagte nichts. Alles, was ich tat, war, Ha'an in die Augen zu schauen … und zu lächeln.

Der Dämonenlord tat nicht gerade einen Satz zurück, aber was auch immer er in meinen Augen las, reichte aus, um ihn wenigstens ein Stück zurückzudrängen.

»Führe uns«, erwiderte er. Es klang fast flehend. »Bitte. Wenn du es nicht tust, wenn du uns aufgibst, werden die anderen Lords nicht ruhen, bis sie die Macht ergriffen haben. Und wir sind nicht so stark wie sie.«

Ich sagte nichts. Ha'an zog sich zurück und schüttelte den Kopf. »Nur ihr könnt euch mit uns verbünden. Ihr, unsere Schlächterkönige.«

Ich erstarrte beim Klang dieses Namens. Zee regte sich

auf meiner Haut. Es war ein Taumel, als würde er gleich aufschluchzen.

Zum Glück hatte sich Ha'an schon abgewendet. Er schaute auf die Dämonen, die ihn umgaben, und auch die Finsternis betrachtete sie. In ihr brannte eine andere Art von Hunger, ein Gefühl wie in einem Achterbahnwagen, der auf den ersten Scheitelpunkt hinaufgezogen wird, nach dem man rasend hinunterfällt. Die Finsternis wollte hinabrasen. Sie wollte jagen.

Ha'an sah sich über seine Schulter nach mir um. »Drei Tage sind alles, was ich euch geben kann, meine Könige. Drei Tage, oder wie auch immer ihr die Zeit in dieser Welt messen mögt. Danach müsst ihr uns töten oder ihr müsst uns anführen.«

Ha'an schwang sich aufwärts, senkrecht hinauf in den Himmel, zu dem Riss im Schleier. Ich hätte nicht gedacht, dass er fliegen konnte, aber er tat es so selbstverständlich, als würde er gehen.

Die anderen Dämonen folgten ihm. Sie nahmen die Toten mit. Keiner schaute sich um. Ich sah ihnen zu, war aber unfähig, mich zu bewegen oder zu atmen. Mir wurde immer leichter ums Herz, je mehr dieser silbernen Flugkörper in den roten Nebeln des offenen Gefängnisschleiers verschwanden.

Dann berührten mich Hände. Ich fuhr zusammen.

Grants Brust bewegte sich an meinem Rücken. Er atmete spürbar. Ich tat es ihm nach. Tiefes Luftholen. Ich hatte die ganze Zeit über den Atemimpuls unterdrückt und war, wie ich erst jetzt bemerkte, beinahe am Ersticken. In Gegenwart des Dämons hatte ich mir nicht anmerken lassen wollen, dass ich Luft brauchte.

Ich hatte Angst vor mir selbst.

»Maxine«, sagte Grant. Ich bemerkte, dass er zitterte, und erschauderte selbst.

»Sag noch nichts«, hauchte ich und hob das Schwert an die Lippen. Ich küsste die Klinge, die wie ein Spiegel schimmerte und dann wieder in der Rüstung verschwand. Danach küsste ich auch noch die Rüstung.

»Jack«, sagte ich.

Und wir fielen.

12

Die Frauen in meiner Familie führten Tagebuch. Aber nicht aus Gründen der Selbstreflexion, sondern um ihr Wissen auch nach ihrem Tod weitergeben zu können.

Meine Vorfahrin, eine Engländerin namens Rebecca – schrieb früher einmal etwas über die Schlächterkönige. Ohne ein genaues Datum, nur unter der Jahreszahl, 1857. Sie war in London gewesen und plante, nach Paris zu gehen, danach wollte sie nach Afrika. Sie hatte vor, entlegene Urwälder zu erkunden, die kein weißer Mann betreten konnte.

Am Ende des Eintrags erwähnte sie die Schlächterkönige, wenn auch nur in einer einzigen Passage.

Wir sind, unter den gegebenen Umständen, einsame Frauen und lassen uns gewissermaßen durch Gewalt und Schatten treiben. Deshalb ist es wohl keine Überraschung, möchte ich meinen, dass ich den Dunklen Kontinent erkunden möchte, von dem so viele überheblich und doch furchtsam sprechen. Ich habe keine Angst, denn ich bin geschützt, und ich fühle mich nicht überlegen, denn ich weiß schließlich, was es heißt, abgeurteilt zu werden. Wir alle sind Menschen, in allen Punkten, auf die es ankommt. Aber man sollte es nicht für möglich halten, wie sehr wir füreinander blind geworden sind, und zwar wegen irgendwelcher belangloser Kleinigkeiten.

Mir kommen die Dämonen in den Sinn, wenn ich an die Men-

schen denke. Im Schleier sind viele Dämonen, es geht die Kunde, ihr Heer sei riesig. Und nicht jeder Dämon ist wie sein Bruder. Das weiß ich. Ebenso wenig glaube ich nach all den Jahren, in denen ich die schwächeren Arten jagte, denen es gelang, aus dem Schleier zu flüchten, dass alle Dämonen eines Sinnes sind, dass sie alle die Welt nur aus einem Blickwinkel betrachten. Das kann nicht sein. Die schwächeren Dämonen fürchten ihre Lords, sie haben es mir verraten, bevor sie starben. Sie sagten auch, dass ihre Lords voller List und Heimtücke gegeneinander seien.

Wie die Menschen. Genau wie die Menschen.

Und das macht es sogar noch schlimmer, scheint mir. Weil sich ein Heer verfeindeter Einzelner noch nie mit leichter Hand beherrschen ließ.

Die Schlächterkönige müssen doch wahrhaft schrecklich sein.

* * *

Ich wäre etwas genauer gewesen, hätte ich gewusst, wohin uns die Rüstung bringen würde. Ich hätte gesagt, dass Jack noch warten könnte. Dass meine Fragen Aufschub duldeten. Dass die Dämonen im Schleier warten und in ihrer Hölle verrotten konnten, während ich dasselbe in meiner Hölle tat. All das hätte ich gesagt, wenn ich es vorher gewusst hätte.

Grant und ich traten aus der Leere in eine Küche hinein.

Es war eine alte Küche mit cremefarbenen Schränken, verstaubten, grün gepunkteten Gardinen und einem Linoleumboden mit Schachbrettmuster, auf dem nach fast sieben Jahren noch immer der Blutfleck zu erkennen war, den nicht einmal die Jungs hatten wegschrubben können.

Ich war zu Hause. In dem Zimmer, in dem sich der Mord an meiner Mutter zugetragen hatte.

Durch die Fenster fiel Sonnenlicht. Die Luft schmeckte heiß, roch verbraucht und müde. Ich spürte keinerlei Kraft mehr in mir. Mein Verstand und mein Herz waren ganz woanders.

Doch als ich den Blutfleck sah, während er in mein Bewusstsein sickerte, realisierte ich erst, wo ich mich befand.

Meine Knie gaben nach. Unsanft ging ich zu Boden und kippte nach hinten. Ich wäre wohl lang hingeschlagen, wenn meine Schultern nicht von dem alten Kühlschrank aufgehalten worden wären. Ich lehnte mich dagegen, zwischen den abblätternden, eierschalenfarbenen Wänden und der zerbröselnden Arbeitsplatte aus Linoleum überwältigt und verloren. Der Küchentisch stand noch immer da, die schweren Holzstühle – genauso wie ich sie zurückgelassen hatte. Und auch das Regal, das ich über dem Fenster nach Norden angebracht hatte, nämlich dort, wo die Kugel das Glas durchschlagen und meiner Mutter den Kopf zerrissen hatte.

Ich konnte immer noch den Kuchen riechen. Schokoladenkuchen.

»Maxine«, sagte Grant und ließ sich neben mir auf den Boden fallen. Ich hob die Hand und wünschte, er möge schweigen. Das war alles zu viel auf einmal. Die Dämonen, meine Mutter. Ich.

Wir, sagte die Stimme aus der Finsternis, gleich neben meinem Herzen. *Es ist nicht so kompliziert.*

Ich verlor meinen Verstand. Das war es also. Das war es, wovor sich Jack fürchtete, das war es, womit meine Ahnfrauen hatten klarkommen müssen. Ihren Verstand an dieses Ding da zu verlieren, das so tief in uns eingedrungen war, das ein Teil von mir war und doch nicht ich. Von Stimmen gehetzt, vom Hunger gequält und Dämonen fressend.

Ich schmeckte die Asche in meinem Mund, drehte mich zur Seite und würgte.

Grant zog mich in seine Arme. Ich versuchte ihn wegzustoßen, aber er war stark, und ich wollte in den Armen gehalten werden. Ich brauchte einen Anker. Ich klammerte mich an sein Hemd.

»Ich bin ein Monstrum«, sagte ich.

Er schüttelte den Klopf. »Niemals.«

»Aber du hast es doch gesehen und gehört.«

»Maxine«, unterbrach er mich entschlossen. Aber sonst sagte er nichts. Ich erinnerte mich an den Ausdruck in seinen Augen, als er mich wie eine Fremde angeschaut hatte, und die Scham und die Seelenqual, die jene Erinnerung begleiteten, waren fast mehr, als ich ertragen konnte. Zee rührte sich, und die anderen taten es ihm nach, erst ungestüm, dann sanft – sie zupften an meiner Haut, bis ich mich am liebsten schreiend selbst geschlagen hätte, mich und sie. Mein Körper gehörte mir nicht. Weder innen noch außen.

Ich starrte auf den Blutfleck auf dem Boden. Meine Mutter. *Du gehörst niemandem*, hätte sie gesagt. *Niemandem als dir selbst.*

»Es tut mir leid«, flüsterte Grant. »Das alles.«

»Ich bin ja selbst schuld daran«, erwiderte ich. »Der Kuchen damals, in jener Nacht.«

Er schwieg einen Moment, dann sagte er sehr sanft: »Maxine.«

»Wir hätten ja auch ausgehen können«, fuhr ich fort und konnte nicht aufhören. »Wir wären in der Öffentlichkeit gewesen. Aber ich wollte unbedingt Kuchen haben. Ihren selbstgebackenen Kuchen.«

Wieder schwieg er. Eine ganze Weile. »Du wusstest nicht, dass es geschehen würde. Und du hättest es auch nicht aufhalten können.«

»Einen Tag. Einen Tag mehr. Vielleicht zwei oder drei, oder eine ganze Woche. Alles wäre besser gewesen. Mehr Zeit.«

Grant schloss seine Hand um meine, sein Daumen streichelte mein Handgelenk. Warm. Stark. Unerschütterlich.

Und vertraut. Ich erinnerte mich, wie er meine Hand auch früher schon so gehalten hatte. Aber andere Erinnerungen waren weniger greifbar, so als lägen sie mir zwar auf der Zungenspitze, und doch in einem fernen Winkel meines Gedächtnisses. Ich hatte Angst davor, sie anzurühren, um sie nicht zu verscheuchen.

»Bist du verletzt?«, fragte ich ihn. »Hat dich einer von ihnen ...?«

»Nein«, unterbrach er mich. »Und du?«

Ich schloss die Augen. »Ich begreife nicht, was gerade passiert ist.«

»Du hast eine ganze Armee von Dämonen aufgehalten.«

»Ich habe mich fast selbst verloren.«

Du hast dich vielmehr gefunden, widersprach die Stimme.

Ich machte mich von Grant los, wollte aufstehen und loslaufen, aber dann musste ich innehalten. Mir wurde schwindlig. Ich stützte mich mit meinen Händen ab und versuchte, mich nicht zu übergeben. Meine Ellbogen zitterten. Grant legte seine Hand auf meinen Rücken.

»Es kann nicht sein, dass sie die Schlächter sind«, flüsterte ich. »Nicht meine Jungs. Nicht dieses ... Etwas, das ich in mir trage.«

»Ist das denn so wichtig?«

Ich sah ihn fassungslos an. »Das fragst du noch?«

»Ich kenne ja die Jungs. Und ich kenne dich.«

»Du hast in mein Innerstes geblickt, da draußen. Ich habe gesehen, wie du mich angeschaut hast, Grant. Als wäre ich eine ...«

»Fremde«, beendete er meinen Satz mit Grabesstimme.

Das Wort verletzte mich tief. Es bewirkte, dass ich mich klein fühlte. Ich wandte meinen Blick von ihm ab. »Gut. Das ist … gut. Du bist in meiner Nähe jedenfalls nicht mehr sicher.«

»Ich bin sicherer als du«, antwortete er unbewegt. »Was ich gesagt habe, war nicht gegen dich gerichtet, Maxine. Ebenso wenig war es eine Zurückweisung.«

Ich konnte ihn noch immer nicht anschauen. »Ich wollte mit ihnen ziehen. Ich wollte gewisse … Dinge tun.«

»Das warst nicht du.«

»Aber etwas fühlte sich ganz so an.«

Er schüttelte den Kopf. »Ich kenne dich, Maxine. Ich blicke in dich hinein. Die ganze Zeit, jeden Tag, wenn ich zuschaue, wie du schläfst, wenn du mit mir sprichst, wenn du einfach nur dasitzt und liest oder in den Himmel schaust und dich für unbeobachtet hältst. Ich sehe dich. Ich sehe, was in dir schläft. Und vorhin habe ich es nur noch deutlicher gesehen.«

Endlich konnte ich seinen Blick erwidern. »Und *was* hast du gesehen?«

»Dasselbe wie immer. Dich. Und vor allem Kraft.« Grant streckte die Hand aus und strich zärtlich mit dem Daumen über meinen Mund. »Einfach nur … Kraft. Du hast mir mal gesagt, die Jungs sind nur so gut wie die Frau, die sie führt. Nur so gut wie das, was hier drin ist.« Er deutete auf mein Herz. »Warum glaubst du, dass das jetzt anders wäre?«

»Es lebt. Es hat Hunger. Und es hat seinen eigenen Kopf. Es hat während des Kampfes von meinem Körper Besitz ergriffen. Es könnte mich auf Dauer überwältigen.«

»Aber nicht uns beide.« Grant lehnte sich an mich und blickte prüfend in meine Augen. »Ich bin zwar nichts Großartiges, aber ich bin immerhin jemand. Du bist nicht allein, Maxine. Ganz gleich, was passiert.«

Ich wollte ihm sagen, dass er sich darin irre, aber in meinem Herzschlag gab es noch einen zweiten Puls, der sich von dem Licht nährte, das uns miteinander verband: jenem Licht, seinem Licht, das so tief in mir war wie die Finsternis, die in seinem Schein badete.

Niemals allein, sprach jener dunkle Geist. *Wir sind eins. Wir zusammen, eins.*

Ich holte tief Luft. »Ich kann es in meinem Kopf hören.«

»Dann sprich mit ihm«, antwortete Grant, so als wäre es gar nichts. »Vielleicht ist es ja falsch, was du zu wissen glaubst.«

»Falsch«, wiederholte ich ungläubig. »Grant, wenn wir einen Augenblick lang davon ausgehen, dass der Dämon recht hatte und die Jungs und das Ding in mir alle irgendwie ein Teil der Schlächterkönige sind …« Da verstummte ich und erschauderte. Mir war, als stiegen mir meine Eingeweide die Kehle hinauf.

»Maxine«, sagte er, »Falls sie, falls du …«

Ich hob die Hand und brachte ihn zum Schweigen. Und musste mir dann die Hand vor den Mund pressen, um mich nicht zu übergeben. »Du verstehst nicht. Man sagt, die Schlächterkönige würden – einmal losgelassen – alles vernichten. Du hast den Dämon gehört. Er wollte, dass ich sein Volk anführe, um *Menschen* zu jagen. Als Nahrung.«

»Ich habe ihn gehört, ja. Aber ich habe auch gehört, wie du nein gesagt hast. Und zwar ziemlich leidenschaftlich.« Grant nahm meine Hand. »Manche nennen mich einen Lichtbringer. Für andere bin ich ein Gräuel. Aber ich selbst spüre nichts von diesen Dingen. Ich weiß, wer ich bin. Und ich kenne meine Bestimmung. Genau wie du, Maxine.«

Ich entzog ihm meine Hand. »Willst du mir etwa sagen, du hättest keine Angst gehabt?«

»Ich hatte schon Angst. Und wäre ich ein schwächerer Mann, dann müsste ich jetzt die Hosen wechseln.«

»Das ist nicht lustig. Dies Ding in mir …«

»Hat uns gerettet.« Er rieb sich die Brust. »Ich glaube … es hat mich berührt.«

Ich spürte wieder die Übelkeit in mir aufsteigen. Dann senkte ich den Kopf, schloss die Augen und konzentrierte mich auf den Dämon, der so eng zusammengerollt in den Winkeln meiner Seele nistete. Ich konnte ihn wie einen Fremdkörper spüren, wie einen Krebs aus Eisen, schwer und stumpf, mit einem metallischen Blutgeschmack.

Vielleicht war es aber auch meine zerbissene Zunge, die so schmeckte. Sie tat weh. Ich biss noch einmal zu.

Lass ihn in Ruhe, befahl ich der Finsternis in mir. *Halt dich verdammt noch mal fern von ihm!*

Ich spürte, wie das Wesen in mir lächelte, und drehte meinen Kopf von Grant weg, weil ich fürchtete, auf meinen Lippen könnte sich das Wohlgefallen dieser Kreatur widerspiegeln.

Wir sind du, du bist er, und er ist du. Wir alle sind eins, zusammen, flüsterte jene seidenweiche Stimme. *Du kannst diesen Bund nicht mehr brechen, nun, da du von ihm gekostet hast.*

Ich werde nicht zulassen, dass du ihn verletzt.

Wir würden uns nicht selbst verletzen.

Davon war ich überzeugt. Aber es gibt viele Arten, jemanden zu verletzen, und das Ding in mir hatte vollkommen andere Vorstellungen davon, was richtig und was falsch war. Noch immer schmeckte ich die Asche in meinem Mund und das Zehren eines namenlosen Hungers, den ich niemals stillen zu können glaubte.

Jage, um dich zu sättigen, sagte die Stimme. *Schlürfe den Tod, und dein Durst wird gestillt.*

Leck mich, dachte ich, öffnete die Augen und starrte direkt auf den alten Blutfleck vor mir. Ich betrachtete ihn, dann streckte ich den Arm aus und drückte meine Hand auf die stumpfe Stelle im Linoleum. Ich spürte gar nichts, aber Dek zog an meiner Haut, und Zee wand sich im Schlaf. Die Jungs waren unruhig.

»Es hat unsere Verbindung benutzt, um dich zu berühren«, sagte ich. »Wenn es das noch mal macht …«

Ich konnte meinen Satz nicht vollenden. Grant warf mir einen scharfen Blick zu. »Woher weißt du von der Verbindung?«

Ich hob die Schultern zu einem müden Achselzucken. »Vielleicht sind da doch noch andere Dinge, an die ich mich erinnern kann.«

Liebe, Freundschaft, Verständnis. Alles, was ich um keinen Preis verlieren wollte. All die Gründe, warum ich ihn vor mir selbst beschützen musste.

Im Nebenraum knackte ein Dielenbrett. Wir erstarrten und blickten zur Tür. Dann hörte ich es wieder.

Es war ein altes Bauernhaus. Fast jedes Scharnier, jede Treppenstufe und jedes Regalbrett hatte seinen eigenen Klang, der mir vertraut war, auch noch nach sieben Jahren. Immer noch hörte ich meine Mutter auf diesen Dielen oder mich oder die Jungs, so dass ich mich kaum bewegen mochte.

Ich stand auf und bedeutete Grant, er solle unten bleiben. Ich hüpfte über die knarrenden Stellen im Küchenboden und warf einen Blick ins Wohnzimmer.

Im Schatten stand die Botin.

Sie war allein und schaute zur Küche hinüber. Sie gehörte

einfach nicht in das Zuhause meiner Mutter. Niemand gehörte hierher. Nicht mal ich.

Dann gab ich meine Deckung auf. Die Botin rührte sich nicht und schien mich auch nicht zur Kenntnis zu nehmen. Sie starrte nur geradeaus, so als sei ihr Geist weit, weit fort.

Grants Gehstock klackte über den Boden. Aber erst, als er in ihr Blickfeld kam, bewegte sie sich. Auch nur ein wenig. Sie blinzelte, ihr Mund zuckte, sie zitterte.

»Du hast überlebt«, flüsterte sie.

»Hast du geglaubt, wir würden nicht durchkommen?«, fragte ich barsch. Grant berührte mich warnend an der Seite. Seine Berührung löste ein Déjà-vu aus, eine ganze Flut von Erinnerungen, die ich mehr spürte, als dass ich sie sah, und die sofort in meinem Hinterkopf zu versickern schienen. Ich bemühte mich, nicht zu schwanken.

»Ich wusste gar nicht, was ich davon halten sollte«, meinte sie nur. »Seid ihr gelaufen?«

»Wir haben gekämpft«, antwortete ihr Grant. »Wir haben sie zurückgeschlagen.«

Ihr ganzer Körper wand sich. »Wo ist Jack?«, fragte ich.

»Wo sind wir hier?«, fragte die Botin, anstatt mir zu antworten. Ihre Stimme klang hohl und ausdruckslos. »Ich spüre etwas in diesen Wänden. Echos. Jemand mit großer Kraft hat hier gelebt.« Sie fixierte mich mit einem durchdringenden Blick. »Sie war so wie du!«

Ich sagte nichts. Ich ging durchs Wohnzimmer zur Vordertür. Die Jungs, die auf meiner Haut ruhten, zogen ein klein wenig in Richtung Küche. Sie erinnerten sich. Ich berührte meine Brust, dann betrachtete ich meine tätowierten Hände. Dek und Mal starrten zurück, mit gleißend roten Augen. An meinen Armen hingen schwer und warm Aaz und Rohw.

Meine Jungs.

Ich stand auf der überdachten Veranda. Inzwischen war es später Nachmittag. Der Himmel war von blendendem Blau, ein goldgelbes Feld streckte sich vor mir aus, so weit der Blick reichte. Der Kiesweg war von Unkraut überwuchert, und die Farbe am Haus blätterte langsam ab. Aber sonst hatte sich in den letzten sieben Jahren nicht viel verändert. Die Zeit war in der Todesnacht meiner Mutter stehen geblieben, und nur ich hatte mich weiter verändert.

Alles in mir hatte sich verändert.

Ich sog den Duft frischen Wildgrases und die warme, klare Luft in mich ein. Der Vorfrühling in Texas war angenehm und schön anzuschauen. Ich hatte ganz vergessen, wie unverfälschtes Sonnenlicht aussah.

Kostbare Welt, dachte ich, und Schauder überrieselten mich. Und dann, an die Finsternis in mir gewandt: *Es ist eine kostbare, wunderschöne Welt, und ich werde einfach nicht zulassen, dass du ihr etwas antust. Ich werde mich nicht von dir dazu benutzen lassen, sie zu verletzen.*

Mir wurde keine Antwort zuteil.

In meiner Hand spürte ich noch immer das Gewicht des Schwertes. Ich hörte Schreie in meinem Kopf. Blut, Krieg und Tod. Ich fasste das Geländer und beugte mich weit nach vorn – da nahm ich eine Bewegung bei den alten Eichen wahr, die in einiger Entfernung auf einem kleinen Hügel in der Nähe des Baches standen. Ich beobachtete eine Weile die Gestalt, die gebeugt, hungrig und ängstlich im Gras saß. Mein eigener, reiner Hunger, der nicht aus der Dunkelheit stammte, hatte sich zurückgezogen, so als schliefe er.

»Heuchler«, sagte ich, an ihn gewandt.

Dann verließ ich die Veranda, überquerte den Weg und ging

auf die Wiese. Ich behielt die Eichen im Blick und den Jungen, der dort saß.

Jack kehrte mir den Rücken zu, aber ich gab mir keine Mühe, mich leise anzuschleichen. Er wusste, dass ich mich näherte, saß mit dem Kinn auf seinen Knien da und wühlte mit den Händen neben sich in der Erde. Büschelweise riss er das Gras aus, während er auf das Grab meiner Mutter schaute.

Von einer riesigen Kalksteinplatte abgesehen, die die Jungs daraufgelegt hatten, war das Grab als solches nicht zu erkennen. Mit seinen Klauen hatte Zee ihren Namen in den Fels geritzt. Wir hatten das noch am Abend ihres Todes getan. Die Jungs hatten das Grab gegraben, und ich hatte an ihrem Leichnam gewacht. Wir hatten sie zwar begraben, aber ich war noch bis zur nächsten Nacht auf demselben Fleck sitzen geblieben, bis die Sonne wieder unterging.

Sieben Jahre, und alles war unverändert geblieben, nur das Gras war gewachsen.

»Du bist in Sicherheit«, sagte Jack und sah mich dabei nicht an.

»Du wusstest doch, dass es so kommen würde«, antwortete ich. »Körperlich bin ich jedenfalls unversehrt.«

»Man achte auf die Feinheiten.« Jack betrachtete seine Hände. »Und Grant?«

»Grant lebt.« Ich setzte mich neben ihn und berührte den Grabstein meiner Mutter. »Sie nannten sich die Mahati.«

Er schüttelte sich. »Es war die Vorhut.«

»Sie wollten, dass ich sie anführe.«

Endlich erwiderte Jack meinen Blick. »Und wie hast du reagiert?«

»Ich sitze hier. Was glaubst du wohl?«

»Ich glaube …«, begann er, verstummte dann aber wieder. »Ich weiß nicht, was ich glauben soll, Liebes.«

Der Name meiner Mutter dort im Stein sah grob geschnitzt aus, und er war so tief eingeschnitten, dass meine Finger in die Rillen passten.

Jolene Kiss, Tochter von Jean.

Ich drückte meine Stirn gegen den Stein. »Ich wollte *ja* sagen. Ich wollte es, Jack, ich wollte … diese Macht spüren.«

»Die Macht über Leben und Tod«, erwiderte er. »Wer einmal von ihr gekostet hat, kann nie mehr ganz ohne sie sein.«

»Sprichst du aus Erfahrung?«

Er wandte sich ab und blickte wieder auf das Grab meiner Mutter. Ich tat es ihm nach und versuchte, nicht an ihre Beisetzung zu denken. Ich versuchte mich an ihr Gesicht zu erinnern, an ihr schiefes Lächeln, an das Funkeln in ihren Augen.

Ich reparierte ihr Bild in mir, dann legte ich mich ins Gras, lauschte dem Wind und sah in den blauen Himmel hinauf. Es war nicht leicht zu atmen, mit diesem großen Kloß im Hals. »Jack, was bin ich? Sag mir die Wahrheit. Mehr verlange ich nicht. Aber keine Rätsel.«

»Keine Rätsel«, echote er. Da hörte ich ein schlurfendes Geräusch im Gras. Ich blinzelte mit einem Auge, öffnete es gerade weit genug, um zu sehen, dass uns Grant jetzt Gesellschaft leistete. Er wirkte zwar ernst, aber im Innersten seines Blickes loderte eine beständige, große Stärke. Ich könnte es Mitgefühl nennen oder Glauben, aber es war tiefer als das, und ich fand nicht das richtige Wort dafür, außer vielleicht, dass es sich anfühlte, als sei die Sonne komprimiert worden, um in mein Herz zu passen – es war ein ungezähmtes Licht, zwar viel größer als mein Leben, aber trotzdem so sehr ein Teil von mir, dass mir schien, es müsste immer weiter brennen, auch nach meinem Tod.

Er ist bei dir geblieben. Er hat dir den Rücken freigehalten. Er ist nicht von deiner Seite gewichen.

Mein Mann, dachte ich.

Ich streckte meine Hand aus. Er kitzelte meine Handfläche mit den Fingern, als er sich mühsam neben mich ins Gras setzte. Dann nahm er meine Hand, die ganz warm war, in seine. Jack beobachtete uns. In seinen Augen lag ein Bedauern und eine schmerzliche Wehmut. »Ich weiß nicht, wo Jeannie begraben liegt«, murmelte er.

»Ich weiß es auch nicht«, erwiderte ich. »Mom hat es mir nie erzählt.«

Jack neigte den Kopf und rieb mit den Händen, Byrons Händen, über sein Gesicht. Als ich ihn beobachtete, verschlug es mir den Atem, ich konnte mich weder bewegen noch einen klaren Gedanken fassen. Sogar Grant war ganz still.

»Wir verlieren den Krieg«, sagte Jack.

Ich wartete, aber mehr sagte er nicht. Jedenfalls nicht sofort. Grant zog mich ein wenig näher an sich heran. Ich leistete keinen Widerstand, verzichtete einen Moment lang darauf, an all die Gründe zu denken, warum ich es eigentlich tun sollte. Ich glaube, damit war ich durch, noch mal und noch einmal in den letzten zwei Jahren. Wir waren immer noch zusammen. Einiges im Leben war einfach hartnäckig.

»Alter Wolf«, sagte ich.

»Maxine«, antwortete er heiser. »Mein Volk konnte die Heere der Dämonenherrscher nie ganz unter Kontrolle bekommen, und so jagten sie Menschen, unsere Menschen. Sie brauchten sie als Nahrung und um sie zu versklaven. Das hätten wir noch verkraftet, schließlich bevölkerten wir so viele Welten, aber die Schlächterkönige konnten wir nicht mehr verkraften.«

Zee zupfte unruhig an meiner Haut. »Weil sie eure eigenen Leute umbringen konnten.«

»Es gelang uns nicht, uns vor ihnen verborgen zu halten. Es war, als könnten sie uns in der Luft schmecken. Fünf Dämonen, die sich einen Verstand miteinander teilten. Sie hatten eine unvorstellbare … Macht. Ich kann dir gar nicht sagen, Maxine, was ich sie für Dinge tun sah.«

»Versuch es gar nicht erst«, antwortete ich. »Wirklich, versuch es gar nicht erst.«

Ich war mir nicht sicher, ob Jack mich überhaupt hörte, so sehr wanderte sein Blick in die Ferne. »Niemand dachte, dass es funktionieren würde, aber wir waren verzweifelt. Wir brauchten etwas, das sie zerschlagen konnten, etwas, das ihnen einen Großteil ihrer Kräfte nahm. Also suchten wir eine Menschenfrau und modifizierten sie, soweit das erforderlich war. Und dann … fesselten wir die Schlächterkönige an sie. Wir haben sie auf der Quantenebene mit dem sterblichen Fleisch verbunden.«

Grants Griff wurde fester. »Aber kann so etwas möglich sein? Ich weiß ja, dass ihr es geschafft habt, schließlich ist Maxine der lebende Beweis dafür. Aber *wie*?«

Jack schüttelte den Kopf. »Ich kann es nicht erklären. Du müsstest sein wie wir, um es wirklich verstehen zu können. Was wir an jenem Tag vollbracht haben, das ließe sich unmöglich wiederholen. Es war … Glück und Kraft. Wir mussten mehr Kraft aufbringen, als es sich irgendeiner von uns jemals vorgestellt hätte. Viele sind beim Bau des Gefängnisses gestorben. Sogar ich habe fast mein Leben verloren. Und trotz allem wussten wir doch immer … wir wussten die ganze Zeit über, dass es nicht auf Dauer halten würde.«

»Jack«, stöhnte ich.

»Es gab zwei Gefängnisse«, fuhr er fort und blinzelte sich ein paar Tränen aus den Augen. »Das erste war das Gefängnis, das ihr heute gesehen habt. Ein Ort jenseits dieser Welt, der eine ganze Armee festhält. Aber das war nicht das Gefängnis, das die Wächter jahrtausendelang bewacht haben. Jenes Gefängnis wird es nicht sein, das die Welt vernichtet, wenn seine Mauern fallen.« Er erschauderte und blickte auf seine bis zum Nagelbett abgenagten, schwarz lackierten Fingernägel. »Das zweite Gefängnis bist *du*, Maxine. Dein Körper, deine Seele. Deine Blutlinie. Und du bist das *einzige* Gefängnis, auf das es ankommt. Weil die Dämonen, die in dir sind …«

»Die Schlächterkönige«, flüsterte ich, und die Jungs rumorten. Ich legte meine Hand auf die Stelle, an der Zee schlief. Ich fühlte mich krank, schwindlig und sehr klein. Eine Katze hätte mich in ihrem Maul wegtragen können.

Ich brauchte meine Mutter, aber sie lag im Grab.

»Meine Jungs«, sagte ich heiser. »Meine Jungs, sie sind nicht so, Jack.«

»Sie haben sich verändert«, räumte er ein. »Aber ich weiß nicht, ob es daran liegt, dass sie von der Kraft getrennt sind, die sie hervorgebracht hat, oder ob sie möglicherweise wirklich … anders geworden sind. Zehntausend Jahre sind keine lange Zeit, meine Liebe.«

»Das ist schon eine lange Zeit, sofern man sterblich ist«, knurrte Grant und umschlang mich so fest, dass ich kaum noch atmen konnte. Aber es war immer noch nicht fest genug. Ich verschränkte meine Finger mit seinen, und sein raues, kratziges Kinn drückte auf mein Ohr.

Und schon wieder erlebte ich ein Déjà-vu: eine Woge der Gewissheit, die von blitzartigen Erinnerungsfetzen begleitet wurde. Eine Erinnerung hob sich ganz besonders hervor: Wir saßen im Bett, so wie jetzt, er hatte seine große Hand über meinem Bauch gespreizt und flüsterte: *Eines Tages möchte ich Vater sein.*

Ich schnappte nach Luft. Grants Arm wurde fester, und er sagte mit kalter Stimme: »Maxine wird gar nichts zerstören, Jack.«

»Zerstörung und Wiedergeburt gehen Hand in Hand«, murmelte mein Großvater und blickte zum Grab meiner Mutter zurück. »Sie sind eins. Alles geht zugrunde. Auf die Zerstörung folgt die Wiedergeburt.«

»Ich bin nicht schlecht«, sagte ich.

Jack sah mich prüfend an. »Das weiß ich. Du hast ein gutes Wesen. Deswegen bin ich auch in der letzten Nacht zu dir gekommen. Ich wollte, dass du es erfährst. Diesmal wollte ich alles anders machen. Deine Ahnin hat den Verstand verloren, und in ihrem Wahnsinn … ihrer Wut … hat sie fast die ganze Welt vernichtet. Damals war der Schleier noch stark, nicht so wie heute, aber trotzdem hatte es den Anschein, als hätte sie einen Zugang zu der gebändigten Macht der Schlächterkönige. Manchmal glaube ich, wenn ich es ihr doch erzählt hätte, ihr geholfen hätte, es zu verstehen …« Er machte eine Pause und rieb sich über das Gesicht. »Ich war zu tief in Geheimnisse verstrickt. Und ich hatte Angst vor ihr. Und schämte mich dafür.«

Sie hatte vor sich selbst Angst, sagte die Finsternis, und ihre Stimme strömte in mir. *Aber trotzdem jagte sie weiter*.

Ich schwieg. Grant entgegnete: »Ihr Unsterblichen. Habt vor so vielem Angst. Ich habe Kinder gekannt, die mehr Mumm in den Knochen hatten.«

»Ich auch«, sagte Jack und berührte den Grabstein meiner Mutter mit herzzerreißender Ehrfurcht. »Ich habe viel von ihnen gelernt.«

Zu viel. Das alles war schlicht und einfach viel zu viel. Also befreite ich mich aus Grants Armen. »Was kann ich tun?«

»Nichts. Außer du selbst sein.«

»Ich selbst«, wiederholte ich. »Als ich gerade mit diesen Dämonen kämpfte, war ich nicht ich selbst. Ich ließ zu, dass das Ding in mir die Kontrolle übernahm, Jack. Und es fühlte sich verdammt … gut an. Viel zu gut.«

»Maxine«, unterbrach mich Grant und berührte meine Hand. Ich sah ihn überrascht an; nicht wegen seines warnenden Blickes, sondern weil ich verstand, was er mir sagen wollte. Es war schon lange her, dass ich jemanden so gut gekannt hatte.

Und dann, ganz plötzlich, fühlte es sich gar nicht mehr so an, als wäre es lange her.

Ich erinnerte mich an ihn. Ich erinnerte mich an das Gefühl, als ich zum ersten Mal seinem Blick in der Menge begegnet war und schon alles über ihn wusste, nur wegen der Art, wie er lächelte, und wegen des Funkelns in seinen Augen. Jener kleine, kostbare Hort der Erinnerung, die warm in meiner Brust ruhte.

Später, sagte er jetzt mit den Augen. *Wir reden später weiter.*

Wenn wir allein wären. Und fort von Jack.

Ich sah zu meinem Großvater hin und stellte fest, dass er uns ziemlich unentschlossen musterte. Von seinen Augen einmal abgesehen hätte es auch Byron sein können, der da saß. Ich wollte meinen Kopf am liebsten ins Gras drücken, wieder ein kleines Mädchen sein und losweinen. Einfach nur noch heulen über all dies.

Aber das hätte niemandem sonderlich weitergeholfen.

Ich stand mit wackligen Beinen auf und schaute den Hügel hinunter zur Farm. Auf der Veranda stand die Botin und beobachtete uns.

»Was ist mit ihr?«, fragte ich.

Grant folgte meinem Blick und schwieg eine Weile.

»Ich habe ihr die Augen geöffnet«, antwortete er ruhig.

»Was bedeutet das?«

»Er hat ihre Konditionierung zerstört.« Jack musterte Grant unverhohlen. »Das hat noch nie zuvor jemand vollbracht.«

»Niemand hat es bisher versucht.«

»Es gab schon welche, vor langer Zeit, die es mit anderen Boten versucht haben. Andere Abkömmlinge jener gestohlenen Lichtbringer.« Er lächelte bitter. »Aber ich glaube nicht, dass das eine Geschichte ist, die ihr gerade jetzt hören möchtet.«

Grant verzog das Gesicht, als sei er anderer Meinung. »Ich weiß, wann du lügst, alter Mann. Ich kann in dich hineinsehen. Warum kann sie es nicht?«

»Wesen meiner Art kann sie nicht durchschauen. Für sie und die anderen, die so wie sie gezüchtet wurden, sind wir unbeschriebene Blätter. Das war das Erste, was wir modifiziert haben. Die Wahrheit ist Gift, mein Junge.«

Ich betrachtete meinen Großvater, wie er so klein und allein am Grab seiner Tochter saß. In den gestohlenen Augen, in der gestohlenen Haut konnte ich den alten Mann erkennen, und es tat weh. Ich ging zu ihm hinüber, legte meine Hand auf seine Schulter und küsste ihn auf die Stirn. Jack entspannte sich und schwieg.

»In der letzten Nacht habe ich anders reagiert, nicht wahr?«, fragte ich grimmig.

»An deine Reaktion möchte ich mich nicht erinnern«, murmelte Jack. »Und rückblickend ist es wohl das Beste, dass du es auch nicht mehr tust.«

Damit konnte ich leben. Ich warf Grant einen Blick zu. »Ist sie eine Bedrohung?«

»Nicht für mich«, antwortete er gelassen. »Ich beobachtete sie.«

Ich nickte und küsste nun auch ihn. Auf den Mund.
»Ich liebe dich«, flüsterte ich ganz leise, so dass nur er es hören konnte.
Dann ging ich fort und schaute nicht zurück.

13

Meine Mutter hatte von unseren Vorfahren viele Häuser und eine Menge Land in der ganzen Welt geerbt. Die meisten Wohnsitze hatte ich aber nie gesehen; und in denen, die ich nutzte, hatte ich nie länger als ein Jahr gelebt. All das gehörte mir. Ich hatte nur selten daran gedacht.

Aber nun wanderte ich, bis die Sonne unterging, und sah weder einen Zaun, noch begegnete ich einem anderen menschlichen Wesen.

Ich befand mich in dem alten Pinienwald, als die Sonne unterging, und saß auf einem weichen Flecken Erde. Ich spürte das Kribbeln, als sich die Schwere der Nacht über meine Haut legte. Ich wusste genau, wann der Horizont die Sonne schluckte.

Die Jungs wachten auf.

Es ging ganz schnell. Ich fiel nach hinten und überstand das Gefühl von heißen Rasierklingen, die mir bei lebendigem Leibe die Haut abzogen: zwischen meinen Beinen, unter meinen Fingernägeln, an meinen Brüsten und den Armen. Überall dort also, wo die Jungs geschlafen hatten, schälten sie sich nun von meinem Körper.

Unter Schmerzen gehäutet. So biss ich mir auf die Zähne und ertrug es, während ich beobachtete, wie Rauch unter meiner Kleidung hervorströmte, Rauch, der vor roten Blitzen zitterte. Es war nicht anderes als all die anderen Male seit meiner Kindheit, bei denen ich den Jungs beim Aufwachen zugesehen hatte – erst bei meiner Mutter und dann bei mir selbst.

Aber es fühlte sich anders an. Ich sah es mit anderen Augen.

Zwei lange Körper legten sich um meinen Hals und leckten mit ihren kleinen Zungen die Rückseite meiner Ohren oder meinen Kopf ab. Ich schloss die Augen und lauschte ihren süßen, hohen Stimmen, die leise summten: *I just called to say I love you.*

Ich liebe dich. Ich liebe dich, dachte ich zurück – und es brach mir das Herz. Ich hatte mich selbst nie für sonderlich unschuldig gehalten, ich hatte ein Gefühl, als wenn ein Messer in einen Teil von mir, der noch gesund und jung war, gerammt worden wäre und ihn getötet hätte.

Kleine, krallenbewehrte Hände schlossen sich fest um meine. So vertraut, so warm.

»Ihr habt's gehört«, sagte ich. »Ihr habt es alle gehört.«

»Gehört«, schnarrte Zee, ganz sanft und voller Traurigkeit.

Ich rollte mich zitternd zur Seite. Rohw und Aaz rückten mit ihren Körpern, die so heiß wie Feuer waren, ganz dicht an meinen Rücken. Dek und Mal wickelten sich etwas fester um meinen Hals. Zee zog die Schultern zusammen und schleifte die Klauen mit hängenden Stacheln über den Boden.

»Du wusstest es«, sagte ich.

»Es war wie ein schlechter Traum«, sagte er sanft. »Ein ferner Traum, und so stark wie auseinanderbrechende Wolken.«

Hilflos und entsetzt starrte ich ihn an: »Aber keiner von euch ist…«

Ich wusste nicht, wie ich den Satz beenden sollte. Was sollte ich denn auch sagen? Dass keiner von ihnen böse war? Dass sich Schlächterkönige nicht an Teddybären klammerten oder den Playboy lasen? Dass die Schlimmsten und die Gefährlichsten aller Dämonen nicht... lieben konnten und keine Liebe brauchten?

Ich wusste ja, dass sie es taten. Meine Jungs liebten. Ich hatte das immer gewusst. Sie hatten mich quasi zusammen mit meiner Mutter großgezogen. Meine Windeln gewechselt, mein Fläschchen gehalten, mich ins Bett gebracht. Sie hatten mir Schlaflieder gesungen und mir geholfen, lesen zu lernen. Mir war sogar ein Blick in ihre Vergangenheit gewährt worden, als sie ein verwaistes Jägerkind aufgezogen hatten, einen neugeborenen Säugling. Ich hatte immer noch im Ohr, wie sie am Grab seiner Mutter ein Klagelied sangen, bevor sie das Kind nahmen, es umsorgten und ganz vorsichtig hielten. Und nicht nur, weil ihr Überleben davon abhing... sondern weil sie es liebten.

So etwas konnte man doch nicht vortäuschen. Meine Jungs jedenfalls nicht.

»Maxine«, flüsterte Zee. »Wir fürchten uns.«

Ich fürchtete mich auch. Rohw schlang seine Arme um mich und drückte sein Gesicht an meinen Rücken. Aaz schlurfte ein paar Schritte zur Seite und kehrte kurz darauf zurück, um mir einen Pappbecher in die Hand zu drücken. Starbucks. Der Becher roch nach heißer Schokolade.

Ja. Wir waren ganz bestimmt Agenten der Apokalypse.

Zusammen mit Rohw, der immer noch an mir hing, setzte ich mich auf und trank in kleinen Schlucken. Es tat sehr gut und brachte mich auf den Boden zurück. Ich erwiderte Zees Blick und dachte an all die merkwürdigen Dinge, die ich im Laufe der Jahre gehört hatte, von Ahsen, vom Erl-Koenig, selbst von Mama-Blut. Ich dachte über meine Mutter nach und über Jack. Erinnerungsfetzen, die niemals einen Sinn ergeben hatten. Puzzleteile, die sich auf einmal zusammenfügten.

Trotzdem war das alles noch zu viel. Ich würde untergehen. Ich ergriff Zees Arm, aber er saß nur da, schaukelte auf seinen Fersen und zitterte. Er sah so klein aus.

»Warum habt ihr Angst? Wenn ihr es doch schon immer wusstet, was könntet ihr dann jetzt noch fürchten? Ihr… Schlächterkönige.«

Ich schämte mich augenblicklich, als ich das Wort sagte. Es klang abstrus, so etwas mit Zee in Verbindung zu bringen.

Aber er schloss seine Augen, als wäre es kaum zu ertragen, es auch nur ausgesprochen zu hören.

»Sprich diesen Namen nicht aus«, sagte er.

»Aber ihr seid es doch, oder?«

Der kleine Dämon fletschte die Zähne, sie alle taten es, aber das galt nicht mir. Es war so, als ob der Name, dieser furchtbare Name und allein der *Gedanke* daran ihnen allen Schmerz bereitete.

Zee riss sich los. »Sind wir nicht. Die alten Tage sind vorbei. Sind wir nicht, Maxine.«

Ich lehnte mich zurück und starrte ihn an. Rohws Arme klammerten sich fester um meine Taille, während Dek und Mal ihre bisherige angenehme Stellung beibehielten. Aaz bohrte sich in der Nase, aß den schwarzen, dampfenden Schleim von den Spitzen seiner Krallen und warf mir ein breites Lächeln zu.

Ich konnte es nicht erwidern. Zee sah mich nicht an. Er blickte nur nach unten. Nach unten, als hätte er Angst davor, mir in die Augen zu sehen. Angst vor mir.

Ich konnte viel ertragen, aber das nicht. Nicht in diesem Leben. Die Wahrheit interessierte mich nicht. Wahrheit war Müll. Wahrheit war auch nicht immer real.

Real war, was man fühlte. Real war, was man tief in seinem Herzen wusste.

»Hey«, sagte ich sanft. »Sieh mich an.«

Zee tat es zögernd. Ich griff wieder nach seinem Arm, aber diesmal, um ihn an mich heranzuziehen. »Wer sind schon diese dummen Schlächterkönige? Zur Hölle mit ihnen. Mit meinen Jungs haben sie nichts zu tun. Mit meinen mutigen, gefährlichen Jungs.«

Zee senkte den Kopf. »Maxine.«

»Sind wir eine Familie, oder sind wir es nicht?« Ich fuhr mit meiner Hand über sein scharfkantiges Gesicht, versenkte sie in seinen zackigen Haaren und zog seinen Kopf dann so lange nach hinten, bis er mir in die Augen sah.

»Sind wir eine Familie?«, fragte ich ihn noch einmal.

»Im Blut und über den Tod hinaus«, schnarrte er.

»Dann fürchte dich nicht«, sagte ich streng zu ihm, »und ich werde es auch nicht tun.«

Zee starrte mich an, alle Jungs blickten zu mir hin, stumm, und dann sah ich etwas in seinen Augen, das mich glücklich machte, am Leben zu sein. Hier zu sein. Einfach zu sein, wer ich war, trotz aller Mühsal und all der Gefahr. Ich konnte und wollte es auch nicht benennen, aber ich fühlte es so deutlich wie das Leben selbst. Und ich wusste, dass die Jungs es auch fühlten.

»Ein harter Weg«, flüsterte Zee.

»Das ist es ja immer«, antwortete ich, »aber wir haben auch harte Köpfe.«

Zee kniff seine Augen zu, atmete tief aus und fletschte seine Zähne zu einem wortlosen, breiten Grinsen.

»Ja!«, sagte ich. »Jetzt hast du mich verstanden.«

Ich ließ ihn los. Zee wäre beinah nach hinten umgefallen, aber er hielt sich mit einer seiner krallenbesetzten Hände an meinem Knie fest. Dek und Mal schnurrten so laut, dass mein Trommelfell vibrierte. Rohw und Aaz ließen sich in meinen

Schoß fallen. Irgendwo aus den Schatten hatten sie Baseballmützen gezogen, heute Nacht die der Yankees, und setzten sie sich auf. Ich zog ihnen die Krempen tief ins Gesicht.

»Meine Mutter wusste es«, sagte ich. »Oder nicht?«

»Sie wusste es, ja.« Zee duckte sich so tief, bis er einem Champignon im Schatten ähnelte. »Sie wusste alles Mögliche.«

»Jack hat es ihr erzählt.«

»Nein.« Der kleine Dämon zog eine Klaue durch die Piniennadeln am Boden und malte einen Kreis aus verschlungenen Linien, die einen Knoten bildeten. Ein Labyrinth.

»Das Labyrinth.« Ich berührte den Rand des Kreises. »Sie war im Labyrinth, bevor ich auf die Welt kam.«

»Kam vom Weg ab. Ein Versehen.« Zee zögerte. »Sie folgte seltsamen Pfaden.«

»Seltsam genug, um dort von dir zu erfahren? Seltsam genug, um jemanden im Labyrinth zu finden, der die Wahrheit wusste?«

Zee wand sich gequält hin und her. Die anderen Jungs auch. Ich wollte schon weiterfragen, aber ich kannte diesen Blick: Heute Nacht würde es keine Antworten mehr geben, jedenfalls nicht auf diese Fragen.

Ich legte mich hin, und die Jungs rückten allesamt näher, drückten sich an mich und schlangen ihre Arme um meinen Körper. Ich umarmte sie, und gemeinsam sahen wir durch die wankenden Pinienbäume hindurch auf die ersten Sterne der Nacht.

»Woran könnt ihr euch erinnern?«, fragte ich leise. »Vor … diesem hier?«

»Hunger«, sagte Zee. »Dunkelheit und Hunger.«

Ich berührte meine Brust. »Das ist es, was in mir ist. Dieses Etwas … es ist ein Teil von euch.«

Zee schwieg. Rohw und Aaz zitterten, während Dek und Mal *Ask The Lonely* von Journey summten. Ich schloss meine Augen. »Ihr hättet mir das schon vor Jahren erzählen müssen. Das wäre mir lieber gewesen, als es von Dämonen zu erfahren oder von Jack.«

»Die Wahrheit tut nur weh«, murmelte Zee. »Wahrheit trennt uns. Hat dir Narben zugefügt, dir wehgetan und dein Herz zu Asche gebrannt. Die Wahrheit hat dein Leben ruiniert. Deine alte Mutter hat genauso gefühlt. Gab dir Hinweise und stellte Rätsel auf, um es dir leichter zu machen. Um dich zu retten.«

»Um mich zu retten?«, wiederholte ich harsch. »Vor dem hier?«

Zee legte seine krallenbewehrte Hand auf meine Brust, genau über meinem Herzen. »Das ist der schlimmste Teil von uns.«

Tränen brannten mir in der Kehle und in den Augen. Dann überkam mich ein Gefühl von Hilflosigkeit, das so umfassend und so beängstigend war, dass ich schon dachte, es würde mich in Stücke reißen. »Aber wie? Wie wollte sie mich retten?«

»Dein Herz«, schnarrte er. »Dein süßes Herz. Süße Maxine.«

Meine Mutter war bestimmt eine gute Frau, aber süß war sie nun wirklich nie gewesen. Sie war so hart wie Stein. Und lachte selten. Sie hatte mich zu einem guten Menschen erzogen und zu einem starken auch, aber in Sachen *Süßsein* hatte es keine Lehrstunden gegeben. Es ging immer nur darum, das Richtige zu tun. Komme, was da wolle.

Ich legte meine Hand auf Zees Hand. »Was wird passieren, wenn der Schleier fällt?« Zee legte seinen Kopf auf meinen Bauch. »Das weiß keiner. Entweder werden wir wieder zu dem, was wir einmal waren, oder du wirst… jemand anders.«

»Und wenn ich vorher sterbe?«

Die Jungs erstarrten. Zee sagte: »Nein!«

»Es wäre das Opfer wert.«

»Nein«, sagte er wieder. »Wir haben bessere Chancen, wenn du am Leben bist.«

»Welche Chancen denn?«

»Es gibt immer eine Chance. Es gibt immer Möglichkeiten.« Zee schloss die Augen. »Bleib bei uns.«

Ich streichelte seinen Kopf. »Warum ist es dir so wichtig? Ich bin doch dein Gefängnis. Wir alle waren dein Gefängnis.«

»Das ist kein Geheimnis. Wir wissen, dass wir gefangen sind.«

»Aber ihr seid ja nicht einfach *nur* Dämonen. Was ihr seid…«

»Fünf Herzen«, schnarrte Zee und tippte mir fünf Mal auf die Brust. »Fünf Herzen. Jetzt sechs. Dann sieben und irgendwann acht. Alle zusammen. Alle stark.«

Ich legte meine Hand um seine. »Meines ist das sechste.«

»Lichtbringer ist sieben. Das Baby, wenn die Zukunft es bringt…«

»Acht.« Ich atmete tief ein. »Was kümmert es dich eigentlich, Zee?«

Rohw und Aaz tuschelten. Dek und Mal hörten auf zu summen. Zee murmelte: »Wir haben gewütet. Über viele Leben haben wir gewütet.«

Ich wartete auf mehr, aber er sprach nicht weiter. Ich drängte ihn auch nicht. Ich wollte zwar, aber ich hatte Angst – so als stünde ich am Rand eines furchtbaren Abgrunds über einer nie endenden Dunkelheit und würde abstürzen, wenn ich auch nur einen falschen Atemzug nahm oder mich ein winziges Stück in die falsche Richtung bewegte. Verloren – für immer.

Die Jungs waren also die Schlächterkönige. Meine Jungs. Meine gefährlichen kleinen Jungs. Ich konnte das nicht begreifen. Ich konnte auch nicht begreifen, was das aus *mir* machte.

Zee strich mir zärtlich über den Kopf. »Schlaf, Maxine. Wir bewachen deine Träume.«

»Passt auf Grant und Jack auf«, wies ich ihn an und schloss meine Augen. »Die Botin ist immer noch bei ihnen. Wenn sie irgendetwas versuchen sollte …«

»Werden wir sie töten.«

Ich widersprach nicht, aber die Vorstellung von noch mehr Toten machte mich traurig und krank. Ich hatte nicht das Recht, ihr das Leben zu nehmen. Jetzt noch weniger als zuvor. Ich musste ja auch niemandem etwas beweisen. Nur dass ich unvorstellbaren Schaden anrichten konnte, wenn sich keiner getäuscht hatte. So wie ich mich gerade fühlte, würde ich vielleicht das Schwert niederlegen und zu einem zweiten Gandhi werden müssen.

»Ich weiß nicht, was ich tun soll«, sagte ich.

Zee antworte mir nicht. Eigentlich wollte ich nur meine Augen für einen Moment schließen. Ein bisschen Frieden zusammen mit den Jungs. Vielleicht waren wir Monster, aber nicht für uns, nicht füreinander.

Dek und Mal sangen mich in den Schlaf.

* * *

Ich träumte, und niemand rettete mich.

Ich hatte mich schon einmal in der Dunkelheit verirrt. Verloren in der Ödnis, jenem Ort im Labyrinth, fern von allen Wegen und allen Welten, in den man Leben und auch Träume warf, um sie zu vergessen. Ein Seelenkerker.

Ich war die Einzige, der es je gelungen war zu fliehen. Ich

hatte dort überlebt, wo ich eigentlich nicht hätte weiterleben können; aber die Jungs teilten ihre Kraft mit mir, am Ende sogar ihren Atem. Und so hielten sie mich am Leben.

Wäre ich gestorben, wären auch sie tot. So war es immer schon gewesen, doch war ich jetzt nicht mehr sicher, ob es wirklich wahr sein konnte.

Nichts war wahr.

Außer dein Herz, hörte ich meine Mutter flüstern.

Sie erschien nicht in meinem Traum. Ich war wieder in der Ödnis, aber der Irrgarten, durch den ich wanderte, war aus Fleisch statt aus Stein gemacht – und ich befand mich nicht im Labyrinth, sondern im Bauch eines gigantischen Wyrm.

Es gab Sterne in ihm, die in der Dunkelheit seines Magens glitzerten, und hinter den Sternen sah ich Galaxien kreisen, die sich träge immer weiter aufdrehten.

Wir sind gigantisch, flüsterte eine tiefe, sanfte Stimme. *Wir sind die andere Seite des Lichts. Zur Welt gebracht vom ersten Funken des ersten Augenblicks des ersten Atemzugs eines Mundes, der sich geöffnet und nie wieder geschlossen hat. Und dieser Mund öffnet sich noch immer und schließt sich niemals. Aus ihm entspringen Welten und Träume und das Feuer unzähliger Sterne. Wir sind gigantischer als die Sterne, weil wir älter sind als sie und an den Wiegen des neuen Lebens gesungen und davon gekostet haben.*

Wir kosten immer. Weil wir immer hungrig sind.

Die Sterne hörten auf zu funkeln.

Aber es gibt Dinge, die wir nie gewusst haben.

Die Galaxien verschwanden.

Und so blieben wir.

Der Bauch des Wyrm löste sich auf.

Lauschend, der anderen Seite des Lichts lauschend.

Ich war schon gefallen, bevor die Stimme aufhörte zu sprechen, und ihre Worte jagten mich, als ich durch die Finsternis stürzte. Ich konnte oben von unten nicht mehr unterscheiden, so sehr drehte ich mich, blind und nur mein klopfendes Herz im Ohr.

Bis ich plötzlich ganz woanders war. Und nicht allein.

Ich stand an der Spitze einer Armee, die so riesig war wie die Nacht, eine kochende, pulsierende Armee, erzitternd von Schreien und Gier. An meiner Seite waren Wölfe. Wölfe, die meinen Jungs ähnelten. Meinen lachenden, immer wachsamen, zu allem bereiten Jungs.

Auf meinem Kopf trug ich eine Krone aus Dornen – und die Sterne über uns bluteten Licht.

Ich trug keine Kleidung. Meine Haut war nur mit Blut bedeckt. Und wenn ich schrie und das Schwert hob, das ich in meiner Faust hielt, schrie meine Armee mit mir und folgte mir, wenn ich es befahl.

* * *

Als ich erwachte, sah ich Sterne. Es war noch Nacht, und das Morgengrauen war noch fern, sonst hätte ich den Sonnenaufgang auf der Haut gespürt.

Es roch nach Pizza, als ich ein Stofftier quietschen hörte. Ich suchte nach den Jungs und sah sie, weniger als eine Armeslänge entfernt, inmitten all ihrer Lieblingssachen, wie sie da auf Blättern saßen. Dek und Mal schnurrten in meine Ohren. Ich kraulte ihre Rücken und fragte mich, wie es in irgendeiner Realität möglich sein sollte, dass diese beiden eine ganze Armee anführten.

»Schlagen wir hier ein Zeltlager auf?«, fragte ich. Meine Stimme klang etwas eingerostet.

Rohw fuhr zusammen und hörte auf, geschmolzenen Käse

auf das Blatt einer Kettensäge tropfen zu lassen. Zee sagte: »Wir warten.«

Dek und Mal hatten einen Schluckauf. Rohw sah Zee gespannt an und schob sich das Kettensägeblatt tief in den Rachen. Die Kaugeräusche, die er dabei machte, klangen wie das Kratzen von Fingernägeln auf einer Tafel. Aaz sah ich nicht.

»Worauf wartet ihr?«, fragte ich.

Rohw grunzte und tätschelte seinen Bauch. Ich streckte meine Arme nach ihm aus, und er kletterte auf meinen Schoß. Ich zog einen der Teddybären näher heran und legte ihn in seine Klauen. Er kaute an seinem Ohr. Die Säure in seinem Speichel brachte das Fell zum Qualmen. Ich rieb ihm den Bauch und fühlte, wie es darin rumorte. Käse und Kettensägen hatten noch nie zusammengepasst.

»Zee«, wiederholte ich, »antworte mir.«

Das brauchte er gar nicht. Denn Sekunden später fing die Narbe unter meinem Ohr zu pieksen an – wie tausend Nadeln.

Ich kannte das Gefühl. Ich wusste, was es bedeutete, und vergaß zu atmen.

»Maxine«, schnarrte Zee.

Ich hörte ihn kaum. Mir brach der Schweiß aus. Dek und Mal wickelten sich fester um meinen Hals, während ihr Summen allmählich verstummte. Rohw rollte aus meinem Schoß, und Aaz kam aus dem Gebüsch gerannt und zog eine Radkappe hinter sich her. Er machte schliddernd eine Vollbremsung und presste die Scheibe so fest an seine Brust, dass sie wie feiner Tüll zerriss. Alle starrten in den Himmel.

Ich reckte den Hals und erhaschte eine Bewegung, die schwärzer war als die Nacht, die die Sterne verschwinden ließ wie ein Komet, der das Licht vertilgte. Es war ein Dolch am Himmel.

»Für dich«, sagte Zee. »Wir haben ihn gerufen.«

Kalte Luft fegte über meinen Körper hinweg, als sich der Dolch in den Boden vor uns rammte.

Die Erde brach, und Stein splitterte. Das war lauter als ein Schuss. Rohw hielt mich an den Schultern fest, um mir Halt zu geben. Zee tat es ihm gleich. Ich konnte sie kaum spüren. Ich hätte mich an ihn erinnern müssen, aber ich hatte ihn vergessen. Ich hatte das gewaltige Wesen, das da vor mir stand, vollkommen vergessen. Es türmte sich wie eine Säule aus schwarzen Flammen auf und zeigte eine entfernte Ähnlichkeit mit einem Mann.

Noch nie zuvor hatte ich seine Augen gesehen. Ein breitkrempiger Hut war tief über sein blasses Gesicht gezogen und entblößte nur einen scharfen Kiefer und einen dünnen Mund. Keine Arme. Es gab auch keinen Wind, aber lange schwarze Haare, die sich wild in alle Richtungen bewegten und deren Spitzen sich wie Schlangen ringelten. Seine Füße glichen Steakmessern, seine Hände waren voll von glitzernden Klingen, die so lang wie mein Unterarm waren und sich mit den Spitzen voran in die Erde bohrten, als wollten sie eine tödlichen Pirouette vollführen.

Ich konnte mich nicht bewegen. Ich konnte die Augen nicht schließen. Kälte raste durch mein Blut – erst kalt, dann heiß, ein Angstschauer und ein kleiner, gefährlicher Nervenkitzel –, denn hier, hier kam es drauf an: Hier befand sich die einzige Kreatur auf der Welt, der die Jungs erlauben würden, mich zu töten. Ohne den geringsten Widerstand.

»Oturu«, hauchte ich.

»Unsere Jägerin«, flüsterte der Dämon. »Wir haben dich schon vermisst.«

14

Trotz allem. Ich hatte ein kleines Leben geführt. Ausgefüllt war es gewesen, gewiss, aber klein. Ich bin in den ersten fünfundzwanzig Jahren meines Lebens mit einer festen Überzeugung aufgezogen worden, die ich nie bezweifelt hatte. Ich hatte andere Teile meines Lebens durchaus bezweifelt, aber *das* niemals.

Dämonen waren schlecht. Die Jungs ausgenommen.

Die Jungs zählten nicht. Selbst meine Mutter war darin ganz eindeutig. Die Jungs gehörten zur Familie. Die Jungs waren nur so gut wie das Herz, das sie anführte, aber ihre Befähigung, gut zu sein, sie reichte tiefer, als nur Befehlen zu gehorchen und Erwartungen gerecht zu werden. Die Jungs konnten Gut und Böse auseinanderhalten. Und die Jungs konnten Mitleid empfinden … wenn sie es zuließen.

Aber alle anderen, alle anderen mussten getötet werden.

Dann war ich nach Seattle gegangen. Lernte Grant kennen. Und fing an, Dämonen mit anderen Augen zu betrachten. Sie mussten zwar immer noch sterben. Aber jetzt tötete ich sie in dem Bewusstsein, dass sie die Wahl hatten, sich zu ändern.

Das war eine schwierige Wahrheit. Es war leicht, etwas zu töten, solange man denkt, es wäre ein Ärgernis, so wie man eine Fliege totschlägt oder eine Wanze. Parasiten mussten ja sterben. Aber wenn es Grant gelang, den Instinkt von Dämonen zu verändern, wenn Dämonen sogar das Bedürfnis entwickeln konnten, verändert zu werden… so folgten beunruhigende Konsequenzen aus dieser Wahlmöglichkeit, jener Fähigkeit, über sich selbst nachzudenken und grundlegende Veränderungen hinzunehmen, die der eigenen Natur zuwiderliefen.

Alle logischen Folgerungen zu Ende gedacht, bedeutete das nämlich, dass ich im Unrecht war. Dass auch meine Mutter im Unrecht gewesen war. Alle Frauen meiner Blutlinie hatten sich geirrt.

Vielleicht aber – wirklich nur vielleicht – begriff ich auch nur endlich etwas, was sie alle schon gewusst, dann aber bewusst ignoriert hatten. Dass man über Dämonen, genauso wie über Menschen, nicht einfach urteilen konnte.

So wie über Oturu.

Oder über mich.

Oder über die Jungs.

* * *

Ich sah, wie die dolchartigen Spitzen von Oturus Füßen über die Blätter glitten. Das Sternenlicht erreichte ihn nicht, vielleicht war es auch das unendliche Dunkel seines Umhanges, sein Körper im Mysterium der Nacht. Er war ein Geschöpf, so weit jenseits menschlicher Vorstellungskraft, dass *Dämon* die einzige passend erscheinende Bezeichnung war, die ich ihm geben konnte, die einzige Definition, die all das umfasste, was fremdartig und gefährlich an ihm war… und auch schön.

Die wenigen Male, die wir uns gesehen hatten, konnte ich an den Fingern einer Hand abzählen. Anfangs hatte ich ihn gefürchtet. Ein Teil von mir tat es immer noch. Aber jede Begegnung hatte ein bisschen mehr von ihm preisgegeben, mehr und mehr, so dass ich mich inzwischen sogar auf eine eigenartige Weise freute, ihn zu sehen. Oturu war niemals im Gefängnisschleier gefangen gewesen. Er hatte sich immer in Freiheit befunden. Und er war meiner Blutlinie jederzeit ergeben gewesen, meinen tödlichen Vorfahren, die ihn im Labyrinth entdeckt und sich mit ihm angefreundet hatten.

Strähnen seines dunklen Haares ringelten sich wie Korkenzieher auf mein Gesicht zu und schwebten dicht an die Narbe unter meinem Ohr heran. Ich blieb standhaft und wich nicht zurück, aber Dek zischte, und Mal glitt um meinen Hals herum und richtete sich wie eine Kobra auf.

»So«, sagte ich und war stolz darauf, dass meine Stimme fest klang. »So sieht man sich wieder.«

Sein Mund verzog sich zum Anflug eines Lächelns. »Du, Mistress, mit deinen Jagdhunden, bist bereit zur Jagd. Du, Königin, die du näher als jemals zuvor an der Schwelle zur Ewigkeit stehst.«

Ich war zu müde für ein Geplänkel. »Wo ist Spürhund?«

Spürhund. Der Sklave dieser Kreatur. Meine Ahnfrau hatte ihn hereingelegt, ihn Oturu übergeben und gezwungen, diesem zu dienen.

Er hatte mich einmal vor einen Bus geschubst. Aber ich nahm es ihm nicht übel.

»Ihn brauchen wir doch nicht«, erwiderte Oturu, und wieder teilte sich sein Haar, streckte sich wie tausend anmutige Finger nach mir aus. Schneller als ich reagieren konnte umschloss er mich und breitete seinen Mantel wie Flügel um mich aus. Und obwohl Dek und Mal knurrten, griffen sie nicht an. Haarsträhnen glitten an meinem Hals entlang und streichelten über meinen Kopf. Ich blickte angestrengt in den Abgrund seines Mantels und Körpers und nahm bruchstückhaft Bewegungen in den Schatten wahr, die wie Augen oder Hände aussahen.

Ich hörte nichts als nur den eigenen Herzschlag. Aber ganz tief drinnen, ganz tief im Inneren rührte sich etwas.

Oturu flüsterte: »Aus der Finsternis wurden wir geboren.«

Und wiedergeboren, in alle Ewigkeit, murmelte die leise Stimme in meinem Geist.

Ich schloss die Augen und hielt still. Meine Finger spürten stachelige Haare und spitze Ohren, als Rex, Aaz und Zee näher rückten. »Du wusstest die ganze Zeit über, wer ich bin. Seit wir uns das erste Mal begegnet sind.«

»Nicht einmal du selbst weißt, wer du bist.« Oturu zog mich näher an sich heran. Als sich sein Haar fester um meinen Körper wand, knurrten Dek und Mal. »Und du wirst es auch nicht wissen … keiner von uns wird es wissen … bis zu deinem letzten Atemzug. Weil wir uns verändern, Jägerin. Wir sind im Werden. Wir transformieren uns. Mit jeder Jagd werden wir als etwas Neues wiedergeboren. So lange, bis wir nicht mehr jagen können.«

Ich schaute auf und versuchte, ihm in die Augen zu sehen. Seine Hutkrempe war im Weg, und die Schatten, die sie warf, verdunkelten alles. Dennoch fühlte ich, wie sein Blick auf mir lag.

»Warum bist *du* hier?«, fragte ich ihn.

Er gab mich frei, die Strähnen seines Haars glitten an meinem kahlen Schädel und dann an der Narbe unter meinem Ohr entlang. Zee griff nach meiner Hand und zerrte daran.

»Erinnerungen«, schnarrte er. »Du brauchst Wahrheiten.«

»Wahrheiten über unsere Herrin«, meinte Oturu ehrfürchtig. »Die, deren Pfaden du folgst.«

»Meine Ahnfrau«, sagte ich bekümmert. »Bin ich ihr denn so ähnlich?«

Oturu neigte den Kopf, seine Hutkrempe senkte sich so weit nach unten, dass sie fast seinen Mund beschattete. Noch einmal schwebten seine Haare auf mein Gesicht zu, diese zarten, verschlungenen Tentakel.

Er hielt inne, kurz bevor er mich berührte. »Wir würden ihr Herz erkennen. Und ihre Seele, ganz gleich, wo sie sänge. So gut, wie wir uns selbst erkennen würden. Du bist nicht Herrin Hunter. Außer in den Dingen, auf die es ankommt. Dein Herz. Deine Kraft.«

Ich lauschte nach innen, in meine Seele hinein, nach der Stimme der Finsternis. Aber ich konnte nichts hören. Es war so ruhig, dass ich fast hätte glauben können, ich sei nie gekapert, besetzt und besessen worden, als sei da nichts, das durch mich hindurchkroch und alles, was ich berührte, in Asche verwandelte.

Als hätte ich mein Leben genossen. Ich selbst, und nicht dieses … Ding.

Macht ist für sich genommen schon ein Genuss, murmelte die Stimme in mir. *Und dann erst die Macht über Leben und Tod.*

Hör auf!, befahl ich der Stimme. *Ich höre dir nicht zu.*

Du könntest so viele retten. Du könntest so vieles vollbringen. Die Erde vor dem Aetar schützen. Kriege beenden. Frieden schaffen.

Ich war mir nicht sicher, ob das meine eigenen Gedanken waren oder ob sie der Macht gehörten, die in mir wohnte. Aber sie trafen ziemlich ins Schwarze. Ich wischte mir über den Mund und wünschte, ich hätte Wasser, um ihn mir auszuspülen. Ich spürte die Asche zwischen meinen Zähnen knirschen.

»Was für Wahrheiten?«

»Man hat dir erzählt, unsere Herrin hätte einfach nur den Verstand verloren. Aber das ist nicht die ganze Wahrheit. So hat es nicht begonnen. Ihre Ziele waren gut. So gut, wie deine es sein würden.«

Meine Ziele waren mir unheimlich. »Wie hat es denn angefangen?«

»Verrat«, sagte Oturu, und die Jungs schlossen die Augen, als wären sie eins. »Mehr brauchst du nicht zu wissen. Sie wurde um ihr Leben betrogen.«

»Weil man sie fürchtete.«

»Weil sie sie satthatten. Weil sie es satthatten, sie im Auge zu behalten. Weil sie alle möglichen Gefahren satthatten.« Oturu drehte sich um, beugte sich nach hinten, sein Mantel wirbelte hoch, bis ich die dolchartigen Spitzen seiner Füße sah, die über den Blättern schwebten. »Wir werden es dir zeigen, Jägerin. Sie hätte gewollt, dass du es siehst.«

Ich hatte die Warnung vernommen, ich hatte es gespürt, aber ich war zu langsam.

Eine verknotete Faust aus Haaren schoss hervor, so schnell wie ein Peitschenschlag, und traf die Narbe unter meinem Ohr. Blitzartig durchfuhr mich ein Schmerz. Dann weißes Licht. Ich hörte Donner und Schreie und ein Heulen, als sängen Wölfe gegen den Sturm an. Ich fiel rückwärts. Ich fiel und fiel …

… und strömte durch einen endlosen Fluss in eine andere Welt.

Kein Übergang, keine Erklärung. Ich landete nirgendwo, verletzte mich zwar nicht, spürte aber die Bewegung. Und ich merkte auch, dass ich plötzlich anhielt.

Ich öffnete die Augen und fand mich ausgebreitet auf nassem Gras, mit gebundenen Händen und Füßen. Ich war geknebelt. Es schien mir so wirklich. Ich konnte den Regen in der Luft riechen, und den Rauch.

Ich spürte die Jungs auf meiner Haut, sie tobten mit einer

Wut, die ich nie zuvor bei ihnen gespürt hatte ... mit einer Bösartigkeit und einem wilden Hunger, der durch mich hindurchströmte, als würden meine Eingeweide in Galle und Säure eingeweicht werden.

Ich war umzingelt. Drei Männer. Eine Frau.

Die Frau hatte Flügel. Sie war groß und bleich und erinnerte mich mit ihrem roten Haar und ihrem langen Hals an die Botin.

Auf ihren herausstehenden Schlüsselbeinen lag schwer ein silberner Halsring, in dessen geflochtene Enden Türkise eingearbeitet waren. Ihre Flügel hatten die Farbe von Perlen. Neben ihr wuchs ein Mann mit einem riesigen Auge in der Mitte seiner Stirn in die Höhe. Der Mann war außerordentlich groß, seine Hände so riesig, dass er mit nur einer einzigen Hand zweimal meine Hüfte hätte umfassen können. Er hockte sich hin, starrte mich an und zog seine gummiartigen Mundwinkel nach unten. »Dies hier ist nicht richtig.«

»Es geht ums Überleben«, erwiderte die geflügelte Frau. »Wir dürfen nichts riskieren.«

»Die Jägerin hat *nichts* getan. Sie ist unsere Wächterin. Sie hat sogar Freunde. Wenn die anderen herausbekommen, dass ...«

»Wenn du es ausplauderst, kannst du ihr gleich Gesellschaft leisten«, bellten die anderen beiden Männer, deren Stimmen in einer eigentümlichen Harmonie miteinander verschmolzen. Es waren Zwillinge. Mit langen schwarzen Bärten. In ihre Brauen waren Rubine eingelassen, und in ihren Harnischen schimmerten Obsidianplättchen. »Oder ziehst du es vor, diese Plage bis in alle Ewigkeit zu ertragen?«

»Aber wir haben eine Aufgabe bekommen ...«

»Und wir erfüllen sie auch«, sagte die Frau gebieterisch und schlug mit den Flügeln. »Solange die Dämonen ihre Haut bedecken, solange wird sie unsterblich sein. Dort, wo wir sie hinschicken, wird sie niemals sterben. Niemals wird sie getötet werden. Das Gefängnis ihrer Blutlinie *wird* standhalten.«

»Und was ist mit uns?«, dröhnte der Gigant und runzelte über seinen unbewegten Augen die Stirn. »Was ihr vorschlagt, ist unserer Herzen nicht würdig. Oder unserer Schöpfung. Für eine solche Aufgabe wurden wir nicht erschaffen. Unsere Götter würden es nicht erlauben. Das ist die Verdammnis.«

»Deshalb wird sie auch in die Ödnis verbannt«, sagten die Zwillinge mit heiseren Stimmen. »Und wir vielleicht zusammen mit ihr, aber es gibt keinen anderen Weg.«

Der Gigant drehte sich weg, und seine Stiefel stampften so laut, dass es donnerte. »Wenn wir sie verdammen, verdammen wir auch einen von uns.«

»Das ist doch kein Vergleich. Überhaupt keiner. Und das weißt du auch.«

»Aber wenn wir es den anderen sagten …«

»Nein, das Geheimnis bleibt unter uns. Unsere Aetar-Meister haben uns auferlegt, über das, was sie ist, die Wahrheit zu wissen. Was alle in ihrer Blutlinie sind.«

Die Frau hockte sich hin und legte die Flügel wie einen weichen Umhang um sich.

Ich schmeckte Tränen, salzig und heiß, und erlebte ein Schluchzen, das nicht von mir kam, aber mit wilder Macht anschwoll. Die Jungs tobten.

»Jägerin«, sagte die geflügelte Frau, ihre Schönheit war so kalt wie Eis. »Jägerin, es muss getan werden. Du bist zu gefährlich. Was du auf deiner Haut trägst, ist eine zu große Bedrohung. Wenn eine Frau aus deiner Blutlinie stirbt, ohne zuvor ein Kind ausgetragen zu haben, oder falls der Schleier fällt …«

Die Frau wandte sich ab und zog die Flügel über das feuchte Gras. »Es tut mir leid, meine Süße. Mehr, als du glaubst. Du wirst es uns natürlich nie verzeihen …«

»Aber wenigstens werden wir dein Geschrei nicht hören«, sagten die Zwillinge. Und ich sah zu meinem Schrecken, wie sie meinen Körper so fest traten, dass ich wegrollte.

Der Gigant schrie auf und versuchte, mich festzuhalten. Aber er konnte mich nicht mehr erreichen.

Ich fiel. Ich fiel und fiel. Die Dunkelheit verschluckte mich.

Niemand hörte mich schreien.

Nicht einer. Keiner hörte mich schreien.

Bis plötzlich Hände über mein Haar strichen.

Ich schmeckte Piniennadeln auf meiner Zunge und schloss den Mund.

Ich hörte Zwillingsstimmen, die in mein Ohr summten, und als ich meine Beine bewegte, waren sie nicht mehr gefesselt. Genauso wenig wie meine Hände.

»Verrat«, sagte Oturu noch einmal. Aber ich konnte ihn kaum hören.

Zee zischte. Um meinen Hals geschlungen zitterten Dek und Mal. Rohw oder Aaz konnte ich zwar nicht sehen, aber ich spürte, dass sie in der Nähe waren, und hörte knackende Geräusche. So als dehnten sie ihre Knöchel.

Ich setzte mich langsam auf. Mein Kopf schmerzte. Ich fühlte mich benommen. Die Jungs hielten mich aufrecht, und ich schluckte mühevoll, um mich nicht übergeben zu müssen.

»Was war das?«, fragte ich heiser.

»Erinnerungen«, sagte Oturu. »Erinnerungen, die unsere Herrin uns geschenkt hat.«

»Es fühlte sich so wirklich an.« Ich schloss die Augen. »Und die anderen, das waren Wächter.«

»Von den Aetar geschaffen, den Avataren, um ihnen zu Willen zu sein. Und ihr Wille war es, unsere Herrin zu bewachen. Unsere Herrin, die ihnen vertraute.«

Ich zitterte. »Und wohin haben sie sie geworfen …«

Ich konnte meinen Satz nicht beenden. Auf meiner Haut rumorte es.

»Du kennst den Ort«, flüsterte Oturu. »Du warst schon in jenem gewundenen Labyrinth und bist über den dunklen Pfad gegangen. Aber es ist nur dir gelungen, heil wieder zurück ins Licht zu finden. Als *sie* schließlich zurück in die Freiheit stolperte …«

Auch er hielt inne. Mir war kalt, und ich sah zu Zee hinüber. »Die Wächter haben meine Ahnfrau in die Ödnis geworfen!«

Zee senkte den Kopf und ließ die Schultern hängen. »Das weiß niemand. Auch nicht der Wolf. Niemand. Nicht einmal die Wärter. Nur ganz wenige, ganz böse.«

»Und dann? Dachten sie etwa, sie dorthin zu bringen würde das … Problem lösen? Das würde euch fünf daran hindern auszubrechen?«

»Es hätte funktionieren können«, entgegnete Oturu. »Sie hätte sich eben nicht befreien sollen. Ebenso wenig wie du.«

»Ich habe dort einen … Leichnam gefunden. Ich weiß, dass es ihr Leichnam war.«

»Das war später.« Oturus Haare flatterten wild um seinen Leib. »Sie hat den Tod gewählt. Um ihre Tochter vor dem eigenen Wahnsinn zu beschützen.«

Ich legte mich wieder hin und blickte in den Nachthimmel. Zee krabbelte näher und kuschelte sich in meinen Arm. Rohw und Aaz folgten ihm. Sie rochen nach Butter, ihre Klauen waren fettig.

»Sie hat sich in einem gewissen Grad selbst verloren«, flüsterte Oturu. »Ihre Zeit in der Ödnis brachte sie näher an das heran, was bereits in ihr schlief. Letzten Endes zu nah.«

»Sie wollte sich rächen.«

»Sie wollte Gerechtigkeit.«

Ich holte tief Luft und atmete langsam aus. »Ihretwegen sind alle Wächter verschwunden. Außer unserer Blutlinie ist niemand übrig geblieben. Sie hat sie alle umgebracht.«

Niemand widersprach mir, aber Rohw und Aaz wechselten verunsicherte Blicke miteinander, so dass ich mich fragte, ob es wohl noch mehr gab, das ich nicht wusste. Ich war bereits im Begriff, mich danach zu erkundigen, aber Zee griff meine Hand und zog daran. »Vor der alten Mutter hatten viele Angst, aber ihr Herz … ihr Herz war aus Eisen und Honig.«

»Das ändert nichts daran, dass sie verrückt geworden ist. Keiner von euch streitet das ab. Sie hat vielen Leuten wehgetan.«

»Ihre Kraft war zu groß. Was als gerechte Sache begonnen hatte, verwandelte sich in etwas anderes.« Oturu senkte den Kopf. Sein Haar und sein Umhang hingen reglos herab. »Wir blieben bei ihr, auch als die Jagd schlechter wurde. Wir waren ihre Freunde. Alle ihre Geheimnisse hat sie uns offenbart. Einige davon werden wir behalten. Aber sie befürchtete, dass sich das, was sie zerstört hatte, wieder erheben könnte.«

»Dieses Etwas in mir. Sie fand es zufällig. Ich war ihm schon ganz nah, als ich geboren wurde.«

Oturus Haare flatterten und verdrehten sich. Wie schwarze Flammen züngelten sie empor.

»Auch deine Mutter war ihm schon ganz nah«, erwiderte er.

»Meine Mutter«, wiederholte ich, während Rohw und Aaz leise Würgegeräusche machten. Zee weigerte sich, mich anzusehen. Dek und Mal hörten auf zu schnurren.

»Sie rief uns zusammen. Sie hatte Fragen über unsere Mistress der Hatz, über ihren Wahnsinn und über die, die sie betrogen hatten.«

Ich schloss die Augen.

»Deine Mutter war gerade aus dem Labyrinth gekommen. Sie war mit dir schwanger.«

Unter meinem Herzen regte sich die Finsternis. Ein Zittern, eine kaum wahrnehmbare Bewegung. Ich unterdrückte sie nicht, sondern umkreiste jene Kraft ruhig und kalt. Betrachtete sie leidenschaftslos mit meinem inneren Auge, das völlig losgelöst war von Furcht und Schmerz oder irgendeinem anderen menschlichen Gefühl. Ich existierte doch. Und sie existierte auch. Wir waren zusammen.

Endlich war ich unwiderruflich gefühllos geworden.

Oturu baute sich vor mir auf. Er war gewaltig und mächtig, sein Umhang flatterte wild. »Jägerin, da ist noch etwas.«

Ich bewegte mich nicht. Ich würde hierbleiben, bis ich Wurzeln schlug. Dek und Mal wickelten ihre Schwänze locker und warm um meinen Hals und summten etwas, das ungefähr nach Bon Jovis *Keep The Faith* klang. *Verlier nicht den Glauben*, leichter gesagt als getan. Die anderen Jungs pressten sich an meine Beine und an meine Taille und hielten meine Hände. Tapfere kleine Soldaten.

Ich sah zu, wie eine lange Strähne von Oturus Haaren in dem Abgrund seines wallenden Umhangs versank, der nicht allein aus Stoff zu bestehen schien, sondern auch aus Schatten, den Ausbuchtungen anderer Sphären; vielleicht jener Leere, die ich durchquert hatte, als ich hierhergekommen war, vielleicht war es auch etwas anderes, Energie und Fleisch und fremde Dimensionen, die hier zusammenfanden, um Oturu hervorzubringen.

Er hatte mir erzählt, dass er der Letzte seiner Art war. Ich wollte den Grund dafür wissen. Vielleicht hätte ich gefragt, aber dann schaute ich mir seinen Umhang etwas genauer an und sah Gesichter an der Oberfläche erscheinen, flüchtige Schemen verdrehter Schatten, die sich aus dem Abgrund hervordrängten, mit Mündern, die wie zu einem stummen Schrei aufgerissen waren.

Dann erkannte ich ein Gesicht.

Spürhund.

Dieser Anblick erinnerte mich an einen Horrorfilm. Der Abgrund hatte seine Gesichtszüge nachgeformt, wie aus Öl, und es floss seinen Mund hinunter. Ich wusste nicht, ob er mich sehen konnte. Ich streckte die Hand aus und wollte versuchen, ihn herauszuziehen. Zee griff nach meinem Arm und bremste mich.

»Lass«, murmelte er.

Ich versuchte, Zee abzuschütteln, aber er ließ nicht locker. Ich versuchte zu sprechen, aber meine Stimme versagte. Bei meinem zweiten Versuch gelang mir ein heiseres Krächzen. »Was tust du ihm an?«

Oturu senkte den Kopf und musterte mich. »Tut es dir leid?«

»Er kämpft um sein Leben. Alle diese Leute tun es. Du hast kein Recht dazu.«

»Wir haben jedes Recht dazu. Es gibt ausreichend Gründe.«

»Gründe …«, setzte ich an, aber Zees Griff wurde fester, und er sah mich warnend an.

»Gerechtigkeit«, sagte er. »Gerechtigkeit und Versprechen.«

Ich hielt den Mund.

Oturus Haare befreiten sich aus den tosenden Schatten in seinem Umhang.

Dunkle Strähnen umklammerten eine kleine Steinscheibe

von der Größe meiner Handfläche. In ihre Oberfläche waren konzentrische Kreise hineingeätzt, und sogar in der Dunkelheit schimmerte noch ein Licht aus ihr, das in ihrem Inneren brannte. Mir stockte der Atem, als ich das sah. Mein Herz rumpelte, als wollte es sich einen Weg aus meiner Brust heraus bahnen oder sich zu meinem Bauch durcharbeiten.

Ein Ring der Saat. Ein Fragment des Labyrinths, so wie es die Rüstung auf meiner Hand war. Mit dem Unterschied, dass ein Ring der Saat Erinnerungen enthielt. Spiegelbilder von Seelen und Energie, die einen dauerhaften Abdruck des Lebens hinterließen. Mir war erzählt worden, so ein kleiner Ring der Saat könnte nicht mehr als ein Jahr an Erinnerungen enthalten. Ein einziges Jahr, um das Wesentliche einer ganzen Existenz einzufangen.

Dieser Ring hatte meiner Mutter gehört … und er enthielt ihr Leben. Sie hatte ihn Jack hinterlassen, damit er ihn mir geben könnte, wenn wir uns jemals begegneten. Sie verließ sich auf das Schicksal, oder vielleicht auch auf eine Zukunft, von der sie schon wusste.

Ich hatte meinen Großvater gefunden. Ich hatte den Ring benutzt, um ein paar Erinnerungen meiner Mutter abzurufen. Aber ich war gezwungen gewesen, ihn Oturu zur sicheren Verwahrung zu überlassen.

Dann streckte ich meine Hand aus. Meine Fingerspitzen waren kalt. Ich wurde von furchtbarem Heimweh überwältigt, das so stark war, dass mir das Atmen schwerfiel. »Hab Dank, dass du ihn mir zurückgebracht hast.«

Oturu gab die Scheibe noch nicht frei. »Aber sieh dich vor. Als du den Ring der Saat beim letzten Mal benutztest, gingst du aus dieser Zeit in eine andere. Du bist hingereist, wo du nicht hindarfst.«

Vier Mal schon. Vier Mal bin ich durch die Zeit gereist. Vier Mal schon hatte ich dieselbe Luft geatmet wie jene Frauen, die gestorben waren.

»Es ist doch nichts passiert«, entgegnete ich. Aber das war eine Lüge. Ich hatte nie viel davon erzählt, von den wenigen Malen, in denen ich meine Mutter und meine Großmutter gefunden hatte. Aber vielleicht war ich auch schon weiter gereist, als mir klar war.

Vielleicht hatte meine Mutter mehr über das Leben gewusst, das mir bevorstand, als ich begriff. Ein Leben, das damals noch in der Zukunft lag.

Ein Leben, auf das sie mich vorzubereiten versuchte.

Oturu hielt den Ring der Saat noch immer zurück. »Wenn du dich nicht vorsiehst, wirst du wieder ein Loch in die Zeit reißen. Der Ring der Saat hat keine Macht, aber vor dem, was du auf deiner Hand trägst, musst du dich fürchten.« Sein Haar schlängelte sich durch die Luft und rieb an der Rüstung meiner rechten Hand. »Im Labyrinth geboren und geschmiedet«, sagte er leise und bewegte kaum seinen Mund. »Aus Erz geformt, das im Zentrum des Labyrinths abgebaut wurde.«

»Schlüssel einer jeden Tür, eines jeden Ortes und eines jeden Zeitalters«, fuhr ich fort. Ich erinnerte mich noch an die Worte, die er mir schon einmal mitgegeben hatte.

»Schlüssel, der öffnet, was, wer ihn nutzet, begehrt«, vollendete Oturu den Satz und fuhr noch leiser fort: »Geübt musst du sein in der Kunst, deine Gedanken zu beherrschen. Mit solcher Macht darfst du nicht lange allein sein. Nicht, wenn die Hatz bevorsteht, und nicht bei dem, was in dir schläft. Nicht ohne Aufsicht.«

»Die Hatz«, wiederholte ich und ignorierte den Rest. »Weißt du, welchen Dämonen ich begegnet bin?«

»Wir konnten es spüren.« Oturus Haare zuckten so scharf wie Peitschenhiebe. »Wir erinnern uns, wie es war, als die Mahati frei waren. Sie jagen nicht, um im Tode wiedergeboren zu werden, sondern ganz allein darum, Schmerzen zu bereiten.«

»Sie wollen mich als das Gefäß der Schlächterkönige, damit wir sie anführen.«

Seine Mundwinkel verzogen sich. »Willst du ihre Königin sein?«

Du bist es schon, ließ sich die tiefe Stimme aus der Finsternis vernehmen.

Ich schloss die Augen. »Maxine«, murmelte Zee.

Ganz gleich, ob du es dir erwählt hast, ganz gleich, wie töricht sie sind, es nicht zu erkennen.

Seidiges Haar streichelte meine Stirn.

Und wie es Könige gab, so gibt es jetzt die Königin.

»Der Schleier ist offen«, sagte Oturu mit gedämpfter Stimme. »Was schlief und träumte, spricht.«

»Meinetwegen soll es gern das Maul halten.« Ich rieb mein Gesicht, mir war kalt, und ich fühlte mich sehr allein. »Es ist doch bescheuert. Schon der Gedanke daran ist verrückt. Ich werde sie nicht anführen.«

Oturus Mund zeigte noch immer jenes feine Lächeln. »Warum nicht?«

Zee zischte ihn an. Ich fixierte ihn. »Weil sie den Leuten Verderben bringen.«

»Wenn der Schleier erst gefallen ist, werden sie das ohnehin tun.« Oturu neigte den Kopf. »Jetzt, da der Schleier Risse zeigt, werden sie beginnen. Jemand muss sie kontrollieren. Wenn du es nicht tust, dann übernimmt es einer der Ihren. Wer wäre dir lieber an der Spitze der Hatz?«

Ich riss meinen Blick von ihm los und schaute zu Zee, Rohw und Aaz herab. Alle drei Dämonen hatten sich reglos zusammengekauert und starrten auf ihre Füße. Dek und Mal waren stumm.

»Ihr fünf«, flüsterte ich. »Ich kann es nicht glauben.«

»Ein anderes Leben, ein anderer Traum«, schnarrte Zee und schloss die Augen. »Wir wurden zu dem, was in uns fuhr. Aber nur, weil wir keinen anderen Traum kannten.«

Ich kniete mich vor ihn hin. »Das Ding, das jetzt in mir ist ... ist auch in euch gefahren? Ihr wurdet von ihm besessen?«

»So einfach ist das nicht«, murmelte Oturu. »Es gibt keine Worte, um zu beschreiben, was in deiner Seele wohnt. Und in ihrer.«

Ich warf ihm einen raschen, prüfenden Blick zu. »Woher kommt es, dass du so viel darüber weißt?«

Er schwieg. Zee sah ihn vorwurfsvoll an. Alle Jungs taten es.

»Das werden wir dir nicht erzählen«, sagte er mit so leiser Stimme, dass man ihn fast nicht hören konnte. »Wir werden es nicht tun.«

Ich hätte ihm gern in die Augen geschaut, aber die ruhigen Bewegungen seiner Haare und seines Umhangs sprachen für sich, genauso wie der Schmerz, der in seiner Stimme mitklang. Es reichte aus, dass ich den Blick abwandte und ein »Schon in Ordnung« murmelte.

Wieder streckte ich meine Hand aus. Nach kurzem Zögern bettete sein Haar den Ring der Saat auf meine Hand.

Ich verschwand nicht. Nichts explodierte. Überhaupt nichts Verrücktes geschah. Ich hielt die Scheibe in meiner Hand und fragte mich, ob es so sei, als hielte ich die Hand meiner Mutter. Obwohl wir das nicht allzu oft getan hatten, nachdem ich acht Jahre alt geworden war.

Ich wünschte, ich wäre wieder ein kleines Kind und sie diejenige, die die Welt aushalten musste.

Wie vieles hast du ertragen müssen?, fragte ich mich wortlos und dachte an meine Mutter und das, was Oturu gesagt hatte.

Ich ließ meine Fingerspitzen über diese konzentrischen Rillen gleiten. Die Rüstung regte sich. Aber ich behielt die Oberhand. Meine Finger kamen näher an das Zentrum der Scheibe. Zee und die Jungs verharrten reglos.

Ich berührte den Mittelpunkt.

Nichts geschah.

Mir war nicht klar, warum ich etwas anderes erwartet hatte. Vielleicht hoffte ich es. Meine Mutter hatte mir den Ring aus einem bestimmten Grund hinterlassen, und falls sie etwas über das große, dunkle Geheimnis unserer Blutlinie wusste und falls sie im Labyrinth gewesen war, dann gab es vielleicht noch mehr, das ich wissen sollte. Irgendetwas, das mir eine Hilfe sein konnte.

Oder das einfach dafür sorgte, dass es mir besser ging.

Ich blickte zu Zee hinüber, der mit den Schultern zuckte. Rohw und Aaz schauten uns mit großen Augen an. Irgendwann schafften sie es, eine riesige Schüssel mit Brathähnchen aus den Schatten hervorzuziehen, und sie machten sich so begierig darüber her, dass ich mich am liebsten neben sie gelümmelt hätte, um auch eine Keule zu essen.

Ich ließ den Ring der Saat in meine Westentasche gleiten. »Noch irgendwelche letzten Ratschläge?«

»Vor dem, was dir bevorsteht, kann dich niemand schützen.« Oturu schwebte näher heran. »Wir sind nicht hier, um dich zu retten, sondern um es dir leichter zu machen.«

Sein Umhang bauschte sich auf, und die verschlungenen Strähnen seines langen, schwarzen Haars umsponnen meinen Körper, als wollte er ihn in einen Kokon verwandeln.

»Du bist nicht allein«, flüsterte er.

Nicht allein. Nicht allein … gegen ein ganzes Heer. Nicht allein dem Verdacht ausgesetzt, ich würde der Welt auf irgendeine Art schaden. Nicht so vollkommen allein – im Leben.

Ich berührte meine Brust und spürte meinen Herzschlag. Eine ganz gewöhnliche, menschliche Angelegenheit.

Der zweite Herzschlag jedoch war nicht gewöhnlich.

Knapp aus dem Takt … neben meinem. Gleichmäßig und fest.

Grant. Mir war, als hörte ich seine Stimme im Wind, und als ich die Augen schloss, sah ich ihn als silbernes Licht und gülden wie eine Sonne, die mir wie ein Strom aus der Nacht in die Brust floss.

»Ah«, murmelte Oturu. »Ah, junge Königin.«

Er klang wehmütig, das machte mich irgendwie traurig. Vielleicht bedeutete es, dass ich auch nur eine Verrückte war, aber das war mir gleich. Ich hatte alle Regeln gebrochen, nach denen ich erzogen worden war. Ich war ja selbst eine gebrochene Regel.

Aber ich war immer noch ich. Maxine Kiss. Hatte keine Hörner auf dem Kopf, atmete keine Flammen, ich wachte morgens auf, mochte Musik aus den Achtzigern, liebte heißen Kakao und Regen. Ich mochte Cowboystiefel, Clint-Eastwood-Filme und meine Steaks so kurz gebraten, dass sie fast vom Teller hüpfen konnten. Ich würde meine Mutter zu jeder Zeit vermissen und würde immer noch meine Jungs lieben, und ich würde einen Weg finden, um mein Leben mit dem Mann zu teilen, der so tief in meinem Herzen wohnte.

Du bist naiv, sagte ich zu mir selbst. *Du hast sie nicht mehr alle.*

Ganz im Gegenteil, antwortete ein anderer Teil von mir. *Man hat mich nicht großgezogen, damit ich das Leben einfach so hinschmeiße.*

Ich griff nach einer Strähne von Oturus schwebenden Haaren, wickelte sie um mein Handgelenk und küsste sie.

Er erstarrte. »Danke, mein Freund«, sagte ich.

»Jederzeit«, murmelte er und beugte den Kopf. »In Ewigkeit.«

15

Ich war stundenlang gelaufen, um jenen Platz in dem Pinienwald zu erreichen. Ich wollte nicht genauso viel Zeit damit verbringen, wieder zum Farmhaus zurückzukehren. Deshalb klopfte ich mir mit der rechten Faust auf die Brust und schlüpfte in die Leere.

Nur einen kurzen Augenblick später fand ich mich am Grab meiner Mutter wieder. Grant war da und saß im Gras. Sein Gesicht konnte ich nicht sehen, nur den Rücken. Seine Kleidung wirkte irgendwie durcheinander, aber sonst schien niemand in der Nähe zu sein. Der Himmel war klar und sternenübersät, und die Eichenblätter raschelten in der leichten Brise. Im Haus brannte Licht. Zee und die anderen hockten zusammen und schauten aufs Grab.

Grant sang ganz leise. Ich erkannte die Melodie nicht, aber sie stieg und fiel mit dem Wind und schien ein Licht wie Sternschnuppen zu versprühen, wenn ich meine Augen schloss, um ihm zu lauschen.

Rohw und Aaz umarmten seine ausgestreckten Beine und schmiegten ihre Wangen an seine Knie. Er beugte sich nach vorn und streichelte ihre Köpfe.

Ich sah mir das an und beobachtete ihn. Stellte mir vor, noch immer die Frau zu sein, die ich gestern gewesen war, bevor all das Blut und der Schmerz und all diese furchtbaren Wahrheiten … ich erinnerte mich an Kuchen, Gelächter und brennende Kerzen.

Ein bisschen wacklig war ich auf den Beinen, als ich zu Grant hinüberging. Vorsichtig setzte ich mich neben ihn ins Gras. Schließlich sah er mich an, hörte zu singen auf und ließ den letzten Ton noch in der Luft hängen. Lange sahen wir uns nur so an. Ich suchte in seinem Gesicht Anzeichen von Furcht, aber die einzigen Hinweise auf Stress waren die tiefen Falten auf seiner Stirn und um den Mund herum, was seinem Aussehen etwas Grimmiges verlieh.

»Ich hatte schon ein bisschen Angst, dass du nicht zurückkommen würdest«, gab er zu.

»Ich hätte es auch nicht tun sollen.« Meine Finger gruben sich in die Jeans. »Ich hoffe doch, dass du nicht die ganze Zeit hier draußen warst.«

Dazu sagte er nichts, lehnte sich nur zu mir, legte seine Hand auf meinen Nacken und küsste mich. Es hätte unangenehm sein können. Sein Mund landete nicht genau dort, wo er sollte, aber seine Lippen fanden meine, und es fühlte sich so normal an, seinen Kuss zu erwidern, so warm, als käme ich aus einer verschneiten Nacht in ein warm erleuchtetes Zuhause zurück.

Grant rückte ein wenig von mir ab und atmete genauso schwer wie ich. Ich wollte sprechen, konnte aber nicht. Keine Worte. Keine Stimme.

»Du kannst dich nicht mehr erinnern, oder?«, sagte er. »An mich … wie ich dich geküsst habe.«

Ich fuhr mit meinen Lippen über seine Mundwinkel und genoss seinen Duft: Zimt und Sonnenlicht, und alles war so warm. Ich sah zu seinen Händen hinunter. Kräftige Hände mit langen, schlanken Fingern. Ich wollte seine Hände halten und umfangen, seine Handgelenke berühren und auch die Arme. Ich wollte mich an seine Brust lehnen und sein Atmen hören. Ich erinnerte mich an all diese Dinge, aber sie schienen so fern und neu… als wäre es tausend Jahre her und käme aus einem anderen Leben.

Mein Mund zuckte. »Woran ich mich nicht erinnern kann, ist, wie mich dieser erste Kuss in deinem Treppenhaus davon überzeugen konnte, bei dir zu bleiben.«

Er warf mir einen prüfenden Blick zu. »Wirklich? Dass du dich daran nicht erinnern kannst!«

»Überhaupt nicht«, sagte ich. »Und ich kann mich auch gar nicht an das gefährliche Duett erinnern, das wir auf deinem Klavier geplant hatten…«

»Eine Sonate«, unterbrach er mich.

»… oder diesen magischen Satz von dir…«

»Ich will dich in mein Bett mitnehmen.« Seine Stimme war leise und angespannt, und von meinem Herzen abwärts toste ein Schmerz durch meinen Körper, als er mir so unglaublich zärtlich einen Kuss gab, den ich bis in die Zehenspitzen spüren konnte.

Obwohl er dabei kaum meine Lippen berührte.

»Du erinnerst dich also«, sagte er, seinen Mund auf meinem.

»An manches, ja.« Ich schloss meine Augen, streichelte mit meinen Lippen seinen Kiefer und strich ihm mit den Fingern langsam den starken, schlanken Hals hinunter. »Mehr und mehr.«

Er zog mich auf seinen Schoß und vergrub sein Gesicht in der Beuge meines Nackens. Seine Arme waren unglaublich stark, aber Schauder rollten durch seinen Körper, und manchmal atmete er etwas schwer.

Lange, lange hielt er mich so, sprach kein Wort und sagte doch alles.

* * *

Im Farmhaus war es still. Die Botin sah ich nicht, aber Jack saß in der Küche am Tisch und starrte auf den Blutfleck am Boden. Mir stockte der Atem, als ich das bemerkte – und suchte Grants Hand. Er zog mich an sich und brachte mich nach draußen auf die Veranda.

Ich musste mich am Geländer festhalten. »Ich kann ihn nicht hassen. Egal, was ich höre, egal was er vor mir verbirgt … all diese Geheimnisse, all diese Dinge, die er getan hat … ich liebe ihn trotzdem.«

»Und er liebt dich«, sagte Grant. »Ich kann seine Spezies nicht einmal im Ansatz begreifen, aber er liebt dich, Maxine. Er hat deine Mutter geliebt, und er liebte auch deine Großmutter.«

Ich drückte mein Gesicht an den alten Holzpfeiler, von dem die abblätternde Farbe in kleinen Krümeln auf die Verandabretter rieselte. Dek zwitscherte und leckte die Rückseite meines Ohrs. »Von all den Jägerinnen meiner Blutlinie, warum gerade Jean Kiss? Warum hat er sich ausgerechnet ihn sie verliebt?«

»Ihr seid nicht alle gleich, weißt du.« Grant kam ganz nah an mich heran und lehnte seine Brust warm an meinen Rücken. »Mag sein, dass ihr euch ähnlich seht, aber ihr seid doch zwei ganz unterschiedliche Frauen.«

Ich dachte an Jack, der in der Küche saß und auf die Stelle starrte, wo seine Tochter gestorben war. »Er wird uns alle überleben. Es wird nur ein Augenblick sein, verglichen mit dem Rest seines Lebens.«

»Nein, das wird es nicht. Nicht nur ein Augenblick sein.«

Grant legte seine Hände über meine, dann verschränkten wir unsere Finger ineinander. »Zeit ist relativ. Und das, was er an dir, deiner Mutter und deiner Großmutter hatte und wieder verlor, wird viel schwerer wiegen als eine Million oder zehn Millionen Jahre.«

»Er ist einsam«, sagte ich. »Von uns allen ist er der Einsamste.«

Grant seufzte. »Komm, lass uns ein Stück miteinander gehen.«

»Wo ist die Botin?«

»Als ich das letzte Mal nach ihr sah, war sie oben im Schlafzimmer und starrte an die Wand.«

»Du hast sie mit Jack allein gelassen.«

»Sie wird ihm nicht wehtun. Oder ihn mitnehmen.« Grant kratzte sich im Nacken und sah aus, als fühle er sich unwohl. »Sie befindet sich in einer Phase der Selbstreflexion.«

»Okay«, sagte ich langsam. »Und was heißt das genau?«

»Willensfreiheit.« Grant zog mich in den Garten. »Lass uns gehen.«

Ich ließ mich von ihm in Richtung Scheune ziehen. »Du benimmst dich, als würdest du hier wohnen.«

»Ich höre zu, wenn du redest. Über diesen Ort hast du so wenig erzählt, dass ich immer besonders gut darauf geachtet habe, wenn du es doch einmal getan hast. Außerdem hatte ich Zeit, mich hier umzusehen. Ich war neugierig, wo du wohl aufgewachsen bist.«

»Ich bin aber gar nicht hier aufgewachsen.«

Er warf mir einen Blick zu. »Du erzählst den Leuten immer, du kämst aus Texas. Es muss sich also wenigstens ein bisschen wie deine Heimat anfühlen.«

»Ich bin hier geboren. In diesem Haus.« Ich beobachtete

Rohw und Aaz, die vor uns durch die Schatten tobten. »Zee hat mich auf die Welt geholt.«

Grant kam leicht ins Stolpern. »Wow.«

»Ich weiß.«

In über hundert Jahren hatte diese Scheune kein Tier beherbergt, das größer war als eine Katze oder eine Maus, und meine Mutter hatte immer dafür gesorgt, dass sie gefegt und sauber war. Der alte Kombi stand noch immer darin.

Es tat weh, ihn zu sehen. Ich strich mit meinen Händen über die verstaubte braune Motorhaube und starrte durch die Windschutzscheibe auf den Fahrersitz. Es war fast so, als könnte ich sehen, wie meine Mutter hinter dem Steuer saß und ich neben ihr, mit Pferdeschwanz und Overall und meinen kleinen roten Cowboystiefeln. Geister der Erinnerung.

Sogar die Jungs waren ergriffen, leckten das Metall und pressten ihre Wangen an die Wagentüren. Dek und Mal summten die Melodie von *I'm So Lonesome I Could Cry*, und Grant stimmte mit ein und sang sanft und traurig die Gegenstimme.

Die Wagentüren waren abgeschlossen, aber Aaz huschte durch die Schatten und öffnete das Auto von innen. Ein muffiger Geruch von Leder und Plastik wehte uns entgegen. Ich dachte daran, mich auf den Fahrersitz zu setzen, überlegte es mir aber im letzten Moment doch noch anders und kletterte auf den Rücksitz. Ich rutschte auf die Seite, um Grant Platz zu machen. Unter meinem Fuß raschelte ein Blatt Papier. In dem Wagen war es dunkel, aber ich konnte auch nachts sehr gut sehen und erkannte flüchtig Landkarten, Hotelprospekte und einzelne Blätter mit Bildern, die mit Buntstiften und Filzstiften gemalt waren. Alte Erinnerungen. Als ich zehn war, hörten wir auf, den Wagen zu benutzen, und stellten ihn hier ab. Meine Mutter und ich hatten ihn nie ausgeräumt.

Ich hob eine der Zeichnungen auf und glättete das Papier auf meinem Bein.

»Ich werde es an den Kühlschrank hängen«, sagte Grant.

Ich lächelte und fuhr mit meinen Fingern über fünf scharfe Kleckse mit roten Augen, die von übergroßen, lilafarbenen Blumen umringt waren, fast so groß wie das Strichmännchen mit den langen schwarzen Haaren, unter dem *Mami* stand. Es war größer als das zweite, das nur aus einem Kopf mit Beinen und zwei abstehenden Armen bestand, an deren Enden Herzen statt Hände waren. Daneben stand geschrieben: *Ich*.

Dek und Mal glitten an meinen Armen herab, um die Zeichnung genauer zu betrachten. Ich ließ ihnen viel Zeit dafür, beugte mich dann nach vorn und legte sie vorsichtig auf den Vordersitz. Aus dem Augenwinkel sah ich alte Kassetten, noch mehr Papier und ein oder zwei Messer, bevor ich mich wieder nach hinten lehnte, um bei Grant zu sitzen.

»Dies war dein Zuhause«, sagte er.

»Fast meine ganze Kindheit lang. Manchmal schliefen wir hier auf dem Rücksitz, als ich klein war. Meine Mutter sorgte dafür, dass es Spaß machte, und die Jungs brachten mir immer irgendwelche Sachen.« Zee steckte den Kopf aus den Schatten zu meinen Füßen und ich streichelte sein stachliges Haar. »Ich glaube, das war die Zeit, in der sie anfingen, Teddybären zu lieben.«

»Weich und kuschlig«, schnarrte Zee und zog sich hastig in die Schatten zurück. Grant legte seinen Arm um meine Schultern und zog mich ganz dicht an sich heran. Es war komisch, mit ihm in diesem Auto zu sitzen, aber es fühlte sich auch richtig an. Selbst wenn meine Erinnerungen noch immer so weit entfernt schienen und obwohl es unmöglich war, unsere zwei Jahre auf einmal zu rekapitulieren, so reichte es doch, die Bedeutung unserer gemeinsamen Vergangenheit zu spüren. Es gab mir Halt.

»Ich habe Oturu gesehen«, sagte ich leise und erzählte ihm alles. Alles von meiner Mutter und meinen Vorfahren. Ich schüttete ihm mein ganzes Herz aus, während er kein einziges Wort sprach, bis ich fertig war.

»Das ist eine ganze Menge auf einmal«, sagte Grant.

»Ich glaube nicht, dass ich es überhaupt schon verarbeitet habe. Ich bin auch nicht sicher, ob ich es glauben soll.«

»Du glaubst es. Der Unterschied ist, dass du dich kennst, jedenfalls die Teile, die wichtig sind. Du bist stark. Du liebst die Jungs. Was Jack und diese Dämonen dir erzählt haben, ist damit verglichen eher oberflächlich.«

»Oberflächlich«, echote ich mit einem verbitterten Lächeln. »Schlächterkönige. Das Ende der Welt.«

»Oberflächlich«, wiederholte er besonders sanft und gab Zee einen Stups mit dem Fuß. Der kleine Dämon belauschte uns vom Boden aus. Die Jungs waren alle im Auto. Ich roch Popcorn und Bier und hörte Rohw und Aaz zu, die hinter uns saßen und laut kauten.

»Was denkst du?«, fragte Grant Zee. »Angesichts der Tatsache, dass die Hälfte davon mit dir zu tun hat?«

»Die andere Hälfte des Lichts«, flüsterte er.

Die andere Seite des Traums, fügte die geschmeidige Stimme in meinem Inneren hinzu und sorgte mit jedem Wort dafür, dass die Finsternis sich in mir rührte und wieder etwas mehr unter meiner Haut entfaltete. Ein Kälteschauer lief mir über den Rücken. Mein Blick verschwamm, und einen Moment lang konnte ich nichts anderes sehen als meinen Traum, in dem ich mich im Bauch des Wyrm befand und von verschluckten Sternen umgeben war.

Aber es gibt Dinge, die wir nie gewusst haben.

»Maxine«, sagte Grant.

Ich blinzelte, da kam die Welt zurück. Ich war nur nicht sicher, ob *ich* noch auf dieser Welt war. Vielleicht war schon ein Fuß von mir draußen. Es fühlte sich alles so entfernt an.

»Ich bin müde«, sagte ich zu ihm – und es war nicht einmal eine richtige Lüge. Kaum ausgesprochen, überkam mich eine Mattheit, die tief und zerstörerisch wirkte und bis in meine Seele hineinreichte. Ich fragte mich, wie es sich wohl anfühlen würde, endlich aufzugeben, sich einfach hinzulegen und zu sterben. Ich war nicht sicher, ob ich überhaupt noch zu mehr imstande sein würde.

Grant mahlte mit den Kiefern, zog mich zu sich auf den Schoß und hielt mich ganz fest. Ich lehnte mit der Wange auf seiner Brust, atmete seinen Zimtgeruch ein und saugte seine Wärme auf. Dek und Mal schnurrten.

»Ach komm«, sagte er knapp, während er mir den kahlen Kopf küsste. »Sei nicht traurig.«

Ich dachte an meine Vorfahren, an die Stricke um ihre Füße und Handgelenke. Die man wie Müll in ein Loch geworfen hatte, damit sie bis in alle Ewigkeit lebendig begraben wären. An meine Mutter, schwanger und allein. Wenn sie die gleiche Finsternis in sich getragen hatte wie ich und nie ein Wort darüber verloren hatte …

Ich presste mein Gesicht noch etwas fester an Grants Brust.

»Du hast Angst«, hauchte er. »Maxine.«

»Ich habe Angst vor dem Alleinsein«, entgegnete ich, kaum imstande, die Worte überhaupt noch herauszubekommen, aber ebenso außerstande, sie für mich zu behalten. Seine Umarmung wurde fester. »Das ist nichts, wofür man sich schämen muss.«

»Doch. Ist es. Du verstehst das nicht.«

Er lachte, aber in einem schwerfälligen, verschluckten Ton, der an Trauer grenzte. »Bis ich dich traf, war ich nie einsam, Maxine. Ich war nicht einsam, bis mir klar wurde, wie mein Leben ohne dich aussehen würde.«

Meine Finger krallten sich in sein Hemd. »Sag das nicht.«

Er verstummte und sah mich an. Dann schwieg er so lange, dass es mich bedrückte.

»Zee«, sagte er endlich ganz sanft, »mach, dass du hier verschwindest. Und nimm die anderen mit.«

Zee diskutierte nicht erst lange. Er schnippte mit den Klauen. Dek und Mal zwitscherten, leckten meine Ohren und verschwanden in die Schatten. Eine tiefe Stille trat an die Stelle von Rohws und Aaz' Kaugeräuschen.

»Hör zu«, sagte ich, aber Grant schüttelte den Kopf. Er presste den Kiefer zusammen, während seine Augen in jenem seltsamen goldenen Licht glitzerten.

»*Du* hörst jetzt zu«, sagte er und küsste mich fest auf den Mund.

Hitze brach durch meine Brust, da erwachte ein wilder, schwindelerregender Hunger in mir. Ich drehte Grants Hemd in meiner Hand und drückte mich so eng an ihn, dass ich jeden harten Muskel seines Körpers spüren konnte. Als sei es Jahre her, ein ganzes Leben, dass ich ihm so nah gewesen war, und etwas in mir wollte für jede einzelne Sekunde und jede einzelne Empfindung mein ganzes Leben hingeben.

Grant hörte auf, mich zu küssen, nahm meine Hand und legte sie auf seine Brust. Unter meiner Handfläche fühlte ich, wie sein Herz schlug. Mit dem Daumen glitt er über meine Wangen, meine Mundwinkel. Wir zitterten beide. »Spürst du das? Spürst du, wie sehr ich dich brauche? Und untersteh dich … untersteh dich, Maxine, mir zu verbieten, dir zu sagen, wie sehr ich dich liebe.«

Er küsste mich wieder sehr zärtlich. Als er sich dann zurückzog, folgte ich ihm, weil ich merkte, dass er etwas sagen wollte. Aus Furcht vor dem, was er sagen könnte, küsste ich ihn besonders heftig, da seufzte er und hielt mich so fest, dass es mir den Atem nahm. So fest, dass seine Umarmung sogar auch noch dann fortbestünde, wenn die Welt längst untergegangen wäre.

So fest wollte ich ihn halten, wollte ihm zeigen, wie er den Schmerz aus meinem Herzen nahm und wie es für mich war, nur in seinen Armen zu liegen. Er sollte wissen, dass er mein Zuhause war. Dass er es wusste, war jetzt wichtiger als je zuvor – weil ich es nicht mehr gewusst hatte. Und die Größe dieses Verlustes nahm mir den Atem.

Grant schob mich auf die Seite und ließ seinen Stock zu Boden fallen. Ich ließ sein Hemd los und meine Hände an seinem flachen Bauch entlang zu seiner Taille gleiten. Seine Haut war heiß. Die Muskeln fest.

Grant machte einen kleinen Laut, und seine Hände berührten mich mit flüchtigen Bewegungen, die sich so atemlos anfühlten, wie er klang … und ob ich nun in hundert oder tausend Jahren sterben würde, niemals würde ich vergessen, wie er mich jetzt ansah.

»Deine Augen«, murmelte ich.

»Was ist mit ihnen?« Grant ließ seine Hand unter meinen Pullover gleiten, schob sie auf meinen Bauch, dann höher, in die Nähe meiner Brüste. Ich streckte mich seiner Berührung entgegen, stöhnte und unterdrückte, was ich hatte sagen wollen. Ich brachte es nicht heraus. Ich konnte ihm nicht sagen, was es in mir auslöste, mit so viel Verlangen und Sanftheit angeschaut zu werden.

Vielleicht wusste er es ja trotzdem. Er streifte meine Weste ab und zog mir den Pullover über den Kopf. Ich erschauderte, fummelte an seiner Jeans, wir bewegten uns schneller, die Begierde machte uns ungestüm. Ich begehrte ihn. Ich brauchte ihn so sehr.

Unsere Sachen hatten wir also ausgezogen und irgendwohin geworfen. Seine Haut war heiß und fest, und wir rollten uns herum, so dass er nun auf dem Rücken lag, sein kaputtes Bein seitlich über dem Sitz. Ich konnte nicht mehr denken, nichts mehr sagen, nur berühren wollte ich ihn jetzt. Ich glitt an ihm herab, mein Mund liebkoste die Innenseiten seiner Oberschenkel, dann glitt ich höher, noch höher, saugte zärtlich an der Spitze seines dicken, harten Schafts – meine Hände hielten ihn streichelnd.

Grant schrie auf, seine Hüften pressten nach oben, er drückte sich tiefer in meinen Mund hinein, seine Hände glitten über meinen Kopf und meine Schultern, dann setzte er sich auf, atmete keuchend und versuchte, an meine Brüste zu kommen.

Ich kitzelte ihn mit der Zunge, glitt dann an seinem Körper hoch und schloss die Augen, als seine Finger zwischen uns versanken. Fest war sein Griff, dann weich, und nie verließ sein Mund meine Lippen.

Dann ließ auch ich meine Hand zwischen uns hinuntergleiten und wies ihm den Weg, drückte ihn an mich und rieb. Grant spannte sich an. Die pure Lust zeichnete sein Gesicht. Ich küsste seinen Hals und ertrug den süßesten Schmerz, während ich meine Hüften hart gegen seine presste. Er füllte mich bis an die Schmerzgrenze aus, dann wurde es etwas leichter … und wir begannen, uns fest und schnell zu bewegen.

Irgendwie kamen wir ins Rollen, so dass er wieder auf mir lag, halb neben dem Sitz kniete. Ich schlang meine Schenkel um ihn, während er tiefer stieß und fester. Er nahm mich mit einer Unerbittlichkeit, die mich bei jedem festen Stoß aufschreien ließ. Er ließ nicht nach, als ich kam, sondern umklammerte mich fest mit einem Arm und bewegte sich immer noch in mir, berührte mich dort, wo es guttat, einfach so, einfach richtig. Ich kam noch einmal, grub meine Fingernägel in seinen Rücken – und endlich ließ auch er sich mit einem stummen Schrei gehen. Dabei drängten sich seine Hüften so ausdauernd gegen mich, dass ich noch ein drittes und letztes Mal kam.

Er sank über mir zusammen, und ich liebte es. Ich genoss es, seine Erschöpfung zu spüren, ebenso wie ich es liebte, selbst so erschöpft zu sein. Genau so an ihn gepresst seinen Herzschlag an meinem zu spüren, wenn sich zwischen uns etwas austauschte. Licht oder Energie … so lange, bis der Schimmer, den ich in meiner Brust spürte, bis zur Weißglut erhitzt war und das Gespenst überflutete, das sich zusammengerollt faul in seinen Träumen regte.

»Du bist meine Sonne«, murmelte Grant an meinem Hals. »Immer. Ganz gleich, was geschieht. Vergiss das nicht.«

Ich ließ meine Finger durch sein dichtes Haar gleiten. »Und das sagst du einem Mädchen, das sein Gedächtnis verloren hat.«

Er grunzte. »Hör auf. Ich dachte, ich würde es nicht aushalten, als du mich angesehen hast, als wäre ich ein Fremder.«

»Ich kann es mir nur so erklären, dass ich versucht haben muss, dich zu schützen.« Ich hielt seine Hand an meine Brust. »Unsere Verbindung … die Energie, die du von mir nimmst … dir ist doch klar, woraus du sie ziehst, oder? Die Jungs sagten, dass dieses Etwas in mir der schlimmste Teil von ihnen sei und es sich befreien wird. Es wird mich verändern. Und wenn du da bist, dann auch dich.«

»Ich liebe es, wie du mich immer unterschätzt.«

»Tu ich doch nicht.«

Grant stützte sich an seinen Ellbogen auf und sah mich lange mit festem Blick an. »Du kannst nicht immer alles richtig machen. Manchmal musst du auch einfach loslassen und ein bisschen darauf vertrauen, dass sich die Erde weiterdrehen wird, die Sonne immer wieder aufgeht und das Leben in Ordnung sein wird.«

»Ich will aber nicht«, sagte ich. »Ich kann nicht.«

»Was jetzt genau?« Grant fasste sich mit der Hand in die Haare, zog fest daran und hatte wieder diese Wildheit in den Augen. »Ich weiß, dass es nicht nur darum ging, *mich* zu beschützen, als du weggelaufen bist. Noch etwas anderes hat dir Angst gemacht. Ich habe in dir noch nie so viel Angst gesehen.«

»Weil ich dich verlieren werde«, sagte ich, ohne nachzudenken. »Ich liebe dich und werde dich verlieren. Nichts ist von Dauer. Nicht in meinem Leben. *Nicht einmal* mein Leben. Und es wird meine Schuld sein.«

Mein Leben ist weit weniger wert als mein Herz.

Ich versuchte mich aufzusetzen. Doch Grant legte seine Hand auf meine Schulter und hinderte mich daran. »Es ist nicht deine Schuld, dass deine Mutter starb.«

»Sie ist meinetwegen gestorben.«

»Die Jungs schützten nicht mehr sie, sondern dich. Wenn du unbedingt jemandem die Schuld geben willst …«

»Hör auf«, sagte ich scharf und fühlte mich innerlich angespannt und kalt. »Sie hätte mehr Zeit haben können.«

Grant blieb ruhig und fixierte mich mit diesem Ausdruck in den Augen, den er manchmal hatte, wenn er zu tief in einen hineinsah.

»Mehr Zeit für dich«, sagte er. »Mehr Zeit für dich, um das Ganze zu durchschauen.«

Ich sah weg, tief getroffen. »Ich habe sie nie zu schätzen gewusst. Ich liebte sie, aber ich war immer so wütend auf sie. Ich hasste unser Leben. Ich hasste so sehr, dass wir nie ein richtiges Zuhause hatten. Ich hasste das Auto, in dem wir gelebt haben. Ich hasste es, dass ich niemals allein sein durfte. Ich hasste all diese Gewalt, und dann ... zu wissen ... zu wissen, dass ich keine Wahl hatte, *denn so waren die Dinge nun einmal.* Ich hasste das alles. Und dann starb sie.« Ich zwang mich dazu, ihn anzusehen. »Ich hatte keine Zeit mehr, ihr zu sagen, dass ich sie geliebt habe. Ich konnte ihr nicht einmal dafür danken, dass sie meine Mutter war. Ich verstand nichts. Ich dachte es zwar, aber es war nicht so. Ich verstand nicht, was sie durchgemacht hatte, alles, vor dem sie mich beschützt hatte, bis ich selbst diejenige war ...«

»Sie weiß, dass du sie geliebt hast. Sie weiß es, Maxine.«

Ich atmete tief und zitternd ein. »Alles, was ich hier habe ... alles an dir ... ist genau das, was ich immer wollte. Aber das war ... diese Träume hatte ich, bevor sie starb. Danach hörte ich einfach auf, etwas zu wollen. Ich hörte auf damit. Ich tat nur das, was ich tun sollte. Und ich redete mir ein, dass es das war, was ich wollte.«

Grant legte seine Arme um mich und zog mich vorsichtig an seine Brust. Seine Wärme sickerte durch meine Muskeln, so als würde ich im Sonnenlicht ertrinken, und er summte einen kurzen Ton, der in meine Brust stieg und dort den gleichen Takt aufnahm wie mein eigenes Herz.

»Von alldem hast du mir nie etwas erzählt«, murmelte er.

Ich wischte mir mit dem Handrücken die Nase ab, aber die Tränen liefen noch immer. »Ich habe es einfach verdrängt.«

Er schwieg eine Weile. »Es gibt nichts, was ich sagen könnte, damit es dir besser geht. Nur, dass sich Dinge auch ändern. Du darfst nicht zulassen, dass dich das, was geschehen ist, dazu bringt, das, was du willst, für falsch zu halten.«

Ich legte meine Hand über seine und streichelte seine warmen Finger. »Du hast immer auf alles eine Antwort.«

»Das liebst du ja so an mir.«

»Und außerdem auch ein verdammt großes Ego.«

»Bescheiden wie ein Kuchen. Sanft wie ein Lamm.«

Ich griff nach seinem Ohr und zog seinen Kopf an meinen. Grant umfasste meinen Hals mit seiner großen Hand.

»Wenn du mich vergessen *und* verlassen hättest«, fing er an, aber ich stoppte ihn mit einem innigen Kuss. Grant legte sich auf mich. Ich liebte es, sein Gewicht zu spüren. Ich liebte die Wärme seiner Hände über meinem Gesicht, dann an meiner Hüfte, bis sie schließlich meine Taille erreichten und sein Daumen meinen Brustansatz streichelte. Meine Augen und Wangen klebten schon von all den Tränen, aber das schien ihn nicht zu stören.

Gerade küsste er meine Brust, was ich *sehr* genoss, als Zee mit Augen, die vor Aufregung glühend rot waren, auf dem Vordersitz auftauchte.

Ich erstarrte vor Schreck. Grant auch.

»Maxine«, schnarrte Zee. »Ärger.«

16

Auf dem Weg zur Scheune hörte ich die ganze Zeit Schreie. Ich rannte, hinter mir kam Grant, und die Jungs tobten wie Wölfe durch die Schatten, die uns umgaben.

Ich stieß die Vordertür auf und – zuerst sah ich Jack. Er lebte und schien unverletzt.

Dann sah ich hinter ihm die Botin.

Sie stand in der Mitte des Raumes, groß und bleich. Mit den kantigen Zügen, die männlich und weiblich zugleich wirkten, wie nicht von dieser Welt. Ihre Wangen waren nass und gefleckt, die Augen blutunterlaufen. Sie hatte geweint. Aus ihren Augen flossen immer noch Tränen. Ungeschminkte, tiefe Trauer.

Sie hatte den groben Saum ihres seidenen Hemdes hochgehoben. Eine hauchdünne Schnur war um ihre Taille geschlungen, deren Enden in einem kleinen Griff endeten, den sie sehr vorsichtig anfasste. Ein Schnurende löste sich und fiel zischend an ihrem Körper herunter. Die Schnur sah aus, als bestünde sie aus Kristall, und erinnerte an eine sehr kurze Peitsche, bis die Botin aus dem Handgelenk eine schnelle Bewegung machte und sich die Schnur zu einer nadeldünnen Klinge versteifte. Es geschah in einem einzigen Augenblick.

Ich ergriff meinen Großvater und wollte ihn schon wegziehen, aber er stemmte sich mit seinen Hacken dagegen, wobei er die Botin nicht aus den Augen ließ.

»Mein kleines Vögelchen«, flehte er und sah dabei aus, als bräche ihm das Herz. »Bitte, lass es!«

Ich dachte, sie würde ihn angreifen. Ich war fest davon überzeugt und schon im Begriff, den Jungs zu befehlen, sie zu töten, aber die Botin senkte den Kopf, nahm ihre Waffe fester in die Hand und setzte sie an ihr eigenes Herz.

»Nein«, rief Grant hinter mir. Die Botin sah ihn an und richtete dann ihren niedergeschlagenen, gramerfüllten Blick auf Jack.

»Gelobt sei dein Licht«, flüsterte sie und rammte sich die Klinge in die Brust.

Jedoch ohne Erfolg.

Sie spannte die Muskeln an. Alles an ihr war fest entschlossen, sich die Klinge durch den Körper zu stoßen. Aber die Spitze durchdrang ihr Gewand, nichts weiter geschah.

Jack seufzte. Die Frau warf ihm einen verzweifelten Blick zu.

»Ich muss sterben«, keuchte sie.

»Nein«, sagte Jack mit sanfter Stimme. »Dein Schöpfer hat dir einen Befehl eingepflanzt. Es ist dir gar nicht möglich, Selbstmord zu begehen oder dich selbst zu verletzen.«

Sie brachte einen gequälten Laut hervor und versuchte es dann erneut. Ich schlüpfte hinter meinen Großvater und nahm Zee und Rohw in den Schatten zu meiner Rechten wahr. Aaz bewegte sich links von mir, während sich Dek und Mal auf meiner Schulter ruhig verhielten. Sie warteten und waren bereit.

»Halt!«, befahl ich und empfand auf eigentümliche Art Respekt davor, wie umfassend sich ihre Gefühle gewandelt hatten. Was ich nun sah, war *der* Frau wieder ähnlicher, der ich zum ersten Mal in meiner Wohnung begegnet war, war aber weit entfernt von dem Roboter, der vorhin noch in diesem Raum gestanden und die Wände angestarrt hatte. In der Zwischenzeit war etwas geschehen. Selbsterkenntnis.

Sie blickte mich an. Sie sah wirklich hin, und in ihren Augen loderte blanker Hass. Ein Hass, der mich eher traurig stimmte, als mich zu erschrecken. Sie hob die Klinge in ihrer Hand, zitterte und schien nun entschlossen zu sein, sie mir in die Brust zu stoßen. Ich hob die Hand, aber nicht gegen sie, sondern um die Jungs zu beschwichtigen, die ganz in der Nähe mit glühend roten Augen warteten.

»Warum tust du das?«, fragte ich sie.

Ihre Hand zitterte nun stärker, die Klinge glitzerte wie Eis. »Nichts ist so, wie es sein sollte. Nicht einmal ich.«

Ich kam näher. »Und wie sollte alles sein?«

Die Botin machte ein ersticktes Geräusch und schwang die Klinge auf mein Gesicht zu. Dek und Mal richteten sich wie zischende Kobras auf und schirmten mich ab. Das Kristall krachte gegen ihre Köpfe. Rohw und Aaz schwärmten um meine Füße herum und knurrten. Die Frau starrte zu ihnen hinunter und entblößte ihre Zähne.

»Töte mich«, sagte sie. »Du hast es ja schon einmal versucht. Diesmal werde ich mich nicht retten.«

»Tut es nicht«, befahl ich den Jungs und sah der Botin kühl in die Augen. »Ich bin eine ziemlich eigensinnige Frau und mache gern das Gegenteil von dem, was die Leute von mir erwarten. Wenn du vom Tod sprichst, könnte ich dich einfach zwingen zu leben.«

Die Botin sah mich mit einem Gesichtsausdruck an, der mich an die Frau an der Tankstelle erinnerte, diese Frau im pinkfarbenen Sweatshirt, die so elend ausgesehen hatte, als wäre sie entsetzlich niedergeschlagen und am Boden zerstört. Geradezu unheimlich, wie ähnlich sich die beiden jetzt waren.

»Ich habe den Gefängnisschleier geöffnet«, flüsterte sie. »Ich habe nicht aufgepasst, und ich habe die Macht missbraucht, die meine Aetar-Meister mir verliehen haben. Das allein ist schon ein Verbrechen. Aber was ich hier empfinde«, sie hielt inne und berührte ihren Kopf, »das ist genauso schrecklich. Mein Zweifel hat mich aus der Bahn geworfen. Jetzt bin ich wertlos.«

»Nein«, sagte Grant, aber ich hob beschwichtigend meine Hand und ging so nah an die Frau heran, dass ich meinen Kopf in den Nacken legen musste, um ihr in die Augen schauen zu können.

»Zweifel sollten dich aus der Bahn bringen«, sagte ich. »Du solltest Angst haben, dir sollte übel werden, und du solltest dich angesichts der unermesslichen Ungewissheiten deiner Welt schütteln. Aber in dir sollte auch eine Leidenschaft dafür entfacht werden, die Wahrheit herauszufinden. Denn deshalb wurdest du doch hergeschickt, oder? *Um die Wahrheit herauszufinden.* Und die Wahrheit, Lady, die Wahrheit ist, dass ein Krieg bevorsteht. Der Krieg ist schon da.«

Die Hatz, sagte die Stimme in meinem Kopf. *Nun geht es auf die Hatz.*

Ich schluckte. »Wenn du deinen Aetar-Meistern so treu ergeben bist, dann hör auf, dich wie ein Feigling zu benehmen, der sterben will. Reiß dich zusammen und kämpfe. Weil nämlich die Dämonen im Schleier nach denen suchen werden, die sie dort eingesperrt haben, sobald sie erst einmal mit dieser Welt fertig sind. Und was sie mit den Aetar-Meistern anstellen werden, die du so liebst, das willst du dir gar nicht erst vorstellen.«

Die Botin schüttelte sich. »Aber du bist doch eine von ihnen.

Du bist sogar noch schlimmer. Ich habe Geschichten gehört, bei denen ich nicht glauben konnte, dass sie von derselben Frau handelten. Aber es kann gar nicht anders sein. Von den Körpern unserer Feinde bedeckt. Und im Besitz des Schlüssels. Du warst es, die auf den Verbindungswegen wandelte, gestern in diesen Welten und vor Millionen von Jahren noch in ganz anderen. Die Zeit vergeht auf andere Weise in der Quantenrose. Und du hast auch den Aetar ermordet.«

Dann sah sie an mir vorbei zu Grant hinüber. »Und du … ich habe die Wilden gejagt und zugesehen, wie ihnen die Schöpfer den Mund genommen und ihre Häute in Ketten geworfen haben. Du aber … du bist anders. Ich habe das Zeichen auf der alten Frau gesehen, und wenn du aus dem Labyrinth gekommen bist mit ihr und anderen …«

Sie unterbrach sich und sah aus, als müsse sie sich übergeben. »An deiner Blutlinie hängt das Leben vieler Aetar-Meister. Deine Sippe hat ganze Armeen gegen die Götter geführt.«

Sie drehte sich herum und fixierte mich. »Und nun? Wo steht der wahre Feind? Gegen wen soll ich kämpfen?«

Ich lächelte. »Kämpfe gegen mich, und ich werde dich töten. Damit rettest du niemanden. Bekämpfe die Dämonen, jene hinter dem Schleier, und du rettest Milliarden, vielleicht sogar noch mehr. Und vielleicht wirst du dann auch sterben, falls du wirklich so scharf darauf bist.«

Ich drehte ihr den Rücken zu und ging zu Grant und Jack zurück, die mich beide anstarrten. Ich schnitt ihnen eine Grimasse. Dek und Mal begannen Elton Johns *The Bitch Is Back* zu summen. Ich hob die Hand und tätschelte zärtlich ihre Köpfe.

Über meinem Kopf gab es einen Luftzug, fein und leicht. Ich warf einen Blick über meine Schulter.

Die Botin war fort.

Ich atmete aus und merkte erst jetzt, dass ich zuvor die Luft angehalten hatte. Aber die Anspannung in meinen Schultern verstärkte sich noch.

Grant stützte sich schwer auf seinen Stock.

»Das wäre jetzt nicht unbedingt nötig gewesen«, sagte Jack ganz leise.

»Sollten wir ihr folgen?«

»Noch nicht. Sie ist verwirrt und nur ein kleines bisschen mordlüstern. Aber das beschränkt sich auf uns beide.« Grant zog eine Augenbraue hoch und blickte mich prüfend an. »Und überhaupt. Was war das eben? Eine Art Konfrontationstherapie aus der Hölle?«

»Hättest du etwa Lust gehabt, den ganzen Abend hier herumzuhängen und zu versuchen, sie aufzumuntern?« Ich pochte auf seine Brust. »Mister Ich-hab-ihr-die-Augen-geöffnet, und zwar für eine ganz neue Welt.«

Grant grummelte. Jack rieb sich übers Gesicht. »Es war mein Fehler. Sie wollte wissen, warum ich hier bin und warum ich eure Gegenwart hingenommen habe. Als ich ihr klarzumachen versuchte, dass ich kein Gott bin …«

»… hat sie etwas überreagiert«, vollendete Grant den Satz. »Weißt du, Jack, ich bin ja auch für die Wahrheit. Aber für einen Mann, der ein so extremes Alter erreicht hat wie du, ist dein Einfühlungsvermögen manchmal wirklich erstaunlich kümmerlich.«

»Es wäre allerdings auch möglich«, ergänzte er nachdenklich und musterte Jack mit einer Intensität, die daher rührte, dass sein Blick sehr, sehr tief reichte, »dass es da zwischen ihr und dir eine persönliche Sache gibt.«

Jacks Blick verriet seine Beklemmung. Zee kratzte mit den Klauen über seine Arme und dann über den Boden, wobei er den alten Schnittspuren, die die alten Holzdielen überzogen, ein paar neue hinzufügte.

»Schuld verrottet, Manipulator«, schnarrte er. »Wie viele Herzen hast du zerquetscht?«

Jack warf Zee einen scharfen Blick zu. »Und wie viele du?«

Zee entblößte die Zähne zu einem schrecklichen Grinsen. »Nenn uns ruhig Weltenschlächter, aber ihr habt dasselbe getan. Mit Ketten.«

»Ich habe so viele gerettet, wie ich konnte«, flüsterte Jack und rieb sich die Stirn. Doch er verbarg seine Hände und stand mit krummen Schultern da, ohne zu atmen und mit abgewandtem Gesicht.

»Wir liefen und liefen«, stammelte er, »aber nie weit genug.«

Zee schloss die Augen. »Das Labyrinth vergisst nicht.«

Jack erschauderte. Ich rückte näher an Grant heran, und er kam näher zu mir. Unsere Arme berührten sich, und obwohl sich unsere Hände nicht anfassten, hatte ich das Gefühl, als hielte er mich fest und ich ihn. Es war gut, jemanden an seiner Seite zu haben. Es tat gut.

»Ich *kann* mich an sie erinnern«, sagte Jack und verbarg noch immer sein Gesicht. »Unser Heer war angerückt, um gegen die Lichtbringer zu kämpfen. Es gab keinen besonderen Anlass, außer den, dass sie uns töten konnten. Sie konnten uns töten und uns von der menschlichen Bevölkerung fernhalten, die wir so dringend brauchten. Deshalb schickten wir eigens gefertigte Männer gegen sie. Angriffswelle um Angriffswelle, mit Männern ohne Herz und ohne Hirn, also mit nichts, woran die Kräfte der Lichtbringer ansetzen konnten. Wir machten das monatelang, sogar jahrelang, so lange, bis diese armen Seelenerzieher zuerst die Leben ihrer Bundesgenossen und dann die ihres eigenen Volkes verbraucht hatten – so lange, bis niemand mehr übrig war. Schließlich riskierten sie ihr eigenes Leben, richteten es gegen uns und mussten dafür sterben. Ich weiß noch, wie schwarz die Himmel waren und wie tief der Schlamm. Und wie sich ihre Stimmen zu einer Sinfonie verschmolzen, die die Luft brennen ließ. Es war wunderschön und schrecklich zugleich. Wir brachten sie um. Danach raubten wir ihre Kinder.«

Jack schwankte. »Einige konnte ich retten. Da waren Krankenschwestern und Soldaten. Ich übergab ihnen die Babys und schickte sie ins Labyrinth. Ich verwischte ihre Spuren. Doch dabei wurde ich beobachtet. Wir überwachten uns alle gegenseitig. In einer der letzten Schlachten wurde ein Baby gefangen. Die Botin stammte von ihm ab.«

Ich beobachtete ihn und lauschte auf all das, was er nicht sagte. »Warst du dafür zuständig, dieses Baby auszuliefern?«

Schließlich nahm er die Hände vom Gesicht und schaute zu Grant statt zu mir. Seine Augen waren rot gerändert, seine Haut fleckig.

»Ja«, antwortete er.

Grant stand ganz ruhig da, dennoch wirkte seine Haltung, als krümmte er sich, und das, obwohl er sich fest auf seinen Gehstock stützte. Sein Blick war dunkel, kalt und abschätzend. Dabei konnte es keine große Überraschung für ihn gewesen sein. Eine abgeschwächte Version davon hatten wir schon einmal gehört. Trotzdem war es ein Thema gewesen, von dem ich mich lieber ferngehalten hatte. Zum Teil auch aus Eigennutz.

Aber Grant sagte kein Wort. Nicht zu Jack. Er atmete aus und warf mir einen langen, tiefen Blick zu.

»Wir müssen das Loch im Schleier schließen.«

Jacks Lippen wurden immer dünner, bis sie nur noch einen schmalen, verärgerten Strich bildeten. »Mein lieber Freund …«

»Du hast nicht gesagt, dass es unmöglich ist«, unterbrach Grant ihn brüsk. »Uns bleibt keine Wahl. Es sei denn, du willst, dass sich Maxine in so etwas wie eine Schlächterkönigin verwandelt.«

»Klingt wie ein Bandname«, warf ich ein und versuchte mir nicht anmerken zu lassen, wie sehr es mich aufregte, dass er dieses Wort benutzte. »Ich könnte zusammen mit den Jungs eine Band gründen. So was wie *Jem and the Holograms*, nur besser.«

Rohw und Aaz ließen gleich ihre Luftgitarren aufheulen. Grant schüttelte den Kopf und rieb sich übers Kinn. »Es ist schon mal gemacht worden, Jack, man kann es also wieder tun. Ihr habt Energie umgewandelt, oder? Daraus muss der Schleier gefertigt sein, sonst hätte ihn die Botin nicht aufreißen können.« Grant lehnte sich nach vorn, konzentriert und angespannt. »Bring mir das bei. Oder bring es *ihr* bei. Denk an die Botin.«

»Sogar wenn ich dazu in der Lage wäre«, entgegnete mein Großvater heiser, »und selbst wenn du diese komplizierte Materie begreifen könntest … die Kraft, die du dazu benötigst, müsste einfach gewaltig sein. Gewaltiger, als es sich irgendjemand vorstellen kann.«

Mit ernstem Gesichtsausdruck presste Grant die Kiefer aufeinander. Dann aber schaute er demonstrativ auf mich. Ich wusste, was er vorhatte, und schüttelte den Kopf.

»Zu gefährlich«, sagte ich. »Nein. Das wirst du nicht tun.«

»Welche Alternativen haben wir denn?« Er ergriff meinen Arm, nicht so fest, dass es wehtat, aber doch so, dass ich seine Verzweiflung und seinen Zorn spürte. »Glaubst du, du könntest eine Armee führen? Glaubst du, du könntest gegen eine Armee antreten? Wenn es das ist, was du vorhast, Maxine, dann werde ich da sein. Aber ich würde lieber einen anderen Ausweg finden.«

Ein anderer Weg ins Licht, murmelte die Stimme in mir. *Pfade, die wir nie zuvor beschritten haben.*

Am liebsten hätte ich mir selbst mit der Faust ins Gesicht geschlagen, um die Stimme in meinem Kopf zum Schweigen zu bringen. Doch stattdessen öffnete ich die Augen und stellte fest, dass mich Grant mit grimmigem Gesichtsausdruck beobachtete.

»Wir müssen uns entscheiden«, sagte er schließlich ganz ruhig. »Früher oder später. Entscheide dich.«

»Nein«, sagte Jack.

Ich presste die Hand auf meine Brust und spürte das Gewicht darin. Den Strudel. »Du bekommst, was du brauchst, Grant. Und selbst wenn es nicht ausreicht, hast du immer noch recht. Wir müssen es versuchen.«

Jack verschränkte die Finger und rang die Hände. »Das ist aber riskant.«

Grant legte seine Hand auf meine Schulter. »Ich werde mein Glück mit Maxine riskieren.«

Mein Großvater kniff sich in die Nasenwurzel. »Na schön. Aber bevor wir loslegen können, brauche ich noch etwas.«

»Was immer du willst«, sagte ich.

»Einen meiner Knochen«, entgegnete Jack.

* * *

Hinaus aus der Leere in ein Zimmer, das in gelbes Lampenlicht getaucht war. Der Duft von Kaffee und Schokokeksen, der Glanz des Holzparketts und Tausende von Büchern, die die

Wände meines Apartments säumten. Das Klavier, das Motorrad. Die türkischen Teppiche, die hier und da herumlagen, zwischen Teddybären, Messern und leeren M&Ms-Tüten.

Die Welt war noch nicht untergegangen. Und es gab mich immer noch.

Genauso wie mein Zuhause. Und wie die Leute, die ich liebte.

Ich suchte mein Vergnügen, wo ich es fand.

Jacks alter Körper war verschwunden. Rex schrubbte auf allen vieren den Boden. Mary saß auf der Arbeitsfläche in der Küche, trug immer noch meine Sachen und hielt die beiden Schlachtermesser in ihren Händen. Es roch nach Wäsche.

Es überraschte mich, den Zombie da vorzufinden. Auf ihn und seine wild flackernde Aura war ich nicht vorbereitet gewesen. An den Rändern ausgefranst flatterte sie, als versuchten tausend kleine Herzen in die Freiheit zu entweichen. Es sah aus, als litte ein Dämon an Herzkammerflimmern oder stünde am Rande eines Nervenzusammenbruchs.

Rex richtete sich rasch auf, als wir den Raum betraten. Er sah nur mich an.

Ich spreizte die Finger. »Boo.«

Er entspannte sich nicht. »Du kannst mich mal.«

»Krieg dich wieder ein«, antwortete ich. »Du hast die Sache mit dem Schleier damals miterlebt, oder?«

Rex' Aura loderte einmal kurz auf und schrumpfte dann wieder zusammen, um seine Menschenhaut zu liebkosen. »Wir haben es alle gespürt. Wir haben *sie* gespürt.«

»Und trotzdem wischst du hier das Blut vom Boden auf, anstatt die Beine in die Hand zu nehmen?«

Rex machte sich gerade, setzte sich auf seine Fersen und schaute von mir zu Grant hinüber, der dagestanden und uns beide beobachtet hatte. Mary stellte sich neben ihn und warf wild entschlossene Blicke um sich, während sie die Messer mit einer eleganten Bewegung ihrer Hände so herumwirbelte, dass die Schneiden ein mörderisches Licht versprühten. Sie war zwar keine Lichtbringerin, aber sie hatte diesen als Soldatin gedient. Grants Mutter war sie treu ergeben gewesen. Der Erl-Koenig hatte die alte Frau eine Meuchelmörderin genannt – all das ging mir durch den Kopf, als ich sie jetzt betrachtete.

»Mit euch beiden in der Nähe ist es sicherer«, knurrte Rex und lenkte so meine Aufmerksamkeit erneut auf sich. »Außerdem fing der Leichnam dieses Häuters schon an, das Zimmer hier mit seinem Gestank zu verpesten.«

»Er will einfach nicht zugeben, dass er uns gernhat«, sagte Grant. »Wo ist der Leichnam jetzt?«

»Ich bin ein Dämon. Ich kenn mich mit lebenden Leichen aus.«

Grant fixierte ihn.

»Schon gut. Ich habe ihn in der Badewanne deponiert.«

Grant löste seinen Blick nicht von Rex. »Eigentlich benutzen wir die Badewanne, um zu baden, weißt du?«

»Dann ist es ja gut, dass ihr praktisch verwandt seid.« Rex blickte jetzt zu Jack hinüber. »Ich hoffe, ihr wisst das zu schätzen.«

»Ich nicht«, erwiderte mein Großvater, der über sein getrocknetes Blut hinweg ins Schlafzimmer ging.

Ich folgte ihm und sah zu, wie die Jungs ausschwärmten, sich unters Bett und durch die Schatten wühlten und Spielzeug und Lebensmittel darunter hervorzogen. Dek und Mal jubelten, als sie den lebensgroßen Pappaufsteller von Bon Jovi entdeckten.

Aber Zee saß auf dem Bett, hielt seine Krallen verschränkt

und ließ die Beine nachdenklich baumeln. Er wirkte etwas unsicher.

Jack war schon im Badezimmer. Es roch übel, nach Tod. Ich erspähte eine faltige, wachsbleiche Hand, die über dem Badewannenrand hing. Das reichte mir. Ich blieb so vor der Tür stehen, dass ich den Spiegel sehen konnte – und Jacks Spiegelbild, wie er auf seinen früheren Körper hinabschaute.

»Das Leben ist zu kurz«, sagte er. »Die Haut hat mir gefallen.«

»Ich mochte sie auch«, entgegnete ich und brachte nur ein angestrengtes Flüstern zustande. Dann räusperte ich mich und fügte etwas deutlicher hinzu: »Du hättest sie … unsterblich machen können. So wie du es mit Byron getan hast.«

Jack seufzte und lehnte sich an das Spülbecken. »Byron war ein Fehler. Häute unsterblich zu machen ist falsch. Weil das ein ganz spezielles Gefängnis ist, mein Schatz. Der Erl-Koenig … hat seine menschlichen Körper wie Hemden gewechselt. Und die, die er behalten wollte, legte er auf Eis, damit sie ihm so ohne Leben nicht wegfaulten. Aber nicht einmal er hat sie unsterblich gemacht. Niemand will bis in alle Ewigkeit immer nur dasselbe haben. Sogar mein eigenes Volk … wechselt.«

Jack deutete auf die Wanne. »Wenn ich mein Leben ändern wollte, wo sollte ich denn dann mit dieser Haut hin, wenn sie unsterblich wäre? Ich habe ihn schon in der Gebärmutter übernommen. Ich war … er. Ohne mich hätte er keinen Verstand und keinen Willen. Er würde in einem komatösen Zustand verharren. Ein langer Schlaf. Bis in alle Ewigkeit.«

»Wie Dornröschen«, sagte ich.

Mein Großvater bückte sich und verschwand aus dem Spiegel.

»Du hast dich nie zu Byron geäußert. Wie es bei ihm war.«

»Es gab mildernde Umstände.«

»Welcher Art?«

»Der Art, dass der Junge im Sterben lag. Ich rettete ihm das Leben.«

Hinter mir schnaufte Rohw. Ich warf ihm einen Blick zu und stellte fest, dass mich der kleine Dämon mit zusammengekniffenen Augen beobachtete.

»Als ich ihn fand, lebte er in einem Pappkarton, alter Wolf«, sagte ich. »Er hat Angst vor Männern. Ich glaube, er hat immer wieder kleine Dinger gedreht, um sich durchzuschlagen. In meinen Augen sieht das so aus, als wäre seine unsterbliche Existenz – an die er sich nicht erinnern kann – ziemlich erbärmlich gewesen. An seiner Stelle wäre ich lieber gestorben.«

»Du warst eben nicht dabei. Und hinterher alles besser wissen, das ist unfair. Ich hab mein Bestes gegeben.«

»Und bist jedes Mal in Byrons Haut zurückgekrochen, wenn du in einer anderen gestorben warst.«

Jack sagte keinen Ton. Rohw kratzte sich und behielt das Badezimmer im Auge. Zee hatte sich noch immer nicht bewegt. Ich rückte etwas näher heran und entdeckte wieder die Reflexion meines Großvaters im Spiegel. Er stand reglos da und starrte mit einem Ausdruck unendlicher Traurigkeit auf seine Hände.

Ich fragte mich, wie vieles in seinem Leben er wohl bereuen mochte. Und wie viel Reue brächte das Fass zum Überlaufen? Wie vieles muss man bedauern, bis man die Last nicht mehr erträgt?

»Deinesgleichen hat immer Angst, verrückt zu werden«, sagte ich mit sanfter Stimme. »So viel Angst habt ihr davor. Was ist es denn für ein Gefühl, aus nichts als Energie zu bestehen? Denkt man, man fliegt auseinander, wenn man nicht in einem Körper drin ist?«

Jack antwortete nicht. Ich lehnte mich an die Wand und presste meine Stirn gegen die kühle, glatte Oberfläche.

»Du hast dir eine Zwischenstation geschaffen. Jemanden, in dessen Haut du die Wartezeit zwischen Tod und Wiedergeburt überbrücken konntest. Das ist Byrons Aufgabe. Und nichts anderes war er in all den Jahrtausenden. Ein Teilzeitleben.«

Die Antwort, die aus dem Badezimmer kam, war ein langes Schweigen. Doch dann antwortete Jack schließlich mit sehr leiser Stimme: »Das ist nie meine Absicht gewesen. Aber es gibt Dinge, die kann man nicht mehr ungeschehen machen, sosehr man es sich auch wünscht.«

Zee hüpfte vom Bett und wagte sich dichter an das Badezimmer heran und starrte, wie ich vermutete, auf die Leiche in der Wanne.

»Ich erinnere mich«, schnarrte Zee und rieb sich den Kopf. »Ich habe getötet.«

Traurig senkte ich den Kopf. Jack war zwar nicht mehr zu sehen, aber ich hörte seine Stimme.

»Das war vorauszusehen«, sagte er sanft. »Du wolltest sie vor mir beschützen.«

»Das hat uns die alte Mutter so beigebracht«, sagte der kleine Dämon und lehnte sich schwer gegen meine Beine. Ich streichelte seinen Kopf.

»Beschützt die, die guten Herzens sind.«

»Weil es das Herz ist, das regiert«, murmelte Jack.

Ich hörte Geräusche zerreißender Kleidung und war schon im Begriff, ins Badezimmer zu gehen, als ich es mir doch noch einmal anders überlegte. Eigentlich wollte ich wirklich nicht wissen, was da drinnen vor sich ging.

Grant linste ins Badezimmer. »Besuchszeit?«

Ich hörte einen dumpfen Aufprall, auf den ein Fluch folgte.

Grant verzog eine Braue und humpelte zu mir. »Ob ich das wirklich wissen will?«

»Ich bin nicht so mutig. Und du?«

»Dafür habe ich dich.«

»Ich habe Angst«, antwortete ich, während ich ein nasses, saugendes Geräusch aus dem Badezimmer hörte.

Grant stöhnte leise. »Das kann nichts Gutes bedeuten.«

Ich ging zur Tür, und Zee huschte mir voran. Einen kurzen Augenblick lang sah ich den Rücken eines Teenagers, der auf dem Rand der Badewanne saß, dann schaute ich etwas genauer hin und erkannte, wie der Junge seine Finger in den Oberarm der Leiche grub und versuchte, einen Knochen aus dem Fleisch zu ziehen. Zum Glück lag ein Laken über dem Rest des Körpers.

Der stank. Gelinde gesagt.

Ich musste ein Geräusch gemacht haben. Jack schaute kurz hoch, hielt dann inne und sagte: »Es ist nicht das, wonach es aussieht.«

»Es sieht aus, als würdest du einen alten Mann zerfleischen.«

»Genau genommen bin ich selbst dieser alte Mann. Also zerfleische ich mich höchstens selber«, feixte Jack. »Ich könnte aber ein bisschen Hilfe gebrauchen.«

»In vielerlei Hinsicht.« Ich ging ins Badezimmer. »O Gott.«

»Sag's nicht.«

»Ist das …?«

»Ja. Das ist genau das, was ich brauche.«

Ich biss die Zähne zusammen und musterte das Tattoo auf dem Knochen, das im wahrsten Sinne des Wortes im Arm des alten Mannes eingebettet war. Ich hatte es früher schon einmal gesehen. Es war das Symbol des Kultes von Vater Lawrence, es war das Symbol, mit dem Jack meine Blutlinie bezeichnete, es war das Symbol eines bevorstehenden Weltuntergangs und sah ganz genauso aus wie die Narbe unter meinem Ohr.

»Warum?«, stammelte ich und hatte Angst, ich müsste mich gleich übergeben.

»Weil ich Sachen vergesse«, erwiderte er rätselhaft.

Grant kam ins Badezimmer und sagte nichts. Ich auch nicht. Ich drehte mich um, drängte mich zwischen ihm und Zee hindurch und ging ins Schlafzimmer. Dort hielt ich mich nicht auf, sondern trat ins Wohnzimmer, ließ Rex und Mary links liegen und steuerte auf die Treppe zu, die zum Dachgarten führte.

Fast hatte es aufgehört zu regnen, aber noch nicht ganz. Ich ging durch Pfützen an den riesigen Blumenkübeln vorbei, die mit Rosen gefüllt waren, und blieb am Rand des Daches stehen. Das Zentrum von Seattle glitzerte unter tiefliegenden Wolken. Eine Betonburg grauer Herzen. Ich sah, wie blass sie waren, ich sah auch, wie sich überall die Schatten sammelten. Wie der Regen oder … oder wie die Geister in meinem Atem, jedes Mal, wenn ich ausatmete.

Es wehte ein kräftiger Wind. Mein Kopf war kalt. Ich hatte schon wieder vergessen, dass ich kahl war. Aber fast im selben Augenblick, in dem ich das dachte, flitzten Dek und Mal über meine Kopfhaut, griffen nach meinen Ohren und Augenbrauen und schirmten die kalte Luft ab. Mein kleiner Dämonenhelm.

Zee sprang auf die hüfthohe Mauer, die den Rand des Daches umgab. Seine Augen leuchteten, und die Stacheln seines Haars hoben und senkten sich sanft mit jedem Atemzug. Ich berührte seine Hand, dann küsste ich seine Stirn.

»Würdest du es wissen, wenn einer dieser Mahatis durch den Schleier gekommen wäre?«, fragte ich ihn.

»Noch sind keine geflogen«, antwortete er nach einer Weile.

»Aber ich fühle, wie sie es versuchen. Der Eiter droht überzukochen. Ha'an wird sie nicht lange zurückhalten.«

»Kennst du ihn? Erinnerst du dich?«

»Große Ehre.« Zee schlug sich auf die Brust. »Großer Kämpfer!«

Dek und Mal zirpten, als wollten sie ihm beipflichten. Ich tätschelte ihre Köpfe. »Aber warum solltet ihr kämpfen müssen? Wer hätte es denn mit euch aufnehmen können? Vielleicht hätten die Avatare Kreaturen erschaffen können, die einen Krieg anzetteln könnten. Aber ...«

»Das Universum ist schon groß«, unterbrach mich Zee. »Das Labyrinth ist aber noch größer. Armeen werden nicht mit Schwertern geboren. Sie müssen sich bilden. Für höhere Zwecke. Gemeinere Feinde.«

Ich sah ihm tief in die Augen. »Womit kann man einem Schlächterkönig denn Angst einjagen?«

Zee erstarrte. Dek und Mal schrumpften in meiner Kopfhaut und begannen Sekunden später zu zittern.

In mir, ganz tief drinnen, wirbelte die Finsternis. In meinem Geist öffnete sich gemächlich ein Auge. Ich klammerte mich an die Mauer und versuchte, es zu unterdrücken. Aber der Geist, die Kreatur – oder was auch immer es war – stieg in meine Kehle empor und legte sich auf meine Zunge.

»Mancher Schmerz vergeht nicht«, sagte sie durch mich. *»Und die Erinnerung an das Verlorene verblasst auch nicht.«*

Zee warf einen kurzen Blick zur Seite. »Fehler begangen. Zu viele. Wie du.«

»Wir gaben, was verlangt wurde.«

»Genommen habt ihr noch mehr. Gestohlen.«

»Ich habe euch gerettet.«

Ich fühlte mich, als sei mein Kopf kurz vorm Zerspringen.

Zee griff meinen Arm. »Gib sie frei.«

»Soll sie doch selbst dafür sorgen.«

Verdammt. Ich ballte meine Rechte zur Faust und rammte sie mir gegen die Brust. Weiße, helle Glut schoss aus der Rüstung – und die Erschütterung ging bis in die Knochen und darüber hinaus.

Ich konnte nichts mehr sehen, aber vor meinem inneren Auge befand sich die unermessliche Nacht, und ich hörte das Rascheln der Schuppen und ein Zischen, das so laut war wie der Wind und so kalt wie der unendlich leere Raum hinter den leuchtenden Sternen.

Wir sind hinter den Sternen, flüsterte die Finsternis, aber dann zog sie sich in einen Winkel meiner Seele zurück und überließ mir wieder meine Stimme und meine Selbstkontrolle.

Ich ging auf die Knie. Zee drängte sich an mich, auch Aaz und Rohw waren da. Dek und Mal leckten mich hinter den Ohren, aber ihr Schnurren klang angeschlagen und schwach.

»Was«, fragte ich, »was war das denn?«

»Geschichte«, stotterte Zee. »Schlimme Sachen.«

»Ihr habt noch eine andere Schlacht geschlagen, vor eurem Konflikt mit den Aetar.« Ich rieb meinen Hals. »Dieses Etwas hat von euch fünfen Besitz ergriffen. Damit seid ihr nicht auf die Welt gekommen. Ihr habt es reingelassen, weil ihr glaubtet, ihr würdet es brauchen.«

Zee sagte nichts, sondern sah die anderen Jungs nur an. Alle blickten sie aus großen Augen. Rohw begann, an seinen Klauen zu nuckeln, hörte auf und fing dann wieder damit an.

»Was war denn so furchtbar?«, flüsterte ich. »Wer war der Feind?«

»Frag nicht«, stotterte Zee. »Das ist jetzt vorbei. Ganz vorbei.«

Aber ich wollte es wissen. Ich musste es wissen. Doch in ihren Gesichtern war so viel Schmerz und so viel Verlorenheit. Ich konnte mich nicht überwinden, es aus ihnen herauszuquetschen.

»Okay«, sagte ich. »Und warum nimmt diese ... Kraft nicht ganz Besitz von mir? Lässt mich die Armee anführen? Warum lässt sie mich nicht einfach tun, was zur Hölle auch immer sie will?«

»Darum geht es doch nicht«, schnarrte Zee hilflos. »Hier geht es um Macht.«

»Um Macht?« Ich hätte ihn am liebsten geschüttelt. »Zee, verflucht!«

»Ich hab's dir gesagt«, antwortete er schmerzerfüllt. »Die Wahl treffen.«

Ich atmete tief aus. »Genau. Darum geht es.«

»Immer«, sagte Zee. »Sogar wir entscheiden uns. Entscheiden uns zwischen falsch und richtig. Entscheiden uns, unsere Mütter zu behalten. Das ist schlau. Wir haben uns verändert. Wir entscheiden anders.«

»Sogar mit diesem ... Ding in euch?«

Zee presste seine Klaue auf mein Herz. »Es nimmt so viel, wie du gibst.«

Ich legte meine Hand auf seine. »Was zum Teufel kann es nur sein?«

Rohw lutschte noch heftiger an seinen Klauen. Aaz schloss die Augen. Dek und Mal legten ihr Kinn an meine Ohren und fingen an, meine Kopfhaut mit ihren kleinen Klauen zu massieren.

»Alt«, seufzte Zee.

Alt. Mächtig. Und in meinem Innern.

Ich legte die Hände vor das Gesicht. »Ich brauche jetzt etwas zu trinken.«

Schon nach einem Augenblick pochte Aaz an meine Schulter und drückte mir eine Tasse in die Hand. Diesmal war es kein heißer Kakao, sondern heißer Apfelwein. Ich verbrannte mir fast den Mund, schlürfte ihn aber aus und versuchte, nichts zu verschütten.

Vergiss nicht, wer du bist, sagte ich mir. *Du bist Maxine*.

Durch das Treppenhaus hallten Schritte, vom anderen Ende des Daches herüber. Das schwere Rumpeln wurde vom Klicken eines Gehstocks begleitet.

Grant stockte, als er mich sah … aber nur mit seinem Blick. Und vertiefte ihn mit jenem rauen Glitzern, das ich so gut kannte: intensiv, nachdenklich und gar nicht sanft. Ich erinnerte mich daran, wie es war, diesen Ausdruck zum ersten Mal zu betrachten, so wie ein Fremder ihn sehen würde. Eine surreale Empfindung. Grant konnte einen ziemlich verunsichern, und ich neigte dazu, das immer wieder zu vergessen.

»Hey!«, polterte er. »Was hat euch denn Angst gemacht?«

»Versuchst du nicht mal mehr, deine Fähigkeit zu verbergen?«

Er ächzte und setzte sich stöhnend neben mich. Ich gab ihm meinen heißen Apfelwein, zog sein krankes Bein auf meinen Schoß und massierte seinen Oberschenkel knapp überm Knie. Rohw rutschte näher, um an seiner Wade zu arbeiten und suchte mit langen Klauen die Druckpunkte. Dek und Mal fingen an, Billy Joels *She's Got A Way* zu summen.

»Dieses Ding da in mir«, sagte ich schließlich, »hat seinen eigenen Kopf.«

Zee warf mir rasch einen Blick zu. Alle Jungs machten das. Ich tat, als hätte ich es nicht bemerkt. Ich hätte Grant noch mehr erzählen können, aber nicht jetzt. Nicht, bevor ich Zeit zum Nachdenken gehabt hatte.

Trotzdem wusste er, dass ich ihm etwas verheimlichte. Ich gab mir keine große Mühe, das zu verbergen. Aber statt in mich zu dringen, lehnte er sich an die Wand, betrachtete mein Gesicht und trank ein paar Schlucke von dem Apfelwein.

»Ziemlich nass hier unten«, sagte er mit all der Gelassenheit, zu der ein Mann fähig ist, wenn er angestrengt versucht, nicht auf die Nerven zu gehen.

»Regen«, entgegnete ich. »Was ist mit Jack?«

Seine Augen wurden schmal. »Die Entnahme ist abgeschlossen. Rohw hat noch geholfen, bevor er verschwunden ist.«

Er stellte den Apfelwein ab und zog das Amulett seiner Mutter hervor. »Jack hat es zurückgegeben.«

Ich zog den Ring der Saat aus meiner Westentasche und hielt ihn neben das Amulett. Die Gegenstände waren zwar unterschiedlich gestaltet, aber beide störten meine optische Wahrnehmung. Ich konnte meine Augen nicht scharf stellen – so wirkten sie wie weich gezeichnet; es war, als schaute ich auf ein 3-D-Poster, nur ohne die dazugehörige Brille.

»Huh«, sagte Grant.

»Wollen wir wetten, dass das Ding in Mary und der Knochen, den sich Jack aus seinem Arm entfernt hat, auch Ringe der Saat sind?«

Er schnitt eine Grimasse und schaukelte die Gegenstände auf seiner Handfläche. »Ich weiß nicht, wie ich das finden soll. Erinnerungen sind doch heilig. Genau wie Gedanken. Ich sehe immer welche. Manchmal … wäre es schöner, sie nicht zu sehen. Aber wenn das hier ein Ring der Saat ist und etwas von meiner Mutter oder irgendjemand anderem darin enthalten sein sollte …« Er hielt inne und ließ die Kette des Amuletts über seinen Kopf gleiten. »Weshalb ist unser Leben nur so kompliziert geworden?«

Weshalb nicht?, wollte ich schon antworten, aber ich hielt es für angebrachter zu schweigen. Ich schaute zur Treppenhaustür und dem goldgelben Licht hinüber, das vom Apartment heraufflutete. »Ich würde gern weglaufen.«

»Wir sollten nach Paris gehen, oder nach Wien.«

»Nach Ägypten. Dann hätte ich eine Entschuldigung, meine Arme bedeckt zu halten.«

»Ich kenne Rom so gut wie meine Westentasche.«

Ich lächelte. »Hast du schon mal darüber nachgedacht, das Obdachlosenasyl jemand anderem zu übergeben?«

»Immer öfter.«

»Und was würdest du mit deiner freien Zeit anfangen?«

»Ich würde ein besserer Mensch werden.«

»Ausgeschlossen. Du bist doch schon vollkommen.«

Grant küsste mich auf den Hals. »Komm, lass uns herausfinden, was an Jacks Arm so wichtig ist.«

Wir hielten uns an den Händen, als wir über das Dach spazierten. Ich dachte an Paris und Rom.

Und an den Riss im Gefängnisschleier.

Du solltest dort sein, dachte ein Teil von mir. *Und Wache halten.*

Aber am Riss zu wachen würde auch nichts nützen. Jedenfalls nicht auf Dauer, nicht solange auf der anderen Seite irgendeine Restarmee nur darauf wartete, diese Welt heimzusuchen.

Diese Welt, in der niemand an Magie glaubte. Die Dämonen würden sich ausbreiten und mit ihnen das Chaos. Ich wusste nicht, ob sie von Feuerwaffen aufgehalten werden konnten. Vielleicht wäre es möglich, aber es gäbe sicher nicht genug Schießeisen und auch nicht genug Menschen, die mit ihnen umgehen konnten, um die Menschheit zu schützen.

Hausfrauen und ihre Kinder … gejagt von den Mahati. Krankenhäuser, Schulen und Einkaufszentren. Ich versuchte mir vorzustellen, wie Lord Ha'an seine ausgemergelten, hungrigen Mahati-Truppen durch die Innenstadt von Seattle führte ... eine Vision, die gleichermaßen absurd und furchterregend war.

Und sie war so nah. Die Katastrophe konnte jeden Augenblick ausbrechen.

Wir müssen den Schleier schließen, dachte ich. *Wir müssen es tun.*

Ein paar Treppen unter uns war ein Fenster geöffnet worden, aber es roch immer noch nach frischer Wäsche. Rex konnte ich nicht sehen, doch Jack saß im Schneidersitz auf der Couch. Mary hockte vor ihm auf dem Boden und hatte die Schlachtermesser ordentlich neben sich gelegt. Aaz saß schon in ihrer Nähe und hielt ein Knäuel purpurner Wolle in den Klauen. Irgendwo und irgendwie hatte Mary Stricknadeln gefunden, und nun sah es so aus, als strickte sie einen Schal für kleine Dämonen.

Mein Großvater hielt einen Knochen in der Hand: den Knochen, der ein Gegenstück zu meiner Narbe war. An seiner Unterseite hätte Fleisch haften müssen, aber er sah ganz sauber und weiß aus, sogar alt, fand ich. Ich fragte mich, aus wie vielen Körpern er im Verlauf der Jahre wohl entfernt worden war.

Jack hielt seine Augen geschlossen. Er schien zu meditieren. Falls er aber schlief, wollte ich lieber nicht wissen, wovon er träumte. Vielleicht wusste es Grant. Er musterte ihn mit einer gewissen Distanz, als hätte Jack die Krätze oder irgendetwas Vergleichbares an sich oder seiner Aura, etwas, das er lieber nicht berühren wollte.

»Jack«, sagte ich.

Mein Großvater holte tief Luft und öffnete die Augen. Zuerst erkannte er mich gar nicht, sondern sah durch mich hindurch, ganz auf ein fernes Geheimnis konzentriert.

»Jack«, wiederholte ich.

»Mein liebes Mädchen«, antwortete er mit brüchiger Stimme. »Was für ein Tag ist heute?«

Ich wechselte kurz einen Blick mit Grant. »Es ist erst ungefähr dreißig Minuten her, dass du diesen Knochen aus deinem … alten Arm herausgezogen hast.«

»Mmm.« Er schloss die Augen wieder, rollte die Schultern und drückte den Knochen auf seine Brust. »Das könnte deutlich länger dauern, als ich gedacht hatte.«

»Was tust du da eigentlich?«

»Ich suche nach Zusammenhängen.« Wieder öffnete er die Augen. »Auch wenn es nicht so aussieht: Dieses Objekt ist ein Buch. Und es ist mit … Mustern versehen … die ich als Hoher Lord des Göttlichen Organischen benutzt habe.«

»Also gleicht es doch einem Ring der Saat.«

»Nicht ganz, aber so ähnlich.« Jack verzog das Gesicht, schloss die Augen und rutschte tiefer in die Sofakissen hinein. »Vielleicht solltest du mal eine Runde spazieren gehen?«

»Vielleicht solltest du dich mal beeilen.«

Er kniff den Mund zusammen. »Liebes, ich habe mich nicht abgehetzt, als ich deinen Geburtstagskuchen gebacken habe, und ich werde mich auch nicht hetzen lassen, wenn es darum geht, mich daran zu erinnern, wie man diese Welt retten kann.«

»Vielleicht wäre es besser gewesen, sich ein Lesezeichen zu machen«, bemerkte Grant.

Jack verzog das Gesicht. Ich kauerte mich neben Aaz und tätschelte seinen Kopf. Grinsend zeigte er seine Zähne und hielt mir sein Wollknäuel hin.

»Süß«, sagte ich. »Bleib doch hier, wenn du kannst, Kumpel. Und behalt Mary und den alten Wolf im Auge.«

»Behalt das Auge im Auge«, sagte Mary zu mir und klapperte mit den Stricknadeln. »Der Himmel weint blutige Tränen.«

Grant zog mich hoch. »Mary, wir sind bald zurück.«

Die alte Frau lächelte ihn an, hörte aber nicht auf zu stricken, nicht einmal dann, als sie ihre müden Augen auf Jack richtete. Sie beobachtete den alten Mann immer noch, mit flinken Fingern und Stricknadeln, während wir die Tür der Wohnung hinter uns zuzogen.

17

Drei Monate, nachdem ich nach Seattle gezogen war, drei Monate, bevor ich meinen Großvater gefunden hatte und der ganze Ärger angefangen hatte, waren Grant und ich für ein Wochenende Richtung Norden nach Vancouver in Kanada gefahren, um uns die Stadt anzuschauen. Ich war mein ganzes Leben lang Touristin gewesen, hatte aber von einem bestimmten Alter an aufgehört, es zu genießen. Eine Stadt war wie die andere. Es gab immer einen Zombie, der exorziert werden musste; immer etwas Böses, das wieder auf die richtige Spur zu bringen war.

Wir saßen auf einer Bank im Stanley Park, als ich ihn endlich fragte, wie es eigentlich zu seiner Beinverletzung gekommen war.

»Ich bin da einfach in etwas reingeraten«, sagte er, während er den Graugänsen Brotstücke hinwarf. »Da gab es einen Mann, einen Schizophrenen. Er war schon in allen möglichen Anstalten gewesen und war gewalttätig, auf eine erschreckende Art. Aber nur gegen sich selbst. Er verweigerte seine Medikamente und blieb nirgendwo so lange, dass die Sozialarbeiter mit ihm hätten richtig arbeiten können. Keine Unterkunft in der Stadt wollte ihn noch aufnehmen. Ich dagegen war übermütig, hatte Riesenkräfte. Deshalb versuchte ich es auf meine Art. Aber ich trieb es zu weit.«

Grant verteilte die letzten Brotreste und sah mir schließlich in die Augen. »Alles, was ich über die Manipulation von Energie wusste, hatte ich mir selbst beigebracht. Das war rein instinktiv und basierte darauf, dass ich ein Leben lang Menschen beobachtet und erlebt hatte, wie sich Persönlichkeiten an bestimmte Muster anglichen.

Ich dachte, dass sich diese Muster gewiss auch auf Menschen mit einer Geisteskrankheit anwenden ließen. Aber das taten sie nicht. Es war viel komplizierter. Das merkte ich aber erst, als ich anfing, Dinge zu reparieren, die ich nicht hätte reparieren sollen. Ich ging also wirklich zu weit. Ich machte es schlimmer – ihn.«

»Und dann fiel er über dich her?«

»Ich suchte ihn, unten im Keller. Immer noch übermütig. Ich hatte keine Vorstellung davon, wie übel das ausgehen konnte. Du weißt ja, was wir da unten alles an Werkzeugen haben.« Grant schlug auf sein Bein. »Er nahm sich einen Vorschlaghammer und zerschmetterte den Knochen. Er ließ sich Zeit und wiederholte dabei immerzu, ich sollte mich … aus seinem Kopf heraushalten.«

Er sprach so leise, dass ich ihn kaum verstehen konnte. Er wirkte grimmig, sehr grimmig.

Ich berührte seine Hand. »Wie bist du entkommen?«

»Er warf den Vorschlaghammer weg und flüchtete. Ich schaffte es, mich die Stufen hochzuschleppen und um Hilfe zu rufen.« Grant massierte sein Knie, aber das schien nur eine gewohnheitsmäßige Geste zu sein, so, als ob er irgendetwas bräuchte, um seine Hände zu beschäftigen. »Aber all das … der Angriff, die Operationen … das war nicht das Schlimmste. Das Schlimmste war, dass ich einsehen musste, wie überheblich ich geworden war. Es hatte sich so langsam eingeschlichen. Ich habe es nicht einmal gemerkt. Ich habe diesen Mann verletzt, Maxine. Ich habe ihn verletzt, weil ich selbstgerecht war, weil ich zu wissen glaubte, was das Beste für ihn wäre.«

»Aber das hat dich nicht zurückgehalten.«

»Du kannst die Macht nicht aufhalten. Du kannst sie höchstens kontrollieren. Entscheiden, wie du sie nutzt. Entscheiden, was du mit dir anfängst.« Grants Hand ruhte auf seinem Knie. »Das ist es, woran ich jedes Mal denke, wenn ich meine Gabe benutze. Ich denke an ihn. An seine Verzweiflung. Ich erinnere mich an das Gefühl, Angst zu haben – Angst vor mir und vor den Dingen, zu denen ich fähig bin. Manchmal muss man Grenzen überschreiten, weil eine Sache, die einfach wichtiger ist, es verlangt. Aber du musst immer daran denken, dass selbst die inkonsequenteste Handlung Konsequenzen haben wird. Gute oder schlechte. Entweder sofort oder mit Verzögerung.«

»Was ist mit dem Mann passiert?«

»Er hat sich erschossen. Und in seinem Abschiedsbrief hat er mir die Schuld dafür gegeben.«

* * *

Das Obdachlosenasyl wirkte ganz ruhig. Die Flure rochen nach Rauch. Wir beide waren die Einzigen hier.

Das machte es unheimlich. Es fühlte sich wie Krieg an. Hier hatte es eine Schlacht gegeben, hätte ich gern gesagt. Soldaten, rührt euch, der Feind ist vernichtet. Ihr seid zwar übel mitgenommen, wart aber siegreich.

Doch nein. Das Feuer hatte nur den Anfangspunkt markiert, von dem an alles schiefgegangen war.

Wir arbeiteten uns durch den ausgebrannten Trakt und blieben am Absperrband der Feuerwehr stehen. Rote Augen glühten auf der anderen Seite. Metall ächzte, gefolgt von Kaugeräuschen.

Die Rüstung kitzelte, als wir näher kamen, ihre Oberfläche schimmerte von einer schwachen Glut.

»Sie hat ein Loch in das Labyrinth gerissen, um hierherzukommen«, sagte ich und musterte meine rechte Hand. »Könnte die Stelle immer noch schwach sein? Schwach genug, um einfach … hindurchzufallen?«

»Du glaubst also, dass sie auf demselben Weg wieder verschwunden ist, statt Jack in diese Wälder zu bringen?«

Ich lehnte mich gegen die Wand, starrte auf die verkohlten Gebäudereste. Es hatte wieder zu regnen begonnen – und da es in diesem Trakt kein Dach mehr gab, wurde der Boden um uns herum nass. Mein Gesicht auch. »Diese Leute. Die, die sie ausgesaugt hat. Wir wissen nicht, wer sie sind oder wo sie sie gefunden hat. Es könnte sein, dass sie sich später noch mit anderen verbunden hat.«

»Ich weiß«, sagte er grimmig. »Aber was können wir dagegen tun? Kein Gefängnis dieser Erde vermag sie festzuhalten. Wir hätten sie töten können. Aber sie ist in Sklaverei aufgewachsen, seit ihrer Geburt wurde ihr Gehirn immer wieder gewaschen. Ihr das Leben zu nehmen, wäre nicht fair gewesen.«

»Wir oder sie … da entscheide ich mich doch für uns.«

»So weit sind wir noch nicht.«

So weit waren wir schon, seit ich sie zum ersten Mal gesehen hatte. Aber auch ich hatte nicht die Nerven gehabt, sie umzubringen. »Sie ist gefährlich. Wir müssen sie finden. Erst recht, wenn wir vorhaben, uns den Schleier und die Mahati vorzunehmen.«

Grant blickte zu Boden und biss die Zähne aufeinander. »Glaubst du, dass wir das schaffen können?«

Zum ersten Mal hörte ich Zweifel in seiner Stimme. Bisher war er in allem, was wir durchgemacht hatten, so furchtlos gewesen. Stark und zielgerichtet. Ich, ich hatte mich immer so gefühlt, als würde ich daran zerbrechen. Er aber nicht.

Ich versuchte zu sprechen, bekam jedoch kein Wort heraus. Also lehnte ich mich an seinen Rücken, schlang meine Arme um seine Hüften und umarmte ihn, so fest ich konnte. Dek und Mal schnurrten.

»Du bist mein Held«, erklärte ich. »Ich glaube fest an dich.«

Zwar atmete er heftig aus, aber es klang wie ein Lachen. »Ich bin ein Krüppel mit dem Talent, Leute zu manipulieren. Ich weiß nicht, was du je in mir gesehen hast.«

Ich küsste seine Schulter. »Ich habe mich schon wieder in dich verliebt, noch bevor meine Erinnerung an uns zurückgekehrt war. Ich habe genug von dir gesehen.«

Grant umfasste meine Hände. »Werden wir zusammen alt?«

»Ja«, flüsterte ich.

Er drehte seinen Kopf weit genug herum, um mich über seine Schulter hinweg ansehen zu können. »Lügnerin.«

Ich fasste nach oben und verdrehte ihm die Nase. »Zwing mich bloß nicht dazu, in unserer Familie die Rolle der Optimistin zu übernehmen.«

»Familie.« Er drehte sich in meinen Armen, stützte sich schwer auf seinen Stock, während sich seine andere Hand in die hintere Tasche meiner Jeans schob. »Das Wort gefällt mir.«

»Ach ja?« Meine Augen brannten ganz plötzlich. »Dann vergiss das nicht. Es gibt Dinge, für die wir am Leben bleiben müssen, um sie erleben zu können.«

Scharf sog Grant die Luft ein, hielt meinen Blick für einen langen, bebenden Moment … dann jedoch wandte er die Augen ab, die Kiefer fest aufeinandergebissen. Ich stellte mich auf die Zehenspitzen und küsste seinen Hals.

»Wir schaffen das.« Ich hauchte die Worte nur. »Sag es, bitte.«

»Wir schaffen das«, flüsterte er. «Wir müssen es ja schaffen.«

Mal löste sich aus meinem Nacken und schlüpfte auf Grants Schultern und rollte sich dort wie eine Schlange zusammen. Dann legte er den kleinen, fellbedeckten Kopf auf Grants Ohr und machte es sich bequem.

Grant verzog das Gesicht, griff zögernd nach oben und streichelte Mals Schwanz. Ein Schnurren ertönte. Dek zirpte seinem Bruder zu.

Ich lächelte und tätschelte Grants Brust. »Du hast jetzt einen Bodyguard.«

Er schüttelte den Kopf. »Du brauchst Mal.«

»Grant«, sagte ich, und mein Lächeln schwand kaum merklich. »Wer sollte mich verletzen?«

Sein Blick wurde ernst. »Maxine ...«

Ich gab ihm keine Gelegenheit, den Satz zu beenden, sondern packte sein Hemd, ballte meine rechte Hand zu einer Faust und dachte intensiv an die Botin.

Das Obdachlosenasyl fiel ins Leere.

Und als ich selbst verloren in dieser Leere hing, rührte sich die Finsternis in mir und öffnete ihre Augen, um mich zu mustern.

Du hast hier Angst, sagte sie sanft, *du magst die Dunkelheit nicht.*

Geh wieder schlafen, antwortete ich, *ich will dich nicht.*

Du brauchst uns aber. So wie die Schlächter uns gebraucht haben.

Nein, sagte ich, allerdings nur zu mir selbst.

Denn ich brauchte tatsächlich etwas. Irgendetwas, auf jeden Fall mehr als das, was ich besaß.

Grant und ich, wir bewegten uns durch das Nichts in ein Inferno aus roten Felsen und goldenem Sand hinein.

Eine weiß glühende Sonne stand blendend am wolkenlosen Himmel. Wir befanden uns auf einem Hochplateau. Unter uns waren noch mehr Sand und Felsen und die Umrisse einer kaum sichtbaren Straße, die in einer geraden Linie auf einen Horizont zulief, der von noch mehr Plateaus und Steinhügeln zerklüftet war.

Es war mir ziemlich egal, wo wir uns befanden. In diesem Teil der Welt war es Tag – und Nacht in Seattle. Jedenfalls, wenn wir keine Zeitreise gemacht hatten.

Die Jungs drückten schwer auf meine Haut, überall, sogar an meinem Kopf. Ich hoffte, dass Jack und Mary – und auch Byron – noch immer von Aaz bewacht wurden.

Grant schützte seine Augen vor der Sonne und schielte zu mir herüber.

»Ich mag diese Zeichnung«, sagte er, als Dek seinen tätowierten Schwanz über meine Wangen und Augenbrauen drapierte und seine kleinen Klauen meine Augenlider bedeckten.

Langsam drehte ich mich um mich selbst und hielt nach der Botin Ausschau.

Grant, der gerade sein Jackett ausziehen wollte, hielt mitten in der Bewegung inne. »Ich sehe da etwas, hinter den Felsen. Dort steigt Energie auf, wie eine Hitzewelle.«

»Wonach sieht es aus?«

»Sie ist gedämpft«, sagte er, wickelte sich seinen Mantel um die Hüften und nahm den Stock. »Sie leuchtet nur mit halber Kraft, als wäre alles Strahlende und Vibrierende in ihr versiegt.«

»Wahrscheinlich siehst du ganz anders aus als alles, was sie gewohnt ist.«

»Auf jeden Fall ist es beunruhigend.« Er sagte nichts weiter und schien besorgt. Mir gefiel das auch nicht besser als ihm. Und es wurde nicht einfacher, als ich sie sah.

Wir fanden die Botin mit gekreuzten Beinen in dem brennenden Sand auf der anderen Seite der Felskuppe sitzen. Sie starrte vom Felsen herab zur fernen Wüstenebene. Ihre Finger waren ineinander verschränkt, ihr Rücken gerade. Wir waren nicht leise, als wir näher herantraten, aber sie schaute uns nicht an und bewegte sich nicht. Nicht, bis wir fast auf ihrer Höhe waren.

»Ihr«, sagte sie mit einem überraschenden Unterton von Überdruss in ihrer Stimme. Überdruss, Enttäuschung und Ärger.

Sie war nicht allein.

Drei Männer saßen zusammengesackt auf den Felsen, ihre Köpfe hingen schlaff zur Seite, ihre Augen waren halb geschlossen. Sie wirkten noch nicht ganz ausgedörrt, aber kurz davor. Sie waren dunkelhaarig, bärtig und mager, trugen weite, überlange Hemden und karierte Tücher, die sie um die Hüften geschlungen hatten. An ihren Schultern hingen Gewehre, aber keiner der Männer schien in der Verfassung zu sein, einen Schuss abzufeuern.

Ich näherte mich ihnen, und die Botin hielt mich nicht auf.

Ich fühlte ihren Pulsschlag und blickte zu Grant hinüber. »Sie leben noch.«

»Besessen«, sagte er ruhig und drehte sich zu der Botin herum. »Warum hast du das gemacht?«

»Hier gibt es keine Gefäße«, sagte sie einfach. »Keine guten menschlichen Vorräte hier, aus denen ich schöpfen könnte.

Und ich bin nicht mehr so scharf darauf zu sterben wie noch vorhin.«

»Gut«, antwortete er, »aber ich habe viele Jahre überlebt, ohne meine Energie aus Besessenen zu ziehen. Was du diesen Männern antust, ist falsch.«

»Falsch«, gab sie zurück. »War es denn auch falsch, was du mir angetan hast, in meinem Kopf?«

Grant zögerte. »Kann sein, aber es tut mir nicht leid.«

Ich hörte nur mit halbem Ohr zu. Ich konnte die Fesseln der Besessenheit zwar nicht sehen, die die Botin den Männern angelegt hatte, aber ich konnte sie an meiner Zunge schmecken: so kalt und steril wie Stahlgitter.

Zerbrich sie, wenn du willst, sagte die Finsternis. *Du hast die Fesseln schon in deinem Mund. Beiß zu. Beiß, und du wirst sie befreien.*

Ich wusste, dass ich nicht auf sie hören durfte, ich wusste es so gut, aber die Versuchung war zu groß. Ich konnte es tun. Ich konnte sie befreien. Und so tat ich es. Es war wie das Durchbeißen eines Fadens mit den Zähnen. Meine Kiefer pressten sich zusammen, und ich fühlte in meinem Inneren drei vibrierende Knackgeräusche, die einen bitteren Geschmack in meinem Mund hinterließen, wie Blut, wie reines, flüssiges Eisen.

Die drei Männer zuckten heftig, ihre Augen wurden wieder lebendig, als sie nach Luft schnappten und ihre Kehlen umklammerten. Sie machten große, heftige Atemzüge, jeder davon schüttelte sie so sehr, dass ich fürchtete, ihre Knochen könnten brechen. Ich blickte über die Schulter und sah die Botin, die ihre Brust umklammerte, als hätte sie einen Herzanfall.

»Verdammt!«, rief ich.

»Maxine«, brüllte Grant und zeigte hinter mich. Ich drehte mich um und erblickte die Männer, die nun wieder bei vollem

Bewusstsein waren, sich selbst unter Kontrolle hatten und mich anstarrten, entsetzt und voller Verwirrung. Ich hatte ganz vergessen, wie ich aussah. Und nicht nur das, die Männer hatten auch keine Ahnung, wie sie hierhergekommen sein mochten.

Sie griffen nach ihren Gewehren. Ich schrie sie an, aber das führte nur dazu, dass sie sich noch schneller bewegten, mich anschrien und sich dann gegenseitig anbrüllten. Von dem, was sie sagten, verstand ich zwar kein Wort, aber ich ahnte es immerhin. Dann warf ich mich auf den Ersten von ihnen und versuchte ihm die Waffe zu entwinden. Er war stark und drahtig, hatte die Zähne vor Wut gefletscht.

Ich rammte ihn mit dem Kopf.

Seine Hände wurden schlaff. Ich entriss ihm das Gewehr und schleuderte es über die Felskante. Aber ich war zu langsam, um die anderen aufzuhalten. Sie eröffneten das Feuer – auf mich, auf Grant und die Botin.

Ich sah nicht lange hin, ich dachte auch nicht nach – ich stürzte mich auf beide Männer und schleuderte uns alle drei über die Klippe.

Ich weiß nicht, ob ich schrie. Vielleicht schon, ja. Sie jedoch schrien ganz ohne Zweifel, als sie mir quasi sofort aus den Händen glitten. Ich versuchte sie festzuhalten, doch sie schlugen zu sehr um sich.

Die Welt hörte auf, sich zu drehen. Ich sah den Boden, klar und scharf, und jeder Felsen war in den feinsten Einzelheiten gezeichnet, während ich kopfüber der Erde entgegenstürzte.

Ich hätte meine Rüstung benutzen können, um mich zu retten, die Männer aber befanden sich außerhalb meiner Reichweite. Ich versuchte alles, um sie zu fassen, doch meine Hände glitten immer wieder ab, und mir blieben nur noch Sekunden. Ich stürzte Hunderte Meter in der Spanne eines Herzschlages.

Mit meinem Kopf schlug ich zuerst auf. Ich fühlte mich wie ein Pfeil, und zu dem Zeitpunkt des Aufschlags hatte ich eine schreckliche Vision von mir selbst, wie ich in der Erde steckte und nur noch meine Füße herausschauten.

Stattdessen prallte ich ab, drehte mich und trudelte wie eine Vogelscheuche durch die Luft. Ich landete hart auf dem Rücken, rutschte über Geröll und Sand. Mir tat nichts weh, aber ich vergaß zu atmen, und mein Herz schlug so heftig, dass ich dachte, ich hätte einen Schlaganfall. Mir war schwindlig, ich sah Lichter in meinen Augen, und der blaue Himmel schluckte mich.

Jemand schrie meinen Namen, weit entfernt, hallend. Ich drehte mich ein wenig um und sah Grant, der sehr hoch über mir am Rand der Klippe stand. Ich konnte nicht viel von ihm erkennen, aber ich hob die Hand, um ihm zu winken. Es war schwieriger, als ich dachte. Zee und die Jungs pochten auf meiner Haut.

Ich blickte nach links, dann nach rechts. Die Männer lagen in meiner Nähe. Ich konnte nicht viel von ihren Köpfen erkennen, weil ihre Schädel in ihre gebrochenen, zerquetschten Schultern gedrückt waren.

Tut mir leid – so richtete ich meine Gedanken an sie. Tränen brannten in meinen Augen. *Es tut mir leid.*

Die Luft über mir geriet in Bewegung, Steine polterten herab. Die Botin kam in mein Blickfeld, kurz darauf auch Grant.

Er sank neben mir auf die Knie, seine Augen blickten vor Sorge wie wild. Blut strömte an seinem Arm herunter, der unbrauchbar an seiner Seite herabhing. Sein Ärmel war zerfetzt, und die Schusswunde machte einen sehr großen und verschmutzten Eindruck. Ich versuchte mich aufzusetzen. Er drückte mich zurück, doch bei dieser Bewegung schwankte er und stöhnte vor Schmerz auf.

Ich schob seine Hand so sanft wie möglich beiseite. »Du brauchst einen Arzt.«

Grant senkte mit zusammengepresstem Kiefer den Kopf. »Und – bist *du* verletzt?«

Ich ignorierte die Frage. Die Botin bückte sich voller Anmut. »Lichtbringer. Heile dich selbst.«

Er warf ihr einen harten, gequälten Blick zu. »Ich weiß nicht wie.«

Verachtung blitzte auf. »All diese Macht – und du kannst nicht einmal dein eigenes Leben retten.«

»Dann bring es ihm bei«, rief ich ungeduldig.

»Warum sollte ich?« Die Botin stand auf und wich zurück. »Er hat mir etwas angetan, das nicht ungeschehen gemacht werden kann. Meinem Kopf, meinem Herzen. Er hat mich … verändert.«

»Es tut mir leid«, sagte Grant mit einem verbissenen Lächeln. »Ich habe ja nur versucht, dir zu helfen. Ehrlich, ich wollte dir kein Leid zufügen.«

»Aber die Wilden tun das. Unsere Macht ist zu groß, um sie ungezähmt zu lassen. Man darf uns nicht trauen.«

»Deshalb vertraust du lieber auf andere«, klagte ich sie an. »Du entziehst dich deiner Verantwortung, weil jemand anders alles besser weiß. Jemand, der dir Befehle gibt, über die du nicht nachzudenken brauchst, denen du nur folgen musst, ohne die Konsequenzen zu tragen.«

»Du behandelst mich wie ein dummes Kind.«

»*Ich* war es schließlich nicht, die den Gefängnisschleier geöffnet hat.«

Sie warf mir einen hasserfüllten Blick zu. Grant würgte ein schmerzerfülltes, schnaubendes Gelächter heraus. Dann kniff er die Augen zusammen.

»Au«, machte er.

»Komm her«, murmelte ich und bereitete mich darauf vor, mit ihm zu einem Krankenhaus zu springen. Aber die Botin hielt mich an der Schulter fest.

»Wie«, fragte sie ruhig, »wie hast du meine Verbindung mit den drei Männern gebrochen?«

Schuldgefühle durchschossen mich. »Ich hab es einfach getan.«

»Du hast drei Leben vergeudet.«

»Die du sonst benutzt hättest, bis sie gestorben wären?«

»Ja«, sagte sie und blickte zu Grant herunter. »Ich kann dich heilen. Aber ich brauche dazu ein Medium, ein Gefäß, einen Menschen, mit dem ich mich verbinden kann.«

»Nein, ich werde nicht noch jemanden opfern.«

»Es sind doch nur Menschen.«

»So wie wir.« Er starrte sie an. »Genauso wie wir.«

Die Botin zögerte. Sie betrachtete ihn, ihr Blick glitt von seinem Gesicht in die Luft um ihn herum und verfolgte all die Stränge aus Farben und Licht, die für meine Augen unsichtbar waren. Was auch immer sie gesehen haben mochte, es bewirkte, dass sie die Schultern hängen ließ.

»Dann werde ich mich an dich binden müssen«, sagte sie leise.

Zur Hölle, nein!, dachte ich. Aber Grant streckte ohne zu zögern seine Hand nach ihr aus; und ich war zu langsam, um zu sprechen, ihn aufzuhalten – und sie ebenfalls aufzuhalten. Sie umfasste sein Handgelenk.

Grant keuchte, kniff die Augen zusammen. Ein schrecklicher Schmerz durchbohrte mein Herz, ein zerrendes Gefühl wie von einem Haken, fremdartig und durchdringend, wie ein Blutegel, der sich an mir festsaugte. Die Finsternis rührte sich in mir und durchzuckte mich mit einem Zischen. Ich hielt sie mit all meiner Kraft zurück. Die Jungs drängten sich gegen meine Haut… vor allem Zee wand sich in seinen Träumen.

Die Botin warf ihren Kopf zurück, der Atem rasselte in ihrer Kehle.

»Lichtbringer«, sagte sie und klang dabei ein wenig überrascht.

Grant machte ein würgendes Geräusch. Etwas zog an meinem Herzen; jene Haken zerrten es schmerzhaft nach außen, nach außen zu ihm hin. Zu ihm, durch ihn hindurch, zu der Botin. Kein goldenes Licht. Ihre Verbindung war schmerzhaft und besitzergreifend. Nichts Sanftes lag darin.

Wir könnten sie töten, flüsterte die Finsternis. *Ihre Berührung gefällt uns nicht.*

Es reicht, fuhr ich sie an, *du hast schon genug angerichtet.*

Wir haben schließlich nicht damit angefangen, erwiderte sie sanft. *Es waren nicht wir, die getötet haben.*

Die Botin sang. Ihre Stimme war stark und stabil, so wie die Hand, die Grants verwundeten Arm hielt. Ich sah völlig perplex zu, als sich sein zerfetztes Fleisch zu schließen begann. Es geschah zwar langsam, aber stetig, und Grant erbleichte, Schweiß strömte über sein Gesicht. Ich stützte ihn, als es ihn durch und durch schüttelte.

So lange, bis sich die Wunde endlich geschlossen hatte. Die Botin beendete ihren Gesang und lehnte sich zurück, zwar immer noch anmutig, aber langsam, vorsichtig, jede Bewegung wirkte gemessen und behutsam. Schweiß glitzerte auch auf ihrem Gesicht, ihre Lippen hatten jede Farbe verloren und verschmolzen mit ihrer weißen Haut.

Für eine lange Zeit herrschte Schweigen. Die Botin schaute von Grant zu mir, und ihr Blick blieb schließlich an meinem

Gesicht hängen. Sie musterte mich, aber mit einer besorgten Nachdenklichkeit. Ich erwiderte ihren Blick, ohne mit der Wimper zu zucken.

»Dein Herz ist eigenartig«, sagte die Botin.

»Ja«, antwortete ich, »brich die Verbindung ab.«

Ich dachte, sie würde nein sagen. Ihre Hand berührte ihre Brust und ließ sie darübergleiten, so als spürte sie etwas Warmes durch ihre Handfläche hindurch. Ihr Blick war immer noch zu nachdenklich und, wie mir schien, auch etwas gierig.

Doch sie schloss die Augen, sprach ein Wort aus, das in mir rumorte, und wenige Augenblicke später war der Haken in meinem Herzen verschwunden. Meine Erleichterung folgte unmittelbar und physisch wahrnehmbar. Ich krümmte mich nach vorn, meine Finger gruben sich in meine Brust, und mein Herz klopfte stärker, als es gesund sein konnte, heftiger, als wenn es aufgrund von Furcht geklopft hätte, heftiger auch als bei einer Krankheit.

Grant atmete unregelmäßig. Sein Gesicht war gerötet, die Augen zusammengekniffen. Ich hielt ihn fest an mich gepresst, drückte meine Lippen zuerst in seine Haare, dann gegen sein Ohr.

»Ich bin da«, murmelte ich.

Die Botin rührte sich, lehnte sich zu ihm hin. »Warum hast du mich aufgehalten?«

Ich sah sie an, aber sie war ganz und gar auf Grant fokussiert.

»Dein Bein«, fuhr sie fort. »Du hast mich davon abgehalten, den Knochen wieder zu richten.«

»Du kannst ja nicht alles heilen«, flüsterte er gepresst, die Augen immer noch geschlossen. »Einige Dinge müssen so bleiben, wie sie sind.«

Sie runzelte die Stirn. »Du bist verrückt.«

»Und was bist dann du?«

»Erschaffen«, sagte sie und richtete sich auf. »Erschaffen von den Händen meines Schöpfers.«

»So wie ich auch.«

»Du bist nicht geschaffen worden. Nicht so wie ich.«

»Jeder von uns hat seine eigene Daseinsform.«

»Ich bin die Wächterin meines Schöpfers. Ich habe keinen *eigenen* Weg.«

»Aber auch das ist doch *ein* Weg, genauso wie meiner.« Grant zwang sich, ein Auge zu öffnen, und blinzelte sie an. «Niemand besitzt dich. Aber das Gleiche gilt auch umgekehrt. Du bist nicht besser als irgendein anderer, gleichgültig, zu was du fähig sein magst.«

Ihre Augen verengten sich, aber sie sagte nichts mehr. Sie stand bloß auf und entfernte sich. Ich kam auf die Füße und half Grant, sich neben mir aufzurichten. Er knirschte die ganze Zeit mit den Zähnen und stieß die Luft mit einem langen Zischen aus, während ich ihm den Stock in die Hand drückte und er seinen anderen Arm um meine Schultern legte. Ich stützte sein Gewicht.

Dann traf ich auf den Blick der Botin. »Hast du inzwischen über das nachgedacht, worüber wir diskutiert hatten?«

Ihre Lippen verdünnten sich zu einem unangenehmen Strich.

»Ihr wollt also, dass ich an eurer Seite kämpfe?«

»Wir brauchen deine Hilfe, um den Gefängnisschleier zu schließen«, sagte Grant.

»Der Schöpfer sagt, dies sei nicht möglich.«

»Der Schöpfer war zu voreilig. Wir werden es versuchen.« Grant beugte sich vor. »Du weißt überhaupt nicht mehr, wer du bist. Du kennst deinen eigenen Wert nicht mehr. Aber das liegt nur daran, dass du niemals die Gelegenheit hattest, du selbst zu sein oder eine eigene Entscheidung zu treffen. Was auch immer du jetzt und hier entscheidest – es wird deine eigene Wahl sein. Es ist dein Leben.«

Es war keine Manipulation aus seiner Stimme herauszuhören, jedenfalls lag sie nicht in dem, was er ihr erzählt hatte, höchstens – vielleicht – in dem Gewicht, das der Bedeutung seiner Worte eignete.

Doch noch ein wenig Priester, dachte ich. Der aus viel mehr bestand als nur aus der Magie seiner Stimme. Wenn er seine Gabe verlieren sollte, würde er trotzdem Grant Cooperon sein. Jemand, der in der Lage war, ein Leben zu verändern, und zwar mit nichts als seiner Überzeugung und seinem Glauben.

Ich fragte mich, was ich ohne meine Dämonen und die Finsternis in mir wohl wäre. Besser oder schlechter? Oder wäre ich bloß eine Frau mit einer Vierzig-Stunden-Woche, die ihr Bestes gab, um eine andere Art von Leben zu meistern?

Wie wäre es, die andere Seite des Lichts nie gekannt zu haben?

Die Botin betrachtete erst Grant, dann mich.

»Ich werde es tun«, sagte sie langsam, »und dann werden wir ja sehen.«

»Ich hoffe, dass du eine ganze Menge siehst«, sagte Grant.

18

Ich habe niemals den Namen des Dorfes erfahren, aus dem die Männer verschleppt worden waren.

Dorthin ließ ich Grant und mich von der Botin bringen. Wir nahmen zwei Leichen mit und einen Mann, der zwar noch lebte, aber nicht mehr bei Bewusstsein war. Wir ließen sie am Straßenrand zurück, unter einer Palme an den Ausläufern des Dorfes, das aus rechteckigen Häusern mit blassen Steinwänden bestand, die farblich genau zu der Felswand passten, die sich im Hintergrund auftürmte. Ein Hund bellte uns an. Aus der Entfernung hörte ich arabische Popmusik.

An einer Straßenbiegung tauchten zwei kleine Mädchen in einfachen, grünen Kleidern auf. Als sie uns sahen, blieben sie stehen und schrien laut auf.

Die Botin blieb unbeeindruckt. Sie sah die verstörten Kinder an und schaute dann lange und angestrengt in die Richtung des Dorfes.

»Das erinnert mich an den Ort, in dem ich geboren wurde«, sagte sie. »Ich durfte nicht viel von dem sehen, was sich hinter den Wänden befand. Die Wüste war groß und bedeckte die ganze Welt.«

Ich machte große Augen. Genauso wie Grant. Die Botin sah uns an und neigte den Kopf.

»Das Labyrinth ist auch unermesslich«, sagte sie und verschwand aus unserem Blickfeld.

Ich nahm Grant bei der Hand und folgte ihr.

Wir fielen ins Apartment in Seattle. Noch immer war Nacht.

Die Jungs rissen sich von meinem Körper los. Vor Schmerz biss ich die Zähne zusammen und zerquetschte Grant förmlich die Hand, bis alles vorbei war und sich der Rauch, der noch kurz zuvor meine Tätowierungen gebildet hatte, zu kleinen harten Körpern verdichtet hatte, die wie Obsidian und Quecksilber glänzten.

Jack saß immer noch auf der Couch, aber statt des Knochens hielt er einen Becher in der Hand. Er und Mary sahen sich die Nachrichten an. Etwas in ihren Gesichtern machte mir Angst, eine eiskalte Angst, die bis in die Knochen reichte. Rohw und Aaz hockten dicht beieinander und glotzten ebenfalls auf die Mattscheibe.

»... wie gerade gemeldet wird, wurde ein Greyhound-Bus, der sich auf dem Weg von Portland nach Seattle befand, kurz hinter Astoria am Rand der Interstate 5 gefunden. Der Bus hatte sich überschlagen. Erste Augenzeugen beschreiben die Szenerie als grauenerregend. Alle Passagiere wurden für tot erklärt.«

Ich hörte Schreie aus dem Fernseher, ungläubiges Raunen, Schmerzenslaute. Ich hörte auch Rufe und dann die zitternde Stimme eines Mannes wiederholen: »O Gott, o mein Gott.«

Dann stellte Jack den Ton ab und legte die Fernbedienung zurück.

»Tot«, sagte er und sah mich zum ersten Mal an, seit wir angekommen waren. Sein knapper Blick huschte über Grant zur Botin hinüber und dann zurück zu mir. »Sicher. Aber irgendjemand lügt, was den Rest betrifft.«

»Busunglücke können passieren«, flüsterte ich, als sich Dek

schwer um meine Schultern legte. Ich schaute mich nach Mal um und fand ihn bei Grant. Er hatte sich um den Hals des Mannes geschlungen.

»Die Mahatis sind auf Jagd«, schnarrte Zee und schloss die Augen, als lausche er nach etwas weit Entferntem.

»Ein ganzer Trupp. Und Ha'an ist der Anführer.«

Ich schloss meine Augen und atmete tief ein. »Jack, hast du gefunden, was du gesucht hast?«

»Ja«, antwortete er ruhig.

Ich angelte nach Grants Hand. »Erzähl ihnen, was sie wissen müssen.«

»Das ist nicht so einfach.«

»Dann mach es einfach«, gab ich zurück. »Die Zeit läuft uns davon.«

Grant zog mich an sich heran. An seiner Brust hing Mal halb herunter. »Was tust du?«

»Ich trete auf die Bremse.« Ich drückte seine Hand und warf der Botin einen Blick zu. Wir wechselten keine Worte … nur diese kalten, leeren Augen und der verkniffene Mund schienen zu mir zu sprechen.

Ich ging in die Leere zurück, mit dem Bild Ha'ans vor meinem inneren Auge.

Ich fand mich in einem Wald wieder, der dem Wald ähnelte, in dem der Schleier geöffnet worden war. Die Luft war kalt und feucht und der Boden unter den Füßen weich. Ich hörte das Rauschen eines Flusses, das aber von Gesang übertönt wurde. Es war eine tiefe Stimme, die die Worte verband – zu Melodien. Dek stimmte mit ein, ganz leise in seiner hohen, süßen Stimmlage. Alle waren um mich herum, die Jungs kauerten ganz in meiner Nähe, ihre roten Augen glitzerten. Wehmutsvoll, stellte ich fest. Voller Erinnerungen.

Ich hätte mich genauso gut in einer Kathedrale befinden und einem Mönch zuhören können. Unter meinem Herzen streckte sich die Finsternis aus, ihre Windungen rieben sich aneinander und erzeugten ein spektrales Zischen, das mir bis ins Knochenmark fuhr. Ich suchte meine Verbindung zu Grant und fand sie sofort: warm und von der Sonne beschienen. Darauf konzentrierte ich mich und hielt mich daran fest.

Vergiss nicht, du könntest vieles besitzen, an einem anderen Ort, sagte die Finsternis in meinem Geist.

Ich ignorierte die Stimme jedoch, ließ die Bäume hinter mir und fand die Mahati.

Ich zählte acht von ihnen, ohne Lord Ha'an mitzurechnen. Die Dämonen hatten sich entspannt in einem lockeren Kreis zusammengesetzt. Vor ihnen lag eine kunterbunte Sammlung menschlicher Gliedmaßen. Ich roch Blut und hörte das Knacken zerbrechender Knochen. Feuchtes Schmatzen. Mein Magen rebellierte, aber ich würgte es hinunter und riss mich zusammen.

Ha'an war der einzige Dämon, der nichts aß, und auch der Einzige von ihnen, der sang. Seine Stimme klang wie ein dunkles Rauschen und kollidierte mit den Geräuschen des Wildbachs in der Ferne. Er kniete mit weit gespreizten Oberschenkeln, während seine von Metall überzogenen Finger auf muskulösen, silbrigen Schenkeln ruhten.

Er sah mich noch vor den anderen, hörte aber nicht auf zu singen. Seine Augen folgten meinen Bewegungen und weiteten sich kaum merklich, als er die Jungs entdeckte.

Einer nach dem anderen beendeten die Mahati das Essen und schauten auf. Als sie mich sahen, durchlief es sie wie eine Woge. Es schmeckte nach Furcht, was mir eine kleine, wohlige Gänsehaut bescherte.

Mich … oder die Finsternis, die in mir den Kiefer aufzusperren schien, der zusammengerollte Geist, der mich vom Haarbalg bis zu den Zehen auszufüllen schien. Ich hatte ein Gefühl, als ritte ich auf dem Kamm einer Riesenwelle, die mich mit Macht und Anmut immer höher trug.

Weil wir so sind, flüsterte sie, *weil wir die Macht darstellen.*

Macht. Ich könnte mich für die Macht entscheiden. Aber diese Wahl würde Konsequenzen haben.

Dies wiederholte ich für mich. Wieder und wieder. Währenddessen klammerten sich Rohw und Aaz eng an meine Beine und knurrten sanft. Die Stacheln von Zees Haaren und jene auf seiner Wirbelsäule waren aufgerichtet. Die Krallen schleiften durch den Dreck.

»Ha'an«, schnarrte er. »Ist lange her.« Die Stimme des Dämons brach das Schweigen. »Lange genug, um dem Sonderbaren Raum zu gewähren. Du hast nachgelassen, genau wie deine Brüder. Ihr habt das Alte nicht mehr in den Leibern.«

»Aber die Macht«, entgegnete Zee. »Genug Macht, um dich zu töten.«

»Jederzeit«, antwortete Ha'an ohne ein Anzeichen von Furcht oder Zorn. »Und euer Menschenwirt? Ihr seid an sie gebunden, das habe ich schon gespürt, aber ich konnte es nicht verstehen.«

»Aetar«, schnarrte Zee.

Ha'an nickte nachdenklich. »Die werden wir auch wieder jagen. Wenn wir hier fertig sind.«

»Ihr seid schon fertig«, sagte ich und trat einen Schritt nach vorn. »Die Leben, die ihr heute genommen habt, das waren zu viele.«

»Ich hatte es doch angekündigt. Ich hatte dir ja gesagt, dass ich meine Leute nicht hungern ließe.«

Ich deutete auf die verstreuten Überreste auf dem Boden vor ihm. »Das da waren auch Leute. Ihr könnt doch etwas anderes essen.«

»Vieh?«, fragte Ha'an verächtlich. »Wohl eher nicht.«

»Besser als dein eigener Arm.«

Er zog die Augen zu Schlitzen zusammen und blickte zu Zee hinunter. »Wie kann es sein, dass sie ein Menschenwirt ist und trotzdem nicht weiß, was wir brauchen?«

»Andere Zeiten, andere Bedürfnisse«, lautete Zees simple Antwort. »Sie ist unsere Königin.«

Ha'an zuckte zusammen. »Aber ihr seid noch immer unsere Könige.«

Zee zog die Krallen durch die Erde. Seine Stacheln streckten sich vor Erregung. »Eure, ihre. Zusammen.«

Der Mahati-Lord lehnte sich zurück und fixierte mich mit funkelndem Blick. »Ich kann spüren, wie das Alte unter ihrer Haut atmet. Mein Verstand sagt mir, dass sie ein Menschenwirt ist. Aber sobald ihr ihren Körper nicht mehr umschlingt, wird sie zu menschlich sein. Die anderen werden sie nicht als ihre Königin akzeptieren.«

»Sie müssen es aber«, beschied ihm Zee. »Ihr müsst es.«

Ha'an warf zuerst ihm einen langen, undurchdringlichen Blick zu und dann mir. Er ließ seine Zurückhaltung fahren, hob sein Kinn und sagte herausfordernd: »Du da, mit dem Fett und dem Fleisch über den Knochen, weißt du überhaupt, wie es ist, so viel Hunger zu haben, dass man sein eigenes Fleisch essen muss, um zu überleben?«

»Weißt du es denn?«, fragte ich kühl zurück. »Du siehst jedenfalls noch ziemlich unversehrt aus.«

Eine furchterregende Ruhe überkam ihn. Ich wäre fast zurückgesprungen, aber Rohw stemmte sich gegen mein Bein und sorgte dafür, dass ich blieb, wo ich war. Bekräftigend legte Dek eine Klaue auf mein Ohr.

»Die Hatz«, flüsterte er, »gilt nicht nur dem Fleisch. Damit sättigen wir vielleicht unsere Bäuche, aber nicht unsere Seelen.«

»Ihr jagt nach Schmerzen«, entgegnete ich.

»Der Schmerz besitzt eine große Kraft«, antwortete Ha'an, als ob damit schon alles erklärt wäre. »Würde Vieh schon ausreichen, dann würden wir eben diese trägen Biester benutzen. Aber Verstand, träumender Verstand, macht stark, schmeckt, sickert in jede Zelle, mit jedem Blutstropfen, mit jedem geknackten Knochen. Er hat die Kraft, die wir brauchen, um stark zu sein.«

Du hast doch längst davon gekostet, sagte die Finsternis. *Du hast doch schon gelebt und genossen, wovon er erzählt. Stell dir vor, wie es ist, im Glanz Zehntausender Seelen zu baden, wenn sie vor deinen Füßen zermalmt und ausgelöscht werden. In jenem letzten Augenblick erreicht die Schlemmerei ihren Höhepunkt.*

Ich starrte in Ha'ans grüne Augen und versuchte, nicht zu zittern, trotz der schrecklichen, unbeschreibbaren Gier, die mir die Kehle hochstieg. »Nehmt, was ihr schon habt, aber nicht mehr. Und kehrt in den Schleier zurück.«

Ha'an fixierte mich mit festem, ausdruckslosem Blick. »Und wenn ich es nicht tue?«

Ich sah zu Rohw und Aaz hinunter. Sie stürzten sich wie Geschosse aus Zähnen und Klauen auf die nächststehenden Mahati. Ich zwang mich dazu, ganz ungerührt zuzuschauen, wie Rohw einen ganzen Arm hinunterwürgte, ihn sich einfach in den Schlund stopfte, bevor er ihn dem schreienden Mahati von der Schulter riss. Aaz wühlte sich in die Brust eines anderen Dämons und zerbiss ihn dabei fast in zwei Teile.

Ich rührte mich nicht und verzog keine Miene. In meinem Inneren schrie es, aber mein Herz war aus Stein, weil es so sein musste. Ich war rücksichtslos, denn dies war der einzige Weg, die Leute, die ich liebte, am Leben zu erhalten.

Ich fixierte Ha'an. »Geht verdammt noch mal in den Schleier zurück! Sofort!«

Er hielt meinem Blick etwas länger stand, als es klug war, dann schnipste er mit seinen langen Fingern nach den anderen Mahati, die die Überreste ihrer Jagd und die gerade Getöteten hastig zusammenzuklauben begannen. Am liebsten hätte ich ihnen befohlen, damit aufzuhören und die menschlichen Körper liegen zu lassen, aber mein Instinkt sagte mir genau, wie weit ich gehen durfte. Für diesmal war es genug. Es war nun Zeit, dass Grant und Jack ein Wunder vollbrachten.

»Das ist nicht das Ende«, sagte Ha'an und ließ seinen Blick von mir zu Zee wandern. »Vergib mir, aber wir *werden* jagen. Wir werden jagen, um zu leben.«

Wir werden mit euch jagen, murmelte die Finsternis. *Wir werden die Armeen des Sternenlichts anführen, über den Horizont hinaus, in die Feuer des Krieges und ins Labyrinth*, *wo die Schatten steigen ...*

Ich biss mir auf die Zunge und schmeckte Blut.

»Wir werden jagen«, wiederholte Ha'an, als wollte er es sich selbst bestätigen. »Wir werden überleben.«

»Das werden wir ja sehen«, erwiderte ich ruhig. Ha'an war ein Gigant, der mich mindestens um einen Meter überragte. Außerdem hatte er Muskeln, die ihn mehr als doppelt so breit erscheinen ließen wie mich. Aber in diesem Augenblick fühlte ich mich größer als er, voller brodelnder Energie und in der Gewissheit, dass mein Leben tiefer wurzelte als ein Berg und älter war als ein Stein. Mir gefiel nicht, wo dieses Gefühl herrührte, aber es war nun einmal da, und ich nutzte es, um Ha'ans Blick standzuhalten und ihn zum Rückzug zu zwingen.

»Königin«, sagte Ha'an ganz leise und berechnend.

Dann drehte er sich um und sprang in den Himmel. Die anderen Mahati folgten ihm.

Ich blieb ganz ruhig und beobachtete sie, bis sie außer Sicht waren.

»Zee«, stöhnte ich.

»Zu Befehl«, schnarrte er und ergriff meine Hand. Meine Knie zitterten. Ich würde umfallen.

Also fiel ich rückwärts. Nach Hause.

* * *

Jedenfalls versuchte ich es. Die Rüstung hatte jedoch offensichtlich andere Pläne.

Ich trat aus der Leere ins Mondlicht. Strömendes Mondlicht, das durch die Wolken auf eine dunkle Ebene floss.

Ich hörte eine Frau schreien. Ich roch Rauch. Zee und die Jungs drängten sich an mich und umklammerten meine Hände und Beine.

»Nein«, sagte er. Seine Klauen gruben sich so tief in meine Haut, dass ich fürchtete, er werde mich schneiden. Und dann tat er es auch. Die Berührung mit meinem Blut ließ ihn mit großen Augen vor mir zurückzucken. Ich versuchte, ihn zu greifen, aber er ließ sich nicht anfassen, schüttelte den Kopf und kratzte seine Arme, sein Gesicht und die Augen.

Ich sah ihn an und wusste nicht, was ich tun sollte, dann aber schrie die Frau wieder, und in ihrer Stimme lag etwas, das wie ein Messer in mich eindrang. Selbst die Dunkelheit schien zu verharren und zu schweigen.

»Nein.« Zee griff nach meiner Hand, als ich mich umdrehte,

um nach der Frau zu sehen. Aber diesmal war ich diejenige, die sich nicht anfassen ließ.

Und ich rannte.

Ich rannte, so schnell ich konnte, ich hatte Angst und das Gefühl, es sei höchste Eile geboten. Mein Herz wummerte bis in meine Kehle hinauf, und die Finsternis in mir schaukelte mit, wurde kleiner und kleiner, so als würde sie sich verstecken. Meine Verbindung zu Grant wurde schwächer, verblasste – und das Band, das uns miteinander verknüpfte, schien so dünn zu werden, als könnte es zerreißen, wenn ich nur einen falschen Atemzug machte. Ich presste mir meine gerüstete Hand an die Brust, als könnte uns das zusammenhalten.

Aber ich hörte nicht auf zu rennen. Die Jungs hetzten wie Wölfe neben mir her.

Auf dem Scheitelpunkt eines kleinen Hügels hielt ich kurz an und sah die qualmenden Überreste von Häusern, die einmal ein kleines Dorf gewesen waren. Ich konnte nicht sagen, wie es vor seiner Zerstörung ausgesehen haben mochte, denn das Feuer hatte längst alles heruntergebrannt.

Die Frau war inzwischen verstummt, aber ich entdeckte sie, wie sie im Mondschein vor einem schlaffen, zerschmetterten Körper hockte.

Neben den beiden stand Oturu. Sein Umhang und sein Haar wehten anmutig im Wind und waren von silbernem Licht getränkt. Er hielt den Kopf gesenkt, während ihm die Krempe seines schwarzen Hutes tief ins Gesicht hing.

Dann aber blickte er auf und erkannte mich. Doch er sagte kein einziges Wort.

Ich hatte Angst davor, ihn anzusehen, aber noch mehr Angst, einen Blick auf die Frau zu werfen. Sie richtete sich kurz auf. Es raubte mir den Atem und erfüllte mich mit Schmerz.

Meine Mutter, dachte ich. Sie war schwanger. Noch nicht hochschwanger, jedoch schwanger genug, dass ihre Kleidung vorn ausgebeult war.

Aber dann sah ich genauer hin und erkannte, dass ich mich geirrt hatte. Das war nicht meine Mutter. Ihr Gesicht war zwar ähnlich, sie hatte auch das richtige Alter, aber es gab kleine Abweichungen, die niemand außer mir erkannt hätte. So als lauschte man demselben Musikstück in den Versionen zweier Meister und erkannte den Unterschied an nur einem einzigen Ton.

So war es, und es kam noch dazu, dass der ganze rechte Arm der Frau aus Silber bestand.

Meine Vorfahrin. Fünftausend Jahre in der Vergangenheit. Es hätte ebenso gut eine andere Welt sein können. Und ich ein Gespenst zwischen den Zeiten.

Wieder schrie sie, und ihre Stimme kippte in ein Schluchzen um, das so verzweifelt war, so sehr von Schmerz zerrissen, dass ich schon auf die Knie sinken und mein Herz fest zusammenpressen wollte.

Etwas in dieser Stimme klang so vertraut und viel zu nah, um mich unberührt zu lassen. Ich zwang mich dazu, meine Aufmerksamkeit auf die Person zu richten, über die sie ihre Tränen vergoss, auf die Person, die sie mit zitternden Händen berührte, die sie packte und schüttelte, bis sie die Fäuste schließlich ballte und an ihre wogende Brust drückte.

Eine Frau. Ich konnte ihr Gesicht zwar nicht erkennen, aber dann sah ich das lange, dunkle Haar, die Gestalt ihres reglosen Körpers – und wusste es. Ich wusste es einfach.

Mutter. Ihre Mutter.

Rote Augen glitzerten in den Schatten in der Nähe der zwei Frauen. Blinzelten den Hügel hinauf in meine Richtung, zu mir und den Jungs herüber. Sie hatte uns noch nicht bemerkt, und ich wollte, dass es auch so blieb.

Langsam zog ich mich zurück und kämpfte mit meinen eigenen Tränen. Genauso war der Körper meiner Mutter auf den Küchenfußboden gefallen. Genauso hatte ich neben ihr gekauert und geschrien. Ganz genauso. Ich konnte noch immer die Schreie in meiner Kehle spüren.

Und die Jungs taten dies auch. Rohw und Aaz zitterten an meinen Beinen. Zee taumelte durch das Gras, und Dek stimmte einen klagenden Seufzer an. Meine Jungs. Monster. Könige einer Armee, die Welten zerstörte.

Zum Teufel damit.

Ich drehte mich um und stand einem dunklen Umhang und verschlungenen Haaren gegenüber, die sich wie eine nächtliche Aura um mich herum bewegten. Ich fuhr zusammen, aber nur, weil ich nicht mehr an Oturu gedacht hatte, nachdem ich meine Vorfahrin und ihre Mutter gesehen hatte. Die Welt hätte untergehen können, doch ich hätte es nicht bemerkt.

»Mistress Jägerin«, sagte er, »du solltest jetzt nicht hier sein. Dies ist nicht dein Zeitalter.«

Ich schloss die Augen und schwankte. Und die Strähnen seines Haares streckten sich nach meinem Körper aus und umschlangen ihn. Dann hob er mich in die Höhe, ganz nah an sich heran. »Wer hat ihre Mutter umgebracht?«

Zee stöhnte leise auf, ganz hinten in seiner Kehle. Oturu zögerte.

»Sie hat es getan«, antwortete er.

Ich zuckte zusammen und schüttelte den Kopf.

»Es passierte ganz plötzlich«, fuhr er fort. »Ein Unfall. Ein Wutausbruch. Ihre Mutter …«

»Hör auf!« Ich wollte ihn wegstoßen, aber meine Hände

versanken in seinem Umhang und berührten eine unvorstellbare Kälte. Rohw und Aaz ergriffen mich an der Taille und zogen mich rasch fort. Als meine Hände aus seinem Körper hervorkamen, fühlten sie sich verbrannt an, allerdings verbrannt von Eis. Ich konnte kaum die Finger biegen. Zee umschloss sie mit seinen Klauen und blies sanft hinein. Sein warmer Atem strich beruhigend über meine Haut.

»Sie ist verrückt geworden«, flüsterte ich. Noch immer hörte ich ihr Schluchzen, das über den Hügel getragen wurde. Es fuhr mir in die Eingeweide. So allein.

Es erschreckte mich zutiefst. Nicht wegen meiner Ahnfrau, sondern meinetwegen. Wenn sie zu so etwas imstande war, ganz gleich, was die Gründe gewesen sein mochten ... wenn sie einfach so ...

Wir waren es nicht, sagte die Finsternis. *Wir nicht.*

Aber ihr habt ihr mit der Macht den Verstand vernebelt. Ihr habt sie in den Wahnsinn getrieben.

Sie hatte einen ... Schaden, murmelte es. *Sie hatte schon einen Makel.*

Ich zupfte an Zees Hand, musste mich an irgendetwas festhalten, um mich von der Stimme in meinem Kopf abzunabeln. Ich sprach laut, um sie zu übertönen. Um Antworten zu finden, die es nicht gab. »Ihre Mutter sollte doch eigentlich schon lange zuvor gestorben sein. Ihr wart ja schon an die Haut ihrer Tochter geknüpft, als sie in die Ödnis geworfen wurde. Aber da unten hat sie die Rüstung, und sie ist *schwanger*. Das müssen Jahre gewesen sein. Und ihre Mutter hat die ganze Zeit über gelebt? Wie könnte das möglich sein? Angeblich wurde sie doch von Dämonen ermordet.«

Von Dämonen ermordet, so wie meine Mutter ermordet wurde und meine Großmutter und all die anderen, die uns vorausgingen.

»Es war anders, damals«, schnarrte Zee so leise, dass ich ihn kaum hören konnte. »Es gab Wächter, Mütter hielten sich länger. Es hat sich gelohnt.«

Hinter mir hörte ich ein Heulen. Zee spannte sich an. Ich wandte mich um, wollte nachsehen, aber Oturu berührte mich noch einmal und hielt mich fest.

»Lass es«, sagte er. »Deine Wächter sind nicht so wie die Wächter von damals.«

»Nein, Zee würde mir nie wehtun.«

Sein Mund wurde schmal. »Du musst gehen, junge Königin.«

Gern hätte ich seine Augen gesehen. »Woher kennst du mich? Wir treffen uns doch erst in fünftausend Jahren?«

»Zeit«, hauchte er, »Zeit ist ganz bedeutungslos, was uns beide betrifft.«

Sein Haar schlang sich um meine rechte Hand.

»Geh«, sagte er. »Und vergiss uns nicht, so wie auch wir dich nicht vergessen werden.«

Hinter mir schnarrte Zee. Rohw und Aaz lehnten mit ausgefahrenen Krallen und entblößten Zähnen an meinen Beinen. Dek zischte in mein Ohr. Auf der anderen Seite des Hügels wimmerte meine Ahnfrau, als läge sie im Sterben.

Ich schloss die Augen, konzentrierte mich auf Grant …

… und meine Mutter …

… Grant …

… zu Hause …

Bring mich hier fort, dachte ich, *nimm mich mit*.

Die Rüstung kribbelte an meiner Haut. Ich schlüpfte in die Leere. Die Schreie folgten mir.

19

Ich kam aus der Vergangenheit in unsere ruhige Wohnung zurück. Es war so still und gedämpft, dass ich ohne mich umzusehen wusste, dass ich hier allein war. Zee bestätigte es mir einen Augenblick später. Rohw und Aaz trieben sich herum. Ich versuchte ruhig zu bleiben. Es gab keine Anzeichen von Gewalt und auch kein Blut.

Auf dem Küchentisch fand ich eine Notiz.

Sind in Jacks Wohnung. Kuss, Grant.

Ich runzelte die Stirn und war froh, dass Mal bei ihm geblieben war. Dann wäre ich beinahe gegangen, nahm mir aber doch die Zeit, mich in der Wohnung umzusehen, und saugte die Vertrautheit und Wärme in mich auf. Mit Grant zusammen wäre es noch schöner gewesen, aber ich konnte immer noch seine Anwesenheit und ihren angenehmen Widerhall spüren.

Aber auch die schlechten Erinnerungen, als ich auf den Boden blickte und die Blutflecken sah.

Dek summte *Let's Stay Together*. Ich kraulte seinen Kopf und trat zu der Klavierbank hinüber, wo noch immer das Schulterhalfter mit den Messern meiner Mutter hing. Seit ich Jacks Leichnam gesehen hatte, hatte ich nicht einmal mehr an die Klingen denken wollen. Aber jetzt griff ich nach ihnen, streichelte den Stahl und warf dabei einen Blick auf meine rechte Hand.

Die Innenseite war noch aus Fleisch, aber das war auch alles. Flüssiges, organisches Metall bedeckte alles andere: meine Finger und die Außenseite meiner Hand. Noch ein paar Raum-Zeit-Sprünge mehr – und es würde nichts mehr davon übrig sein. Dass meine Vorfahrin ihren ganzen Arm und die Schulter verloren hatte, bedeutete, dass sie sogar noch emsiger gewesen sein musste als ich.

Ich verdrängte die Gedanken an sie. Schob sie von mir und dorthin, wo ich all die anderen widerwärtigen Dinge meines Lebens ließ. Ich war nicht sicher, ob ich Verständnis oder Hass für die Frau empfinden sollte. Vielleicht etwas von beidem. Vielleicht dachte ich sogar das Gleiche von mir selbst.

Nein, murmelte die tiefe Stimme in meinem Geist. *Eure Herzen gleichen sich nicht.*

Und doch versuchst du noch immer, mich zu lenken, entgegnete ich. *Du willst mich bestimmte Dinge tun lassen.*

Darauf gab es keine Antwort.

Ich nahm das Schulterhalfter und schnallte es mir um. Die Messer in ihren Scheiden schmiegten sich behaglich an meine Rippen. Ich zog die Lederjacke meiner Mutter an. Sie gab mir das Gefühl, eine zusätzliche Rüstung zu tragen.

Aus dem Treppenhaus vor der Wohnung hörte ich Schritte und ein Summen. Mary. Es schien mir sinnvoll, dass die anderen sie nicht mitgenommen hatten, vor allem, weil die Botin dabei war. Feuer und Öl. Sehr explosiv.

Der Türgriff bewegte sich.

Ich hatte darüber nachgedacht, ob ich zu Jacks Wohnung fahren sollte, um dort nach dem Rechten zu sehen. Nach zwei Sekunden hatte ich mich entschieden.

Fünf Sekunden später stand ich in einer dunklen Allee.

Zuerst war ich noch etwas desorientiert, aber dann begriff ich, dass ich mich auf der Rückseite von Jacks Wohnhaus befand. Es nieselte, und mein Kopf kühlte in der kalten Luft aus. Dek umarmte meinen Schädel. Rote Augen funkelten in den Schatten.

Eine tiefe Stimme sagte: »Liebes.«

Ich drehte mich um und sah eine schlanke Gestalt, die an der Wand neben einer offen stehenden Tür lehnte. Dunkle Haare, blasse Haut, diese vertrauten Augen, die viel zu alt wirkten. Eigentlich fehlte nur noch, dass er eine Zigarette rauchte.

»Alter Wolf«, sagte ich. »Ich hab mir schon Sorgen gemacht, als ich zur Wohnung zurückgekommen bin.«

»Dort konnte ich mich nicht konzentrieren. Ich kann es noch immer nicht. Ich brauchte etwas Luft.« Er drückte sich von der Wand ab und sah mich prüfend an. »Was ist mit den Mahati passiert?«

»Ich habe sie … ziemlich hart rangenommen.« Ich ignorierte den Regen, während ich dastand und meinen Großvater genauso aufmerksam beobachtete wie er mich. Ich sog ihn geradezu in mich ein. »Es ist ein Haufen Waschlappen, wenn du mich fragst.«

»Tatsächlich?« Jack zog seine Augenbrauen hoch. »Mir fallen noch ein paar andere Wörter für sie ein.«

Ich zuckte mit den Schultern. »Also keine Fortschritte bei deiner Planung?«

Er lächelte mich müde an. »Meine Spezies ist aus unendlich komplexen Energiefäden geknüpft. Gehirne ohne Fleisch, könnte man sagen. Das ist auch der Grund dafür, dass wir in der Lage sind, bestimmte, sehr schwer fassbare Konzepte zu begreifen und in die Tat umzusetzen.«

Ich lächelte zurück. »Wie zum Beispiel ein interdimensionales Gefängnis aus einem Riss in der Raumzeit zu bauen, das groß genug ist, um eine ganze Dämonenarmee aufzunehmen.«

Mein Großvater legte den Kopf auf die Seite. »Ja, so in etwa.«

»Wir sind also nicht schlau genug, um den Schleier zu schließen? Ist es das, was du damit sagen willst?«

»Ich will damit sagen, dass *niemand* die Fähigkeit besitzt zu verstehen, was wir gebaut haben. Selbst ich habe Schwierigkeiten, es zu begreifen. Dabei war ich einer der Baumeister.«

»Richtig«, sagte ich langsam. Hunderte von anderen Dingen, die ich sagen oder fragen wollte, drängten sich schon in mir, aber es gab nichts darunter, das nicht noch einen Augenblick hätte warten können. »Wie bringst du es ihnen bei?«

Jack tippte sich an den Kopf. »Wir befanden uns an der Oberfläche unserer jeweiligen Gedanken. Wäre ich auch nur eine Spur neugierig, ich hätte zweifellos einen wundervollen Tag erleben können.«

»Na, das sind ja großartige Neuigkeiten.« Ich lehnte an der Wand und hielt mein Gesicht in den Regen. »Dann sollte ich wohl besser weiter versuchen, die Mahati einzuschüchtern.«

Er seufzte. Ich wusste nicht, ob vor Lachen oder weil er traurig war. »Maxine …«

»Sie hat ihre eigene Mutter umgebracht«, sagte ich. »Meine Ahnfrau.«

Ich hatte nicht gewusst, dass ich das sagen würde, bis der Satz vollständig ausgesprochen war. Es fühlte sich allerdings falsch an … nicht das Sprechen an sich, aber die Wörter und ihre Bedeutung, die Wahrheit. Ich fühlte mich grässlich, weil ich sie herausgelassen hatte.

Jack schloss hörbar den Mund.

»Du sagtest, dass du diesmal alles anders machen wolltest. Du hast die Finsternis vorher nur ignoriert, ist es das? Hast sie frei herumlaufen lassen, bis es zu spät war?« Ich erwiderte seinen Blick und musste trotzdem weiterreden. »Hast du gewusst, dass einige der Wächter sie in die Ödnis geworfen haben?«

Zee hatte gesagt, dass Jack nichts davon wusste, aber ich musste es von ihm selbst hören. Ich wurde auch nicht enttäuscht. Die Miene meines Großvaters verriet aufrichtigen Schreck. Zitternd und ungläubig schüttelte er den Kopf und trat einen Schritt zurück.

»Niemals«, sagte er.

»Ich habe es selbst gesehen«, erzählte ich ihm. »Gerade in den Erinnerungen, die sie Oturu gelassen hat. Eine von ihnen war eine Frau mit Flügeln, und auch Zwillinge mit Rubinen auf der Stirn waren dabei …«

Jack bekam langsam wieder Luft.

»… und ein Riese mit nur einem Auge, ein Zyklop. Zwar widersetzte er sich den anderen, aber er war einfach zu langsam, um es zu verhindern.«

»Nein«, stammelte er, doch sein Blick war so fern, als redete er mit sich selbst. »Oh, oh, nein.«

»Die Ödnis hat sie zerstört, alter Wolf. Die Ödnis riss das Loch für dieses schlafende Miststück. Aber es hatte mit *ihnen* angefangen.«

Jack sackte gegen die Wand und schloss die Augen. Selbst in diesem Körper eines Teenagers konnte ich den alten Mann noch erkennen. Er sah zerbrechlich aus, und ich fühlte mich mies, weil ich es ihm erzählt hatte. Ich hätte es vielleicht ein wenig feinfühliger machen sollen. Oder es zumindest versuchen können.

Auf der anderen Seite der Tür konnte ich schwere Schritte

hören. Und einen Gehstock. Ich richtete Jack auf und berührte seine knochige Schulter. »Komm. Lass uns reingehen.«

Aber er schüttelte nur den Kopf und sah mich so schmerzerfüllt und elend an, dass mir der Atem stockte.

»Das wusste ich nicht«, erklärte er.

»Ist mir klar«, antwortete ich. »Das ist mir klar, Jack.«

»Sie war so wütend«, fuhr er fort, als die Tür neben uns aufgedrückt wurde. »Die Dinge, die sie ihnen antat. Ich habe das nie verstanden.«

Grant streckte seinen Kopf heraus. Mal hing über seiner Schulter. Er sah mich erleichtert an, mit einer tiefen Wärme, die ausschließlich in seinen Augen lag, nicht jedoch in den grimmig zusammengepressten Lippen. Ich hatte das Gefühl, dass er uns schon sehr lange zugehört hatte. Unsere Stimmen mussten durch die offene Tür leicht zu hören gewesen sein.

Ich sah ihn an und schüttelte den Kopf, genau in dem Augenblick, als Jack anfing, heftig zu zittern, und sich die Brust hielt, als würde sie schmerzen.

»Ich werde das wieder in Ordnung bringen«, sagte er und schloss die Augen. »Damals war ich ein Feigling, aber heute bin ich es nicht mehr. Ich werde das wieder in Ordnung bringen.«

Ich runzelte die Stirn. »Jack?«

Er sah mir tief in die Augen. »Ich liebe dich, meine Kleine. Ich werde dich immer lieben.«

»Nein«, sagte Grant alarmiert. Er tat einen Satz nach vorn. »Jack…«

Die Augen meines Großvaters verdrehten sich, und sein Mund erschlaffte. Er brach bewusstlos zusammen, doch ich fing ihn auf, bevor er auf dem Boden aufschlug. Die Jungs sprangen aus den Schatten. Ihre Augen funkelten rot.

Ich biss die Zähne zusammen. »Jack.«

»Jetzt ist es wieder Byron«, sagte Grant stirnrunzelnd. »Jack hat den Körper verlassen.«

Ich berührte das Gesicht des Jungen. Seine Haut war warm, aber nicht fiebrig, allerdings blass und ausgezehrt. Sein Mund bewegte sich zwar, aber ich konnte nicht verstehen, was er sagte.

Ich nahm ihn hoch und in meine Arme. Ich strauchelte ein bisschen, konnte sein Gewicht dann aber doch halten. Grant blieb dicht bei mir und packte vorsichtig Byrons Fußgelenk. Sein Blick war abwesend, während er leise summte.

Ich brachte Byron hinein, vorbei an Kisten und alten, verstaubten Möbeln, bis ich die Treppe erreichte. Stufe um Stufe trugen wir ihn hoch, bis wir Jacks Apartment erreichten. Die Tür stand offen.

Kein Licht brannte, aber ich hörte es rascheln, und dann flammte eine der Lampen auf. Ich spürte Deks heiße Zunge an meinem Ohr, und beide, er und Mal, sangen einen kurzen Ausschnitt aus Gladys Knights: *Walk Softly*.

Grant sagte: »Er hat innere Verletzungen und blutet.«

Ich sah ihn scharf an, da fügte er hinzu: »In seinem Geist, nicht in seinem Körper.«

Ich hievte Byron etwas höher und versuchte den schmalen Pfad zwischen den Büchern hindurch zu bewältigen. Grant schwankte hinter mir und bemühte sich, nicht über die Bücher zu stolpern, die ich bereits umgeworfen hatte. Ich entschuldigte mich leise, hielt aber nicht an und schaute auch nicht zu der Botin hinüber, die am Küchentisch saß und mich mit wachsender Angst in ihrem Blick beobachtete, während ich an ihr vorbeiging.

»Der Schöpfer«, sagte sie.

Ich schüttelte den Kopf und trug den Jungen ins Schlafzimmer. Ein kleiner, abgetrennter Raum mit ungemachtem Bett, Klamotten auf dem Boden und noch mehr herumliegenden Büchern. Ich hatte nicht den Eindruck, dass Jack hier viel Zeit verbracht hatte. Es gab eben selbst für einen Unsterblichen noch genug zu sehen und zu tun. Manchmal hielt er sogar Vorlesungen über Archäologie, und im Augenblick wünschte ich mir, ich hätte öfter daran teilgenommen.

Byron regte sich schwach, als ich ihn ablegte. Er murmelte noch immer etwas vor sich hin. Ich beugte mich vor und hielt meinen Mund ganz dicht an sein Ohr.

»Klopfe«, sagte er so leise, dass ich ihn kaum verstehen konnte. Und irgendwie dachte ich in diesem Augenblick, dass ich alles falsch verstand.

»Klopf einmal für das Licht, zweimal für den Tod, klopf dreimal, um die tote Welt zu finden … und immer viermal, um die Toten aufzuwecken.« Byron krümmte sich, Angst und Schmerzen zeichneten sich auf seiner Stirn ab. »Nein, fass mich nicht an. Bitte, bitte nicht.«

Würden wir auch nicht, versprach die Finsternis.

Sein Gesicht verzerrte sich, während er zu schluchzen begann. Ich legte mich zu ihm aufs Bett und zog ihn ganz dicht an mich heran. Grant legte seine Hand auf Byrons Kopf. Er schloss die Augen, sein Summen gewann an Form und Stärke, bis seine Stimme so tief grollte wie das Donnern einer Explosion aus dem Untergrund, so tief, dass das Einzige, was ich spüren konnte, das Beben unter meinen Füßen war. Ich beobachtete ihn, und wenn ich blinzelte, in diesen Momenten zwischen dem Blinzeln, konnte ich die Fäden, die uns verbanden und golden und heiß waren, fast sehen. Pulsierend wie ein einziger gemeinsamer Herzschlag.

Ich strich Byron die nassen Haare zurück. Der Junge rührte sich wieder, und seine Augen öffneten sich flackernd.

Zuerst sah er mich, glaube ich jedenfalls. Er schien so benommen, dass er auch genauso gut hätte blind sein können. Er blickte mich an, sah dann an mir vorbei, schaute sich aufgeregt um, bevor er den Blick wieder auf mein Gesicht richtete.

Er starrte mich an. Ich versuchte zu lächeln. »Hey.«

»Maxine«, sagte Grant. Byron sah ihn an, dann mich, hektisch und immer noch aufgeregt, und danach verzerrte er wieder das Gesicht. Dieses Mal mit einer Spur von Furcht.

»Wer bist du?«

Ich setzte mich auf, atemlos. »Byron. Ich bin es, Maxine.«

Er schüttelte den Kopf, und ich hatte das schreckliche Gefühl, dass dies meine Strafe dafür war, dass ich Grant vergessen hatte. Mein ganzes Leben lang war ich immer nur eine Fremde gewesen, eine, die niemand kannte… aber dass dieser Junge mich so ansah…

Das machte mir furchtbare Angst. Mehr als Dämonen und noch mehr als das Ende der Welt.

Grants Hand umfasste meine Schulter. Ich machte mich auf das Schlimmste gefasst. »Du kannst dich an nichts erinnern?«

»Ich weiß nicht…« Byron hielt inne und fasste sich an den Kopf. »Ich weiß es wirklich nicht. Alles ist so verschwommen.«

»Du warst nur krank«, sagte Grant, dessen Stimme Beruhigung und Kraft ausstrahlte. »Wir haben uns um dich gekümmert.«

Ich zwinkerte ihn an und ließ mich vom Bett gleiten. »Ruh dich erst mal aus, Junge. Du hast zwei schwere Tage hinter dir.«

Byrons Blick war bohrend. Ich dachte, er würde widersprechen oder versuchen wegzulaufen.

Aber Grant fing wieder zu summen an, bis der Junge kaum

noch die Augen offen halten konnte. Er verzog das Gesicht, rieb sich die Augen und fiel dann ins Bett zurück. Doch von dort aus beobachtete er uns weiter, unruhig und blass.

Ausgehöhlt, dachte ich wieder. Und seine Augen wirkten so alt.

»Ich kenne dich nicht«, murmelte er.

»Das macht nichts«, sagte ich sanft und gab mir Mühe zu lächeln. »Ruh dich nur aus.«

Grants Stimme bekam eine tiefere Tonlage. Meine Haut prickelte, und rote Augen funkelten aus den Schatten. Rohw starrte ihn traurig an, sein Blick war voller Erinnerungen. Die Jungs kannten Byron schon aus einem anderen Leben. Sie hatten nie darüber gesprochen, und wenn, dann nur bruchstückhaft und immer schmerzerfüllt.

Byron fielen die Augen zu, während sich sein Körper entspannte. Grant berührte meinen Ellbogen. Wir verließen das Zimmer. Ich schloss die Tür und krümmte mich, während ich mir die Hände vor das Gesicht hielt. Grant gab mir einen Kuss auf den Kopf. Ich wusste, dass die Botin in der Nähe stand und uns beobachtete.

»Setz dich«, sagte er.

Ich schüttelte den Kopf. »Es war schon schlimm genug, als es mir so ging, aber wenigstens konnte ich mich noch an ein paar Dinge erinnern.« Ich griff nach seiner Hand und drückte sie ganz fest. »Kannst du ihm helfen?«

»Ich weiß es nicht«, sagte er heiser. »Ich bin auch nicht sicher, ob ich es überhaupt versuchen sollte. Ich habe so etwas noch nie zuvor gesehen. Es ist fast so, als hätten Jacks Besessenheit und seine Abreise ein Loch in den Geist des Jungen gestanzt. Ich kann in das Loch hineinsehen, aber es ist so, als ob man zum ersten Mal in den geöffneten Körper eines Menschen schaut und nichts von Medizin versteht. Man sieht die Teile, aber man weiß nicht, wie sie zusammengesetzt sind oder wie sie arbeiten.«

»Er hat recht«, sagte die Botin, die die Schlafzimmertür fixierte. »Es würde Komplikationen geben.«

Grant sah sie wütend an. »Wir müssen davon ausgehen, dass das nicht zum ersten Mal passiert ist und Byron es immer überlebt hat. Aber wir könnten uns irren. Ich weiß nicht, was Jack ihm über die Jahre alles angetan haben mag.«

Und wohin ist Jack gegangen?, fragte ich mich im Stillen, weil mich die Furcht vor der Antwort zur Verzweiflung brachte. Ich sah zu Zee hinunter. »Kannst du ihn finden?«

»*Sie* kann es«, sagte der kleine Dämon und zeigte auf die Botin.

Die Frau fummelte gerade an dem Stahlhalsband herum, das so schwer um ihren Hals lag, und starrte zuerst Zee und dann mich an.

»Ja, ich könnte ihn aufspüren.«

Ich erwiderte ihren Blick, musterte ihre schmalen Augen, die jetzt viel rücksichtsvoller waren als bei unserer ersten Begegnung, als wir noch versucht hatten, uns gegenseitig zu töten, weil sie geschickt worden war, um Jack mitzunehmen.

Vielleicht hatte sie das ja noch immer vor. Ich traute ihr nicht. Nicht, was meinen Großvater anging, und auch nicht, was Grant betraf.

»Bitte«, sagte ich.

Die Botin blickte zur Seite, was es unmöglich machte, den Ausdruck in ihrem Gesicht zu lesen. »Ich werde es versuchen.«

Urplötzlich verschwand sie, und als Folge davon flogen einzelne, lose Zettel auf den Boden. Mir platzten fast die Ohren.

»Manchmal habe ich das Gefühl, dass ich den Verstand verliere«, sagte Grant.

»Geht mir genauso«, murmelte ich. »Was machen wir jetzt mit Byron?«

Er ließ sich auf einen der Stühle am Küchentisch fallen und streckte zuckend sein Bein aus. »Ich fühle mich bei dem Gedanken, ihm seine Erinnerung zurückzubringen, nicht wohl. Es könnte alles verschlimmern. Du weißt, dass das auch geschehen kann.«

Wir könnten den Jungen wieder hinkriegen, flüsterte die Finsternis, die sich unter meiner Haut wälzte. *Wir könnten das Verlorene wiederfinden.*

Ich schloss die Augen. Grant sagte: »Was ist?«

Ich tippte mir an den Kopf. »Das Ding in mir hat noch eine Idee. Es denkt, es könnte den Jungen heilen. Aber es ist auch das gleiche Genie, das mir vorschlug, die Verbindung der Botin zu den Männern zu durchbrechen.«

»Du hast ihre Reaktion nicht voraussehen können.«

»Ich hätte aber wissen müssen, dass es Konsequenzen haben würde. Nichts ist umsonst, und alles hat seinen Preis. Das habe ich von dir gelernt.«

»Du wusstest das schon, ehe wir uns kennenlernten.«

»Wie auch immer. Ich kann Byron diesem Risiko jedenfalls nicht aussetzen.«

»Weißt du«, sagte Grant, »als du dich nicht mehr an mich erinnern konntest, war ich so verzweifelt, dass ich jede Möglichkeit in Betracht gezogen habe, diesen Zustand zu ändern. Wenn ich in deinen Verstand hätte eindringen können, hätte ich es getan.«

»Ich vertraue dir mehr als mir selbst.«

»Tu das lieber nicht«, antwortete er.

»Du hast zu viel Vertrauen zu mir.«

»Nicht mehr als du. Andernfalls wärst du nicht in der Stadt geblieben. Du hast an etwas geglaubt, Maxine, und das war mehr als nur wir beide.«

Ich setzte mich neben ihn. Das Knochenstück lag nahe bei meiner Hand. Ich hätte es fast berührt, aber als mir einfiel, wo es herkam, ließ ich es doch lieber.

»Erzähl es mir«, sagte ich. »Erzähl mir, woran ich geglaubt habe.«

Grant beugte sich vor und strich mir mit seinen Lippen über den Mund. Hitze lief mir die Kehle herunter bis in mein Herz hinein und verbreitete sich unter meiner Haut. Ich schloss die Augen.

»Möglichkeiten«, flüsterte er. »Du hast an Möglichkeiten geglaubt. Und du tust es noch.«

Ich atmete tief ein. Grant nahm meine rechte Hand und fuhr mit seinen Fingern über die Rüstung. »Ich spürte, wie du dich immer weiter von mir entferntest. Jack beschwerte sich darüber, dass ich mich nicht konzentrieren konnte, aber das war der Grund dafür. Ich dachte, wir würden auseinandergehen.«

Ich zitterte und sank tiefer in mir zusammen. »Ich sah etwas ganz Schreckliches. Ich sah, was aus mir werden konnte.«

Grant schob seine Hand unter Dek, um mir seine warme Handfläche in den Nacken zu legen. Mal lungerte auf seinen Schultern. Beide schnurrten.

»Sieh mich an«, sagte er sanft.

Ich sah ihn an. Seine braunen Augen, die so intensiv und aufmerksam waren. Ich liebte seine Augen.

»Alles wird gut«, sagte er.

Ich berührte seine Wange. Ich wollte ja sprechen, aber meine

Stimme versagte. Sie reichte nicht aus, um ihm zu erzählen, was ich ihm erzählen musste.

»Ich weiß«, sagte er.

Ich verzog das Gesicht.

»Und das weiß ich auch«, fügte er hinzu.

Ich piekte ihm in die Brust, und er fing meine Hand, um sich vorzubeugen und mich fest auf den Mund zu küssen. Ich kletterte auf seinen Schoß, und er lehnte sich gerade so weit nach hinten, dass er in der Lage war, sein Gesicht in der Beuge meines Nackens zu vergraben.

»Ich konnte es nicht tun«, sagte er angespannt, als etwas Heißes und Nasses meine Haut berührte.

»Jack hat versucht, es mir beizubringen. Ich konnte zwar die Oberfläche des Musters in meinem Kopf sehen, aber es war unmöglich, sie festzuhalten.«

»Du hast es versucht.«

»Das reicht aber nicht.«

»Wir werden einen anderen Weg finden.« Ich schlang meine Arme fester um ihn. »Ich hoffe nur, dass Jack keine Dummheiten macht.«

»So etwas Dummes, wie zu versuchen, den Schleier allein zu schließen?« Grant stieß sich ein Stück ab, um mir in die Augen zu schauen. »Kurz bevor du zurückgekommen bist, hatte ich so ein Gefühl, als würde er darüber nachdenken.«

Dek leckte mein Ohr. Ich bückte mich und sah drei Paare roter Augen unter dem Tisch, die zu mir aufsahen. »Wenn er das versucht, wird er sich dabei umbringen.« Meine Stimme versagte, als ich die Worte aussprach. »Ich muss ihn aufhalten. Wenn das der Grund dafür ist, dass er hier weggegangen ist …«

»Maxine«, schnarrte Zee und krabbelte näher. Er hielt den Ring der Saat. Ich hatte gar nicht bemerkt, dass er ihn mir abgenommen hatte, aber jetzt drückte er ihn mir in die Hand. Er griff nach Grants Hand und legte sie über meine.

Grant und ich wechselten einen kurzen Blick.

»Zee«, sagte ich, aber er zog sich zurück und nahm Rohw und Aaz mit. Dek und Mal hörten auf zu schnurren.

»Ich wüsste gern …«, begann Grant einen Satz, ohne ihn je zu beenden.

Die Welt um uns herum fing an zu brennen.

* * *

Lava. Wir befanden uns inmitten von Lava.

Oder inmitten von etwas, das mich daran erinnerte: flüssiges Feuer, zähflüssig und dick wie Treibsand, brennend, hell, golden glühend. Wir waren darin begraben. Ich konnte Grant zwar nicht sehen, aber ich wusste, dass er dort war. Er war um mich gewickelt, so wie ich um ihn gewickelt war. So eng ineinander verschlungen, dass wir nur noch aus einem Körper bestanden.

Meine Mutter war an unserer Seite, kahlköpfig, nackt und über und über mit Tätowierungen bedeckt. Kein Mund, keine Nase, keine Augen. Die Jungs bildeten einen stabilen Kokon.

Es ist nur eine Vision, sagte ich mir. Grant und ich waren ja nicht wirklich hier.

Aber ihre Erinnerungen fühlten sich vollkommen real an.

Ich wusste nicht, wie lange sie in der Lava gewesen war, aber sie bewegte die Hände und zog sich hinauf, bis ihr Kopf die Oberfläche durchbrach. Sie befand sich am äußersten Rand eines Lava-Sees. Die Luft flimmerte vor Hitze. Graue Gewitterwolken brodelten über unseren Köpfen, und das Ufer bestand ausschließlich aus glänzendem, schwarzem Fels, der im Feuer knirschte.

In der Ferne sah ich eine Bewegung. Winzige Figuren, die auf Kreaturen ritten, die an Pferde erinnerten, wenn sie nicht sechs Beine gehabt und eine Rüstung getragen hätten, aufgrund derer sie wie schwarze Gürteltiere wirkten. Meine Mutter beobachtete sie. Sie hatte keine Augen, keinen Mund, nichts, woraus man hätte schließen können, was sie dachte. Aber ich wusste, dass sie sich fürchtete.

Sie hatte sich versteckt.

Meine Vision wurde unscharf und eilte durch Wüsten, Berge und Städte, die auf Wolken schwebten, Dschungel, über denen der Himmel lila war, Plateaus, auf denen menschenähnliche Reptilien unter zwei leuchtenden Sonnen auf steinernen Plattformen lagen, bis ich mich schließlich zusammen mit Grant in einem Raum wiederfand, der voller Bücher und Schatten war, Steinsäulen, die wie Perlen schimmerten und … in diesem Raum lag meine Mutter unter weichen Decken begraben. Es roch nach Rosen, Vögel zwitscherten. Sie hatte Haare, wenn auch sehr kurze. Ihr Gesicht sah so jung aus, jünger als meines. Sie war übersät mit Tätowierungen.

»Du wirst mein Herz in dir tragen, wenn du mich verlässt«, sagte eine tiefe, mächtige Stimme. »Das Herz des Labyrinths. Nur du und kein anderer. Ich habe niemals einen anderen so geliebt wie dich.«

»Dann lass mich bei dir bleiben«, sagte meine Mutter. Ihre Stimme schockierte mich. Ich hatte sie noch nie so sanft und flehend reden hören. Es machte mich verlegen, ich wollte sehen, mit wem sie sprach. Ich musste unbedingt sehen, mit wem, aber sosehr ich mich auch bemühte, die Vision blieb unverändert. Das Einzige, was ich zu sehen bekam, war meine Mutter. Aber selbst sie fing an zu verschwimmen, als wäre sie hinter einer verzerrten Linse eingeschlossen.

»Ich wünschte, du könntest bleiben«, murmelte die tiefe Stimme, »aber ich kann die Zukunft, die ich sehe, nicht aufhalten. Du musst gehen.«

Der Raum verblasste noch ein wenig mehr. Ich erhaschte nur einen flüchtigen Blick auf den Mann, der sich wie ein Geist bewegte, und auch von meiner Mutter sah ich kaum mehr als ihre tätowierte Gestalt, die in Schatten gehüllt war.

Aber ich sah den Ring der Saat, den er ihr in die Hand gedrückt hatte.

»Du weißt, wie man ihn benutzt«, sagte er leise. »Ich habe ihm die Dinge, die sie wissen muss, schon eingeprägt.«

Meine Mutter ergriff seinen Arm. »Ich schaffe es aber nicht ohne dich. Ich habe keine Ahnung, was es heißt, Mutter zu sein. Ich kann sie nicht beschützen.«

»Du kannst sie formen«, sagte der Mann. »Den Rest wird sie allein schaffen.«

Meine Mutter verschwand, nicht aber der Mann.

Zwar konnte ich ihn noch immer nicht erkennen, nicht deutlich jedenfalls, aber einen schrecklichen Augenblick lang hatte ich das Gefühl, dass er mich sah, mich suchte, indem er durch die Zeit reiste – oder was auch immer uns voneinander trennte –, um mir in die Augen zu schauen.

»Wiedergeboren in Blut«, sagte er. »Denkt daran, beide, dass Gedanken zu Dingen werden. Das gilt für alle Lebenden, die einen Willen haben. Für euch beide ganz besonders. Ihr, die ihr geboren seid im Herzen der Quantenrose.«

Er streckte seine Hand aus ... darin lag ein Dolch.

Den er nach unseren Köpfen warf.

Die Klinge bohrte sich in meinen Schädel. Und in Grants. Unsere Seelen waren aneinandergespießt. Der Stahl brannte wie Feuer in meinem Hirn, darin blitzten goldgewirkte Lichtstrahlen, Sternenlicht, Sonnenlicht, lange Schnüre geflochtener Lichtblitze, die sich in den Himmel woben, und dann … nichts.

Ich öffnete die Augen und sah die Botin.

Ich starrte sie an, obwohl ich sie gar nicht wirklich zu sehen vermochte, und drehte den Kopf zur Seite. Grant und ich befanden uns wie ein ineinander verschlungenes Knäuel auf dem Boden.

Dek und Mal lagen auf uns. Zee, Rohw und Aaz hockten mit ihren besorgten roten Augen neben unseren Köpfen. Grant stöhnte kurz auf und rieb sich die Augen. Ich bewegte mich nicht. Ich konnte an nichts anderes denken als an meine Mutter und den mysteriösen Mann.

Dein Vater, sagte die Finsternis. *Dein Vater, der dir in die Augen sah und nicht zurückwich.*

Genau wie dein Lichtbringer.

Zee ergriff mich an den Schultern und half mir auf. Rohw und Aaz taten dasselbe für Grant. Meine Handfläche schmerzte. Ich sah hin und fand den Ring der Saat in meiner geballten Faust. Die Botin bemerkte ihn ebenfalls – was ihr missfiel.

»Unser Aetar-Meister ist uns genommen worden«, erklärte sie. Ihre Stimme klang eisig und ging mir durch und durch. Es rollte und donnerte durch mein Blut und meine Ohren.

»Genommen«, wiederholte ich dümmlich.

»Die Dämonen«, sagte sie erschöpft. Kerzengerade stand sie da und verschränkte ihre Hände in einem festen, knochenbrechenden Griff. »Ich habe das Quantenfeuer unseres Aetar-Meisters verfolgt und die Öffnung des Schleiers genau zu dem Zeitpunkt erreicht, als sie sein Licht in das Gefängnis brachten.«

Jack. Mein Großvater. Er befand sich in dem Gefängnis hinter dem Schleier.

»Mist!«, stieß ich hervor.

20

Meine Mutter hatte mich mit Mythen und Sagen aufgezogen, mit Rätseln, die alle irgendetwas mit der Zahl Drei zu tun hatten – drei Töchter, drei Söhne – immer der dritte Pfad, das dritte Amulett. Rückblickend habe ich mich manchmal gefragt, ob sie mich damit auf meinen Großvater vorbereiten wollte, der Odin, Merlin und Puck war, jeder Weise, jeder Trickser, jeder alte Gott und Manipulator. Und selbst wenn von alldem nichts stimmte und mein Großvater nur als anonymer Zeuge durch die Geschichte gewandert sein mochte, so lag es doch zumindest in seinen Möglichkeiten. Jack konnte alles sein und jedermann. Magie war sein zweiter Name.

Ich würde ihn um keinen Preis in der Hölle verrotten lassen.

Grant hielt mich am Arm fest. »Ohne mich gehst du nirgendwohin.«

Ich legte meine Hand auf seine. »Wir wissen nicht, wie wir den Schleier wieder schließen können. Jemand muss hierbleiben, falls die Sache schiefläuft. Dann wirst du gebraucht.«

Zum Kämpfen gebraucht, falls sich diese Mahati entscheiden sollten, die Schranken zu durchbrechen und in die Welt einzufallen. Was ziemlich wahrscheinlich war, selbst wenn es mir gelingen sollte, sie noch einmal einzuschüchtern.

Du könntest sie auch anführen, raunte die Finsternis. *Führ sie zur Hatz, die du bestimmst, und verschone die Leben, die du schützen willst. Das ist dein Recht.*

»Maxine«, sagte Grant und legte seine Hand auf meine Hand, die den Ring der Saat hielt. »Ich weiß, was zu tun ist.«

In meinem Kopf breitete sich plötzlich ein stechender Schmerz aus… wie ein Dolch, der in mein Gehirn eindrang. »Was meinst du damit?«

In Grants Augen zeichnete sich etwas ab, so finster und entschlossen, dass es mir Angst machte.

»Was auch immer das gewesen sein mag, was uns am Schluss dieser… Vision getroffen hat, seitdem habe ich eine Sache im Kopf. Ich weiß, wie der Schleier zu schließen ist.«

»Wovon redet ihr?«, fragte die Botin. »Was für eine Vision?«

Ich wusste nicht, wie ich ihr antworten sollte. Ich hatte nur noch Augen für Grants Blick und sah zu, wie sich in seinen Gesichtszügen immer mehr Entschlossenheit ausbreitete. Was auch immer er erkannt haben mochte… er glaubte daran.

»Aus Gedanken entstehen Dinge«, sagte er sanft. Dek zirpte und leckte mich hinterm Ohr. Mal tat dasselbe bei Grant. Die anderen Jungs verteilten sich still um uns herum. Ich sah mich etwas benommen in Jacks Wohnung um und blieb bei der geschlossenen Schlafzimmertür hängen. Dann stellte ich mir vor, wie die Jungs im Dunkel auf der anderen Seite schliefen.

»Ruf Killy an«, sagte ich. »Sie muss für uns auf Byron aufpassen.«

Er diskutierte gar nicht erst, sondern griff in seine Gesäßtasche und zog sein Handy heraus. Dann humpelte er weg und stützte sich dabei schwer auf seinen Gehstock. Ich blickte ihm nach und sah mich dann wieder in Jacks Wohnung um. Die labyrinthischen Bücherstapel und die Bilder an den Wänden…

das liebenswerte, chaotische Durcheinander, eine vollendete Mischung aus Worten und anheimelndem Charme. An diesem misshandelten Tisch hatte ich meine Geburtstagskuchen gegessen. Hier hatte ich die Kerzen ausgepustet und mir dabei etwas gewünscht.

Keinem widerfährt ein Unglück, alle sind glücklich. Für jetzt und in Ewigkeit.

Die Botin stand reglos da. Ihre Augen waren geschlossen. Sie meditierte, um ihre Kräfte zu schonen.

»Wie konnten sie ihn fangen?«, fragte ich sie. »Er besteht doch nur aus Energie.«

»Während des Krieges haben die Dämonen Geräte entwickelt«, sagte sie unbewegt. »Sie hatten viele Methoden, unsere Aetar-Meister zu jagen.«

»Und welche?«

Endlich öffnete sie die Augen. »Ich weiß es nicht. Die Schöpfer sprechen nicht oft über den Krieg. Zu viele von ihnen sind gestorben.«

»Und keiner macht sich darüber Gedanken, dass der Schleier fallen und alles wieder von vorn anfangen könnte?«

»In solche Überlegungen bin ich nicht eingeweiht«, antwortete sie kühl und schloss wieder ihre Augen. »Ich brauche ein Medium, wenn ich kämpfen soll.«

»Nimm einen Dämon«, antwortete ich ihr. »Einen der Mahati.«

Sie verzog das Gesicht.

Ich verstaute den Ring der Saat in meiner Tasche und ging ins Schlafzimmer, um nach Byron zu sehen. Zee, Rohw und Aaz kamen mit und huschten durch die Schatten. Ich ließ die Tür offen, und als ich mich neben den Knaben aufs Bett setzte, fühlte ich, wie mir die Botin folgte. Er war fest eingeschlafen.

Ich konnte keine menschliche Aura erkennen und auch keine verborgenen Nischen in Geistern, aber ich wusste, was die Falte, die er sogar im unbewussten Zustand zwischen seinen Augen hatte, bedeutete, und erkannte die Art wieder, in der er sich mit geballten Fäusten an die Bettdecke klammerte. Ich hätte ihm gern das Haar zerzaust, doch ich hatte Angst, ihn aufzuwecken.

Seine Erinnerungen sind in mehreren Schichten abgelagert, raunte jene gewundene Stimme. *Seine Zeit mit dir liegt dicht an der Oberfläche, aber wenn du zu lange wartest, wird es schwieriger werden.*

Mir wäre lieber, wenn er mich vergäße, als ihn zu verletzen.

Wir werden ihm nichts antun.

Das hätte ich gern geglaubt. Die Versuchung war groß. Der Wunsch lag mir wie eine andere Art von Hunger auf der Zungenspitze ... der Wunsch, die Grenzen der Macht auszuloten, die in mir war. Für einen guten Zweck: um Byron zu helfen.

»Du willst etwas tun«, sagte die Botin.

»Ich will nicht, dass er mich vergisst. Ich weiß, das ist egoistisch.«

Sie betrachtete den Knaben. »Wir sind darauf trainiert, uns an nichts zu binden. Bindungen beeinträchtigen unsere Fähigkeit, den Aetar-Meistern zu dienen.«

Irgendetwas in ihrer Stimme und der Art, wie sie es sagte, ließ mich ihren Blick suchen. »Trotzdem hast du noch Erinnerungen. Du erinnerst dich doch an jemanden.«

Die Botin presste die Kiefer zusammen, während ihre Hand in die Richtung von Byrons Fuß zuckte. »Ich werde versuchen, seine Erinnerungen wiederherzustellen.«

Ich zögerte und dachte schon, sie wollte noch mehr sagen. Aber sie summte nur und verengte ihren Blick, als sie sich auf

Byron konzentrierte. Der Knabe wälzte sich in seinem Schlaf und nahm die Decke noch ein wenig fester. Dann veränderte sich der Klang ihrer Stimme auf eine merkwürdige Weise.

Und sie hielt jäh inne. Mir gefiel die Art nicht, wie sie ihn ansah. Als sei sie gerade überraschend auf etwas völlig Unerwartetes gestoßen, das alles andere als gut war.

»Mehr kann ich nicht tun«, sagte sie.

»Was ist passiert?«

Sie baute sich würdevoll vor dem Bett auf. »Er ist ein kompliziertes Kind.«

Rohw, der in der Nähe hockte, seufzte nur. In meinem Kopf sprach eine tiefe Stimme: *Eine einzige Berührung würde ausreichen.*

Ich legte die Hände in meinen Schoß. Aus der Kunstgalerie in der Etage unter uns ertönte leises Türklingeln. Hier war es wirklich hellhörig. Unter dem Bett lugte Zee hervor, griff nach meinem Knöchel und zog daran.

»Wollen«, schnarrte er leise.

Ich streichelte ihm über den Kopf und beugte mich über Byrons schlafendes Gesicht. Ich kannte ihn nun seit anderthalb Jahren, und in dieser Zeit hatte er sich von einem Jugendlichen, dem ich einfach nur half, zu jemandem entwickelt, bei dem ich mich … wie eine Mutter fühlte.

Eigentlich hätte er älter aussehen müssen, aber er schien immer noch der Fünfzehnjährige zu sein, dem ich zum ersten Mal in jener dunklen, nassen Allee begegnet war. Tapferer, guter Junge, am liebsten hätte ich ihn aufgeweckt, um zu sehen, ob er meinen Namen sagte. Aber das war jämmerlich und würde mir das Herz nur noch mehr zerreißen.

Ich stand auf und verließ das Zimmer. Die Botin war schon vor mir hinausgeschlüpft. Sie stand am Küchentisch und untersuchte den Knochen, der aus Jacks Leichnam gelöst worden war. Sie schien mich ganz bewusst zu ignorieren. Ich bekam eine Gänsehaut, als ich mir meinen Weg durch das Bücherlabyrinth zur Wohnungstür bahnte.

Von unten ertönte eine Frauenstimme. Killy war es nicht, wenn es auch vertraut klang.

Ich entdeckte Mama-Blut, die allein mit Grant in einer dunklen Ecke der Galerie stand. Sie befanden sich gute drei Meter voneinander entfernt. Mal hatte sich über Grants Kopf aufgerichtet und zischte. Ich sah mich um, ob noch mehr Zombies dort waren, in der Galerie oder draußen auf dem Bürgersteig. Aber nichts trübte den Eindruck der Leere.

Sie war allein gekommen.

Immer noch dieselbe Menschenhaut. Immer noch dieselbe gelackte Erscheinung mit den vollkommenen Beinen und dem roten Haar. Aber ihre Aura dröhnte nicht, und ihr Menschengesicht war vor Schmerz und Furcht ganz eingefallen. Rohw und Aaz hingen an meinen Beinen. Zee schlich sich näher und betrachtete Mama-Blut mit brennendem Blick. Sie konnte ihn nicht anschauen. Ebenso wenig wie mich.

Trotz all ihrer Überheblichkeit hatte sie Angst davor gehabt, dass der Schleier brechen und die übrigen Dämonen freisetzen könnte.

Das war der vielleicht schlimmste Albtraum für sie, genauso wie für mich. Wenn auch aus anderen Gründen. Ich erinnerte mich daran, wie die Mahati ihre Kinder gefressen hatten. Und ich wusste noch, welchen Namen Ha'an ihr gegeben hatte. Er nannte sie genauso, wie die Finsternis sie in Killys Bar genannt hatte.

Lady Hure.

Fast hätte sie mir leidgetan. Aber nur fast. Schließlich war es

Mama-Blut gewesen, die den Mord an meiner Mutter arrangiert hatte.

»Wo ist dein Gefolge?«, fragte ich.

»Lass das!«, fauchte sie. »Mach dich nicht über mich lustig.«

Ich schwieg einen Augenblick, fühlte mich müde und kalt. »Es gibt nichts, was mir weniger Spaß machte.«

Ihre Aura erschauderte und fiel um ihre Schultern herum in sich zusammen, loderte dann aber wie zum Trotz doch noch einmal auf.

»Tu, worum Lord Ha'an dich gebeten hat. Stell dich an die Spitze der Hatz.«

Ich holte tief Luft. »Nein.«

»Nein«, flüsterte sie. »Ich wusste, dass es einmal so weit kommen würde. Ich habe meine Deals gemacht, habe gewisse Zusicherungen von eurer Blutlinie, aber all das bedeutet nichts, wenn euch die Lords des Schleiers nicht beschützen.«

Ich ging näher. Zee und die Jungs sammelten sich wie die Wölfe. »Dachtest du etwa, wenn der Schleier bräche, wäre ich irgendwie schon eine andere Frau? Hätte es überwunden? Hast du geglaubt, ich würde so schnell klein beigeben?«

Ihre Augen glitzerten. »Die Macht, die in dir steckt, ist immens groß, und außerordentlich klug dazu. Sie liebt nur das eine: den Tod.«

Du kennst uns nicht, sagte die Finsternis und stieg schwer und kräftig bis in meine Kehle empor.

»Keine Vermutungen«, sagte ich schnell. Die Worte kamen ganz von allein aus mir heraus, ohne dass ich sie kontrollieren konnte. Grant richtete sich auf und beobachtete mich. Zee berührte mein Knie.

Mama-Blut zitterte und senkte den Kopf. »Du musst sie anführen. Das ist die einzige Möglichkeit, sie aufzuhalten. Du kannst sie niemals alle umbringen, ganz gleich, wie stark du sein magst. Und die Mahati sind erst der Anfang. Ha'an ist ein starker Lord, aber er ist weit schwächer als die anderen. Er denkt zu viel.«

Er ist loyal, sagte die tiefe Stimme, während sie sich aus meiner Kehle zurückzog. *Er zettelt keine Verschwörung an – wie sie. Oder die anderen.*

Ein wahrer Freund. Der allerdings immer noch Menschenfleisch goutierte.

Ich warf Grant einen Blick zu, er aber musterte Mama-Blut mit jenem unergründlichen Gesichtsausdruck, den ich so gut kannte. Nachdenklich, ein bisschen unterkühlt, aber doch nicht grausam.

»Wenn du Angst hast«, sagte er, »dann geh nicht in den Schleier.«

Sie reagierte mit Verachtung: »Und was soll mir das nützen? Der Schleier ist offen, Lichtbringer. Du kannst doch nicht alle Mahati bekehren.«

»Aber wir können das Loch schließen«, entgegnete er ruhig. »Wir können sie wieder einsperren.«

Ich durchbohrte ihn mit meinen Blicken. Er ignorierte mich zwar, aber in seinen Augen lag doch etwas. Da war etwas, dem ich einfach vertrauen musste. Ich hatte gar keine Wahl.

»Du bist ein Narr«, erwiderte Mama-Blut zaghaft. »Das ist unmöglich.«

»Sollten wir es dennoch schaffen, wirst du keine Kinder mehr in die Welt setzen«, fuhr Grant fort. »Ihr werdet keinem Menschen mehr Schaden zufügen. Ihr zieht keine Tricks mehr ab und werdet euch nicht mehr von Schmerzen ernähren.«

»Wenn du nicht damit einverstanden bist, dann verschwinde!«, befahl ich ihr. »Allerdings werde ich dafür sorgen, dass Lord Ha'an deinen Namen erfährt. Ich werde ihn nämlich schon bald sehen.«

Angst überkam sie, während sie sehr ruhig wurde. »Tu das nicht.«

Ich grinste. »Meine Vorfahren waren vielleicht so dumm, dir das Leben zu schenken, aber ich glaube nicht, dass irgendjemand versprochen hat, wir würden nicht über dich *reden*. Stimmt's, Zee?«

»Stimmt«, schnarrte er und zog die Krallen über den Boden.

Mein Grinsen wurde breiter. »Ha'an wird dich lieben, wenn ich mit meiner Geschichte fertig bin.«

Mama-Bluts Aura flackerte heftig. «Woher soll ich denn wissen, dass dies kein Trick ist?«, erkundigte sie sich drängend.

»Wir verlangen nicht viel für einen Dämon, der unbedingt leben will«, erwiderte Grant.

Sie zeigte auf ihn und krümmte den Finger zu einem Haken. Mal zischte sie an. Alle Jungs knurrten.

»Ich verspreche es«, spuckte sie schließlich aus. »Ich verspreche, keine Intrigen zu schmieden, keine Kinder mehr zu gebären und keine Schmerzen zu verursachen. Das schwöre ich bei meinem Blut, bei meiner Ehre als Königin.«

»Hier gibt es keine Königin«, schnarrte Zee. »Keine außer Maxine.« Mama-Blut zuckte und warf ihm einen hasserfüllten Blick zu.

Auf dem Bürgersteig regten sich Schatten. Grant öffnete die Tür.

Killy stöckelte auf dünnen Stiefelabsätzen ins Apartment, dicht gefolgt von Vater Lawrence. Er sah jetzt menschlich aus, hatte gebräunte Haut und einen kleinen Schmerbauch. Eine Beule unter seinem schwarzen Pullover ließ darauf schließen, dass er eine Waffe trug. Ich hatte ihn schon früher einmal schießen sehen. Er war ein guter Schütze, jedenfalls auf kurze Distanz. Mich beschlich der starke Verdacht, dass er offenbar nicht vorhatte, das Priesteramt noch einmal anzutreten.

Killy sprach nicht mit mir. Sie sah mich auch nicht an. Und zögerte nur kurz, als sie Mama-Blut erkannte. Dann noch einmal, als die Botin auftauchte. Sie war von oben heruntergekommen und stand jetzt schweigend im Dunkeln, hörte zu und beobachtete.

Killy sagte nichts. Sie holte nur tief und vernehmlich Luft, ging an mir vorbei und verschwand über die Treppe nach oben.

Vater Lawrence sah uns alle nacheinander an, ließ seinen Blick dann aber auf mir ruhen. »Ist es so weit, Jägerin?«

Ich konnte nur ahnen, was er meinte, aber es schien mir das Sicherste zu sein, mit »Ja« zu antworten.

Der Priester nickte mit einer Wehmut, die mir ins Herz schnitt, und sagte dann zu Grant: »Pass auf sie auf.«

»Und pass du auf Killy und Byron auf«, entgegnete Grant.

Mama-Blut war schon auf dem Rückzug zur Tür. Ihr Gesicht zeigte Ekel und Furcht. Ich streckte meine Hand nach Grant aus – und er nahm sie. Die Botin ergriff meine Schulter. Zee wickelte seine Pfoten um mein Handgelenk. Alle Jungs drängten sich ganz eng um mich.

Ich schloss die Augen. Konzentrierte mich. Die Rüstung regte sich. Genau wie die Narbe unter meinem Ohr.

»Auf geht's«, flüsterte ich.

* * *

Wir betraten den Wald unter dem Riss im Schleier, während es dunkel und kalt war, wenn man einmal von dem roten Riss absah, der gefroren im Himmel stand. Ich konnte keinen der Dämonen entdecken, aber das hatte nichts zu bedeuten. Ich roch Blut, und dieser Duft weckte in meinem tiefsten Inneren Hunger. Die Dunkelheit wanderte meine Kehle empor und breitete sich unter meiner Haut aus. Zee und die Jungs starrten hoch und höher. Ihre Augen glühten.

»Sobald ich Jack habe, verschwinde ich von hier«, sagte ich zu Grant und ärgerte mich darüber, wie atemlos ich klang. »Wenn ich länger als fünf Minuten fort bin, dann brecht ohne mich auf.«

»In Ordnung«, antwortete er. »Genau das hatte ich ohnehin vor.«

»Ich meine es ernst. Bist du sicher, dass du es schaffst?«

»Kein bisschen.«

»Lügner«, sagte ich und sah, wie sich sein Mund zu einem winzigen Lächeln verzog, was aber nichts an dem grimmigen Ausdruck seines Blickes änderte – oder daran, wie er die Kiefer zusammenpresste.

Dann warf ich einen Blick zur Botin hinüber. »Denk an das, was ich über die Mahati gesagt habe.«

Sie sah mich nicht an und starrte nur hoch zu dem Riss im Himmel hin. Ich weigerte mich hinaufzuschauen, denn ich war mir nicht sicher, ob ich dann noch imstande sein würde, die Sache durchzuziehen. Es spielte keine Rolle, wie viel Macht ich angeblich besaß. Es spielte auch keine Rolle, dass ich die Jungs hatte. Ich fühlte mich klein und ängstlich, wie ein Kind in einem dunklen Keller. Ich fürchtete mich vor dem, was ich vorfinden würde, und auch vor dem, was mir zustoßen könnte. Vor meinem Scheitern hatte ich eine Todesangst.

Noch einmal sah ich Grant an und versuchte ihn mir einzuprägen. Ich fühlte jenen zweiten Pulsschlag, der in meinem Herzen pochte – unsere Verbindung, weiß und glühend.

»Sei vorsichtig«, flüsterte er.

»Du auch«, entgegnete ich und rammte mir die gerüstete Faust gegen die Brust.

Sekunden später stand ich im Gefängnisschleier.

* * *

Von all den Albträumen, all jenen Dingen, von denen ich nie gedacht hätte, dass ich sie jemals tun müsste, rangierte das Betreten des Gefängnisschleiers bestimmt ganz oben auf der Liste. Ich hatte keine Vorstellung davon, was mich dort erwarten würde: Feuer vielleicht, brennende Luft, Schwefel, Säure.

Qualen.

Stattdessen ging ich über ein felsiges Plateau, das wie der erste Flecken Land aussah, der aus dem Ozean emporgeworfen worden war. Rissig, dampfend, wirkte es von dem Geruch nach Blut und Schwefel eigenartig schwer. Zee, Rohw und Aaz wimmelten um mich herum oder hockten und starrten. Dek hing mir am Hals. Mal war bei Grant geblieben.

Wolken zogen golden und purpurn über den Himmel, in der Ferne sah ich Statuen. Riesige, aus Stein gehauene Bestien mit Flügeln, Krallen und langgezogenen, scharf geschnittenen Gesichtern, die an die Mahati erinnerten. Vor ihnen bewegten sich kleine Grüppchen, Rauch stieg auf, Mauern wurden sichtbar. Die Häuser waren direkt aus dem Fels geschlagen.

Von dort bis dahin, wo ich mich befand, und überall um mich herum waren Mahati. Mehr, als ich mir gedacht hatte, mehr, als ich mir je hätte vorstellen können. Tausende und Zehntausende, Hunderttausende. Ich befand mich mitten in einer Stadt. Hinter mir waren noch mehr aus dem Fels geschlagene Bauwerke zu sehen. Niedrige Türme und enge Gassen, Torbogen, die mit zerfetzten und fleckigen Fahnen bedeckt waren. Ich hörte Gesang, den Klang von Metall sowie ein unverständliches, melodisches Stimmengewirr. Kleine nackte Gestalten schossen durch die Menge – ich war schockiert, als ich erkannte, dass es Kinder waren, mit wehendem, lockigem Silberhaar und langen, messerscharfen Fingern.

All die Furcht, mit der ich hergekommen war, verwandelte sich in ungläubiges Staunen.

Auch im Gefängnisschleier ging das Leben weiter.

Es war einfach und wunderschön.

Zuerst nahm uns niemand wahr. Da, wo wir uns befanden, die Jungs und ich, waren sie zu sehr damit beschäftigt, Haufen von Mama-Bluts Parasiten aufzuteilen, die die Luft mit hohen, markerschütternden Schreien erfüllten. Riesige Netze voller Schatten waren auf dem Felsgrund abgelegt worden – und die Mahati, die auf ihren Inhalt warteten, schienen vor Hunger ausgezehrt zu sein. Lange Schlangen hatten sich gebildet.

Sie brauchen mehr, raunte die Finsternis. *Sehr viel mehr.*

Aber nicht von mir, erwiderte ich, obwohl ich großes Mitleid empfand. *Und nicht von der Erde.*

»Jack«, schnarrte Zee und zeigte auf etwas. Ich schaute hin und sah, wie in der Entfernung ein helles Licht direkt über den Köpfen einer Mahati-Menge aufleuchtete. Dieses Licht pulsierte wie ein fest installiertes Leuchtfeuer.

Neben dem Licht stand Lord Ha'an, der die Mahati überragte, die um ihn herumstanden. Über die Köpfe seiner Leute hinweg sah er mir direkt in die Augen. Andere taten es ihm bald nach. Ein Schrei erhob sich, ein ohrenbetäubender Aufschrei aller Stimmen auf einmal, der jedoch ebenso plötzlich zu einem drückenden Schweigen erstarb. Die Nächststehenden bewegten sich nicht mehr, ja, sie hielten wohl sogar den Atem an.

Dek leckte mich hinter dem Ohr. Ich atmete aus, holte noch

einmal tief Luft und lief dann auf Ha'an zu. Der erste Schritt fiel mir am schwersten, aber dann sah ich Jacks Licht, das sich jetzt in meine Richtung verlagerte, und ging weiter. Die Jungs schwärmten dicht am Boden aus, anmutig und geschmeidig, schnell wie Geschosse, und die Stacheln an ihren Wirbelsäulen wurden länger und spitzer, so als verändere sie die Luft.

Die Mahati machten uns Platz und knieten nieder. Durch die Tausende von Körpern ging es durch wie eine Welle, die ihre Schultern niederdrückte und ihnen die Köpfe beugte. Vielleicht knieten sie wegen der Jungs und nicht meinetwegen, aber trotzdem war der Anblick furchterregend und raubte mir fast die Besinnung. So etwas durfte es eigentlich nicht geben. Der Schleier war die Hölle. Ich war einmal dazu erzogen worden, ihn zu fürchten, ihn zu bekämpfen und alles zu töten, was darin warten mochte.

Aber jetzt ließ ich den Blick über die gesenkten Köpfe schweifen – und die einzigen Augen, von denen meine Blicke erwidert wurden, gehörten Kindern, kleinen Mahati, die noch nicht genug wussten, um Angst zu bekommen oder Respekt zu zeigen – oder was auch immer es sein mochte, das ihre Eltern dazu brachte, sich auf die Knie fallen zu lassen. Aus erstaunten, neugierigen Augen blinzelten sie mich an, und so fremdartig sie auch waren, ich konnte in ihnen keine Monster sehen. In keinem einzigen von diesen Tausenden und Abertausenden von Mahati, die uns umringten.

Eine Bedrohung, das schon! Eine furchtbare Bedrohung sogar. Sie würden die Menschheit vernichten und versklaven, wenn ich sie nicht aufhielte.

Aber ich wusste nicht, wie ich sie aufhalten sollte, ohne sie zu töten. Und das schien genauso falsch zu sein.

Es ist auch falsch. Sieh doch nur, wie sie dich anbeten, sagte die

Finsternis und wogte mit schrecklichem Wohlgefallen durch mich hindurch. Sie entfaltete sich ganz oben in meiner Kehle und dehnte jeden Zentimeter meiner Haut so lange, bis ich mich reif fühlte und bereit war aufzubrechen, zu zersplittern und mich zu vergießen.

Ha'an richtete sich auf und wartete schweigend. Als ich näher kam, faltete er die langen, eisenbewehrten Hände über seiner Brust und beugte seinen Kopf vor mir und den Jungs.

Seine Augen leuchteten grün. »Ich dachte mir schon, dass du kämest, Mistress.«

Ich sah zu Jacks Licht hinüber. Es war ein durchscheinendes, weißes Feuer mit Einsprengseln von Lila und Türkis, das offenbar in der Einbuchtung einer steinernen Säule eingeschlossen war. Sogar aus der Entfernung sah ich einen Stachel, der in das Zentrum des Lichts getrieben worden war, und nahm eine tiefe Vibration in der Luft wahr. Sein Licht verdichtete sich und strömte in meine Richtung – seine Seele, sein Bewusstsein, seine Träume. Mein Großvater.

»Wegen der Aetar«, erwiderte ich. »Ja, seinetwegen bin ich hier.«

»Wirst du ihn auch retten, so wie du es mit den Menschen tust?« Ha'an drehte sich und schwang seine Faust herum, eine plötzliche, brutale Geste. Die Mahati wichen Hals über Kopf zurück und schubsten einander. Ein paar von ihnen hatten Kinder auf dem Arm. Sie öffneten uns einen großen Halbkreis, gewährten uns ein wenig Privatsphäre.

Rohw und Aaz beschnüffelten den Sand an der Säule und umkreisten sie einmal ganz, bevor sie zu mir zurückkehrten. Zee blieb in meiner Nähe, und Dek hielt sich sehr ruhig, während uns Ha'an mit einem unergründlichen Ausdruck beobachtete.

»Worauf läuft das alles hinaus?«, fragte er.

Ich betrachtete ihn und alle, die ihn umringten: die Mahati. Sie waren eigenartig und gefährlich, hatten scharfe Finger, ihnen fehlten Gliedmaßen, wobei sie Ketten trugen, die in der purpurnen Luft wie Silberglöckchen klingelten. Ich sah in ihre Augen, all diese leuchtenden, schwarzen Augen, die mich mit einer Mischung aus Furcht, Hoffnung und Misstrauen anstarrten. Und aus meinem Herzen stieg ein großer Schmerz empor, der aber nichts mit der Finsternis zu tun hatte, obwohl sie sich um es herumgeschlungen hatte, als wollte sie die Wunde versorgen.

»Ich will nicht dein Feind sein«, erklärte ich Ha'an. »Aber ich kann dir auch nicht das geben, was du brauchst.«

Noch nicht, raunte die Finsternis in mir.

Ha'an neigte den Kopf. In seinen Augen brannte der Zorn, aber nicht nur der Zorn, sondern auch noch etwas anderes, etwas Tieferes, Nachdenklicheres.

»Ihr spielt mit unseren Leben. Nicht nur mit unseren Mägen, sondern auch mit unseren Leben. Wir, die wir hier im Schleier eingeschlossen sind, gehören nicht einem einzigen Volk an. Wir sind unterschiedliche Arten, und wegen dieser Unterschiede gibt es Kriege zwischen uns. Als wir uns zusammengeschlossen haben, um unser Überleben zu sichern – und als wir unser Leben der Armee weihten, da war es nur die Macht der Schlächterkönige, die uns daran hinderte, einander gegenseitig an die Gurgel zu springen.«

Ich sah zu Zee und den Jungs hinunter, die Ha'an mit so viel Bedauern, mit so vielen traurigen Erinnerungen betrachteten, dass ich sie wie einen Traum an den Rändern meiner Wahrnehmung schmecken und fühlen zu können glaubte.

Ihre Erinnerungen, unsere Erinnerungen, eure Erinnerungen, sagte die Finsternis. *So verzweifelt waren sie, dass sie uns das Tor öffneten, um unsere Kraft zu nutzen. Und wir kamen mit festen Absichten und einem großen Verlangen zu den Schlächtern. Wir halfen ihnen, die Clans zusammenzurufen, und zwangen sie, sich zu verbünden, bevor sich der Krieg ausweitete und all ihre Leben an die Schatten verloren gegangen wären.*

Aber um welchen Preis?, fragte ich nach und überlegte, welcher Feind wohl so furchtbar sein konnte, dass es ihm gelang, die Jungs einzuschüchtern; meine Jungs, die Jungs, die ich doch so gut kannte. Die Avatare konnten es sicher nicht. *Was habt ihr verlangt?*

Die Finsternis antwortete nicht. Ich erschauderte und hörte Ha'an sagen: »Der Schleier wird schwächer, überall, all die Mauern, die die Mahati von den Shurik, den Yor'ana und den Osul trennen. Ich habe es dir schon vorhergesagt. Meine Leute sind zu schwach, um ihnen Widerstand zu leisten. Sie werden uns versklaven.«

Er kauerte sich vor Zee hin und zog seine langen Finger über den Stein. »Verstehst du? Vielleicht bist du ja nicht mehr der Wirt, aber du und deine Brüder, ihr seid immer noch Könige. Unsere Könige.«

»Ein anderes Leben«, schnarrte Zee. »Ein anderer Traum.«

Auch ich kauerte mich hin und zog meine silbernen, gerüsteten Finger über den Boden, die im roten Licht glänzten, als wären sie in metallisches Blut getaucht worden.

»Aber es stehen noch andere Leben auf dem Spiel«, erklärte ich ihm. »Leben, für die ich verantwortlich bin.«

Verantwortlich für Leute, die dich nicht kennen und denen es gleich ist, ob du existierst. Milliarden von Menschen, die die Macht nicht erkennen, über die du verfügst, und die nicht wissen, was du opferst. Den Mahati dagegen ist das keineswegs gleichgültig.

Ich ignorierte die Stimme. Ha'an starrte mich an. »Menschen sind wertlos, außer als Nahrung oder als Sklaven.«

»Da irrst du.«

»Mag sein – oder auch nicht, wir hungern jedenfalls. Schau uns an. Allen außer den ganz Jungen fehlen Gliedmaßen, allen fehlt es an Fleisch. Wir sind gezwungen, unsere Toten zu zerlegen.«

»Wie du schon sagtest«, entgegnete ich. »Ihr wollt nicht nur das Fleisch, sondern auch die Schmerzen. Ihr wollt die Hatz, nicht die Mahlzeit. Bevor sich das nicht ändert, *kann ich euch nicht helfen*.«

Ha'ans Kiefer spannten sich an, während er zu Zee hinuntersah. »Bist du derselben Auffassung?«

Mir stockte der Atem, als Zee zögerte, aber schließlich sagte der kleine Dämon doch: »Ja.«

»Dann stecken wir in einer Sackgasse«, antwortete Ha'an enttäuscht und erschöpft. »Ich kann euch nicht töten. Und obwohl ihr uns alle umbringen könntet, vermute ich, dass ihr es längst getan hättet, wenn ihr das wirklich wolltet.«

Ich war mit Gewalt aufgewachsen und wurde mein ganzes Leben lang Zeuge von Gewalt. Aber ich fand trotzdem keinen Gefallen daran. Ich sah zu Jack und seinem leuchtenden Licht hinüber und fühlte noch ein anderes Licht in mir, das neben den Windungen der Finsternis erstrahlte.

Aber darüber hinaus spürte ich auch *mich*, mein eigenes Selbst, das sogar noch tiefer reichte als die Finsternis und das Licht. Ich spürte die eigenen Wurzeln in meiner Seele, Wurzeln, mit denen ich schon auf die Welt gekommen war, Wurzeln, die meine Mutter gehegt hatte. Und als ich darüber nachgedacht hatte, alle Mahati zu töten oder sie wenigstens töten zu lassen, da sagte jede Faser meines Wesens: NEIN.

Dann führe sie an, raunte die Finsternis. *Das ist der einzige Weg. Niemandem sonst kannst du trauen. Du könntest so viel Gutes tun.*

Vor meinen Augen verschwamm alles. Ich streckte meinen Arm nach Zee aus, weil ich seine Schulter brauchte, um mich abzustützen. Ich fühlte mich, als würde ich in die Leere gezogen werden, aber nur mein Geist. Vor meinen Augen zogen Visionen mit betäubender Geschwindigkeit vorbei. In meinem Inneren tauchten Bilder auf. Sie breiteten sich über die geschuppten Windungen der Finsternis aus – wie im Kino.

Es roch nach Rauch. Feuer flackerten. Ich fand mich an einem anderen Ort, obwohl ich mir ganz sicher war, dass mein Körper noch immer im Gefängnisschleier auf dem Stein hockte.

Doch vor meinem geistigen Auge blickte ich durch die schiefen Stämme von Palmen und durch wildes Gestrüpp. Ich hörte Menschenfrauen schreien. Menschenmänner lachten, taumelten ins Blickfeld, waren mit Gewehren und Macheten bewaffnet und schleiften die Frauen über den Boden, von denen die meisten bereits nackt waren. Ich konnte mich nicht rühren, um ihnen zu helfen. Nicht einmal mit all meiner Willenskraft.

Dies geschieht gerade jetzt, sagte die Stimme.

Die Szene verblasste, und an ihre Stelle traten andere, noch schrecklichere Visionen. Visionen voller Leid, jede nur denkbare Demütigung war darunter, und die Stimme sagte: *All dies geschieht gerade jetzt, irgendwo*. Und so ging es weiter und weiter, ich konnte nicht wegsehen, nicht einmal für eine Sekunde, so lange, bis ich mich vollkommen zerfetzt fühlte, zerfetzt von den tiefen Wurzeln meiner Seele – bis auf die Oberfläche meiner Haut. Ich wollte schon schreien, ich wollte mich für all diese Männer, Frauen und Kinder, die in genau *diesem Augen-*

blick vergewaltigt, ermordet und vergessen wurden, zerreißen. Überall um mich herum, unter mir und jenseits des Schleiers.

Sieh dir an, wofür du verantwortlich bist. Du, Jägerin. Du könntest es doch ändern. Du könntest es mit einem einzigen Wort ändern. Du entscheidest ohnehin schon, wer lebt und wer stirbt. Du, eine Mörderin. Du hast Dämonen und Menschen ermordet. Das macht keinen Unterschied. Führ die Hatz an!

Verzichte nicht auf die Armee, die die Welt ändern könnte.

Lass eine Armee nicht im Stich, die dich braucht. Dieselben Gräuel werden den Mahati widerfahren, wenn du jetzt einfach fortgehst. Früher oder später werden sie vernichtet werden. Kannst du damit leben?

»Nein«, flüsterte ich, und etwas in meinem Inneren zerbrach. Ein Schrei wallte in meiner Brust auf, er erhob sich höher und höher, brannte durch mich hindurch und brachte mich schier um. Ich konnte nicht bekommen, was ich wollte. Nicht beides zugleich. Nicht beides, ohne ein schreckliches Opfer zu bringen. Die ganze Macht war ein Irrweg. Macht ging immer in die Irre. Das war der Preis dafür, sie zu besitzen.

In meinem Inneren schrie eine Frau, aber die Stimme klang vertraut. Ich stand wieder im Mondlicht und betrachtete meine Ahnfrau, die über ihrer toten Mutter weinte. Ganz verloren in dem Schluchzen.

Ich fühlte mich dermaßen verloren. Ich spürte, wie die Jungs an mir zupften, wie sie nach meinen Armen griffen, aber ihre Berührung machte alles nur noch schlimmer, es war, als müsste ich mir die eigene Haut abreißen. Ich würde es tun, das spürte ich. Nur damit das alles aufhörte. Nur um es aufzuhalten.

Nein, sagte eine leise Stimme in meinem Kopf. Es war nicht die der Finsternis. Es war etwas, das sogar noch tiefer lag.

Nein, sagte sie noch einmal.

Nein, flüsterte es. *Nein, mein Kind. Es gibt immer einen Ausweg. Immer.*

Der Schrei, der in mir anschwoll, zerbrach in einem Schluchzen, und eine riesige Hand griff mich hinten am Hals. Wie die Berührung einer Spinne. Jeder Finger war so lang wie mein Unterarm. Rasch öffnete ich die Augen, gerade als mich Ha'an fest auf den Mund küsste. Ich war zu erschrocken, um mich zu bewegen, und dann war es der Schock, der mich zu Boden warf. Ich konnte wieder denken. Ich hatte endlich wieder zu mir selbst gefunden.

Ha'an schmeckte nach Blut, sein Mund war gewaltig. Aus meiner Kehle stieg die Finsternis empor und berührte seine Lippen. Der Mahati-Lord erschauderte und ließ hastig von mir ab.

Ich wischte mir zitternd den Mund. »Warum hast du das getan?«

Gehetzt blickte er mich an. »Um etwas zu verstehen. Jetzt habe ich es verstanden.«

Zee trieb seine Krallen in den Stein. »Jetzt verstehst du die andere Seite, Ha'an. Nach ihrer Vorstellung sind die Menschen und wir zusammen. Die Herzen bluten zusammen.«

Ich stützte mich schwer auf meinen Ellbogen, rieb mir übers Gesicht und konnte noch immer nicht ganz begreifen, was gerade geschehen war. Ich starrte an Ha'an vorbei zu Jacks pulsierendem Licht hinüber – und einen Moment lang schien es mir so, als könnte ich einen Abdruck seines Gesichts erkennen, das ganz kurz auftauchte.

»Es wird Krieg geben«, sagte ich, ohne den Blick von meinem Großvater zu lösen. »Mit dem Aetar ist das nur eine Frage der Zeit.«

Ha'an folgte meinem Blick. »Aber er ist nicht dein Feind.«

»Nein«, entgegnete ich.

Er machte ein leises, nachdenkliches Geräusch. »Gegen den Aetar zu kämpfen, das war noch leicht, verglichen mit dem Krieg, den wir hinter uns haben.«

Ich hätte gerne mehr erfahren, aber jetzt war nicht der Zeitpunkt, Fragen zu stellen. »Ich kann mir keinen Krieg erlauben. Er würde zu viele Unschuldige treffen.«

»Und du bist allein.«

»Nein.« Ich berührte meine Brust und erlebte einen seltsamen Aufruhr in meinem Herzen, weil ich es nun aussprechen und dazu stehen konnte. »Ich bin nicht allein. Ich bin nur in der Minderheit.«

»So wie die Mahati.« Ha'an richtete sich auf und ließ den Blick über die umstehenden Dämonen schweifen. »Wir sind nicht von deinem Volk, aber du bist ein Teil von uns. Das spürst du. Und nicht nur wegen des Wesens, das in dir lebt.«

Ich spüre es, und ich will es, dachte ich. So als wäre ich in einen Handschuh geschlüpft, den ich vor Jahrhunderten getragen hatte, und dabei feststellte, dass er immer noch perfekt passte. Vergessen, aber sehr vertraut.

Füge dich in dein Schicksal, sagte die Finsternis. *Triff deine Wahl. Lass uns jagen.*

Ich schmeckte Blut in meinem Mund. *Nein.*

Alles gehört dir, erwiderte die Finsternis. *Deine Armee, deine Leute, deine Verantwortung.*

Nein, entgegnete ich abermals und kämpfte gegen die Hitze an, die meine Venen erwärmte. Aber ein anderer, zitternder Teil von mir sagte: *Ja, das will ich.*

Genau dies. Nicht nur die Macht, sondern die Mahati selber. Ihr Leben.

Sie brauchen dich. Geführt könnten sie so viel Gutes vollbringen.

Führ sie an, Jägerin. Binde sie, sei das Herz, das sie leitet.

Ich blickte zu Ha'an hin, stellte fest, dass er mich aus seinen kalten grünen Augen musterte. Fremd – und doch wieder nicht fremd. Meine Abgrenzung gegen das Fremdartige wurde immer nachgiebiger. Dek schnurrte in mein Ohr, Rohw und Aaz schlichen herum, und Zee beobachtete mich ernst und nachdenklich.

»Hier und jetzt muss eine Entscheidung fallen«, sagte Ha'an. »Und erst recht deshalb, weil du den Schleier wieder schließen willst.«

Ich zuckte zusammen. Ha'an berührte seinen Mund mit diesen unglaublich langen Fingern. »Ich habe vieles in deinem Geist gelesen.«

»Zu viel«, sagte ich.

»Jedenfalls genug«, entgegnete er. »Ich verstehe jetzt, dass jeder von uns unterschiedlichen Anliegen verpflichtet ist, aber eines ist uns dennoch gemeinsam. Wir wollen schützen und retten.«

»Immer. Genau das«, murmelte Zee zu sich selbst und blickte zu Rohw und Aaz hinüber.

»Ja«, fuhr Ha'an düster fort. »Und deshalb hast du die Clans zusammengerufen.«

Ich schloss die Augen, war aber nicht imstande, mir jenes Leben und jenen Teil der Geschichte vorzustellen. So mussten meine Jungs früher einmal gewesen sein.

Großartig, sagte die Finsternis, und ich erblickte fünf massige Schatten, die auf der steinernen Stadt lasteten, Schatten, so groß wie die Stadt selbst. Jeder Schritt und Tritt von ihnen erschütterte die Erde mit tödlicher Gewalt.

Und dann … nichts. Ich taumelte vorwärts, bedeckte meine Augen. Die Rüstung rieb an meiner Hand.

»Ich werde eine Armee benötigen«, entschlüpfte es mir ganz plötzlich. Die Worte lösten einen kalten, schweren Schmerz in mir aus. Mir wurde klar, dass ich diesen Gedanken schon lange in mir trug. Seit ich dem Erl-Koenig begegnet war und wusste, dass die Avatare, die Aetar, kommen würden. Ich hatte es nur nicht zugeben wollen.

»Und wir werden einen Anführer brauchen«, sagte Ha'an. »Vielleicht nicht sofort, aber schon bald. Den anderen Hohen Lords traue ich nicht, und ob ich dir trauen kann, darüber bin ich mir noch nicht im Klaren. Ihnen aber ...«, er zeigte auf Zee und die Jungs, »ihnen würde ich folgen, selbst zurück ins Inferno.«

Zee berührte meine Hand. Seine scharfen schwarzen Krallen bildeten einen starken Kontrast zu meiner zarten menschlichen Haut. Rohw und Aaz legten ihre Klauen darüber, und Dek schlang sich noch etwas dichter um meinen Hals. Wir waren eine Familie. Jack und sein Licht, Grant, Byron. Ich war in dem Glauben erzogen worden, dass ich so etwas nie würde besitzen können. Aber ich hatte mich entschieden, etwas ganz anderes zu tun, und hatte mich von meinem Herzen und nicht von meinem Kopf leiten lassen.

Mach keine halben Sachen, hatte meine Mutter einmal gesagt. *Entscheide dich und schau nicht zurück.* Okay, flüsterte ich leise und nur für mich. »Okay.«

Ich sah Ha'an fest in die Augen. »Die Parasiten, Mama-Bluts Kinder, sind seit Jahrtausenden durch kleine Risse im Schleier geschlüpft. Greift auf sie zurück, um mir eine Nachricht zukommen zu lassen, wenn es hier Ärger gibt.«

»Es werden die Shurik sein«, sagte er und beugte sich vor. »Die Mauern zwischen uns sind dünn.«

Ich kannte die Shurik aber nicht und hatte auch keine Ahnung, wozu sie imstande sein mochten. Doch das spielte keine Rolle. »Wenn es Schwierigkeiten gibt, dann finde ich Mittel und Wege, um hierher zurückzukehren. Ich werde an eurer Seite stehen.«

»Wirst du ihren Hohen Lord binden?«

»Ja«, sagte ich, obwohl mir nicht klar war, was ich damit versprach. Ich wusste nur, dass ich es tun musste. »Das schwöre ich.«

Ha'an wurde ganz still. Dann, mit einem merkwürdigen Glanz in den Augen, sagte er etwas gänzlich Unerwartetes.

»Ich habe deinen Namen gehört, in deinem Kopf«, verriet er. »Maxine.«

Ich verzog das Gesicht, weil ich nicht wusste, worauf er hinauswollte oder was das mit dem zu tun haben mochte, was ich ihm gerade geschworen hatte.

»Ja.«

Er betrachtete mich mit beängstigender Nachdenklichkeit. »Vor dem Krieg waren die Schlächter unter einem anderen Namen bekannt. Sie sind die fünf Letzten ihrer Art. Alle anderen wurden ermordet, eine ganze Welt ist ausgelöscht worden.«

Er blickte zu Zee hinunter, der unruhig geworden war. »Wie hieß eure Rasse, mein König?«

»Kiss«, antwortete Zee so leise, dass ich ihn kaum hören konnte. »Als Kiss geboren und von ihrem Blut.«

»Maxine Kiss, Jägerin Kiss.« Der Mahati-Lord lächelte unmerklich, während ich mich verblüfft aufsetzte. »Das sollte reichen, junge Königin der Kiss. Ich finde dein Versprechen akzeptabel. Wir werden so lange mit der Hatz warten, bis du uns anführst. Im Gegenzug wirst du uns schützen.« Dann bekam sein Lächeln einen Anflug von Ironie. »Überdies werden wir versuchen, dir nicht zur Last zu fallen.«

Ich musste schlucken, aber meine Stimme klang immer noch heiser. »Danke.«

Er neigte den Kopf, dann lehnte er sich näher heran. »Meine Leute hungern immer noch, und es könnte einen Aufstand geben, wenn sie erfahren, dass sich der Schleier wieder vor ihnen schließen wird. Sie werden es spüren. Es hat mich schon all meine Kraft gekostet, sie davon abzuhalten, auszubrechen und zu jagen. Deshalb muss ich gegen dich kämpfen. Ich muss dich jagen, ich muss versuchen, dich zu töten, weil mich meine Leute sonst nicht mehr respektieren. Ich muss versuchen, durch den Schleier zu brechen, sonst hat meine letzte Stunde geschlagen. Ich muss es tun, mit aller Macht, und die Leben meiner Leute vor dein Schwert werfen, damit ich immer noch zur Stelle bin und dein Verbündeter sein kann, wenn für dich die Zeit gekommen ist, um das zu sein, was wir brauchen. Denn ich will nicht als der Narr in Erinnerung bleiben, der sein Volk für eine seltsame und mächtige Königin aufs Spiel gesetzt hat.«

»Ich glaube, ich mag dich«, sagte ich.

Seine Mundwinkel wurden weicher. »Dann bring mich nicht um, wenn ich dich schlage.«

Ich blinzelte. Und bekam einen Schlag verpasst, der mich nach hinten warf. Rohw und Aaz warfen mich zu Boden, als Ha'an zu einem Schlag auf mich ansetzte, der mit Sicherheit seine Finger in meine Augen getrieben hätte. Zee schnarrte ihn an.

»Verdammt«, sagte ich und versuchte wieder auf die Füße zu kommen. Ha'an warf den Kopf zurück, ein markerschütternder Schrei entfuhr seiner Kehle. Alle Mahati sprangen auf. Ich drehte mich um und rannte wie der Teufel auf die Steinsäule los, zu Jack hinüber. Die Finsternis brannte unter meiner Haut.

Du bist stark – gegen uns, sagte sie. *Aber wirst du auch stark bleiben?*

Ihr besitzt mich nicht, erwiderte ich mit hämmerndem Herzen. *Und das werdet ihr auch nie.*

Wir sind doch schon längst in deinem Blut, Jägerin. Ich konnte das Grinsen buchstäblich spüren. *Wir besitzen einander.*

Haare schossen wie Peitschenhiebe durch die Luft, meine rechte Hand strahlte in weißer Glut, und Sekunden später hielten meine Finger den Griff eines Schwertes. Ich schwang es mit Macht, alles verschwamm vor meinen Augen, und ich konnte die Gesichter der Mahati, die ich erschlug, nicht sehen. Meine Haut war verletzlich, aber Dek schützte meinen Hals und Kopf, und Rohw schlug eine Bresche aus Eingeweiden und Knochen zwischen Jack und mir. Dicke Schichten von Blut bedeckten den Körper des kleinen Dämons, dessen grinsendes Maul mit rotem Schaum bedeckt war. Er und Aaz hielten Stacheln in ihren Klauenhänden. Sie zerpflückten die Mahati und zerrissen ihr Fleisch wie Papier.

Ich erreichte den Säulenpfeiler. Zee war schon dort. Ich blickte über meine Schulter zurück, aber es waren zu viele Mahati, um mehr erkennen zu können als entblößte Zähne, silberne Haut und das Blitzen ihrer feinen Ketten. Hinter seinen Leuten entdeckte ich Ha'an, der mich beobachtete. In seinen Augen lag ein Bedauern.

Ich wusste nicht, wie ich Jack befreien könnte, aber ich fühlte doch, wie der Stein in einer Frequenz vibrierte, die mir in die Knochen fuhr. Zee kletterte nach oben und schlug seine Kiefer in den Stachel, der in Jacks Licht hineinragte. Er biss ihn durch.

Jack schoss nach oben, wie ein Feuerball, ein Flügel, ein Sonnenstrahl, und danach in derselben Geschwindigkeit wieder herunter, um über meiner Schulter wie ein Cape aus reinem, warmem Licht zu schimmern.

Liebes, hörte ich seine Stimme in meinem Kopf. *Mein liebes Mädchen.*

Die Mahati rückten knurrend näher. Ich rief nach den Jungs, dachte an Grant...

Wir huschten hinaus, knallten in die Leere, und in diesem Augenblick der Stille spürte ich mein Herz schlagen und mein Blut rasen. Ich spürte eine schwere Last auf meiner Seele, so als müsste ich die Tür vor einem heftigen Sturm zudrücken, der mich bedrohte und mir ins Ohr brüllte.

Dann spuckte uns die Leere wieder in den Wald.

Es regnete. Der Wind war kräftig und kühl. Jack strömte erneut von meinen Schultern. Ich sackte auf die Knie. Hände umfingen mich. Grant.

Ich schauderte, griff seinen Arm und bemerkte, dass meine Hand blutbedeckt war. »Verschließ den Schleier. Sofort!«

»Sie kommen«, sagte die Botin.

Ich blickte hoch. Aus dem Schleier heraus ergossen sich Körper in die Freiheit und stürzten auf uns herab. Es waren weit mehr, als ich erwartet hatte.

»Zee«, fragte ich heiser. »Kann man Ha'an trauen?«

»Ja«, antwortete er, klang aber besorgt. Ich sah nach Grant und entdeckte ihn hinter mir auf dem Boden; er hatte die Augen geschlossen und die Lippen zu einem schmalen Strich zusammengepresst. Regen tropfte aus seinem Haar in sein Gesicht. Er war vollkommen durchnässt.

Als ich aufstehen wollte, ergriff er mein Handgelenk. »Ich brauche dich bei mir«, sagte er.

»Ich werde kämpfen«, sagte die Botin und dehnte ihre Hände.

Aus ihren Fingerspitzen wuchsen Klauen, ihre Haut leuchtete. »Kümmert ihr euch um den Schleier.«

Ich hörte sie kaum. Grant hatte zu singen begonnen.

Die Stimme strömte aus seiner Kehle, und zwar mit einer Kraft, als würden tausend Mönche singen, Zehntausende sogar, Abertausende von Stimmen klangen in seinem Gesang mit. Es war ein überwältigendes, übermenschliches Ur-Om, das ebenso das Summen eines brennenden Sterns wie auch das Rauschen des Blutes in den Venen hätte sein können. Oder der Klang des Funkens, der den Unterschied zwischen Leben und Tod ausmacht.

Um uns herum prasselten Mahati auf den Boden. Zee und die Jungs pressten sich an unsere Seiten. Ich erkannte die Botin, sie hatte den Kopf zurückgeworfen und den Mund zu einem Schrei aufgerissen, den ich selbst nicht hören konnte, der aber bewirkte, dass ein Mahati-Krieger wie gelähmt davon war und sie angsterfüllt anstarrte. Und dann, mit derselben Furcht, drehte er sich um und griff seine eigenen Leute an. Ich hielt Ausschau nach Jack, konnte ihn aber nicht sehen. Die Narbe unter meinem Ohr regte sich. Noch mehr Körper stürzten aus dem Riss im Schleier.

Ich schloss die Augen, weil ich es nicht ertrug hinzuschauen. Ich musste darauf vertrauen, dass wir alle in Sicherheit sein würden. Mehr konnte ich nicht tun, als einfach nur aufrecht zu bleiben, während Grants Stimme in meine Knochen fuhr und an Stärke zunahm. Unter meinen Lidern verströmte sich goldenes Licht, Fäden von Licht. Ich stellte mir vor, wie das Licht in meiner Brust heller und heller brannte, selbst dann noch, als die Finsternis wuchs und sich in meinem ganzen Körper so lange ausbreitete, bis ich dachte, ich würde aus allen Nähten platzen und die Welt mit Schatten überfluten.

Die Finsternis nährte das Licht, und das Licht nährte die Finsternis. Das konnte ich sehen und spüren; es arbeitete in mir, mit jedem Herzschlag und jedem Atemzug. Musik und Blut flossen in einer furchtbaren Harmonie zusammen.

Ich fühlte, wie ich mich veränderte. Das waren keine Kleinigkeiten. Meine Gelenke schmerzten, meine Muskeln dehnten sich, und die Welt schien unermesslich klein zu werden. Mein Fleisch wurde zu Feuer. Ich loderte vor Kraft. Eine mörderische, wilde Macht, die Tod und Leben angesichts des Abgrunds, der unter meinem strahlenden, goldenen Herzen gähnte, bedeutungslos wirken ließ.

Rasch öffnete ich die Augen – und die Welt war rot. Meine Haut schimmerte vor hastigen Schatten, die sich wie Schlangen wanden. Langsam und nur mit Mühe gelang es mir, meinen Kopf umzuwenden und Grant anzusehen. Regen prasselte in sein Gesicht und dampfte. Seine Augen waren schwarz, tiefschwarz bis in die tiefsten Tiefen. Die Venen, die an seinem Hals pochten, waren ebenfalls von einem tiefen Schwarz.

Furchtbar, monströs und wunderschön. Ich konnte seine Stimme nicht mehr hören, aber die Luft um ihn herum vibrierte in Hitzewellen. Die Erde bebte und zwang ein paar Mahati, sich hinzuknien. Andere stürzten sich auf uns und rannten mit scharfen Fingern auf unsere Herzen zu. Ich hätte erwartet, dass Dek und Mal sie aufhalten würden, aber die kleinen Dämonen bewegten sich nicht, und die Mahati zerfielen zu Asche, noch bevor sie uns berührten.

Grant warf den Kopf zurück. Er zitterte. Seine Haut riss auf und blutete, genau wie an meinen Händen.

Hör auf!, befahl ich mir selbst.

Du hast es so gewollt, erwiderte jene Stimme. *Dies hier, das ist noch gar nichts – verglichen mit dem, was ich dir geben könnte.*

Stimmen füllten meinen Kopf. Ein heulendes Brüllen. Ich schloss die Augen, konzentrierte mich auf meine Verbindung mit Grant und schlang meine Seele darum. Und um ihn. Ich versuchte, ihn vor der Finsternis in mir zu beschützen.

Bleib, wie du bist, sagte ich zu ihm und hoffte, er könne mich hören. *Verlier dich nicht darin.*

Nicht wie ich.

Meine rechte Hand brannte. Vor einem Hintergrund aus Finsternis und Licht fand ich mich plötzlich in der Erinnerung des Rings der Saat – der Turm, die Bücher, der Duft von Rosen. Grant stand zitternd bei mir.

Dieser Mann, mein Vater, war ebenfalls da. Ich konnte aber sein Gesicht nicht erkennen.

»Tu, was du tun musst«, sagte er und zeigte auf den Dolch in seinen Händen. Auf der Klinge schimmerten komplizierte Gravuren, die mich schwindeln ließen. Am liebsten hätte ich mich übergeben.

Er stieß den Dolch in Grants Kopf. Ich spürte den Schlag und schrie laut los, als wirre Strahlenbündel auf mich fielen. Dann spürte ich den Schnitt.

»Tu das, und der Schleier wird verschlossen«, sagte der Mann, den ich nicht sehen konnte. *»Sieh es. Es soll dein Wille sein.«*

Und die Finsternis flüsterte: *So sei es.*

Ich schlug die Augen auf. Die Mahati hatten aufgehört zu kämpfen. Die Stille war umfassend und betäubend. Ein paar von ihnen starrten uns an, andere blickten in den Himmel.

Der Schleier hatte sich zu schließen begonnen. Ich konnte sehen, wie die rote Kante des Risses verblasste.

Die Mahati heulten. Die meisten von ihnen sprangen in den Himmel zurück und beeilten sich, wieder in ihr Gefängnis zu kommen. Ob zu ihren Familien oder zu ihren Freunden, ich wusste es nicht, und es war mir gleich. Andere waren zu langsam, und Zee, Rohw und Aaz töteten sie sofort und ohne

Gnade. Ihre kleinen Leiber fegten blitzschnell wie Geschosse durch die Schatten. Waren von Blut besudelt.

Die Botin kämpfte an ihrer Seite – sie und ein Mahati. Auch sie war von Blut und Verletzungen bedeckt, aber dann sah sie über ihre Schulter zu Grant und mir. Etwas in ihren Augen zeigte Furcht und Entsetzen.

Die Finsternis nahm zu. Ich schloss die Augen und konzentrierte mich auf das Licht in mir, dieses strahlende Licht. Mein Licht, Grants Licht.

Du kannst ihn nicht besitzen, sagte ich zur Finsternis. *Und mich kannst du auch nicht haben.*

Wir haben euch ja längst, antwortete sie.

Nein, sagte ich, und eine andere seltsame Macht stieg aus meinem tiefen Inneren empor, eine Flutwelle aus Entschlossenheit, die verzweifelt war und sich wie die Liebe anfühlte.

Nein, sagte ich wieder. Ich gab meine ganze Seele hinein und umhüllte die Finsternis mit ihr. *Nein. Du kannst uns nicht ändern. Du vermagst ja vieles, aber so stark bist du nun auch wieder nicht.*

Ich zwang die Finsternis fort von Grant. Ich riss sie los und schob sie zurück, tief zurück bis in ihre Quelle hinein, dorthin, wo sie immer geschlafen hatte.

Dort blieb sie auch. Grant machte ein ersticktes, atemloses Geräusch, das wie ein Keuchen oder ein Seufzen klang.

Und dann schloss sich der Schleier, und er wurde wieder zu Sternen und … Himmel.

21

Im Laufe der Jahre war ich zu der Überzeugung gekommen, dass meine Mutter gewusst hatte, wann sie sterben würde. Zee hatte zwar nie ein Wort über ihre Ermordung verloren, und die Jungs sprachen auch nicht über die Todesumstände der Mütter, die es vorher gegeben hatte. Aber ich hatte da so eine Ahnung.

Am Tag vor ihrem Tod waren wir fischen gegangen. Es war mein Geburtstag, und wenn es etwas gab, was wir noch nie getan hatten, dann war es, einen Haken an einer Leine zu befestigen und ihn im Wasser baumeln zu lassen.

Es war Sommer in Osttexas. Eine Feuchtigkeit wie ein wollenes Laken, das mit kochendem Wasser getränkt worden war. Erstickend, selbst noch im Schatten, wo wir eine Decke auf das harte Gras am Flussufer gelegt hatten. Wir lauschten dem Wind in den Blättern und betrachteten die Reflexionen auf dem braunen Wasser.

Ich fing keinen Fisch. Meine Mutter auch nicht. Wir saßen nur zusammen, tranken Limonade und genossen unsere stille Gemeinschaft.

»Ich wünschte, wir hätten mehr Tage wie diese«, sagte meine Mutter.

Ich hatte sie niemals schwermütig erlebt, aber da lag etwas in ihrer Stimme, in der Luft, in der Art, wie sie ihre Limonade trank und sorgfältig darauf bedacht war, mich nicht anzuschauen.

»Ich auch«, sagte ich.

Meine Mutter starrte auf die Blätter und die glitzernde Sonne. »Manchmal musst du mich gehasst haben, manchmal habe ich dir bestimmt auch Angst gemacht.«

Ich trank meine Limonade. Meine Mutter trug Jeans und ein enges, ärmelloses Shirt. Abgesehen von der Pistole, die zwischen uns auf der Decke lag, hatte sie ihre Waffen zu Hause gelassen. Ihre Arme schimmerten wie Quecksilber, eingebettet zwischen den schwarzen Schuppen, den knotigen Muskelsträngen, den Biegungen der Klauen und Spitzen, die so realistisch wirkten, dass ich als kleines Kind hatte Stunden damit zubringen können, diese Arme zu berühren und mich darüber zu wundern, dass ich mich nicht schnitt, wenn meine Finger über die Haut strichen.

»Baby«, sagte sie, »ich bin stolz auf dich.«

Ich glaube, dass ich errötete oder mein Gesicht hinter dem Limonadenglas versteckte. »Ich habe doch gar nichts gemacht.«

»Das wirst du aber«, sagte sie, als meine sie es wirklich so, und unterstrich es noch mit einem geheimnisvollen Lächeln. Meine Mutter lächelte selten. Normalerweise war es nur ein Zucken ihres Mundwinkels mit einer gewissen Wärme in ihren Augen. Als ich klein war und ihr an den wenigen Tagen, an denen uns eine Küche zur Verfügung stand, beim Backen zusah, fand ich, dass es das Gleiche war, als würde sie lächeln.

»Ich bin stolz auf dich«, wiederholte sie und sah mir in die Augen. »Du bist nicht so geschickt mit dem Messer oder dem Gewehr, und du hattest niemals harte Fäuste, aber das spielt keine Rolle. Du hast es *dort.*« Meine Mutter zeigte auf meine Brust. »Du hast ein gutes Herz, mein Kind. Vergiss das nie. Nicht wenn die Welt zusammenstürzt, nicht wenn das Schlimmste passiert. Das Schlimmste passiert nämlich immer. Aber du wirst damit fertig werden.«

Das Lächeln meiner Mutter erlosch, aber nicht die Wärme und auch nicht die Intensität. »Du wirst es ihnen zeigen, Kind. Du wirst ihnen zeigen, worauf es ankommt, und es wird nicht Macht sein, und auch nicht, wie hart du zuschlagen oder wie leicht du töten kannst. Nichts von dem bleibt. Nichts davon hat eine Bedeutung. Nur dies. Halt daran fest – und du wirst niemals zerbrechen. Du wirst dich niemals verlieren. Niemals. Du nicht, mein kleines Mädchen.«

Ihre Augen glänzten, aber noch bevor ich mich fragen konnte, ob es wohl Tränen waren, umarmte sie mich. Ihre Arme waren stark. Die Jungs, ganz warm, hatten sich zwischen uns befunden.

»Ich liebe dich«, flüsterte sie. »Ich glaube an dich.«

Ich glaubte auch an sie. Ich glaubte sogar mehr an sie als an mich selbst.

Am folgenden Tag sah ich, wie sie starb.

Danach glaubte ich an fast gar nichts mehr.

Aber die Dinge ändern sich.

* * *

In den Nachrichten, sowohl den lokalen als auch in den nationalen, wurde berichtet, dass es im Verlauf der Nacht auf zahlreichen Farmen nördlich von Seattle zu mysteriösen und verheerenden Diebstählen gekommen war. Vieh war verschwunden, ganze Herden von Rindern, Pferden und Schweinen. Tiere, die so groß waren, dass es schwierig gewesen wäre, sie zu transportieren, waren innerhalb von Stunden einfach fort. Keiner hatte eine Erklärung dafür. Niemand hatte etwas gesehen, jedenfalls niemand, den die Polizei für glaubwürdig hielt. Obwohl ein älterer Milchbauer, der an seinem Fenster eine Zigarette geraucht hatte, behauptete, er habe gesehen, wie *verdammte fliegende Männer* mit seinen Holsteinern davongeflogen waren.

Die UFO-Anhänger überschlugen sich vor Begeisterung.

Einige Tage später berichteten die Nachrichtensendungen, dass jede dieser Farmen beträchtliche Geldschenkungen eines anonymen Spenders erhalten hatte, die ausreichten, um all ihre Verluste mehr als auszugleichen. Die Tragödie hatte sich in einen Triumph der Menschlichkeit verwandelt.

Oder so ähnlich. Jedenfalls klang es gut. Nicht zuletzt waren die Farmer glücklich, wenn auch auf der Hut, und die Polizisten kratzten sich weiterhin an den Köpfen.

Die verschwundenen Tiere tauchten jedenfalls nie wieder auf.

* * *

In derselben Nacht, in der wir den Schleier geschlossen hatten, zogen wir nach Texas.

In Seattle hielten wir uns nur lange genug auf, um Byron zu holen, der noch immer schlief und von einem Werwolf mit einer Pistole und einer Hellseherin in roten Cowboystiefeln bewacht wurde, die nur einen einzigen Blick auf Grant werfen musste und sofort eine Migräne bekam.

Wir sprachen nicht darüber, warum wir nicht in das Apartment zurückgehen konnten. Es war uns vielleicht nicht entfernt genug und mit zu vielen brutalen Erinnerungen gefüllt. Ein Boden, der noch immer voller Blut war, eine Leiche im Badezimmer, die beerdigt werden müsste, ehe jemand sie riechen und man uns des Mordes anklagen würde. Es gab viele Gründe.

Hauptsächlich aber wollten wir einfach nur weglaufen und wussten nicht, wohin wir sonst gehen sollten.

Noch eine, höchstens zwei Stunden bis zur Morgendämmerung. Ich bettete Byron auf das alte Sofa. Er rührte sich nicht, nicht mal ein bisschen. Das beunruhigte mich zwar, aber es gab nichts, was ich dagegen hätte tun können.

Grant saß in der Küche und beobachtete uns. Er blutete aus langen Schnittwunden im Gesicht und an den Händen, wo die Haut aufgeplatzt war. Seine Augen aber machten mir am meisten Angst. Sie waren blutunterlaufen und vollkommen karmesinrot. Um meinetwillen versuchte er zu lächeln, als ich mich neben ihn setzte, aber sein Versuch scheiterte an einem tiefen Atemzug, und so fing er zu husten an. Blut befleckte erst seine Lippen, dann seine Handfläche.

Rohw verschwand in den Schatten und kehrte mit einem Verbandskasten zurück, der noch original verpackt war. Dieser kleine Dieb. Ich stellte meinen Stuhl eng neben Grants und versuchte, das Ding zu öffnen. Ich konnte kaum aus den Augen sehen. Sie brannten, jeder Muskel meines Körpers fühlte sich wie Wackelpudding an. Fast hätte ich den Kasten fallen lassen, als ich daran herumfummelte. Grant legte seine Hand auf meine.

»Ich werd es überleben«, sagte er.

Ich schüttelte den Kopf, aber meine Tränen liefen bereits. Er zog mich dichter an sich heran, und ein Beben fuhr durch uns hindurch, das bei mir anfing und bei ihm endete, bis wir beide mit den Zähnen klapperten und uns aneinanderklammerten, und zwar nicht nur, um uns gegenseitig zu beruhigen, sondern auch, weil wir beide froren.

»Ich hätte mich beinahe selbst vergessen«, sagte er. »Ich hätte es zwar nie für möglich gehalten, aber diese Macht fühlte sich so gut an. Ich wäre in diesem Augenblick zu allem fähig gewesen, Maxine. Das hat es mir gezeigt.«

Wie bekannt mir das vorkam. Meine Finger rollten sich in sein Hemd, das vom Regen durchnässt war. »So etwas wie: *Alle schlechten Menschen der Welt vernichten*.«

»Sie verändern. Auch die Dämonen. Keine Verbrechen, keine Gewalt. Nur Frieden auf Erden.«

»Diese eine Sache, die dich dazu verleiten könnte.«

»Es sagte, dass ich dich retten könnte, wenn ich das tun würde. Dass du nicht jung sterben müsstest.« Seine Stimme schwankte. »Wenn es mich nicht rechtzeitig losgelassen hätte.«

Ich küsste ihn. Wir waren beide verzweifelt, verloren, und klammerten uns mit allem, was wir hatten, aneinander. Ich versuchte nicht über das nachzudenken, was wir getan hatten und wie nah wir daran gewesen waren … Woran genau, das wusste ich nicht, nur, dass wir am Rand von etwas Schrecklichem gestanden hatten. Vor einer Verwandlung, die nichts Menschliches mehr in uns gelassen hätte. Nicht in unseren Körpern, vielleicht nicht einmal in unseren Herzen.

Aus dem Wohnzimmer hörte ich ein Grunzen hinter uns und versuchte mich von Grant zu lösen, aber Dek und Mal verknoteten sich miteinander und somit auch uns. Ihr Schnurren war ohrenbetäubend. Grant küsste mich auf die Nasenspitze und dann auf die Augen. Er zitterte nicht mehr – und ich auch nicht.

Ich hörte eine Bewegung, die von einem weiteren sanften Grunzen begleitet war. Grant schloss die Augen, schüttelte den Kopf und streichelte Mal. Beide Jungs zirpten und entknoteten ihre Körper, so dass wir voneinander abrücken konnten. Nicht weit. Ich konnte den Gedanken, weit entfernt von ihm zu sein, gar nicht ertragen. Mein Herz fühlte sich zu wund an.

Byron setzte sich auf und hielt sich den Kopf. Irgendetwas an seiner Haltung war verändert ...

»Jack!«, sagte Grant.

Ich seufzte. Mein Großvater blinzelte uns an, als würden seine Augen schmerzen. Als er aufzustehen versuchte, knickten seine Knie weg, und er fiel auf das Sofa zurück. Ich hielt Ausschau nach Zee, konnte ihn aber nirgendwo entdecken, allerdings ebenso wenig wie Rohw und Aaz – um genau zu sein.

Grants Gehstock lag auf dem Boden. Ich drückte ihn ihm in die Hände. Wir bluteten beide noch, aber inzwischen sickerte das Blut nur noch langsam aus unseren Wunden. Wir mussten uns aneinander festhalten, um aufzustehen. Wir hatten wacklige Beine und kamen nur sehr langsam voran, als wir zum Sofa hinüberhumpelten. Jack sah uns mit einem schwachen Lächeln auf den Lippen dabei zu.

»Ihr beide«, begann er und schüttelte den Kopf, »ihr gebt mir so viel Hoffnung. Und auch Angst.«

Ich ignorierte das. »Geht es dir gut?«

»Ja«, sagte Jack, doch seine Stimme klang so hohl, dass ich schon dachte, er würde vielleicht lügen. Er rieb seine Hände aneinander, deren Knöchel ganz weiß waren. »Ihr zwei seht ja fürchterlich aus.«

Grant und ich betrachteten uns gegenseitig.

»Ich finde dich trotzdem süß«, sagte er und rubbelte mir über den kahlen Kopf.

»Du siehst ziemlich keck aus ... nach dem Kampf«, erwiderte ich. »Sehr sexy.«

Dek und Mal fingen an, Bonnie Tylers *Holding Out For A Hero* zu singen. Grant küsste meine Wange und seufzte.

Jack sagte: »Maxine. Im Schleier ...«

Er stoppte plötzlich, als könnte er die Worte nicht aussprechen, und sah Grant mit gleicher Bestürztheit an. »Und du. Was du getan hast, Junge …«

»War eigentlich unmöglich«, unterbrach Grant ihn leise. »Ich weiß.«

»Nein, das weißt du nicht.« Jack presste seine Hände noch fester zusammen. »Was du getan hast, dieses Muster. So etwas habe ich noch nie gesehen. Ich hätte dir nicht helfen können, es zu wirken, selbst wenn ich es versucht hätte. Es ist nichts, was die Aetare entworfen hatten. Und es kommt dem, was ich versucht hatte dir beizubringen, nicht einmal entfernt nahe. Um genau zu sein … ich würde sogar sagen, dass es … überragend ist.«

Grant schwieg. Ich auch. Ich fühlte den Ring der Saat in meiner Tasche. Er wog schwer.

»Junge …«, sagte er wieder, nun noch etwas eindringlicher. Doch er wurde unterbrochen, so dass uns eine Antwort erspart wurde. Denn die Vordertür öffnete sich.

Es war die Botin. Vor einer Weile war sie noch verletzt gewesen, aber davon war jetzt nichts mehr zu sehen. Ihre Haut wirkte ganz makellos und blass.

»Ihr solltet lieber mitkommen«, meinte sie.

Wir folgten ihr nach draußen. Es war zwar immer noch dunkel, aber ich fühlte den Sonnenaufgang näher kommen, so wie man jemanden nachts atmen hört.

»Wo ist der Mahati?«, fragte ich sie.

Die Botin zeigte zum Stall hinüber, wo ich die große Gestalt eines Mannes stehen sah. Ihm fehlte der linke Arm, und ein paar Fetzen Fleisch waren aus seinem Oberschenkel gerissen, aber seine Wirbelsäule schien gerade, die silbernen Zöpfe waren lang, und die Ketten, die von seinen Ohren bis zur Nase reichten, klingelten eine sanfte Melodie. Er beobachtete uns, und ich konnte spüren, dass seine Wut wie etwas Lebendiges zitterte.

»Nenn mich ruhig eine Heuchlerin, aber dir ist doch wohl klar«, sagte ich, »dass ich, als ich dir auftrug, dich mit einem Mahati zu verbinden, nicht gemeint hatte, dass du ihn behalten solltest.«

Nicht lebendig jedenfalls, was ich aber nicht hinzufügte.

»Er ist stark«, sagte die Botin scharf. »Stärker als jedes Menschenmedium. Siehst du, wie er noch immer seinen Verstand behält, obwohl ich seinen Körper längst beherrsche? Ich kann viel mit ihm anfangen.«

Sie sah mich streng an. »Und das muss ich auch, seit man mir klargemacht hat, dass Menschen nicht mit ihm verbunden werden können.«

»Das ist ... immer noch falsch«, sagte ich darauf, allerdings wenig überzeugend. Grant zwickte mir in die Hüfte und schüttelte den Kopf.

»Heißt das, dass du hierbleibst?«, fragte er sie.

Die Botin fasste sich an ihr Halsband. »Vorerst, ja. Es gibt Dinge ... die ich noch lernen muss.«

Ich sah mich um, ob Jack vielleicht noch etwas hinzuzufügen hatte, aber der starrte auf etwas hinter mir. Ich wandte mich um und sah den Hügel, auf dem meine Mutter begraben war.

Mein Sehvermögen war gut, selbst in der Dunkelheit. Ich nahm Bewegungen wahr. Kleine Körper und Erde, die durch die Luft flog.

Beunruhigt tat ich einen Schritt vorwärts. Grant hielt mich am Arm fest. »Nein. Es ist nicht das, was du denkst.«

»Woher weißt du ...?«

»Es ist in ihrer Aura«, sagte er.

»Sie begraben mich«, meldete sich Jack mit bedrückter Stimme.

Ich wusste nicht, was ich sagen sollte. Ich berührte seine Schulter, nahm Grants Hand, und wir schritten aus der Leere zum Hügel hinauf.

Jacks Körper lag – in Laken gehüllt – bereits in einem tiefen Loch neben dem Grab meiner Mutter.

Rohw und Aaz wippten völlig verschmutzt an dessen Kante und pressten sich ihre Teddybären an die Brust. Zee hockte auf einer gewaltigen Steinplatte, die aussah, als hätte man sie ganz frisch aus der Erde gezogen, und war gerade dabei, eine Inschrift in den Stein zu kratzen.

Könige, dachte ich. *Könige und Kinder. Und Freunde.*

Jack trat zu dem Stein hinüber. Ich stellte mich neben ihn.

»Jack Meddle«, las ich und sah dabei über Zees Schulter. »Manipulator. Vater. Großvater.«

»Geliebt«, las Jack zu Ende. Dann sah er Zee und die Jungs an. »Was für ein großartiges Geschenk!«

Zee zuckte mit den Schultern, sah ihm dabei aber nicht direkt in die Augen. Rohw und Aaz warfen ihre Teddybären auf den Körper in dem Loch. Dek und Mal boten ihre beste Gladys-Knight-Imitation und summten einige Zeilen aus *Good Morning Heartache*.

»Möchtest du noch etwas sagen?«, wandte sich Grant an Jack.

Mein Großvater starrte lange in das Loch und sah dann zum Grab meiner Mutter hinüber.

»Deine Mutter ließ mich vergessen, dass ich unsterblich bin«, sagte er mit sanfter Stimme. »Und du tatest dasselbe, Jolene, als wir uns kennenlernten.«

»Und du auch.« Jack sah mich mit dunklen und schmerzerfüllten Augen an. »Ein größeres Kompliment gibt es gar nicht.«

Er drehte sich von mir weg und stieß mit dem Fuß etwas Erde in das Grab. Ich berührte seine Schulter. »Lass mich das machen.«

Jack stand neben mir und sah dabei zu, wie ich seinen alten Körper begrub. Es fiel mir sehr schwer. Ich hätte gern geweint, aber das war albern, weil das einzig Wichtige doch neben mir stand.

Trotzdem würde ich sein Gesicht vermissen.

Am Schluss half mir Zee. Ebenso Rohw und Aaz und natürlich Grant. Doch als er anfing zu husten, sorgte ich dafür, dass er sich ins Gras setzte.

Und dann war es endlich vollbracht. Begraben und erledigt. Die Jungs schoben den Stein über die weiche Erde, und ich wischte ihn mit meiner Hand sauber. Die Rüstung glänzte. Ich hatte zwar wieder ein Stück meiner Handfläche an sie verloren, aber das war mir jetzt gleich. Ich lauschte den rauschenden Blättern der Eichen und hörte irgendwo in der Nähe einen Vogel singen, der ungeduldig auf das Morgengrauen wartete.

»Ich sollte lieber gehen«, sagte Jack. »Der Junge braucht seinen Körper zurück.«

»Seine Erinnerungen«, sagte ich, »nimm sie ihm nicht.«

Jack zögerte. »Ich hab sie ihm schon einmal gelassen. Und es war ein Fehler.«

»Diesmal ist es keiner.« Ich wischte mir mit dem Handrücken über die Augen. »Er hat jetzt eine Familie.«

Jack schwieg. Stand nur da, als würde er mich in sich aufsaugen oder in die Vergangenheit schauen oder an etwas denken, das seine Augen mit besorgter und nachdenklicher Wärme füllte.

»Deine Mutter hatte recht«, sagte er. »Mein gutes, süßes Mädchen.«

»Jack«, sagte ich.

Er erhob eine Hand. »Halte Ausschau nach Fremden, die ein Glänzen in den Augen haben … und dazu ein teuflisches Lächeln. Such schon bald nach mir, Liebes. Du bringst einen alten Mann dazu, wieder mal leben zu wollen.«

Ich griff nach ihm, doch was ich erwischte, war nur Byron, der auf seine Knie fiel. Jack war verschwunden und – ich hatte noch nicht einmal sein Licht verblassen sehen.

Ich drückte den Jungen an mich und streichelte sein Haar. Grant humpelte heran. Zee und die Jungs kamen auch. Dek und Mal summten ein Schlaflied.

Byron rührte sich und vergrub das Gesicht in meinem Nacken.

»Hey«, hauchte ich.

»Maxine?« Er klang müde, verwirrt und versuchte sich von mir zu lösen. Aber ich ließ ihn nicht los. »Was ist passiert?«

»Nichts.« Ich küsste seinen Kopf und hielt ihn im Arm. »Jedenfalls nichts, was dir Kopfschmerzen bereiten sollte.«

* * *

Der Junge hatte Fragen, einen ganzen Haufen Fragen; aber er war auch erschöpft. Und so müde, dass ich Schwierigkeiten hatte, ihn wieder ins Haus zurückzubringen. Ich sah weder die Botin noch den Mahati. Das war auch gut so, denn ich wollte nicht, dass Byron sie sah.

Ich brachte ihn in mein altes Zimmer. Es war seltsam, hier zu sein. Die Tapete mit den vielen kleinen Pferden löste sich von der Wand, und das alte hölzerne Bettgestell war ramponierter, als ich es in Erinnerung hatte. Ich öffnete das Fenster, um etwas Luft hereinzulassen, und während der Junge im Bad war, brachten Rohw und Aaz saubere Laken, Decken und Kissen für das Bett, zusammen mit einem Beutel voller Kleidung, an der noch die Etiketten hingen.

Ich brachte Byron ins Bett. Er schlief schon, bevor ich ihn zugedeckt hatte.

Die Morgendämmerung war noch nicht ganz angebrochen, als ich mich aufmachte, um zu dem Hügel zurückzugehen. Aber der Himmel am östlichen Horizont verfärbte sich in einen helleren Blauton, und die Sterne verblassten. Die Luft war süß. Die Jungs hüpften an meiner Seite.

Meine Narbe prickelte. Kleine Haarsträhnen strichen mir über den Hinterkopf.

»Welten verändern sich«, sagte eine seidenweiche Stimme hinter mir. »Was war, nimmt neue Formen an und wird wiedergeboren.«

Ich drehte mich um, aber da war niemand. Also blickte ich hoch und sah gerade noch den Rest eines Schattens am Himmel, der dann auch verschwand. Eine Sternschnuppe, die aus der Nacht gefallen war.

Ich fand Grant dort wieder, wo ich ihn zurückgelassen hatte. Er saß am Grab meiner Mutter.

»Du bist öfter hier als ich«, sagte ich und ließ mich neben ihm fallen. Er hielt das Amulett seiner Mutter in der Hand.

Dann schenkte er mir ein erschöpftes Lächeln, das durch die Verletzungen in seinem Gesicht allerdings etwas schief ausfiel.

»Es scheint mir einfach ein guter Ort zu sein, um über all die kleinen Geheimnisse nachzudenken.«

So viele Geheimnisse gab es. Und keines davon hätte ich vorhergesehen. Nicht den Gefängnisschleier, nicht die Mahati, nicht den Handel, den ich eingegangen war. Weder meine Mutter noch das Labyrinth oder die Männer dort, die dem Ring der Saat das Wissen eingegeben hatten, wie man den Schleier schließen konnte. Und auch nicht den Mann, der wusste, dass nicht nur ich in den Besitz des Ringes kommen würde, sondern auch Grant.

Es war mein Vater, der uns geholfen hat, wollte ich schon sagen, aber ich fand die Worte nicht. Ich bemerkte aber, dass mich Grant mit diesem gewissen Ausdruck in seinen Augen musterte.

»Mysterien«, sagte ich. »Mysterien – wie wir.«

Er legte seine geschundene Hand auf mein Herz, und ich hielt sie dort fest, während ich in meinen Körper hineinlauschte, auf etwas, das noch tiefer war. Ich spürte die Energie meiner Verbindung zu Grant; und darunter die gedämpfte, zusammengerollte Finsternis, die sich jetzt ausruhte, wartete und träumte.

Sie machte mir zwar Angst, aber nicht mehr ganz so wie früher.

Vielleicht kannte ich *sie* nicht, *mich selbst* dafür aber ganz genau.

Rohw und Aaz krabbelten auf unseren Schoß. Zee schlurfte näher, blickte aber Richtung Osten, in den dämmernden Himmel hinein.

»Habe die Sonne vermisst«, erklärte er.

Ich hatte die Sonnenaufgänge in Texas ganz vergessen. Ich hatte so lange in Seattle gelebt, dass ich an die Sonne schon fast gar nicht mehr gedacht hatte. Ich hatte sie auch vermisst, aber nicht so sehr wie die Jungs. Ich zog Zee näher an mich heran und küsste seine Stirn. Dek und Mal summten vor sich hin.

Grant rückte ein kleines Stück von mir ab und nahm dann meine rechte Hand. Er drückte mir etwas Kleines in die Handfläche. Verwundert zuckte ich mit den Schultern und sah es mir an.

Es war ein Ring. Klein, zierlich und aus reinem, weichem Gold geschmiedet. Keine Edelsteine.

Zee und die Jungs verstummten. Und ich ebenso.

Grant versuchte zu sprechen, bekam aber kein Wort heraus. Als er es wieder versuchte, legte ich meine Hand auf seinen Mund und sah ihm in die Augen.

Unsere Blicke versanken ineinander, dann hielt ich ihm meine linke Hand hin.

Grant holte tief Luft, nahm meine Hand und schob mir den Ring vorsichtig über meinen zitternden Ringfinger.

Zee legte seinen Kopf auf mein Knie und schloss mit einem leisen Lächeln seine Augen. Rohw und Aaz hielten sich die Münder zu und schaukelten. Dek und Mal schnurrten.

»Mit diesem Ring nehme ich dich zur Frau«, flüsterte Grant.

»Bis dass der Tod uns scheidet«, antwortete ich.

DANKSAGUNGEN

Mein Dank geht an meine entzückende Lektorin, Kate Seaver; meine phantastische Agentin, Lucienne Diver; all die wundervollen Leute von Berkley; und an meine großartigen Korrektoren Bob und Sara Schwager.

Romance meets Fantasy – Romantasy!

Roman. 416 Seiten. Übersetzt von Sandra Müller

ISBN 978-3-442-26605-0